# 我暗淡的凡妮莎

## My Dark Vanessa

### Kate Elizabeth Russell

[美]凯特·伊丽莎白·拉塞尔 著
孙依静 译

外语教学与研究出版社
北京

京权图字：01-2022-0300

Copyright © 2020 by Kate Elizabeth Russell. All rights reserved.

图书在版编目（CIP）数据

我暗淡的凡妮莎／（美）凯特·伊丽莎白·拉塞尔著；孙依静译．——北京：外语教学与研究出版社，2022.9
书名原文：My Dark Vanessa
ISBN 978-7-5213-3912-3

Ⅰ.①我… Ⅱ.①凯… ②孙… Ⅲ.①长篇小说－美国－现代 Ⅳ.①I712.45

中国版本图书馆 CIP 数据核字（2022）第 169598 号

| 出版人 | 王 芳 |
| --- | --- |
| 项目策划 | 张 颖 黄雅思 |
| 责任编辑 | 黄雅思 |
| 责任校对 | 徐晓雨 |
| 装帧设计 | 汐和 at Compus Studio |
| 出版发行 | 外语教学与研究出版社 |
| 社　　址 | 北京市西三环北路 19 号（100089） |
| 网　　址 | http://www.fltrp.com |
| 印　　刷 | 紫恒印装有限公司 |
| 开　　本 | 889×1194 1/32 |
| 印　　张 | 12 |
| 版　　次 | 2022 年 10 月第 1 版 2022 年 10 月第 1 次印刷 |
| 书　　号 | ISBN 978-7-5213-3912-3 |
| 定　　价 | 59.00 元 |

购书咨询：(010) 88819926 电子邮箱：club@fltrp.com
外研书店：https://waiyants.tmall.com
凡印刷、装订质量问题，请联系我社印制部
联系电话：(010) 61207896 电子邮箱：zhijian@fltrp.com
凡侵权、盗版书籍线索，请联系我社法律事务部
举报电话：(010) 88817519 电子邮箱：banquan@fltrp.com
物料号：339120001

# 作者声明

我在缅因州长大,也在那里上学——起初在一所私立走读学校上九年级和十年级,后因个人原因退学,再后来上了大学。这些泛泛的事实和《我暗淡的凡妮莎》中某些虚构的成分相似,因此,对我的背景不太了解的读者可能会误以为我在讲述这些秘史。其实不然,这是一部虚构作品,人物和场景均是虚构的。

但凡关注过近几年新闻的人都看过一些同本小说情节类似的故事,我不过凭想象力改写了一下。此外,书中还融入了创伤理论、流行文化和早期的后女权主义等影响因素,以及我自己的《洛丽塔》情结,所有这些都是小说创作的正常过程。不过谨慎起见,有必要重申,小说中的所有内容都无意影射任何真实事件。抛开上述泛泛的相似之处,这不是我个人的故事,也不是我的老师或者任何我认识的人的故事。

献给现实生活中的多洛雷丝·黑兹和凡妮莎·怀们，
她们的故事还无人听到，无人相信，无人理解。

2017 年

    我正收拾着准备去上班，那个帖子发了有 8 个小时了。我一边卷头发，一边刷新页面，目前有 224 次转发，875 个赞。我穿上黑色羊毛套装，刷新一次；从沙发底下翻出我的黑色平底鞋，再刷新一次；把金色名牌别在我的翻领上，又刷新一次。每一次，数字都在上涨，评论也在成倍增加。

    你太坚强了。
    你太勇敢了。
    什么样的禽兽会对一个孩子做出这种事？

    我点开 4 小时前发给斯特兰的最后一条短信：呃，你还好吧？他还没回，看都没看。我又编辑了一条——你要是想谈谈，我在的。想了想，我又删了，发了一串无声的问号。等了几分钟，我试着给他打电话，可转到了语音信箱，我把手机塞进口袋，走出公寓，猛地关上门。着什么急，他惹出的事，那是他的问题，与我无关。

    上班时，我坐在酒店大堂一角的礼宾部，给客人推荐吃喝玩乐的地方。旺季临近尾声，最后几波游客赶在冬天来临前到缅因州来赏红叶。摆着皮笑肉不笑的职业微笑，我为一对庆祝结婚一周年纪念日的夫妇预订了晚餐，并在房间里安排了一瓶餐后香槟。这高明的小举动能为我赚得不少小费。我还叫了车送一家人去机场。一位男士拿来三件脏衬衫，问今晚能否干洗。因为出差的缘故，他每隔一周的周一都住在这里。

"交给我吧。"我说。

他咧着嘴，对我眨了下眼："凡妮莎，你最棒了。"

休息时，我坐在后勤部的小隔间里，一边吃着昨天宴会上剩下的三明治，一边盯着手机，控制不住地刷脸书（Facebook）。我的手指不停地滑动，双眼上下扫着屏幕，看着不断增多的点赞和转发数，以及数十条评论："你真勇敢，说出真相吧，我相信你。"就在我看的时候，三个小点闪烁着，有人正在输入。紧接着，好像魔法一般，另一条表示鼓励和支持的评论跳了出来。我把手机往桌子另一头一滑，将昨天的三明治丢进垃圾桶。

我刚准备回大堂，手机响了：雅各布·斯特兰来电。我笑着接起电话，庆幸他还活着，还能给我打电话。"你还好吧？"我问。

好一会儿，那头只有死寂，我僵住了，目不转睛地盯着窗外的纪念碑广场、秋日的农贸市场和食品卡车。正值10月初，金秋时节，这个季节的波特兰就像户外品牌里昂比恩宣传册中的图景：南瓜、葫芦、一罐罐苹果酒。一个穿着格子法兰绒服装和狩猎靴的妇女穿过广场，笑盈盈地看着绑在怀里的婴儿。

"斯特兰？"

他长长地叹了口气："想必你也看到了。"

"嗯，"我说，"我看到了。"

我什么也没问,他自顾自解释起来,说学校正在调查,又说自己做好了最坏的打算。他猜他们会逼他辞职,也不知道自己熬不熬得过这个学年,也许撑不到圣诞假期。再次听到他的声音,我心里发慌,慌得跟不上他的话。上次通话都是几个月前的事了,当时我爸爸心脏病发作,走了,我吓坏了,告诉斯特兰我不能再这样下去了,道德感再一次向我袭来。这些年来,每逢挫败——失业、分手、情绪崩溃,它便会发作,好像靠良心发现就可以挽回我搞砸的一切一样。

"可早在她还是你的学生的时候,他们不就查过了?"我说。

"他们在重新调查,又把每个人都盘问了一遍。"

"既然他们当时认为你没有做错什么,为什么现在又变卦了?"

"留意到最近的新闻了吗?"他问,"时代不同了。"

我想说他小题大做了,只要自己问心无愧就没事,可我知道他是对的。过去的一个月里,女性揭露男性骚扰者、侵犯者的浪潮势头越发凶猛。矛头多是对准名流——音乐人、政客、电影明星,不过没名气的也没能幸免。不论是何背景,这些被指控者,采取的都是相同的回应方式:先是全盘否认,而后随着指控声越来越大,他们灰头土脸地辞职,发表一份含糊其词的道歉声明,却对自己的不当行为只字不提。最后,他们不声不响地消失了。这些男的就这么垮了,这场面日复一日地上演,看上去着实不真实。

"应该没事的,"我说,"她写的那些都是谎言。"

电话那一头,斯特兰吸了一口气,空气咝咝地从他的齿缝间穿过:"严格说来,我不知道她是不是在撒谎。"

"可你只不过碰了她两下,那帖子上却说你侵犯了她。"

"侵犯，"他轻蔑地说，"什么都可以说成侵犯，好比殴打一样，你抓一下别人的手腕就算殴打，推一下他们的肩膀也算殴打，不过是个毫无意义的法律术语罢了。"

我望着窗外的农贸市场：熙熙攘攘的人群，成群的海鸥，卖熟食的妇女掀开金属盆，抓出两份热气腾腾的玉米粉蒸肉。"不瞒你说，她上周给我发信息了。"

他沉默片刻，问道："是吗？"

"她想问问我愿不愿意站出来，大概是觉得要是能拉上我，她会更令人信服。"

斯特兰什么也没说。

"我显然没答应。"

"哦，"他说，"那是自然。"

"我原以为她是在虚张声势，没想到她真有这个胆。"我倾身向前，把额头贴在窗户上，"别担心，你知道我的立场。"

听了这话，他松了口气。我都能想象到他宽慰的笑脸、眼角的皱纹。"有你这话就够了。"他说。

回到前台，我打开脸书，在搜索栏内输入"泰勒·伯奇"，她的个人资料填满了整个页面。我上下翻看已研究多年的几条公开内容：照片、状态，以及如今最顶上关于斯特兰的帖子。数字仍在上涨——目前是438次转发，1800个赞，加上新添的评论，内容大同小异。

> 太鼓舞人心了。
> 我敬佩你的勇气。
> 接着说出真相，泰勒。

遇见斯特兰那年，我15岁，他42岁，完美地差了近30岁。当时，我就是这样描述我们之间的年龄差的——完美。我喜欢计算这数字，我年龄的三倍。我就那么想象着他身上的三个我：一个蜷缩在他的大脑里，一个围绕着他的心脏，而另一个化作液体，淌过他的血管。

他说，这样的恋情在布罗维克时有发生，只是他不曾有过，因为在遇到我之前，他从未产生过那种渴望。我是第一个让他动了这念头的学生。我身上的某种特质让他甘愿冒这个险，我有一种诱惑他的魅力。

对他而言，年轻倒是其次，他最爱的，是我的思想。他说我有着天才般的情商，说我写作的时候就像一个神童，说他可以和我谈天，向我敞开心扉。他说，我的内心深处潜藏着一股黑暗的浪漫主义，和他在自己内心所见的一样。在我出现之前，没有人理解他黑暗的一面。

"我多么幸运，"他说，"当我终于找到我的灵魂伴侣时，她才15岁。"

"要说幸运，"我反驳道，"试试在你15岁时，找个老家伙当灵魂伴侣。"

刚一说完，他就看了看我的脸，确认我是在说笑——这还用说？我可不想搭理那些同龄男生，他们顶着头皮屑和青春痘，还只在乎女生的外貌，给我们的身体部位从1到10打分，真是过分，我不稀罕。我喜欢斯特兰人到中年的谨慎，他那不紧不慢的追求。他把我的头发比作枫叶，他悄悄地把诗集塞到我手里，有艾米莉、埃德娜，还有西尔维娅的。他让我看见他眼中的我：一个披着红发重生，像呼吸空气一样吞噬他的女孩。他那么爱我，有时，在我离开教室后，他会坐在我的椅子上，把头靠在研讨桌上，呼吸我留下的气息。这一切发生时，我们甚至没有接过吻。他对我很上心，他那么努力地想做个规矩的人。

不难确定这一切是从什么时候开始的：从我走进他那浸满阳光的教室的那一刻起，从第一次感受到他的目光为我陶醉的那一刻起。但很难说清这一切是什么时候结束的，或者它真的结束了吗。想来，它止于我22岁那年，他说他得抑制自己，有我在一旁，他没法过得体面。可过去十年里，深夜电话不曾断过，他和我夜话过往，撕扯那个我们都不愿任其愈合的伤口。

我想，十年或是十五年后，他身体虚弱时，就会需要我。这或许是这个爱情故事的结局：我抛下一切，像条狗一样付出，为他做任何事，而他不停地索取、索取、索取。

11点下班后，我穿行在市中心空荡的街道上，默数走过的每一个街区，暗暗和自己较劲，不去看泰勒的帖子。回到公寓后，我还是没看手机。挂好工作服，卸妆，抽点东西，关灯。考验自制力的时候！

可黑暗中，床单滑过我双腿的那一刻，我的内心动摇了。突然间，我迫切需要他向我保证，需要他亲口对我说，他没有做那个女孩口中的那些事。我要他再说一遍，她在撒谎，十年前她就是个骗子，如今依旧是个被受害者心态蒙蔽的骗子。

铃声刚响，他就接了，仿佛他在等这个电话："凡妮莎。"

"不好意思，我知道很晚了。"说完我有些迟疑，不知如何得到我想要的回答。我们太久没在深夜互通电话了。我环顾黑暗的房间,看着打开的橱柜门和天花板上的街灯光影。外面厨房里,冰箱嗡嗡作响,水龙头滴答滴答。我忠诚于他,至今默不作声,这是他欠我的。

"我很快就好,"我说,"就几分钟。"

他从床上坐起来,把话筒换到另一侧耳朵边,那头传来毛毯的沙沙声,我本以为他要拒绝,可紧接着,他提起当年的我,声音近乎耳语,我的骨头都酥软了。凡妮莎,那时你很年轻,洋溢着美。你正值青春期,那样诱人,那样活泼,我吓坏了。

我翻过身来,把枕头塞在双腿间。我让他给我一个回忆的片段,好让我偷偷溜回过去。他翻阅着脑中的场景,电话那头很安静。

"在教室后头的办公室里,"他说,"正值隆冬,你躺在沙发上,冷得浑身起鸡皮疙瘩。"

我闭上眼睛,一下子回到了那间办公室——雪白的墙面,光滑的木地板,堆着一摞待批试卷的书桌,粗糙的沙发,咝咝作响的暖气片,只有一扇八边形窗,海沫色的窗玻璃。和他亲热时,我就盯着窗子,感觉自己溺入水中,身体开始失重、翻滚,却不愿浮出水面。

"我亲吻着你,一路往下,让你沸腾。"他轻声笑了笑,"以前你就是这么说的,'让我沸腾',只有你想得出这滑稽的表达。你还很害羞,这事一点都说不得,只想我埋头吻你。你还记得吗?"

我不记得了,记不清了。那时的许多记忆都是模糊的,支离破碎。我需要他为我填补空白,尽管有时候,他口中的那个女孩听起来像个陌生人。

"你没法乖乖不出声,"他说,"只得死死咬住嘴唇,记得有一次你太用力,下嘴唇都咬破了,还是不肯让我停下来。"

我把脸埋进床垫,身体使劲碾着枕头。他的话在我脑中泛滥,将我从床上托起,带回过去。那时我15岁,摊开四肢躺在他办公室的沙发上,浑身颤抖、滚烫。他跪在我面前,凝视着我的脸。

天哪,凡妮莎,你的嘴唇,他说,流血了。

我摇摇头,手指钉进坐垫。没关系,继续,快点结束吧。

"你总是无法满足,"斯特兰说,"你那小巧紧实的身体。"

还记得那感觉吗?他问。这时,欲望汹涌而来,我的呼吸不觉加重。嗯,嗯,嗯,我记得。那些感觉,他对我做的种种,他如何让我的身体扭动着,渴求更多,这些我一直都记得。

自打爸爸去世后,八个月来,我每周都去见鲁比,一开始是为了治愈悲伤,后来转为谈论妈妈,谈前男友,谈工作的烦恼、生活的苦涩。鲁比的收费标准不高,可对我来说,还是很奢侈——每周50美元只图有人听我说话。

她的办公室离酒店不过几个街区。那是一间灯光柔和的屋子,里头有两把扶手椅、一张沙发,茶几上摆着一盒盒餐巾纸。窗外是卡斯科湾,成群的海鸥在捕鱼码头上空徘徊,邮轮缓缓航行,两栖鸭子船嘎嘎叫着驶入水中,从巴士变成了小船。鲁比比我大,像个大姐姐,一头浅金色的头发,一身燕麦色的衣服。我喜欢她的高跟木底鞋,走起来咔嗒作响。

"凡妮莎!"

我也喜欢她打开门喊我名字的样子,好像看到站在门外的是我而不是别人,会让她松口气。

那一周,我们聊了我假期回家的打算。那是第一个没有爸爸在的假期,我担心妈妈心情不好,可不知怎么开口。鲁比和我一起想办法,讨论各种情景,设想我要是问妈妈需不需要帮忙,她会做何反应。

"只要你怀着同理心,"鲁比说,"就没问题的。你俩这样亲近,没什么不能开口的。"

我和我妈亲近?我没有争辩,可也不敢苟同。有时候,我真不敢相信自己那么轻易就瞒过了别人,几乎毫不费力。

我一直忍到治疗结束才看了眼脸书。她掏出手机,在日历中添加下一次会面的日期。抬眼时,她看到我一个劲地滑动屏幕,便问有什么热点新闻。

"让我猜猜看,"她说,"又曝光了一个性侵者。"

我抬起头,四肢冰冷。

"真是没完没了,你说是不是?"她苦笑道,"哪个都别想逃。"

她提起近来备受关注的曝光事件,焦点是一个靠拍受侵犯的女性题材成名的导演。看来,在银幕后,这位导演不仅喜欢在年轻女演员面前赤身裸体,还连哄带骗地让她们为自己"服务"。

"谁想得到这家伙竟是个性侵者?"鲁比讽刺地问道,"他的电影就是最好的证据。这些男的就躲在我们的眼皮底下。"

"还不是被我们惯的,"我说,"我们一贯睁一只眼闭一只眼。"

她点点头:"可不是吗。"

讨论这些,小心翼翼地在边缘试探,真过瘾。

"真不知该怎么看待和他合作了那么多次的女性,"我说,"她们没有自尊心吗?"

"呃,不能怪她们。"鲁比说。我也不反驳,只把支票递给她。

到家后，我吞云吐雾，也没关灯，就倒在沙发上睡着了。早上7点，手机在硬木地板上嗡嗡两声，进来一条短信。我跌跌撞撞地摸到房间另一头，是我妈：嘿，宝贝，想你了。

我盯着屏幕，猜想她怕是知道了什么。泰勒的帖子都发了三天了，虽说妈妈不认识布罗维克的人，可帖子的转发量那么大。再说，这些日子她天天上网，没完没了地点赞，转发，和故意挑衅的人吵架，想不看到都难。

我退出短信，打开脸书：2300多次转发，7900多个赞。昨晚，泰勒发布了一条公开状态：

**相信女性。**

## 2000 年

　　车子驶入通往诺伦贝加的双车道高速公路，妈妈说："希望今年你能走出阴影。"

　　我上高二了，今天搬宿舍，妈妈想抓住这最后的机会，在布罗维克将我整个吞噬前，让我做出承诺，平日，她只有在电话里和节假日能和我说上话。去年，她担心我在寄宿学校学坏，非要我保证不喝酒、不鬼混。今年，她变本加厉，又让我保证结交新朋友，这分明是在侮辱我，甚至还有些残忍。离我和珍妮闹翻有五个月了，可我还记忆犹新。单是"新朋友"一词就让我反胃，仿佛这是种背叛。

　　"我只是不希望你成天一个人窝在房间里，"她说，"哪里不对？"

　　"在家的时候，我不也是一个人待在房间里？"

　　"重点是，你又不在家。当初你求着我们让你来这儿时，可是嚷嚷着什么'社会关系'的。"

　　我缩进座位，希望身体整个陷进去，省得听她用我之前的话将死我。一年半前，布罗维克学校代表来宣讲，给八年级的我们播了个宣传片：整齐的校园沐浴在金色的阳光里。我便劝说爸妈让我申请，还列了"布罗维克优于公立学校的20条理由"，多是我从学校宣传册上抄来的，其中就有学校的"社会关系"、毕业生的大学录取率和大学先修课的数量。可最后，只有两条派上了用场，一是我获得了奖学金，省了学费，二是哥伦拜恩枪击案发生了。那几天，我们一直在看电视新闻里孩子们拼命逃生的片段。我说"这种事在布罗维克绝不会发生"，爸妈互换了下眼色，仿佛我道出了他们心中的顾虑。

"你闷闷不乐了一整个暑假，"妈妈说，"是时候振作起来，继续生活了。"

我嘟囔着："才没有呢。"可事实如此，我不是浑浑噩噩地杵在电视机前，就是戴着耳机瘫在吊床上，听些伤感的歌。妈妈说沉溺于自己的情绪是行不通的，烦心的事难免会出现，维持幸福生活的诀窍在于不要陷入消极情绪中。可她不明白沉浸在悲伤中是多么惬意，在吊床里躺上几个小时，耳边萦绕着菲奥娜·艾波的歌，别提有多开心了。

在车里，我闭上眼睛："真希望爸爸也跟来，省得听你唠叨。"

"他也会这么和你说的。"

"说归说，至少他会友善一点。"

就算闭着眼睛，我也知道窗外闪过的一切。虽说这才是我来布罗维克的第二年，但这条路我们已来来回回开过不下十次。一路上，缅因州西部的丘陵绵延起伏，其间点缀着奶牛场、登着冰啤酒和活鱼饵广告的杂货店、屋檐低垂的农舍、长着齐腰高的杂草和一枝黄花的院子，院里堆着生锈的汽车残骸。一进入诺伦贝加，景致一下就不一样了——完美的市中心：面包房、书店、意式餐厅、烟草店、公共图书馆，还有山顶上布罗维克校园里那闪闪发光的白色护墙板和砖砌墙面。

妈妈开车进入正门。为迎接开学，布罗维克学校大大的招牌上装饰着栗色和白色的气球。校园狭窄的道路上挤满了汽车，一辆辆塞得满满的 SUV 随意停放着，到处是参观校园的新生和家长。妈妈身体前倾，弓着腰坐在方向盘前，车子颠了两下，停了下来，又颠簸着向前，车里的气氛随之紧张起来。

"你是个聪明、有趣的孩子，"她说，"该有一大帮朋友才对，别把所有时间都浪费在某一个人身上。"

她大概也不想说得这么严厉，可我还是厉声反驳道："珍妮不是某一个人，她是我的室友。"我说得好像她理所当然要明白室友关系的意义，它亲密得叫人迷失方向，有时使宿舍以外的世界变得寡淡而苍白。可妈妈并不理解，她从没上过大学，没住过宿舍，更别提寄宿学校了。

"室友归室友，"她说，"又不妨碍你交其他朋友。成天围着一个人转也不健康，我话就说到这儿。"

到了校园绿地，前方车辆分成两路。妈妈打开左转向灯，又切换成右转向灯："这该往哪儿开啊？"

我叹了口气，指着左边。

古尔德宿舍并不大，只有一幢房子，里头有八个房间、一个宿管室。去年抽签时，我的数字靠前，所以可以住单人间，这在高二学生里算少见的。我和妈妈来回四趟才把所有东西搬过来：两大箱衣服，一箱子书，换洗的枕头和床单，一条她用我穿不了的旧 T 恤做的被单，还有一台落地扇，摆在屋子中间。

拆行李时，门前人来人往，有家长、学生，还有谁的弟弟在走廊里奔来跑去，栽了个跟头，号啕大哭。过了一会儿，妈妈去卫生间，我听到她捏着嗓子和人家问好，另一个妈妈回应了她。我正往桌子上方的书架摆书，闻声停下来，眯起眼，辨认声音的主人——墨菲阿姨，珍妮的妈妈。

妈妈回到屋子里，带上门。"外头有点吵。"她说。

我把书往架子上一推，问道："刚才是珍妮的妈妈吗？"

"嗯嗯。"

"你看到珍妮了吗？"

妈妈只是点头，没有多说。我们静静地收拾了一会儿，一起把大小正合适的床单铺在细条纹床垫上时，我说："老实说，是她的损失。"

听上去像是这么一回事，但我在撒谎。就在昨晚，我还在卧室镜子前花了一个小时端详自己，想象珍妮眼中我的样子，以及她会不会注意到我抹了增亮发油的头发，还有耳朵上的新耳环。

妈妈什么也没说，把被单从塑料手提袋里拖出来。我知道她是担心我心口不一，到头来又伤心一场。

"就算她现在回头同我和好，"我说，"我也不会浪费这个时间。"

妈妈淡淡地笑了下，抚平床上的被子。"她还和那个男孩子在一起吗？"她说的是汤姆·赫德森，珍妮的男朋友，让我俩闹翻的催化剂。我耸耸肩，表示不知情。可我知道，我当然知道。整个夏天我都盯着她的美国在线用户资料，她的情感状态一直是"恋爱中"。他们还在一起。

临走前，妈妈塞给我四张20美元，让我每周日一定打电话回家。"别忘了，"她叮嘱道，"还有，你得回家给你爸过生日。"她抱得我骨头生疼。

"我喘不过气了。"

"对不起，对不起。"她戴上墨镜，遮住泪眼，走出房间时，她伸出一根指头指着我，"对自己好一点，多交点朋友。"

我挥了挥手："行啦，行啦，行啦。"我站在门口，看着她穿过走廊，消失在楼梯间里。她走了。我杵在原地，听着一对母女欢快的笑声越来越近，是珍妮和她妈妈。她俩一过来，我就赶紧躲进屋里，只来得及瞥了一眼。珍妮剪了头发，穿着一条连衣裙。我记得去年这条裙子在她衣柜里挂了一整年，就是没见她穿。

我躺在床上，四下张望，听着走道里道别、抽噎与哭泣的声音，想起一年前，搬进新生宿舍的第一天，我和珍妮两个人大晚上不睡觉，用她的便携式音响听史密斯乐队和比基尼杀戮乐队的歌。因为担心自己显得很逊、很土，我假装了解这俩乐队，生怕她知道我从没听过这些歌，不喜欢我了。来布罗维克的头几天，我在日记中写道：这里最让我喜欢的是可以遇到像珍妮这样的人。她酷毙了，和她待在一起，我都学会扮酷了！后来，我把这一页撕了，扔了。一看到它，我就尴尬得双颊发烫。

古尔德宿舍的宿管是新来的西班牙语老师汤普森小姐，刚大学毕业。第一次在公共休息室开晚间短会时，她带了彩色笔和卡纸，让我们做好名牌挂在门上。宿舍里的其他女生都是高年级的学姐，只有我和珍妮在读二年级。我俩分别坐在桌子两头，尽量保持距离。她弓着腰，低头做名牌，棕色的短发垂落在脸颊两侧。在喘口气和换彩色笔的间隙，她扫了我一眼，以为我没察觉。

"回房间前，来，每人拿一个这个。"汤普森小姐说着，打开一个塑料袋。一开始，我以为是糖果，后来才发现是一堆银色口哨。

"你们可能永远都用不上，"她说，"不过最好备一个，以防万一。"

"我们要哨子干吗？"珍妮问。

"哦，这个嘛，校园安全措施。"汤普森小姐笑着答道。她嘴角咧得太开，显得颇有些不自在。

"去年怎么没有？"

"这是为了防止有人强暴你，"迪安娜·珀金斯说，"你吹哨子，好让他停下来。"说着，她把哨子拿到嘴边，使劲一吹，哨声响彻走道。我们按捺不住，都试了试。

汤普森小姐在一片嘈杂声中扯着嗓子喊道："好了，好了。"她笑着说，"确认能用就行。"

"要是真有人想强暴你，这玩意阻止得了他吗？"珍妮问。

"什么也阻止不了强奸犯。"露西·萨默斯答道。

"不是的，"汤普森小姐说，"而且这些不是什么'防强暴'口哨，就是个普通的防护工具。要是在校园里感到不舒服，你就吹响口哨。"

"男生们有吗？"我问。

露西和迪安娜翻了个白眼。"男生要口哨做什么？"迪安娜反问道，"动动脑子好不好。"

听到这话，珍妮大笑起来，仿佛露西和迪安娜的白眼与她没什么关系。

开学第一天，校园里熙熙攘攘。装了护墙板的教学楼敞开窗户，教职工停车场满满当当。早餐时，我坐在一张极简风的长条桌一端，喝着红茶，胃紧绷绷的，什么也吃不下。我双眼扫视着装有教堂式顶棚的餐厅，留意新面孔和老面孔的变化。什么都逃不过我的双眼：玛戈·阿瑟顿习惯把头发侧分到右边，挡住她无神的右眼；杰里米·赖斯每天早上都从餐厅顺走一根香蕉；甚至在汤姆·赫德森和珍妮交往前——那时还没有理由关注他的一举一动，我就注意到了他衬衫底下乐队文化衫的换洗频率。这行为听起来很诡异，可我左右不了，我总是不由自主地观察其他人身上各种各样的细节，可就是没有人注意到我。

开学典礼在早餐后，第一节课前，基本上就是一番动员讲话，鞭策我们开启新的学年。我们鱼贯进入礼堂，里头铺了保暖的实木，挂着红丝绒窗帘，阳光洒下来，将一排排弧形的椅子映得通红。典礼一开始，校长贾尔斯女士带着大家熟悉学校的规章制度，她顶着花白的波波头，短发塞在耳后，常年嘶哑的嗓音在礼堂里回荡，而台下的每个人都稚气未脱、朝气蓬勃。等她下台时，屋里闷热起来，大家的额头上淌着汗水。后排有人抱怨了一句："到底要进行到什么时候？"安东诺娃女士转头瞪了一眼。我边上的安娜·夏皮罗用手扇着脸。敞开的窗户间漏进一丝风，吹动了拉开的天鹅绒窗帘下摆。

这时，斯特兰先生阔步走上台，他是英语系主任，我也只是听说过，没上过他的课，没和他说过话。他有一头黑色的鬈发和黑色的胡子，反光的眼镜让人看不清他的眼睛，但大家首先注意到的——我也不例外——是他的体形。他倒是不胖，但魁梧、高大，他耸着肩，仿佛占了这么多空间，身体都有些难为情。

他站上讲台，把麦克风尽可能抬高。开始发言了，阳光下，他的眼镜闪闪发光。我伸手从背包里掏出课表，正好，今天的最后一节课就是斯特兰先生的美国文学荣誉课。

"今天早上，我望着你们这些崭露头角的年轻人。"他的话从扬声器里传来，声音低沉有力，字句铿锵，听起来有点让人不舒服：元音拉长，辅音生硬，听着就像被哄着入睡，又生生惊醒。发言内容无外乎是些老生常谈的东西——有摘星之志，退一步尚可揽月，失败又有何妨。好在他是个出色的演讲者，多少显得深刻了些。

"本学年，你们当下定决心，为成为最好的自己不懈努力，"他说，"挑战自我，留下你们的印记，让布罗维克变得更好。"接着，他把手伸进口袋，抽出一块红色手帕，抬手擦拭额头，露出腋下一片深色的汗渍。

"我在布罗维克教了十三年书，"他说，"这十三年里，我见证了我校学子数不尽的勇气之举。"

我在座位上扭来扭去，膝盖窝和胳膊肘内侧都是汗，琢磨着他所谓的勇气之举是什么意思。

这个学期，我选了法语荣誉课、生物学荣誉课、世界史先修课、几何课（并非给数学天才开设的课程，而是安东诺娃女士口中的"傻瓜几何"），一门名为"美国政治与媒体"的选修课——课上看美国新闻，讨论即将到来的总统大选，以及美国文学荣誉课。上了高二，课业压力一下子加重了。第一天，我背着沉重的课本从校园一头穿到另一头，在教室之间奔波。一天下来，每门课的老师都在提醒我们面临的挑战：作业、考试，快得惊人的节奏——因为这不是一所普通的学校，我们也不是普通的年轻人，作为杰出的青少年，我们必须拥抱困难，愈挫愈勇。我顿感疲惫不堪，才到中午，我就快抬不起头来了，索性跳过午饭，溜回古尔德宿舍，蜷在床上，哭了起来。我想着，要真是这么难，还折腾什么？这个态度很糟糕，尤其是这才第一天。我不禁想,一开始我为什么要来布罗维克,他们为什么要给我奖学金,又凭什么认为我足够聪明,能来这里。这是我光顾过的思维死胡同,每次我得出的结论都一样:我大概有点毛病,有一种内在的弱点,表现为懒惰,怕吃苦。而且,学校里几乎没人像我这么吃力,其他人在不同课程间游刃有余地切换,知道每个问题的答案,总是胸有成竹,看起来毫不费力。

总算到了今天的最后一节课,美国文学荣誉课。我立马注意到斯特兰先生换掉了早晨开学典礼上穿的衬衫。他站在教室前头,靠在黑板上,双手交叉抱在胸前,看起来比上台时还要魁梧。班上有十个人,包括珍妮和汤姆。进教室时,斯特兰先生的目光一路尾随,仿佛在上下打量我们。珍妮进来时,我已经在研讨桌旁坐定了,隔几个座位坐着汤姆。一看到她,他面露喜色,招呼她坐到我们中间的空位上。他觉察不到,也不明白这是不可能的事。珍妮扯了扯背包肩带,浅笑一下。

"我们还是坐这边吧,"她说,意思是远离我的另一边,"这边好些。"

她像宿舍短会上那样扫了我一眼。费这么大力气假装这段友情从未存在过,多少有点愚蠢。

上课铃响了,斯特兰先生没有动。等我们安静下来,他才开口。"你们相互之间应该都认识吧,"他说,"但我可能还认不全。"

他走到研讨桌一头,随意点名,问我们叫什么,来自哪里。有时他也问别的问题——有没有兄弟姐妹,最远去过哪里,如果可以,会给自己取个什么样的新名字。他问珍妮第一次谈恋爱是几岁,她的脸唰地红了,边上的汤姆也脸红了。

轮到我了，我说："我叫凡妮莎·怀，不来自任何地方。"

斯特兰先生往椅背上一靠："凡妮莎·怀，不来自任何地方。"

我紧张地笑了笑，我的话一经重复，听起来格外愚蠢。"我是说，它就是个小地方，算不上城镇，也没有名字。他们只管它叫二十九镇。"

"在缅因州？新英格兰高速边上？"他问道，"我知道在哪儿。那儿边上还有个湖，名字挺可爱，叫鲸什么。"

我惊讶得直眨眼："鲸背湖，我就住在湖边上，只有我们一家一年到头住在那儿。"说着，我心里莫名一阵苦闷。在布罗维克，我几乎不曾想家，但或许是因为从没有人知道我家在哪儿。

"说真的，"斯特兰先生思索片刻，"住在那里，你觉得孤独吗？"

一时间，我呆住了。这个问题划开了一道无痛的口子，干净利落。虽然我不曾用"孤独"一词描述我住在那丛林深处的感觉，但听到斯特兰先生这么说，我想，那应该是真的，或许一直以来都是如此。想到自己满脸写着孤独，我突然有些尴尬，很显然，一个老师只消看我一眼，就知道我是个孤独的人。我勉强说了句："有时候吧。"但斯特兰先生已经转向下一位同学了，他问格雷格·埃克斯从芝加哥搬到缅因州西部山麓是什么感觉。

等我们介绍完毕，斯特兰先生说他的课将是今年我们选的课程中最难的一门。"大多数学生都说，我是布罗维克最严厉的老师，"他说，"有些甚至说我比他们的大学教授还要严厉。"他用手指敲着桌子，强调这条信息的严肃性。接着，他走到黑板前，抓起一节粉笔，边写边回过头说："你们也该记笔记了。"

在我们翻找笔记本之际，他开始讲亨利·沃兹沃斯·朗费罗和

《海华沙之歌》。这首诗我没听过,想必我也不是唯一一个。可当他问全班同学是否熟悉这首诗时,大家都忙着点头。没有人想显得愚笨。

他讲课时,我偷偷扫视了一圈教室,构造基本与人文楼里的其他教室一致——硬木地板,一面嵌入式书架墙,一块墨绿色黑板,一张研讨桌,但他的教室有一种宜人的温馨感。里头有一块地毯,中间踏出了一条小道,一张橡木大桌,上面亮着一盏老式绿色银行灯,一台咖啡机,还有一个文件柜,顶上搁着一个印着哈佛校徽的马克杯。割草的气味和车子启动的声音从开着的窗子飘进来,斯特兰先生在黑板上写下一行朗费罗的诗,写得那么用力,粉笔都碎在了手里。突然间,他停下来,转向我们,说:"如果你们只能在这门课上学到一件事,那就是这个世界是由无数个相互交织的故事组成的,每一个故事都真实、可信。"我努力把他说的一字不差地抄下来。

离下课还有5分钟,斯特兰先生突然停了下来。他双手垂在两侧,耷拉着肩。他离开黑板,坐在研讨桌旁,搓着脸,叹了口气,接着疲惫地说:"开学第一天总是这么漫长。"

我们围坐在桌子旁等着,不知所措,手中的笔在笔记本上方徘徊。

他把手从脸上放下来。"我得和你们说句实话,"他说,"我真他妈累了。"

桌子另一头,珍妮惊讶地笑了。老师们偶尔会在课上开开玩笑,但我从没听过有人说"真他妈"。我也从没想过老师可以说这话。

"你们介意我说脏话吗?"他问,"我觉得还是得先征求你们的同意才是。"他双手相扣,装得很是真诚,"要是我丰富多彩的语言冒犯了在座的各位,现在就提出来,否则就永远保持沉默。"

当然,没有人敢说什么。

这学年的前几周过得很快:早餐喝一杯红茶,应对一连串课程,午餐啃个花生酱三明治,在图书馆自习几个小时,晚上照例在古尔德公共休息室看华纳的节目。有一回,我缺席了宿舍短会,汤普森小姐罚我留下来,不过我提议帮她遛狗,免得陪她在宿舍自习室干坐一小时,我俩都乐得开心。早晨上课前,我时常还在赶作业,不论多么努力,我总是手忙脚乱,稍不留神就落后。老师们老是说我能行,说我很聪明,可惜注意力不集中,缺少拼劲。就是拐着弯说我懒罢了。

搬进来还没几天,我的房间就已经乱成一团,到处是衣服、散乱的文件和喝了一半的茶。理想中能帮我让一切井井有条的日程安排表,也不知丢到哪里去了,不过这也在意料之中,因为一切都失控了。每周至少有一次,我打开房门,发现钥匙挂在门把手上,大概是有人在浴室、教室或者餐厅捡到送回来的。我三天两头找不着东西,要么是课本卡在床缝里了,要么就是作业挤到书包底下了。老师们面对我皱巴巴的作业,总是十分恼火,威胁要扣我卷面分。

"你能不能有点条理!"世界史先修课老师见我胡乱翻着课本,找昨天刚做的笔记,气得大吼,"这才第二周,怎么就乱成这副德行了呢?"虽然我最后找到了笔记,但他说得也没错:我就是马虎,这是软弱的表现,是严重的性格缺陷。

在布罗维克,导师和他们的学生每个月一起吃一次晚饭,传统上是到导师家里，但我的导师安东诺娃女士从不邀请我们到她家里去。"我这人守界限，"她说，"不是所有老师都这样，这没关系。他们的生活里处处时时有学生，这也不错，但我不行。我们可以找个地方，吃点东西，聊聊天，完了各自回家，这就是界限。"

本学年第一次见面，她带我们去市中心的一家意大利餐厅。我正忙着用叉子卷意面，安东诺娃女士说学院反映我最大的问题就是缺少条理。我尽量端正态度，说我会努力改进的。她告诉桌上每一个人他们的成绩反馈。别人都没有条理问题，不过我的情况还不是最糟。凯尔·吉恩严重违反校纪，两门课的作业都没交。安东诺娃女士念他的反馈时，其他人都埋头盯着盘里的意大利面，庆幸自己还没差成他这样。晚饭临近尾声，餐盘也空了，她递给我们一盒自制的樱桃馅点心。

"这些是乌克兰式甜点，"她说，"我妈妈是乌克兰人。"

我们离开餐厅，往山顶的校园走去，安东诺娃女士走到我边上。"忘记和你说了，凡妮莎，今年你得参加一项课外活动，一项兴许还不够。你得以后申请大学考虑，现在你可是一点优势都没有。"她开始给我出谋划策，我一路点头附和。我自己也知道得多参加活动，其实我也试过——上周去了个法国社，可当得知每次开会成员都要戴黑色贝雷帽时，我就赶紧溜了。

"创意写作社呢？"她问，"这个应该适合你，你不是还写诗吗？"

这个我也考虑过。创意写作社在出文学期刊，去年，我每期都读了一遍，把期刊里的诗和自己的对比了一下，尽量客观地评判高下。"对哦，好吧。"我说。

她把手搭在我肩上。"好好考虑一下，"她说，"今年的指导老师是斯特兰先生。这一领域,他很擅长。"

她回过头,边拍手边用俄语对落在后头的人喊了几声,不知为何,俄语比英语更能让我们加快脚步。

这个创意写作社还有一个成员,杰西·利,一个学弟,走哥特风,据说是同性恋。我走进教室时,他已经坐在研讨桌前了,面前摆着一沓文件,脚踩一双中筒军靴,搁在椅子上,耳后架着一支笔。他瞥了我一眼,没说话。我猜他根本不知道我的名字。

斯特兰先生突然从办公桌后站了起来,大步朝我走来。"来参加写作社的?"他问。

我张开嘴,不知道说什么好。要是早知道只有两个人,我可能就不来了。我想打退堂鼓,可斯特兰先生喜出望外,握着我的手说:"你一来,我们的成员数可是翻倍了。"这样一来,我想改主意都难。

他领我到研讨桌旁,坐在我旁边,说那沓文件里有文学期刊的投稿。"都是学生作品,"他说,"尽量不要看名字。做决定之前,认真读完每一篇文章。"他让我在边缘空白处写好评语,然后给每份作品分级,级别从1到5,1代表完全无法采用,5则代表直接采用。

杰西头也不抬地说:"我一直是打钩的,去年就是这么干的。"他指着已经看过的那些文章,每份作品的右上角分别打了小钩、钩加或是钩减。斯特兰先生皱起眉头,显然有些不悦,但杰西没有注意到。他正目不转睛地读诗。

"哪种方法都行。"斯特兰先生说。他微笑着,朝我眨了下眼,站起来时,他还拍了拍我的肩膀。

斯特兰先生回到办公桌后头。我从那一堆文件里抽出一份,那是一部短篇小说,题目是《我生命中最糟糕的一天》,作者是佐伊·格林。去年我俩一起上过代数课,她坐在我后面,每当塞思·麦克劳德叫我"大红"时,她便大笑,仿佛这是她听过的最搞笑的事情。我甩甩头,试图把这偏见从脑海中赶出去。难怪斯特兰先生说不要看名字。

小说写了一个坐在医院等候室里的小女孩,她的祖母刚刚去世。刚读完第一段,我便已兴致索然。杰西见我在数到底有多少页,便悄悄和我说:"如果写得太烂,真的没有必要通篇读完。去年布鲁姆女士做指导老师时,我就是这么编辑的,她一点都不在乎。"

我瞟了一眼坐在办公桌后埋头读稿的斯特兰先生,耸耸肩说:"没关系,我还是看完吧。"

杰西瞄了一眼我手中的稿子:"佐伊·格林?这不就是去年辩论赛上情绪失控的那个女生吗?"是她没错,当时她负责为保留死刑辩护,最后一轮中,她的对手杰克逊·凯利指责她的立场不道德,是种族主义,她当场哭了。要是杰克逊不是黑人,她大概不会如此恼羞成怒。宣布杰克逊为锦标赛冠军时,佐伊抗议,称他的辩词是对她的人身攻击,有违辩论规则,最终他俩并列第一。可大家都知道,她不过是在瞎扯。

杰西靠过来,抢过我手中佐伊的小说,在右上角打了个钩减,丢到"不予采用"那一堆。"这不就得了。"他说。

余下的时间里,我和杰西在读稿,斯特兰先生坐在教室后头的办公桌前批作业,偶尔去复印或给咖啡机接水。有一会儿,他剥了一个橘子,香味在整间教室里弥漫。一个小时过去了,我起身离开,斯特兰先生问我是否会参加下次活动。

"我也不确定,"我说,"我还在尝试不同的事物。"

他只是笑笑，等到杰西离开教室，才说："这恐怕对你的社交没什么帮助。"

"哦，没关系，"我说，"反正我也不善交际。"

"怎么说？"

"我也不知道，大概只是没有很多朋友。"

他若有所思地点点头："我明白你的意思，我也喜欢一个人待着。"

一开始我想反驳，因为我一点都不喜欢一个人待着，可我转念一想，他或许是对的，或许我是自愿独来独往的，因为更喜欢同自己做伴。

"其实，我以前和珍妮·墨菲是最好的朋友，"我说，"她也在你的课上。"这些话脱口而出，让我猝不及防。我从未和一个老师，尤其是一个男老师说过这么多，可他看着我，手托着下巴，微笑着，目光温柔，我不禁想诉说，想展现真实的自己。

"啊，"他说，"她呀，尼罗河小女王。"我不解地皱起眉，他解释说他是指她的短发，看起来像埃及艳后。他说这话时，我感到胃里一阵刺痛，又嫉妒又厌恶。

"我不觉得她的发型有多好看。"我说。

斯特兰先生颇有些得意："这么说你们原先是好朋友，发生了什么？"

"她和汤姆·赫德森在一起了。"

他思索片刻："那个留着连鬓胡子的男生。"

我点了点头，寻思着老师们暗地里都是怎么分辨我们，并给我们分类的。要是有人提起凡妮莎·怀，不知他会联想到什么：那个一头红发的女孩，那个总是独来独往的女孩。

"这么说你遭遇了背叛。"他说,意思是珍妮背叛了我。

之前我从没有这么想过,这个想法令我顿感温暖。没错!不是因为我太喜欢她,太依恋她,不是我把她吓跑的,不,该感到委屈的是我。

他站起来,走到黑板前,擦掉课上留下的笔记:"怎么想到来写作社的?简历不好看?"

我点点头,不想瞒他:"安东诺娃女士让我来的,不过我也确实喜欢写作。"

"你平时都写些什么?"

"主要是诗歌,不过写得不好,有点不伦不类。"

斯特兰先生扭过头笑了笑,平易近人又居高临下:"我想看看你的作品。"我留意到他说的是"你的作品",仿佛我写的东西值得认真对待。

"好啊,"我说,"如果你真的想看的话。"

"我真的想看,"他说,"不然我也不会提。"

听了这话,我脸红了。我妈妈老说,我这点最不好,总是用自嘲来转移对我的赞美。我要学着去接受,她说,归根结底还是我缺乏自信。

斯特兰先生把黑板擦放回粉笔槽里,端详着站在教室另一头的我。他把手伸进口袋里,上下打量着我。

"这条裙子不错,"他说,"我喜欢你的风格。"

由于从小被灌输的礼貌观念,我近乎条件反射地咕哝了句谢谢,接着低头看了眼我的裙子。那是件墨绿色的针织裙,略微呈A字形,刚好到膝盖,样子并不好看。它不时髦,我穿它只是因为喜欢它和我的发色形成的对比。一个中年男人,竟会注意到小女生的衣服，这多少有些奇怪。我爸甚至分不清连衣裙和半身裙的区别。

斯特兰先生转身面对黑板，又擦了起来，尽管已经擦得很干净了。他似乎有点尴尬，但我还是想再一次真诚地谢谢他。我本来想对他说，非常感谢，从来没有人这么和我说过。我等着他转身，可他只顾来回擦黑板，墨绿色的黑板上留下一道道泛白的痕迹。

随后，我慢慢朝门口走去，他说："希望周四能再见到你。"

"哦，没问题，"我说，"会见到的。"

于是，周四我又去了，还有下一个周二，下一个周四。我成了社团的正式成员。为期刊选稿比我和杰西预想的费时得多，主要是我太优柔寡断了，投个票还改来改去。杰西则提笔一画，判得果决又无情。我问他怎么能这么快下决定，他说，文章好坏，读第一行便一目了然。某个周四，斯特兰先生躲进教室后头的办公室里，出来时抱了一摞过期刊物，方便我们了解期刊应当是什么样的。杰西去年是编辑，他肯定知道。我翻开其中一本，看到"小说"目录下有杰西的名字。

"嘿，这儿有你。"我说。

看到自己的名字，他嘟囔着说："别当着我的面看，行吗？"

"为什么？"我扫了眼第一页。

"因为我不想让你这么干。"

我把期刊塞进背包，直到晚饭后才想起来。当时，我深陷于费解的几何作业，急需转移注意力。我抽出期刊，翻到他的小说，读了两遍。写得很好，真的很好，比我写的任何东西都要好，也比我们审校的所有稿子都出色。可下一次社团会议上，我刚想告诉他这事，他就直接打断了我。"写作已非我所好。"他说。

在另一个下午，斯特兰先生教我们使用新的出版软件给期刊排版。我和杰西并排坐在电脑前，斯特兰先生站在我俩身后，边看边指正。有一回我犯了个错误，他便伸手帮我操作鼠标，宽大的手掌完全包住了我的手。这触碰令我浑身发烫。第二次犯错时，他仍是这样，这一次还捏了捏我的手，仿佛在安慰我，说我能学会的。可对杰西，他就不这样。杰西不小心退出了，还忘了保存，害得斯特兰先生只好从头解释一遍步骤。

到了9月下旬，整个星期天气都极好，晴朗又凉爽。每天早晨，愈加鲜艳的叶子将诺伦贝加周围绵延起伏的群山染成缤纷的色彩。校园宛如我当初申请布罗维克高中时在宣传画册上看到的那般迷人：穿着针织衫的学生，翠绿的草坪，被夕阳余晖映得绯红的白色护墙板。我本该感到惬意，可这天气令我烦躁、恐慌。下课后，我怎么都静不下心来。我从图书馆来到古尔德公共休息室，再到自己的房间，又回到图书馆，每一个地方都叫我坐立难安，只想逃离。

某天下午，我在校园里兜了三圈，对到过的所有地方都不满意——图书馆太暗，凌乱的房间太压抑，其他地方挤满了结伴学习的人，更突出我有多孤单，还总是独来独往。直到最后，我逼着自己在人文楼后面的斜坡草地上停下来。冷静，深呼吸。

我靠着曾在文学课上出神望着的那棵孤零零的枫树，用手背擦了擦滚烫的脸颊。这天才10摄氏度，我却心烦意乱得满头大汗。

这儿不错，我心想，就在这儿吧，静一静。

我背靠着树坐下，打开背包，摸摸几何学课本，又碰碰活页笔记本，想着我要是先写一首诗，或许会感觉舒服点。可我翻开最近写的一首——关于一个被困在岛上、向水手求救的女孩的诗，读后却并不满意，这诗笨拙、杂乱，几乎语无伦次。之前我竟还觉得不错,我怎么会这么觉得呢?它显然很糟糕,也许我所有的诗都是这样。我蜷成一团,用手掌揉着眼皮,突然听到有人走来,碾得树叶枯枝嘎吱作响。我抬起头,一个高大的身影挡住了阳光。

"你好啊。"黑影说。

我抬手挡住阳光——是斯特兰先生。他注意到我的脸、我红红的眼圈,神情立刻变了。"不开心啊。"他说。

我抬头看着他,点了点头。撒谎似乎没有用。

"你想一个人待着吗?"他问。

我犹豫了一下,摇了摇头。

他坐到我边上,离我几英尺[1]远。他的长腿伸展开,裤子底下膝盖的轮廓清晰可见。他一直看着我,看着我揉眼睛。

"我无意打扰,只是从窗口看到你,想过来打个招呼。"他边说边指向我俩身后的人文楼,"说说看,是什么让你不开心?"

我吸了口气,想着如何开口,可过了一会儿,还是摇摇头。"太复杂了,很难解释。"我说。这不仅是因为我写的诗不好,或是我想找个地方学习却搞得自己身心俱疲,这还是一种更压抑的情绪,一种害怕自己出了什么问题却又无力解决的恐惧。

我希望斯特兰先生别再追问了,可他却像在课堂上等着同学解答难题一样等待着我。凡妮莎,我知道这很复杂,很难回答,可难题恰恰就是这样的。

我又深深吸了一口气,说:"每年这个时候我都觉得自己快疯了,觉得时间紧迫,而我在浪费生命。"

斯特兰先生眨了眨眼。看得出这不是他预想的回答。"浪费生

---

[1] 英美制长度单位,1英尺合0.3048米。

命。"他重复道。

"我知道这说不通。"

"不，不会，完全说得通。"他往后靠，脑袋枕在手上，转过头来说，"你知道吗，要是你在我这个年纪，我会说，这听起来像是中年危机开始了。"

他咧嘴笑了一下，我下意识地跟着他咧嘴。

"你刚才貌似在写东西，"他说，"有什么成果吗？"

我耸耸肩，不确定我的东西能否算成果。这话多少有些自吹自擂，我不配说。

"能让我看看你写了什么吗？"

"不行。"我把笔记本紧紧攥在手里，护在胸前。我看到他眼中闪过一丝惊恐，好像我突然的举动吓到了他。我平静下来，补充道："只是还没完成。"

"存在真正完成的作品吗？"

这个问题很狡猾。我思索片刻，答道："相对来说，某些作品的完成度更高。"

他笑了，对这个回答很是喜欢："那你有没有什么完成度更高的作品可以给我看看呢？"

我松开手，翻开笔记本，里头都是些半成品诗歌，我曾改了又改。我翻了翻最近写的几页，找到写了好几个星期的那首。这也没完成，不过勉强过得去。我把笔记本递给他，希望他不会注意到订口空白处我随手画的花藤。

他小心翼翼地捧着笔记本。单是看到我的本子在他手里，我都惊诧不已。这笔记本我以前碰都不让人碰，更别说看了。看完诗，他嗯了一声。我等着他有更明确的反应，好让我知道他觉得好还是不好，可他只是说："我再看一遍。"

　　终于，他抬起头来说："凡妮莎，这写得很好啊。"我长舒一口气，笑了。"你花了多长时间写的？"他问。

　　想到即兴创作的天才更叫人佩服，我耸了下肩，撒谎道："没多久。"

　　"你之前说你经常写作。"他说着把笔记本还给我。

　　"一般每天都写。"

　　"由此可见，你很优秀。我可是从读者的角度说的，不是老师。"

　　我喜出望外，又笑了，斯特兰先生也露出了他那温和又居高临下的笑容。"很好笑吗？"他问。

　　"不是，头一回有人给我写的东西这么高的评价。"

　　"不会吧？这有什么，我还能说点更好听的。"

　　"只是我从没有让人看过我的……"我刚想说"东西"，又转念换成了他的表述，"我的作品。"

　　接着，我俩都不说话了。他把头枕在手上，欣赏眼前的风景：如画的市区，远处的河流，起伏的群山。我低下头，目光回到笔记本上，却什么也看不进去。我明显感觉到，他的身体就挨着我，他倾斜的上身，紧绷的衬衫下的肚子，交叉着脚踝的长腿，一根裤管皱缩着，露出登山鞋上方半英寸[1]的皮肤。我担心他起身离开，努力想找话题把他留下。没等我开口，他从地上捡起一片红色枫叶，转动叶柄，思索片刻，举到我面前。

　　"你看，"他说，"和你的头发很配。"

---

1　英美制长度单位，1 英寸合 2.54 厘米。

我愣住了，不禁张口结舌。他举着枫叶，停留了一会儿，叶尖摩挲着我的头发。接着，他轻轻摇了摇头，垂下手，叶子掉到了地上。他起身，再一次挡住阳光，在腿上擦了擦手，走回了人文楼，没有说再见。

他走后，我顿感狂躁，急需逃离。于是，我猛地合上笔记本，抓起背包，朝宿舍走去，可转念一想，我又折了回去，在地上寻找他举到我头发上的那片树叶。找到后，我把它夹进笔记本，两脚生风般，脚不沾地地阔步穿过校园。回到宿舍，我才想起他说能从窗口看到我，吓得赶紧闭上眼睛，不敢去想他回到教室，看着我寻找那片叶子的画面。

下一个周末，我回家给我爸过生日。妈妈送的礼物是一只从收容所领养的拉布拉多犬，原主人以"毛色太苍白"为由抛弃了它。爸爸给它取名"宝贝"，来自一部以小猪为主角的电影，因为它有圆圆的肚子、粉红的鼻头，活像一只小猪。之前养的狗今年夏天死了，那是一只走失的牧羊犬，是爸爸在城里捡的，12岁，因此，家里从未有过小狗。我太喜欢宝贝了，整个周末都像照顾婴儿一样抱着她，捏捏她软糖一样的肉掌，闻闻她香香的味道。

晚上，爸妈睡下后，我站在卧室的镜子前，端详我的脸和头发，设法像斯特兰先生看我那样看自己——一个有着枫叶一般的红发，穿着漂亮裙子的时髦女孩，可我眼前依旧是这个面色苍白、满脸雀斑的小孩。

妈妈开车送我回布罗维克，爸爸和宝贝留在家里。憋在车子密闭的空间里，我的胸口灼烧着，我想开口，可说什么呢？说他摸了几次我的手，还是说他评论了我的头发？

车子过了桥，驶入城镇，我假装不经意地问道："你有注意到我的头发是枫叶的颜色吗？"

妈妈扭过头，惊讶地看着我。"嗯，枫树有很多种，"她说，"到秋天会变成不同的颜色。有糖枫、条纹槭、红枫，再往北，还有鸡爪槭——"

"算了，当我没说。"

"你什么时候对树感兴趣了？"

"我说的是我的头发，不是树。"

她问我是谁说我的头发看起来像枫叶，声音很柔和，不像是起了疑心，倒像是觉得很美好。

"没谁。"我说。

"肯定有人说。"

"我自己就注意不到吗？"

红灯，车子停了下来，收音机正在播报整点新闻。

"要是我告诉你，"我说，"你得保证不小题大做。"

"不会的。"

我瞄了她一眼："你保证。"

"好吧，"她说，"我保证。"

我吸了口气："一个老师说的，说我的头发是枫叶的颜色。"说完，我如释重负，差点笑出声来。

妈妈眯起眼睛。"老师？"她问。

"妈，看路！"

"男老师？"

"有关系吗？"

"老师不该说这种话。是谁啊？"

"妈！"

"我想知道。"

"你说了不会小题大做的。"

她抿着嘴，定了定神："对一个15岁的女孩说这种话很奇怪，我就想说这个。"

车子穿过城镇：一片片破败的维多利亚式大宅沦落为一座座公寓楼，空荡荡的中心区，庞大的医院，咧着嘴的保罗·班扬雕像，它有黑色的头发、黑色的胡子，看起来有点像斯特兰先生。

"是个男老师，"我说，"你真的觉得很奇怪吗？"

"是的，"妈妈说，"我真的这么觉得。你要我去和谁反映一下吗？我可以去闹一出。"

我想象她气冲冲地闯进行政楼，要求见校长。我摇了摇头，不，不，我可不想这样。"他也就是随口一说，"我说，"真没什么大不了的。"

听了这话，妈妈放松了些。"他是谁？"她又问，"我不会怎么样的，就是单纯想知道。"

"我的政治老师，"我眼睛都不眨一下，"谢尔登先生。"

"谢尔登先生。"她重复道，像是从没听过这么蠢的名字，"总之你也别和老师混在一起，专心交朋友。"

我望着车窗外的道路。其实我们也可以走州际公路去布罗维克，可妈妈不同意，说那是条挤满"路怒症患者"的赛车道。她宁愿花双倍的时间走双车道高速公路。

"你知道吗？这不是我的错。"

她扫了我一眼，皱着眉头。

"我情愿一个人待着，这没什么，你干吗为难我？"

"我不是在为难你。"她说,可我俩都知道就是这么一回事。过了一会儿,她又说:"对不起,我只是担心你。"

接下来,我俩几乎没怎么讲话。我盯着窗外,暗自得意自己占了上风。

我坐在图书馆的自习室里,面前是摊开的几何作业,努力想集中注意力,可脑子就像掠过水面的石头,不,就像一块在易拉罐里咔嗒作响的石头。我掏出笔记本,刚把这话记下来,注意力就被还在写的孤岛女孩的诗牵走了,等回过神来,一个小时已经过去了,几何作业依旧一笔没动。

我揉了揉脸,抓起铅笔,想要学习,可没几分钟,目光就扫到窗外去了。正是黄昏,余晖映得树木绯红。穿着足球衫、肩上挂着钉鞋的男生刚从球场上回来。两个女生将小提琴盒背在背上,头上的双马尾辫随着步子晃动。

接着,我看到汤普森小姐和斯特兰先生一起朝人文楼走去。他们不紧不慢地走着,斯特兰先生背着手,汤普森小姐笑着摸了摸脸。我努力回想之前是否见过他俩在一起,使劲琢磨汤普森小姐是否漂亮。她有蓝色的眼睛和黑色的头发,我妈妈总是夸这种组合好看,但她有点胖,屁股往外凸,像个架子,我害怕长大后一不留神就长成她这样。

我眯着眼,向远处看,试图捕获更多细节。他俩走得很近,但没有肢体接触。过了一会儿,汤普森小姐抬起头,大笑起来。斯特兰先生很风趣吗?他可从没逗我笑过。我把脸贴在窗户上,不让他们离开我的视线,可他们拐了个弯,消失在一棵橡树那橘黄色的叶子后面。

最近在进行初步学术评估测试，我考得还行，但比不上大多数高二同学，他们陆续收到了藤校的宣传册。我又买了个日程本，好让自己更有条理，老师们注意到了，还告诉了安东诺娃女士，她给了我一罐榛子糖，奖励我做得不错。

文学课上，我们读了沃尔特·惠特曼，斯特兰先生讲到人自身的多重可能性与矛盾。我留意到他似乎也自相矛盾，读的是哈佛，却说自己从小家境贫寒，能言善辩，却不时蹦出几个下流词，穿着剪裁考究的西装外套和熨烫过的衬衫，却踩着一双磨损的登山鞋。他的教学风格也自相矛盾。在课上发言总感觉有风险，他要是喜欢你说的话，会鼓着掌跳到黑板前详细阐述你出色的见解，要是不喜欢，话都不让你说完，用一句"好，够了"无情地将你打断。这吓得我不敢发言，虽然有时候他向全班抛出一个开放式问题后，会直直地盯着我，仿佛想特意了解我怎么看。

我在课堂笔记的空白处记下他说漏嘴的有关自己的细节：他在蒙大拿州的比尤特长大，这地名他读起来像"别克"；18岁考入哈佛之前，他从未见过大海；他住在诺伦贝加市中心的公共图书馆对面；他不喜欢狗，小时候被狗咬过。一个周二，创意写作社活动结束后，待杰西出门走到大厅时，斯特兰先生说他有东西要给我。他打开办公桌最下边的抽屉，拿出一本书。

"是课上要读的吗？"我问。

"不是，"他说，"这是给你准备的。"他绕过办公桌，把书塞到我手里：西尔维娅·普拉斯的《爱丽尔》。"你看过她的作品吗？"

我摇摇头，把书翻过来。书很旧，蓝色布面的封皮。书页间夹着一张便笺纸，一头露在外面，算是书签。

"她有些过火，"斯特兰先生说，"但小姑娘们喜欢。"

我不知道他说的"过火"是什么意思,也不想开口问。我翻了翻,几首诗随着书页闪过,我停在书签处,标题是大写的粗体字——《拉撒路女士》。"这一页为什么放书签?"我问。

"我来告诉你。"

斯特兰先生走到我边上,往后翻了一页。我离他这么近,感觉好像被吞没了一样,我的头甚至没到他的肩膀。

"看这儿。"他指着其中几行:

我披着一头红发
从灰烬中重生,
像呼吸空气一样吞噬男人。

他说:"这让我想起了你。"说着伸手揪了揪我的马尾辫。

我盯着书,假装在读诗,但诗节在泛黄的书页上模糊成黑色的污渍。我不知道该如何回应,也许我该笑一笑。我不知道这算不算调情,可不对啊,调情应该是愉快的,这未免太沉重了些。

斯特兰先生轻声问道:"我可以说,它让我想起了你吗?"

我舔了舔嘴唇,耸了下肩:"可以。"

"我可不想越轨。"

越轨。我不知道他这话是什么意思,但他低头盯着我,看得我不敢问问题。他突然显得既尴尬又满怀希望,好像要是我说不可以,他就会哭出来。

于是我微笑着摇摇头:"你没有。"

他松了口气。"那就好,"他边说边走开,回到办公桌旁,"好好读一读,回头告诉我你的想法,也许这能给你写诗的灵感。"

我出了教室，直奔古尔德宿舍，躲到床上，一口气读完了《爱丽尔》。诗我喜欢，可我更感兴趣的是它们为什么让他想起了我，还有这是什么时候的事情——或许是他举着枫叶的那个下午？枫叶红的头发。不知这本书在他抽屉里躺了多久，他是不是过了好一阵才决定把它送给我。或许他还得给自己鼓鼓劲。

我撕下《拉撒路女士》那一页上的便笺纸，用精巧的草书在上面写下"我披着一头红发"，然后把它钉在书桌上方的软木板上。只有成年人会夸奖我的头发，可他这么做不仅仅是出于礼貌。他想着我，他很想我，一些东西会让他想起我，这恰恰说明了什么。

我等了几天才把《爱丽尔》还给他。下课后，我磨蹭到大家都走了，再把书放到他的书桌上。

"怎么样？"他倾身向前，胳膊支撑着身子，迫切想听听我的看法。

我犹豫了一下，吸了下鼻子："她有点以自我为中心。"

他笑了起来，开怀大笑："这倒不假，我很欣赏你的诚实。"

"但我喜欢，"我说，"尤其是你标出来的那首。"

"我就知道你会喜欢。"他走到嵌入式书架前，扫视了一圈，"给，"他说着递给我另一本书——艾米莉·狄金森的，"不知你对这本有什么看法？"

我没拖延，第二天下课后就把狄金森的诗集还给他了。我把书扔在他的桌子上，说："不感兴趣。"

"开玩笑吧。"

"有点无聊。"

"无聊！"他一手按在胸前，"凡妮莎，你真是让我伤心。"

"你说你很欣赏我的诚实。"我笑着说。

"话是没错，"他说，"可最好是在我也赞同你的时候。"

接下来，他给了我一本埃德娜·圣文森特·米莱的书，据他说，绝对不无聊。"而且，她是一个来自缅因州的红发女孩，"他说，"和你一样。"

我随身带着他的书，不管是吃饭时还是休息时，一得空我就看。我渐渐意识到，关键不是我喜不喜欢，而是他能让我从不同的视角审视自己。这些诗就是线索，帮助我理解他为什么对我这么感兴趣，以及他到底在我身上看到了什么。

正因为他的关注，在他说想多看些我的作品时，我也有勇气给他看我的诗稿。他会评论，不单是夸奖，还有实在的建议，帮我改进。他把我不确定的词圈出来，在边上写道："最优选择？"还有一些他干脆划掉，写道："你可以写得更好。"有一首是我半夜从梦中醒来时写的，梦中的场景仿佛是他的教室，又仿佛是我家的卧室。他写道："凡妮莎，这首诗让我有点害怕。"

在他的值班时间，我也待在他的教室里，坐在研讨桌前学习，而他则在办公桌前工作。10月的阳光透过窗户洒在我俩身上。有时其他同学会过来请教功课，不过大多数时候只有我俩。他会问些关于我的问题，关于在鲸背湖畔长大的感受，关于我对布罗维克的看法，关于长大后我想做什么。他说我前途无量，说我拥有一种罕见的智慧，无法用等级或分数来衡量。

"有时，我会担心像你这样的学生，"他说，"他们来自小城镇的破烂学校，在这样的地方很容易不知所措、迷失方向。可你适应得很好，不是吗？"

我点点头，不知他说"破烂"时脑海中浮现的是什么画面。我以前的初中也没那么不堪。

"记住,"他说,"你很特别。你拥有的特质,那些满大街都是的优等生做梦都没有。"他说"满大街都是的优等生"时,指了一下研讨桌周围的空座位,而我想起了珍妮,想起她对成绩的痴迷。有一次我走进房间,发现她趴在床上哭,靴子也没脱,碎石子都掉到了床单上,揉得皱巴巴的微积分先修课试卷躺在地板上,她得了88分。"珍妮,这好歹有个B啊。"我说,可这安慰不了她。她滚到靠墙的那一边,捂着脸哭。

又一个下午,斯特兰先生正在电脑上写教案,突然冒出一句:"你老待在我这儿,不知他们会怎么想。"我不知道他说的"他们"指的是谁——其他老师,还是其他同学?又或许他指的是所有人,把整个世界缩小成一个他人的合集。

"我可不担心。"我说。

"为什么呢?"

"因为没有人会注意到我在做什么。"

"不是这样的,"他说,"我一直很关注你。"

我从笔记本上抬起头。他停下来,手指搭在键盘上,看着我。他的脸那样温柔,我的身体都冷了下来。

从那以后,不论我是睡眼惺忪地吃早饭,在市中心散步,还是一个人待在房间里,扯下马尾辫上的皮筋,抱着他为我挑选的新书爬到床上,我都会想象他看着我。在我的脑海里,他会看着我翻书,为我做的每一件小事着迷。

"父母探望周"来了,这三天里,布罗维克尽力把最好的一面呈现出来。周五有家长鸡尾酒会,接着是在食堂举办的全校正式晚宴,晚宴上的食物平日菜单上从未出现过,有烤牛肉、小土豆和热乎乎的蓝莓派。周六午饭前是家长会，下午是亲子运动会，待到周日一早的家长可以到市中心去，要么上教堂，要么吃早午餐。去年我爸妈样样都参加了，包括周日的弥撒。今年，妈妈说："凡妮莎，要是又全都参加，你爸和我就真的'生无可恋'了。"于是他们只出席了周六的家长会。这没什么，布罗维克是我的全部，不是他们的。我猜他们宁愿支持共和党，也不想在车尾贴上"我是布罗维克学生家长"字样的贴纸。

家长会后，他们来看我的房间。爸爸戴着红袜队的帽子，穿着野牛格子法兰绒衬衫，妈妈像是为了和他互补，特意穿了她的针织衫套装。爸爸在房间里走来走去，查看书架，妈妈挨着我坐在床上，想握住我的手。

"别。"我说着，连忙把手抽走。

"那让我闻闻你的脖子，"她说，"我想你的味道了。"

我双肩耸到耳朵边，让她走开。"妈！太奇怪了吧，"我说，"这不正常。"去年寒假，她问我能不能把我最喜欢的围巾给她，她好把它放在盒子里，想我时就拿出来闻闻。我得马上把这些画面赶出脑海，不然我会内疚到无法呼吸。

妈妈说起家长会，可我只想知道斯特兰先生说了什么。不过，我还是等她一一把老师的名单念完，免得显得太感兴趣，让她起疑心。

终于，她说："哦，你的英语文学老师看起来像个有趣的人。"

"是那个大胡子吗？"爸爸问道。

"对啊，上过哈佛的那个。"她说，特意拉长了"哈——佛"一词。我好奇他们是怎么知道的，是斯特兰先生发言时提及的，还是他们留意到了挂在他书桌后面墙上的那张毕业文凭。

妈妈又说:"非常有趣的人。"

"什么意思?"我问,"他说了什么?"

"他说你上周写的文章不错。"

"就这些?"

"不然还有什么?"

我咬了一口脸颊内侧,一想到在他口中我不过是一个普通学生罢了,我就羞得无地自容。她上周写的文章不错。或许这就是我在他心中的分量。

妈妈说:"你知道我不喜欢谁吗?那个政治老师,谢尔顿先生。"她投来尖锐的目光,接着说,"他看起来就不像个好东西。"

"好了,简。"爸爸说道,他不喜欢她在我面前骂人。

我爬下床,打开衣橱门,埋头一通捣鼓,省得看他俩争论是留下来吃晚饭还是在天黑前赶回家。

"我们不留下来吃晚饭,你不介意吧?"他们问。我盯着挂在衣橱里的衣服,咕哝着没关系。我像往常一样简短地和他们道别,看到妈妈抹着眼泪,也尽量忍着不发火。

周五,惠特曼大论文交稿前,斯特兰先生绕着研讨桌,随机点人分享论文观点。他会即时给我们反馈,要么是"不错,但需要修改",要么是"扔掉,从头来过"。这个过程中,大家都焦虑极了。汤姆·赫德森收到的是"扔掉,从头来过",那一刻我觉得他快哭出来了;而当珍妮收到"不错,但需要修改"时,她眨巴着眼睛,好把泪水逼回去。我有些想绕过桌子,用双手搂住她,让斯特兰先生走开。到了我的论文,他说:"完美。"

点评完大家的论文,离下课还剩 15 分钟。斯特兰先生叫我们利用余下的时间修改论文。我坐着,不知道该做什么,因为他说我的论文很完美。他在办公桌后喊我的名字。他手里拿着我课前交给他的那首诗,示意我走到他跟前。"我们就地开个小会。"他说。我站起来,椅子擦着地板,这时,珍妮放下铅笔,甩了甩抽筋的手。那一刻,我们四目交会,我能感觉到她一直看着我走向他的办公桌。

我坐到斯特兰先生旁边的椅子上,发现我的诗歌空白处并没有任何标记。"靠近点,方便小声讲话。"他说,可没等我移动,他便伸出手指勾住我的椅背,将我拉到他身边,我们之间的距离不到一英尺。

就算有人好奇我和他在做什么,也没有表现出来。研讨桌旁的每个人都埋着头,集中注意力。好像他们在一个世界,而我和斯特兰先生在另一个世界。他用手掌压了压我折叠时纸上留下的压痕,开始读诗。他靠得那么近,我都能闻到他的味道——咖啡混着粉笔灰的气味。他读诗时,我观察着他的双手:咬得扁平的指甲,手腕上黑色的汗毛。要是他还没有读过,为什么要提出开会呢?不知他会怎么看我的父母,会不会觉得他们都是乡巴佬,爸爸穿着法兰绒衬衫,妈妈把钱包紧紧地抓在胸前。哦,你上过哈佛啊。他们肯定会这么说,声音里充满了敬佩。

斯特兰先生用笔指着诗,轻声说:"内莎[1],我确认下,你这几句是想显得性感吗?"

我瞟了一眼他指着的那几行诗:

---

[1] 凡妮莎的昵称。

蓝紫色的腹部，温柔随和，她在梦中辗转，
用指甲油斑驳的脚趾挣开毯子，
张开嘴巴，让他窥进身体里。

这个问题一下子将我从自己身上剥下来，仿佛身体还在这儿，在他边上，思绪却退回到研讨桌前。从未有人说过我性感，而且只有我爸妈会叫我内莎。或许他们在家长会上这样叫我，或许斯特兰先生悄悄记下，藏在心里了。

我是想显得性感吗？"我不知道。"

他往后退了退，非常细微的动作，但我察觉到了。他说："我不是故意让你尴尬。"

我意识到，这是个考验。他想看看说我性感时我会有什么反应，而尴尬则意味着我没有通过。于是我摇摇头："我不觉得尴尬。"

他继续读下去，在另一行边上画了一个感叹号，轻声说："哦，太可爱了吧。"听着更像是在对他自己说。

走廊某处，门砰的一声关上了。研讨桌旁，格雷格·埃克斯挨个掰着手指，珍妮握着橡皮来回擦着论文，怎么写都不对。我的目光飘到窗外，扫过一个红色的东西。我眯起眼，发现那是个气球，它的线缠在一棵枫树光秃秃的枝条上。它在微风中飘荡，撞击着树叶和树枝。它从哪里来？我好像盯着它专注地看了好久，眼睛一眨不眨。

然后，斯特兰先生的膝盖碰到了我裙摆下光着的腿。他的眼睛仍盯着那首诗，笔尖指着诗行，而他的膝盖却紧挨着我。我愣住了，像只僵死的小鼠。研讨桌旁，九个脑袋依旧聚精会神地低垂着。窗外，红色的气球无力地缠绕在树枝上。

一开始，我以为他没有意识到，可能他误以为我的腿是桌腿或椅子的边角。我等着他察觉，等着他挪走膝盖，小声说"抱歉"，然后抽开腿，可他的膝盖一直抵着我。我礼貌地想要移开，他却靠近了一点。

"内莎，我觉得我们很像，"他低声说，"从你的写作方式，我看得出你像我一样，是个黑暗的浪漫主义者。你喜欢灰暗的东西。"

在桌子的遮挡下，他伸手拍了拍我的膝盖，轻轻地、小心翼翼地，好像在摸一只小狗，但又不确定它会不会突然转性，咬你一口。我没有咬他，我也没有动，我甚至不敢呼吸。他接着在诗歌上写批注，另一只手还在抚摸我的膝盖。我的思绪从身体里飘出，飘到天花板上，俯视着我——缩着肩膀，眼神空洞，头发鲜红。

下课了，他从我身旁挪开，我膝盖上他的手抚摸过的地方凉了下去。教室里一下子活跃起来，拉拉链的吱吱声，合上课本的啪嗒声，到处是欢声笑语，没有人知道在他们面前发生了什么。

"期待你下一次的作品。"斯特兰先生说。他把批改后的诗递给我，仿佛一切都很正常，仿佛刚刚的事从未发生过。

其他九个同学收拾好东西，离开教室，继续过他们的日子，练习、排练、参加社团会议。我也离开了房间，可我不是他们中的一员。他们还是老样子，可我变了。我丧失了人的特征，挣开了束缚。当世俗又普通的他们穿过校园时，我拖着枫叶色的彗星尾巴，向上飞升。我不再是我自己，我谁也不是，我是一个缠在枝头的红色气球。我什么也不是。

2017

收到艾拉的短信时,我还在上班,正望着酒店大厅出神。看到手机屏幕上弹出一条接一条通知,我的身体不由得僵住了。分手后,我把他的备注名改成了"别去找他"。

最近好吗?
我很想你。
有空喝一杯吗?

我没动手机,不想让他发现我看过短信了。可就在给客人推荐餐厅,打电话预约,告诉每一位客人我很高兴为他们服务,我感到荣幸之至时,一小团火在我肚子里燃烧。自从艾拉彻底和我分手后,三个月过去了。这一回我表现得很好,没有假装路过他家,也没有假借酒兴给他打电话、发短信。也许,他的短信就是对我的自控力的奖励。

过了两个小时,我回复说:我很好,喝一杯也行。他立马回复:还在上班?我正和朋友吃晚饭。那等你下班吧。我颤抖着双手,回了个竖起大拇指的表情，假装连"听起来不错"都懒得输入。

下班离开酒店时，已经 11 点半了。他靠在礼宾部服务台前，耷拉着肩膀，低头盯着手机。我一眼就注意到了他的变化，头发剪短了，打扮也变得时髦了。他穿着黑色紧身裤和肘部破洞的牛仔夹克，一看到我，就赶紧把手机塞到裤子后兜里。

"不好意思，这么晚才下班，"我说，"忙了一晚上。"我站着，双手抓着包，不知道怎样和他打招呼才好。

"没事，我也刚到。你看起来不错。"

"我还是老样子。"我说。

"嗯，你看上去一直都不错。"他伸出一只手，想抱抱我，我摇了摇头。他太友好了，要是想复合，应当会像我一样局促不安。

"你看起来很……"我想找个恰当的词，"时髦。"我原是想挖苦他，但艾拉只是笑着说谢谢，声音很真诚。

我们去了一家新开的酒吧，有做旧的木桌子、金属椅子，酒单上是满满五页啤酒，按酿酒风格、原产地和酒精度排列。一走进去，我便环顾四周，在金发女孩里寻找泰勒·伯奇的身影，虽然我也不知道如果她出现在我面前，我能不能认出她来。几个星期以来，我走在大街上，总觉得自己看到的肯定是她，可每次都是连模样都不像的陌生人。

"凡妮莎？"艾拉碰了下我的肩膀。我吓了一跳，仿佛忘记了他的存在。"你还好吧？"他问。

我点点头，冲他笑了一下，抓过一把空椅子。

服务员过来了，一个劲推荐饮品，我打断他："真是招架不住，随便上点什么吧，我不挑。"我本是开玩笑，但话一出口，就有点刺耳。艾拉看了服务员一眼，仿佛是在替我说抱歉。

"要不我们换个地方？"他说。

"没关系。"

"你似乎讨厌这里。"

"我哪里都讨厌。"

服务员端来啤酒，艾拉的是个高脚杯，里头装着闻起来像葡萄酒的深色液体，我的则是一罐米勒淡啤。

"您需要杯子吗，"服务员问，"还是直接喝？"

"哦，我直接喝吧。"我微笑着指了指啤酒罐，尽量摆出招人喜欢的样子。服务员径直去了下一桌。

艾拉看了我好一会儿："你没事吧？说实话。"

我耸耸肩，呷了口酒："没事。"

"我看到脸书上的帖子了。"

我用指甲弹着啤酒罐上的拉环，咔嗒-咔嗒-咔嗒："什么脸书帖子？"

他皱起眉头："关于斯特兰的那个，你真没看过？我上一次查看时，转发量已经有两千多了。"

"哦，对，那个啊。"实际上，转发量快有三千了，虽然事情已经平息了。我又喝了一口，随意翻着酒单。

艾拉轻声说："我一直很担心你。"

"没必要，我没事。"

"事发后你和他聊过吗？"

我啪的一声合上酒单："没呢。"

艾拉瞅了瞅我："当真？"

"当真。"

他问我斯特兰会不会被解聘，我耸耸肩，只管喝酒。我怎么会知道？他问我有没有考虑过联系泰勒，我不作声，只顾着弹拉环，原先的咔嗒－咔嗒－咔嗒变成了啵嘤－啵嘤－啵嘤，在半空的啤酒罐里回荡。

"我知道你肯定不好受，"他说，"可这或许是个机会，不是吗？你就此与过去和解，向前看。"

我一下喘不过气来。"与过去和解，向前看。"这听起来就像跳崖，就像死亡。

"我们能谈点别的吗？"我问。

"当然，"他说，"当然可以。"

他问了我工作的事，问我是否还在找工作。他提到自己在蒙乔伊山找了间房子，我一听，心怦怦直跳，妄想他会让我搬去同住。那是个好地方，他说，真的很大，厨房里放得下一张桌子，卧室里看得见海景。我等着他开口邀请我，可他只是扶了下眼镜。

"好地方肯定不便宜吧，"我说，"你哪儿来的钱？"

艾拉吞下酒，抿了抿嘴唇，说："交好运了。"

我以为我俩会接着喝酒——我和他总是这样，喝啊喝啊，直到一方鼓起勇气问："你要不要和我回家？"可还没等我再点杯啤酒，艾拉就把信用卡给了服务员，意思是今晚到此为止。我就像挨了一记耳光。

我们走出酒吧，来到寒冷的街道上，他问我是不是还在和鲁比会面，幸好至少在这个问题上，我不用撒谎来给出他想要的回答。

"听你这么说我真高兴，"艾拉说，"想必这样对你最好。"

我试图挤出个笑脸，可我不喜欢他说"这样对你最好"。它勾起了太多往事，他曾说，我那样美化侵犯，让他很不安，同样让他不安的还有我依然和那个侵犯我的人保持联系。从一开始，艾拉就说我需要帮助。在一起六个月后，他给了我一份自己研究出来的心理医生名单，恳求我去试试。我拒绝后，他说如果我爱他，我就会尝试，而我说，如果他爱我，就不要插手。一年后，他下了最后通牒，要么我去看心理医生，要么我们就分手，可连这也没能说动我，最后还是他让步。后来，我去见了鲁比，虽然是因为爸爸去世的缘故，但他仍颇为得意。"凡妮莎，不管怎样，你去了就好。"他曾说。

"那鲁比怎么说？"他问。

"你指的是什么？"

"脸书上的帖子，他对那个女孩做的事……"

"哦，我们不聊这些事。"我观察着街灯下人行道地砖的图案，地上铺了一层从海边涌来的水雾。

走了两个街区，艾拉什么也没说。到了国会街，该我往左，他往右了。我想让他和我一起回家，想得胸口发闷，虽然我根本没喝醉，虽然和他在一起的这半小时已足以让我厌恶自己。我只是想要被抚摸。

艾拉说："你还没有告诉她。"

"我告诉了。"

他歪着头，眯着眼："当真？小时候侵犯你的男人如今遭人公开指控，既然你告诉了你的心理医生，你俩还能不聊这些事？得了吧。"

我耸耸肩："这没那么重要。"

"好吧。"

"再说他也没有侵犯我。"

艾拉的鼻翼翕动着，目光沉了下来，这是我记忆中他崩溃的样子。他转身要走——离开总好过他朝我发脾气，可又转了回来："她知道他的事吗？"

"我去看心理医生又不是因为这事，好吗？我去是因为我爸爸。"

12点了，远处教堂的钟声响起，交通指示灯从红黄绿灯变成闪烁的黄灯。艾拉摇着头，对我很是反感。我知道他怎么想，也知道大家会怎么想，所有人都觉得我在替他开脱，在助纣为虐。可我不单是在替斯特兰辩护，也是在替我自己辩护。虽然有时我会用"侵犯"一词来描述他对我做的一些事，可从别人嘴里说出来，这个词就变得丑陋而绝对。它吞噬了所有的一切。它吞噬了我，吞噬了所有我想要它、渴求它的时刻。就像是把我18岁之前与斯特兰的性关系统统定义为强奸的法律一样——难道生日就是魔法？这样的标准不会过于草率吗？有些女孩提早准备好了，不行吗？

"你知道吗，"艾拉说，"前几周这事上新闻时，我满脑子都是你，我很担心你。"

前照灯的光芒越来越近，越来越刺眼，车子拐了个弯，灯光从我们身上扫过。

"我原以为你看了那个女孩写的东西后会很痛苦，可你似乎根本就不在乎。"

"我为什么要在乎？"

"因为他也对你做过同样的事情！"他怒吼道，声音在建筑物间回荡。他深吸一口气，盯着地面，为发脾气感到尴尬。过去他总是说，没有人像我这样让他崩溃。

"你不该瞎操这个心，艾拉。"我说。

他嗤笑一声："相信我，我知道我不该。"

"我不需要你的帮助。你根本不明白，你从来都不明白。"

他仰起头:"好吧,就当这是我最后一次尝试,没有下次了。"

他刚准备走,我喊道:"她在撒谎。"

他停下来,转过身。

"我是说,那个发帖的女孩,她通篇谎言。"

我等着,可艾拉没有说话,也没有动。又一对前照灯近了,灯光从我们身边经过。

"你相信我吗?"我问。

艾拉摇了摇头,没有发火。他替我感到悲哀,这比担心我还糟糕,这比什么都糟糕。

"相信你又怎样,凡妮莎?"他反问道。

他沿着国会街朝山上走去,突然回头喊道:"对了,那个新公寓,我能住进去是因为我和别人在一起了,我们搬到一起了。"

他往回走,观察我的表情,可我不动声色。我忍着喉咙的灼痛咽了下口水,使劲眨着眼,他在我眼中模糊了,变成了一片阴影,一团雾气。

我还在午睡,手机里突然传来斯特兰的专属铃声。那丁零零的八音盒旋律侵入我的梦里,轻轻地将我唤醒。接电话时,我还半梦半醒。

"他们今天开会,"他说,"决定如何处置我。"

我使劲眨眨眼,脑子昏昏沉沉的,不知道他说的"他们"指谁:"学校吗?"

"我知道会发生什么,"他说,"我在那里教了三十年书,他们却只想尽快了事,把我当垃圾一样甩了。"

"嗯,简直禽兽不如。"我说。

"话也不能这么说,他们也有苦衷。"他说,"要说禽兽,什么也比不上那个编造故事的女人。她处心积虑地诬陷我，含糊其词，令人毛骨悚然。这就像一部该死的恐怖电影。"

"在我听来，更像卡夫卡。"我说。

我听见他微微一笑："你说得没错。"

"那么你今天不上课？"

"不上，决定出来前，我不能进校，感觉就像个犯人。"他长长地呼了口气，"对了，我在波特兰，不知道能不能见见你。"

"你在这儿？"我赶紧爬下床，穿过走廊，来到浴室。看到镜中的自己，我的胃不由得翻腾起来。我才30出头，嘴角和眼下的细纹就都出来了。

"你还住在原来的公寓吗？"他问。

"没，搬家了，五年前。"

对面沉默片刻："能告诉我怎么走吗？"

我想到厨房水槽里残留着食物的碗碟，垃圾四溢的垃圾桶，常年脏乱的房间。我想象他踏进我的卧室，看到堆积如山的脏衣服、床垫旁成排的空瓶子，我一如既往，一切都杂乱不堪。

凡妮莎，你都32岁的人了，他会说，这毛病得改改了。

"去咖啡店怎么样？"我问。

他坐在角落的桌子旁，一个魁梧的老人双手捧着咖啡杯，一开始我几乎没认出他来，可等我穿过柜台前的队伍，绕过一排排椅子时，他看到我，站了起来。这回错不了——他就像一座6.4英尺高、坚实又安全的山，看起来那样熟悉。我双手抱住他，抓紧他的大衣，想再贴紧一些。陷在他怀里的感觉，和我15岁那年一模一样——咖啡混着粉笔灰的气味，我的头顶还不到他的肩膀。

放开我时,他眼里都是泪水。他有点尴尬,把眼镜推到额头上,擦了擦脸颊。

"抱歉,"他说,"我知道你最不想看到的就是一个哭哭啼啼的老人,只是一看到你……"他说不下去了,只是看着我的脸。

"没事,"我说,"你很好。"说着,我眼里也泛起了泪水。

我们面对面坐着,仿佛这重逢再寻常不过,就像旧相识分开多年后在一起叙叙旧。他看起来苍老得吓人,浑身灰白,不单是头发,还有皮肤和眼睛。他的胡子也剃了,这是我第一次见他没有胡子的样子,取而代之的是令人作呕的下颌赘肉,它们像水母一样垂着,使得整张脸垮了下来,这变化让我惊讶不已。距离上一次见面已过去了五年,时间漫长,足以让年龄摧毁一张面孔。可我想,这一切都是因为泰勒的帖子,就像神话故事里,人们因悲伤过度而一夜白头。我突然想到,这也许会毁了他,也许会害死他。

我摇摇头,不去想这些事。我说:"一切都会好起来的。"听起来更像是在安慰自己。

"有希望,"他赞同道,"但没指望。"

"就算他们赶你走,那又怎样?你就当退休,把房子卖了,离开诺伦贝加。回蒙大拿怎么样?"

"我不想这样,"他说,"我大半辈子都在这儿。"

"你可以去旅行,好好度个假。"

"度假,"他嗤笑道,"算了吧。不管怎样,我的名声都毁了。"

"风头总会过去的。"

"不会。"他的眼睛里闪着怨怒,我也不好再说我懂的,我也曾被赶出来过。

"凡妮莎……"他向前靠在桌子上,"你说那个女孩几周前给你发过信息，你确定你没有回复她吗？"

我盯了他一阵："嗯，我确定。"

"我不知道你是不是还在看那个精神病医生。"他咬了咬下嘴唇，没把话说完。

我纠正他——她是心理医生，不是精神病医生，但我知道这无关紧要，这不是重点。"她不知道，我没跟她提起过你。"

"好的，"他说，"那就好。对了，还有你的那个旧博客，我去找了找——"

"已经没了，好几年前我就撤下来了。你干吗这样盘问我？"

"除了那个女孩，还有其他人联系过你吗？"

"还有谁会联系我？学校？"

"我不知道，"他说，"我只是确认一下——"

"你觉得他们会把我牵扯进来？"

"我不知道，他们什么也不和我说。"

"可你觉得他们会不会——"

"凡妮莎。"

我赶紧打住。他垂下头，吸了口气，慢慢说："我不知道他们要干什么。我只想确保没有零星野火需要扑灭，同时确保你……"他琢磨着恰当的字眼，"可靠。"

"可靠。"我附和道。

他点点头，盯着我看，用目光询问那个他不敢大声问的问题——我够不够坚强，能不能应对即将发生的一切。

"你可以相信我。"我说。

他感激地笑了，神色柔和了许多，多了几分宽慰，只见他肩膀放松了，双眼左右打量着咖啡店。"那你还好吗？"他问，"你妈妈好吗？"

我耸耸肩，和他谈论我妈妈总感觉像是某种背叛。

"你还和那个男孩子在一起吗？"他指的是艾拉。我摇摇头，他也不惊讶，只点了下头，拍拍我的手："他不适合你。"

我们安静地坐着，听着碗碟碰撞的咔嗒声、咖啡机的咝咝嗡嗡声，还有我扑通扑通的心跳声。多年来，我一直想象着——重新出现在他面前，触手可及，而此刻，我坐在这里，却感觉像个局外人，就像在房间另一头的桌子旁看着他一样。我们像普通人一样聊天，他若无其事地看着我，没说奉承的甜言蜜语，这似乎都不太对。

"你饿吗？"他问，"要不要吃点东西。"

我迟疑片刻，看了眼时间，他注意到我的黑色西装和金色胸牌。

"啊，上班的姑娘，"他说，"我猜还在那家酒店吧。"

"我可以打电话请个假。"

"不用，不用麻烦。"他靠在椅背上，心情一下就阴沉了。我知道哪里不对劲：我本该欣然接受，立刻说好。迟疑是个错误，在他这儿，一个错误就足以摧毁一切。

"或者我可以早点下班，"我说，"一起吃个晚饭。"

他挥了挥手："算了。"

"你也可以留下来过夜。"听到这话，他顿住了，目光掠过我的脸，思考着这个提议。我不知道他是在想15岁的我，还是在想我们的最后一次尝试。那是五年前，在他家，在他那铺着法兰绒床单的床上。我们想要重温第一次，我穿着薄薄的睡衣，灯光昏暗，但那一次没有成功，他就是兴奋不起来。我年纪太大了。事后，我躲在浴室里，打开水龙头，捂着嘴哭了。我出来时，他已经穿好衣服，坐在客厅里了。我们再没有提过这事，那以后就只是在电话上相互慰藉。

"不，"他轻轻地说，"不了，我该回家了。"

"好吧。"我猛地站起来，椅子摩擦着地板，吱吱作响，像指甲划过黑板，像我的指甲划过他的黑板。

他看着我把手伸进外套，把包背在肩膀上："你那份工作做多久了？"

我耸了下肩，突然回忆起我含着他的手指，舌尖上沾着粉笔灰的样子。"不知道，"我无力地答道，"有段时间了。"

"太长时间了，"他说，"你应当做你所热爱的，不要退而求其次。"

"这挺好的，也算是份工作。"

"可你能做的远远不止这些，"他说，"你那么聪明，那么出色。我原以为你20岁就会出版小说，享誉世界呢。你最近还有尝试写作吗？"

我摇摇头。

"天哪，太浪费了。我希望你不要放弃。"

我抿起嘴："抱歉，让你失望了。"

"别，别这样。"他站起来，双手捧着我的脸，试图安慰我，"我很快就来陪你，"他轻轻地说，"我保证。"

我们互相吻别，柜台后的服务员继续点着小费罐里的零钱，窗边的老人继续玩他的填字游戏。他吻我这件事，曾一度成为传言的素材，像野火一样蔓延，而现在，就算我们触摸彼此，也不会引起任何人的注意。这本该是自由，可我只尝到失去的滋味。

下班回到家，我抱着手机躺在床上，又看了一遍泰勒·伯奇在发布对斯特兰的控诉之前给我发的短信。嗨，凡妮莎，或许你并不认识我，但我和你有同样的遭遇，它令我非常痛苦，想必对你来说也一样。我退出短信窗口，点开她的脸书主页，没有更新，于是我又翻了一遍她以前的照片：她在旧金山度假，吃着墨西哥卷饼；在金门大桥前自拍；她在自己的公寓，背景是拷花天鹅绒沙发、光滑的硬木地板、绿叶植物。我往下翻，看到她在女性大游行中戴着粉色猫咪帽；她吃着一个和她的头一样大的甜甜圈；在一张标题为"布罗维克校友聚会"的照片中，她和朋友在市区的一家酒吧里摆拍。

我转到自己的主页，试图透过她的眼睛看我自己。我知道她也会来看我，一年前，她不小心给我的一张照片点了赞，虽然马上就取消了，但我还是看得到通知。我截屏发给斯特兰，说"我猜她放不开"，但他没有回复。他对社交媒体上的这些琐事不感兴趣，觉得我不过是因为抓住了一个暴露的潜伏者而感到得意扬扬。或许他根本没明白我的意思。有时我会忘记他到底多大了。我曾经以为随着我年龄的增长，我们之间的差距会缩小，可它依旧和以前一样。

几个小时过去了，我仍在手机上翻找，登录我的旧照片存储账户，不断往前翻，从2017年到2010年，再到2007年，最后到2002年，那一年我买了第一台数码相机，那一年我17岁。我寻找的相册终于加载好了，我屏住呼吸：我梳着麻花辫，穿着背心裙、及膝袜，站在一片桦树林前。一张照片里，我撩起裙子的下摆，露出白皙的双腿。另一张里，我背对镜头，扭头往回看。照片的清晰度不高，但它们依旧很可爱，桦树林单调的背景映衬着我蓝粉相间的裙子、我红铜色的头发。

我打开和斯特兰的聊天，把照片复制粘贴成一条新信息。忘了有没有给你看过这些照片了，那时我应该17岁。

我知道几个小时前他就该睡着了，但我还是点了"发送"，看着它发送成功。我一直撑到了天亮，不停翻看我十几岁时的脸庞和身体，每隔一会儿，就看一下发给斯特兰的信息是不是从"已发送"变成了"已读"。他要是半夜醒来，查看手机，一眼就能看到少女时代的我——一个定格在照片里的幽灵。请不要忘了她。

有时，我觉得我每次联系他，都是在纠缠他，试图把他拉回过去，让他一遍又一遍地告诉我过去的事，好让我彻底了解发生了什么，因为我还困在这里，我无法释怀。

# 2000 年

每月的一个周五晚上，餐厅里会举办舞会。只需把餐桌清到一旁，把灯光调暗，任何一所高中都能安排。舞会上请了打碟师，一群人在舞池中跳舞，害羞的孩子则分成男女两部分，簇拥在一旁。有的老师也在，充当监护人，他们在一旁转来转去，和学生保持距离，比起注意我们，他们更留意彼此。

这个月是万圣节舞会，大家穿上了奇装异服，双扇门两边各摆着一个巨大的糖果桶。装扮大都敷衍了事，男生穿着牛仔裤白T恤，自称是詹姆斯·迪恩，女生则穿着百褶超短裙，梳着马尾辫，就当是布兰妮·斯皮尔斯。但也不乏特意去市区采购，精心打扮的。一个女生打扮成一条龙——带刺的翅膀，蓝绿色的鳞片，后面跟着她的男朋友，一个穿着纸板盔甲的骑士，散发着喷漆的刺鼻气味。一个男生穿着西装，戴着比尔·克林顿的橡胶面具，大笑着在女生面前摆弄雪茄道具。我则是一只半心半意的猫，穿着黑色连衣裙，黑色裤袜，脸上画着胡须，头戴草草拼凑的硬纸板耳朵。我只是来找斯特兰先生的，他是本月的监护人。

以往，我从不去舞会，那里的一切都令我尴尬——糟糕的音乐，留着山羊胡、刺猬头的打碟师，假装没有盯着那些腻歪情侣看的学生。我之所以硬着头皮来遭罪，是因为已经过了一周了。自从上次斯特兰先生触碰我，把手放在我的腿上，告诉我我们很相似，我们都喜欢灰暗的东西之后，已经过了整整一周了。这中间呢？什么也没有。我在课堂上发言时，他的目光赶紧避到桌子上，好像他不忍看到我。创意写作社活动中，他匆匆收拾好东西就走了，留下我和杰西。（"部门开会。"他解释道。可要真是部门开会，为什么把外套和所有东西都塞进包里？）后来，我在他的值班时间去找他，门关着，花纹玻璃里头的教室黑漆漆的。

  我耐不住了，甚至有点绝望。我希望能发生点什么，而它似乎更可能发生在这样一个界限暂时模糊的活动中，老师和学生挤在灯光昏暗的房间里。至于发生的是什么，我不在乎——再一次触碰，再一次夸奖。只要他告诉我他想要什么，这究竟是什么，又是否意味着什么，其余的我都不在乎。

  我小口呡着一条迷你巧克力棒，看着一对对情侣伴着音乐，在地板上摇摆着跳舞，仿佛一个个漂在池塘里的瓶子。珍妮穿着一身有点像和服的缎子连衣裙大步穿过房间，盘起来的马尾辫上插着一双筷子。我一度以为她会径直朝我走来，我愣住了，嘴里的巧克力在舌头上化开，可接着汤姆出现在她身后，穿着平日里的牛仔裤和乐队文化衫，完全没打扮。他搭了下她的肩膀，珍妮猛地躲开。音乐太嘈杂，我什么也听不到，不过，很明显，他们在吵架，吵得很凶。珍妮的下巴颤抖着，眼睛闭得紧紧的。汤姆用手指碰了碰她的胳膊，她一掌拍在他胸口，使劲推了他一把，他趔趄着后退。这是我第一次看到他们吵架。

  我看得出神了，几乎没注意到斯特兰先生从双扇门溜了出去，差点让他跑了。

我跟到外边,夜里一片漆黑,没有月光,冷飕飕的。身后的门咔嗒一声关上了,舞会上的音乐轻得只剩心跳般的低音和遥远的歌声。我环顾四周,目光搜寻着他,可只看到空旷校园里的树影,我冷得胳膊上直起鸡皮疙瘩。我正想作罢,躲回屋里,一个身影从一棵云杉的树影里钻了出来,是斯特兰先生,他穿着羽绒背心、法兰绒衬衫和牛仔裤,指间夹着一根未点燃的香烟。

我没有动,不知道该怎么办。让人看见自己抽烟,我感觉他有些难堪,不禁想象起他偷偷抽烟的样子,像我爸爸晚上躲在湖边抽烟那样。我想象他想要戒烟又办不到,觉得自己太没用,为此感到羞愧。

可既然感到羞愧,他大可以躲着不出来,等我离开。

他用拇指和食指捻着香烟,说:"你抓到我了。"

"我以为你走了,"我说,"想和你说再见。"

他从口袋里掏出一个打火机,在掌心转了几下,眼睛一直盯着我。突然间,我清楚地意识到有什么事情要发生了。这种必然性笼罩着我,我的心跳都变慢了,肩膀也垂了下来。

他点燃香烟,示意我跟他回到树下。这棵树很高大,算得上校园里最大的了,最矮的枝头也高高悬于我们的头顶。一开始,视野太暗了,我只能看见红色的火光慢慢移到他嘴边。过了一会儿,眼睛适应了,我就看见他了,还有头顶上的树枝和脚下枯黄的针叶。

"不要抽烟,"斯特兰先生说,"这是个坏习惯。"他吐出一口烟,烟味充斥着我的整个脑袋。我们之间隔着大约5英尺,可感觉很危险。真奇怪,之前几次我们明明近得多。

"不过,感觉一定很好,"我说,"不然为什么要抽呢?"

他笑了，又吸了一口："也许你说得没错。"他打量了我一眼，这才留意到我的装扮，"嘿！瞧瞧，小猫咪。"

听他这么说，我笑了，可他没笑，只是盯着我，手指夹着香烟。

"你知道我想对你做什么吗？"他问，他说话比平时流畅，身体左摇右摆，拿香烟指着我，"我想要给你找张大床，给你掖好被子，然后吻你，和你道晚安。"

那一瞬间，我的大脑完全短路了，就好像我死了一样。我落入了片刻的虚无，身边出现了一道静态的屏障，一堵隔音墙。之后，我咆哮着死而复生，声音粗糙、哽咽，不像笑声，也不像哭声。

餐厅门从里边打开了，音乐从餐厅里溢了出来。一个女人的声音响起："杰克？"

刚刚那个瞬间啪地消失了。斯特兰先生转过身，扔掉香烟，都没有把它踩灭，就匆忙朝那个声音赶去。我看着烟从地面的针叶上升起，而他大步走向门口，走向汤普森小姐。

"出来喘口气。"他对她说，他们一起钻进屋里。我像他刚出来时一样，躲在大树后边，她没看见我。

我低头盯着冒烟的烟头，想把它捡起来，放到我嘴边，但转念一想，还是用脚后跟碾灭了它。我回到舞会上，发现迪安娜·珀金斯和露西·萨默斯正捧着一个乐基因瓶子畅饮，还一个劲地评论每个人的装扮。斯特兰站在汤普森小姐身边，仅隔着几英尺，紧紧地盯着她。珍妮和汤姆靠在一起，站在舞池边缘，他们和好了。她双臂抱着他的肩膀，脸贴在他脖子上。看到如此亲密与成熟的姿势，我本能地把目光移开。

迪安娜和露西来回传递着手中的乐基因瓶子，瓶子里的饮料晃荡着。迪安娜喝了一大口,发现我在看她们:"怎么了?"

"让我喝一点。"我说。

露西夺过瓶子:"不好意思,限量供应。"

"不让我喝,我就去举报。"

"不许说!"

迪安娜挥挥手:"让她喝一点吧。"

露西叹了口气,交出瓶子:"就一小口。"

酒精灼烧着我的喉咙,比我想的还要烈,我咳嗽起来,真俗套。迪安娜和露西毫不掩饰地大笑起来。我把瓶子塞给她们,大步走出餐厅,希望斯特兰先生能注意到,能理解我为什么生气以及我想要什么。我在外面等了一会儿,看他会不会追出来,可他没有出来——他当然不会出来。

我回到古尔德宿舍,楼里很安静,空荡荡的。所有门都关着,所有人都还在舞会上。

我盯着走廊尽头汤普森小姐的房门。要不是她叫他,就会发生什么了。他说他想要吻我,也许他真会这么做。我还穿着我的猫咪装,走到汤普森小姐的门前。说不定此刻斯特兰先生正在逗她笑呢。晚会结束后,他们也许会去他家亲热,也许他还会跟她提起我,说我是怎么尾随他到外面的,说他刚才那么讲只是出于好意。她喜欢上你了。汤普森小姐会调侃地说。这一切仿佛就在我眼前,一个没来由的故事。

我抓起白板上的马克笔,白板上还潦草地写着上周的笔记:宿舍短会的日期和时间,去她房间吃意大利面的邀请。我抬手一抹,擦掉笔记,在上面写下两个粗体大字"贱人",占了整个板面。

那天晚上，晚会结束后，下了今年的第一场大雪，积雪覆盖了整个校园，足有4英寸厚。周六早上，汤普森小姐把我们叫到公共休息室，想要弄清楚是谁在她门上写了"贱人"。"我没有生气，"她向我们保证，"只想弄清楚是怎么回事。"

我坐在那里，心怦怦直跳，双手紧紧扣着膝盖，祈祷我的脸颊不要发烫。

我们沉默地坐着，几分钟后，她放弃了。"这次就这么算了，"她说，"但下不为例，好吗？"

她点点头，示意我们说好。上楼的路上，我回头看见她站在空荡荡的房间里，双手搓着脸。

星期天下午，我走到她门前，目光停留在白板上，"贱人"二字依稀可见。我感到很愧疚，却又不敢承认是我做的，只是想帮她做点什么。汤普森小姐打开门，只见她穿着一条运动裤和一件布罗维克连帽运动衫，头发向后梳着，没有化妆，脸颊上还有痘印。不知道斯特兰先生有没有见过她这副模样。

"有事吗？"她问。

"我能带米娅去散步吗？"

"哦，太好了，她会喜欢的。"她回头叫米娅，但一听要散步，她的哈士奇已经朝我冲了过来，竖着耳朵，瞪大了蓝眼睛。

我把胸背带套在米娅身上，扣紧卡扣，汤普森小姐提醒我说天就要黑了。"我们不会走远的。"我说。

"别让她跑了。"

"知道，知道。"上次带米娅出来散步时，我把狗绳松了，让她自己玩，她直接跑进人文楼后面的花园里，在肥料上打滚。

一夜间，气温又升到了10摄氏度，雪都化了，地面变得又湿又滑。我们走在运动场旁边的小道上,我把绳子放长,这样米娅可以嬉闹着东闻闻、西嗅嗅。我爱米娅,她是我见过的最漂亮的狗,毛发那样浓密,给她挠痒痒时,我的第二个指关节都会被毛发淹没。不过,我爱她主要是因为她专横、难讨好。要是她不想做什么,她就会冲你低吼。汤普森小姐说我一定有和狗狗相处的特殊天赋,因为米娅除了我谁都不喜欢。可实际上,狗很好取悦,比人容易得多。要让狗喜欢你,你只需在口袋里放点零食,挠一挠它们的耳朵根或尾巴根。不想被打扰时,它们会表现出来,比如拒绝做游戏。

到了足球场,小道一分为三,一条折回校园,一条拐进树林,一条通往市区。虽说答应了汤普森小姐不走远,但我还是选择了第三条路。

市中心的店面都装饰着应季的仿真树叶和丰饶角,一家面包店已经挂上了圣诞彩灯。米娅拖着我往前走,我看着每一个路过的橱窗上闪过的自己,我脸颊旁散开的头发,或许很美,又或许很丑。到了公共图书馆,我停了下来,注视着街对面的房子。米娅不耐烦地扭头看我,蓝色的眼睛忽闪着。那一间一定是他的家。它比我想象中的小,有灰色的雪松木瓦,深蓝色的大门。米娅靠过来,用头撞我的腿:*我们走*。

不错,这就是我走这条路的全部理由。一开始我想出来走一走,问汤普森小姐能不能帮她遛狗,都是为了这个。我想象着他出门时,我刚好路过,他看到我,把我叫住,问我为什么牵着汤普森小姐的狗,我们站在房前的草坪上闲聊一会儿,他邀请我进门。接着,想象戛然而止,接下来的情节取决于他想要什么,而我不知道他想要什么。

可他没有出门,看起来也不像在家。窗子黑洞洞的,车道上也没有车。他在别的地方,过着我完全不了解的生活。

我牵着米娅爬上图书馆的台阶。这儿很隐蔽,但仍看得见街道。我坐下来,喂她吃我从餐厅的沙拉吧偷来的培根碎,直到太阳吐出橙红色的光,渐渐逼近地平线。或许见我牵着狗,他甚至都不会邀请我进门。我忘了他说过他不喜欢狗。可他要是和汤普森小姐好了,至少得装出喜欢米娅的模样,不然她要如何自处?和讨厌你的狗的人约会,真是一种背叛。

天快黑时,一辆蓝色的厢式旅行车拐进了车道。待车子熄火,驾驶室的门开了,斯特兰先生从车上下来,穿着一条牛仔裤和上周五万圣节晚会上的那件法兰绒衬衫。我屏住呼吸,看着他把购物袋从后备厢里拖上前门台阶。他站在门口,从兜里摸出钥匙,米娅不满地哼唧一声,想要更多零食。我抓了一大把给她,她飞快地吃完,还用舌头使劲舔我的手掌。我看着斯特兰先生走进屋里,那间盐盒式房子的窗户亮了起来。


周一下课后,我慢吞吞地收拾,等大家都走了,我把包往肩上一甩,若无其事地说:"你住在公共图书馆对面,对吧?"

办公桌后,斯特兰先生惊讶地看着我。"你怎么知道?"他问。

"你提过一次。"

他端详着我,他越是看我,我越是心虚。我抿着嘴,生怕自己皱起眉头。

"有吗?我不记得了。"他说。

"呃,你肯定说过,不然我怎么会知道?"我的声音听着有些愠怒、刺耳,他吓了一跳,不过,似乎又被我逗乐了,像是觉得恼羞成怒的我很可爱。"我可能还去过那里,"我补充道,"你懂的,去打探一下。"

"原来如此。"

"你生我气了吗?"

"怎么会?我受宠若惊。"

"我看到你从车里搬出杂货。"

"是吗?什么时候?"

"昨天。"

"你还看着我。"

我点点头。

"你该过来打个招呼,让我知道你来了。"

我眯起眼睛,我又不想听他说这个:"要是有人看到我怎么办?"

他笑了,仰起头:"你就是过来打个招呼,为什么怕被别人看到?"

我咬紧牙关,用鼻子呼了口气,感觉他在装糊涂,故意戏弄我。

他笑着靠在椅子上。我看着他这副模样——往后一靠,双臂抱在胸前,上下打量我,看猴一般,好像我很可笑,我的火气一下就上来了。我攥紧拳头,不让自己尖叫,或者猛地扑上前,抓起他桌上的哈佛马克杯,一把扔在他脸上。

我转过身,跺着脚冲出教室,穿过走廊,一路怒气冲冲地跑回古尔德宿舍。可一回到房间里,我的怒气就消了,只剩下几个星期以来想要刨根究底的渴望,让我的心隐隐作痛。他说他想要吻我,他摸了我。我们之间的每一次接触都暗藏着毁灭的意味,可他装作若无其事,太不公平了。

我的期中几何成绩是 D+。在意大利餐厅,当安东诺娃女士在每月的导师见面会上宣读我的成绩时,所有人齐刷刷看向我。一开始我没有意识到她在和我说话,还出神地扯了一片面包,卷成一团夹在指间。

"凡妮莎,"她叩了叩桌子,"D+。"

我抬起头,这才发现大家的目光。见安东诺娃女士手里抖着她收到的教师反馈资料,我说:"那我这分数退无可退,只能触底反弹了。"

安东诺娃女士从眼镜上方盯着我,说:"说得轻巧,你也可能退到不及格。"

"我不会不及格的。"

"你需要一个行动计划,还要一个指导老师。我们得给你找一个。"

她说完,转向下一个学生,我生气地瞪着桌子,一想到指导老师,我的胃就紧绷起来。老师通常在教师值班时间辅导,这就意味着我和斯特兰先生相处的时间缩短了。凯尔·吉恩得知自己的西班牙语成绩也是 D+,向我投来一个同病相怜的微笑。我整个人瘫在椅子上,下巴都快靠到桌面上了。

回到学校时,古尔德公共休息室里挤满了人,电视里正在播放大选结果。我挤到一张沙发上,看着投票进入尾声,各州被分成了两列。"佛蒙特州支持戈尔,"主持人说,"肯塔基州支持布什。"拉尔夫·纳德出现在荧幕上,迪安娜和露西开始鼓掌,可等布什出来时,所有人都发出嘘声。看起来戈尔胜券在握,可快到 10 点时,他们忽然宣布佛罗里达州的票数难分上下。这种种,我实在看不下去,只好放弃,回屋睡觉。

起初,大家都在开玩笑说这场大选没完没了,可等佛罗里达州风风火火地重新计票时,这事就没那么有趣了。往常上课时总把脚支在桌子上的谢尔登先生近来也活跃了起来,在黑板上画了一堆错综复杂的网状图,试图阐释民主陷落的各种可能。有一次,他还给我们讲解各式各样的孔屑——悬孔式、肥胖式、怀孕式,而我们只顾憋笑,纷纷看向查德·加尼翁[1]。

美国文学荣誉课上,我们读了《大河恋》,斯特兰先生说起自己在蒙大拿州成长的故事——大农场和现实生活中的牛仔,被灰熊吃掉的狗,遮天蔽日的高山。我努力想象他小时候的样子,可我甚至想不出他没有胡子的模样。讲完《大河恋》,我们开始学习罗伯特·弗罗斯特,斯特兰先生背诵了《未选择的路》。他说我们不应为这首诗感到振奋,说诗人想要传达的信息遭到了大众的误解。这首诗并不是对不走寻常路的歌颂,而是对选择无用性的讽刺。他说,我们相信生活有无限的可能,以回避一个可怕的真相,即生活不过是在时间的长河中前行,而你体内的时钟正为一个最终的、致命的时刻倒计时。

"我们出生、生活、死亡,"他说,"中间所做的选择,所有日日重复的痛苦,最终都无关紧要。"

没有人反驳他的观点,连汉娜·莱韦斯克都只是微张着嘴,呆呆地望着他。要知道,汉娜是个虔诚的天主教徒,肯定觉得我们所做的每个选择都至关重要。

---

1 2000年美国总统大选中,佛罗里达州使用卡片打孔计票,孔屑(chad)指打孔机切下的纸屑,与查德(Chad)只有首字母大小写之别。

斯特兰先生给我们发了弗罗斯特的另一首诗《播种》，让我们在心里默读，读完后，他又让我们默读一遍。"但这一次，读的时候，"他说，"我希望你们心里想着性。"

大家愣了一秒才反应过来，先是眉头紧锁，接着脸颊发红，而斯特兰先生只是微笑地观察着这显而易见的尴尬场面。

只有我不觉得尴尬。一提到性，仿佛一记耳光打在我脸上，叫我浑身发烫。或许他在暗示我，或许这是他的下一步行动。

"你是说这是一首关于性的诗？"珍妮问。

"我是说这首诗值得我们以更开放的心态仔细阅读。"斯特兰先生说，"坦诚一点，我又不是让你们思考一些你们压根不舍得花时间思考的东西。赶紧开始吧。"他拍拍手，示意我们开始。

我带着对性的思考再读一遍这首诗，的确注意到了一些之前没有注意到的细节：柔软的白色花瓣，光滑的豆子和皱缩的豌豆，还有末尾那个蜷缩着身体的形象。甚至"播种"这个词本身都带有明显的暗示。

"现在你们有什么想法？"斯特兰先生背靠黑板站着，一只脚交叉搭在另一只脚旁。我们不作声，可这沉默恰恰证明他是对的，这的确是一首关于性的诗。

他等待着，眼睛环顾教室，看了看每个同学，就是不看我。汤姆吸了口气，正准备发言，下课铃响了，斯特兰先生失望地冲我们摇摇头。

"你们真是一群清教徒。"他说着，挥手示意下课。

我们离开教室，来到走廊上，汤姆说："刚刚那是什么意思？"珍妮用一种让我窝火的蛮横语气冷冷地说："他就是个厌女症患者，我姐姐警告过我。"

随后的创意写作社团活动，杰西缺席了，教室里只剩下我和斯特兰先生，显得格外空旷。我坐在研讨桌旁，他坐在办公桌后，我们互相盯着对方，仿佛中间隔着一片广袤的大陆。

"今天没什么要做的，"他说，"文学杂志已经差不多成形。等杰西来了，就可以着手修改了。"

"那我可以走了？"

"你要是乐意，也可以留下来。"

我自然想留下来，于是从包里拿出笔记本，翻开我昨晚写的诗。

"你对今天的课有什么想法？"他问。斜阳穿过枝叶稀疏的红枫树，洒进教室。斯特兰先生躲在办公桌后，像一道暗影。

我还没来得及开口，他补充道："之所以问你，是因为我看到了你的脸，你当时就像只受惊的小鹿。我料到了其他人会反感，没想到你也这么觉得。"

这么说，他刚才看我了。说到反感，我想起珍妮骂他是个厌女症患者，她说这话可真是小心眼，还庸俗。我不是那种女生，我也不想成为那种女生。

"我不觉得，我喜欢那节课。"我挡住眼前的阳光，好看清他的样子，他那平易近人又居高临下的微笑。我都好几个星期没见过他那样笑了。

"那就好，"他说，"不然，我都开始怀疑是不是看错你了。"

一想到自己差点失策，我就缓不过气来。我只要走错一步，就会满盘皆输。

他伸手拉开最底下的抽屉，拿出一本书，我的耳朵像小狗一样竖了起来。巴甫洛夫定律——去年春天我们在心理学选修课上学过。

"是给我的吗？"我问。

他做了个鬼脸，好像还在犹豫："要是我借给你，你得答应我不能让任何人知道这是我给你的。"

我伸长脖子，想看看书名："怎么？难不成是禁书？"

他笑了——开怀大笑，就像我说西尔维娅·普拉斯有点以自我为中心时那样："凡妮莎，你为什么总是能对你不懂的东西做出完美的回应呢？"

这我就不高兴了，我不希望他觉得我还有什么不懂的东西："到底是什么书？"

他把书递过来，仍然挡着封面。他一松手，我就赶紧接住，一把翻过来，只见封面上画着一双细腿，穿着短袜和马鞍鞋，一条百褶裙刚好遮住圆圆的膝盖，腿上是三个白色的大字：洛丽塔。我之前在哪里见过这个词——大概是一篇关于菲奥娜·艾波的文章，有一段描述称她是"洛丽塔式的"，意思是性感且太年轻。这下我明白为什么我问是不是禁书时他笑成那样了。

"这一本不是诗歌，"他说，"而是诗意的散文风格。别的不说，语言你肯定喜欢。"

我翻开小说，浏览里头的描述时，我知道他在观察我。显然，这又是一个测试。

"看起来很有趣。"我把书放进背包，拿起我的笔记本，"谢谢。"

"记得告诉我你的看法。"

"一定。"

"要是有人看到你在看，别说是我给的。"

我白了他一眼，说："保守秘密我还是会的。"不对，认识他之前，我从未有过真正的秘密，但我知道他想听什么。就像他说的，我总是能做出完美的回应。

到了感恩节假期。这五天，我每天洗澡洗到热水用完，站在卧室门后的镜子前端详自己，不停修眉毛直到妈妈藏起了镊子，还想方设法让小狗像爱爸爸一样爱我。我每天都去远足，穿着橘黄色的马甲，爬上湖边的花岗岩崖壁。崖壁表面布满洞穴，岩石上的裂缝大得足以供老鹰筑巢，容小动物藏身。

最大的洞穴里铺着一张行军床，是很久前一个攀岩者留下来的，自打我记事时起，它就在那儿了。我盯着它的金属床架和腐烂的帆布床面，想起第一天上课时斯特兰先生说他知道鲸背湖，他之前来过这儿。我幻想着此刻他找到我，独自一人，在森林深处。他大可以为所欲为，不必担心被抓到。

晚上，我躺在床上，一边机械地啃苏打饼干，一边看《洛丽塔》，还支起一个枕头挡住封面，以防爸妈推门进来。风刮得窗户咯咯作响，我翻动书页，内心温吞吞地燃着一团火，是烧红的煤炭，是深红色的余火。他给我这本书，不单是由于故事本身的情节，一个看似普通实则致命的妖精般的女孩和一个深爱她的男人，而是因为这本书让我们之间的种种有了全新的背景，我对他想从我身上得到什么也有了新的了解。除了这显而易见的结论，难道还有其他可能吗？他是亨伯特，而我是多洛雷丝。

感恩节那天，我们去了米利诺基特的祖父母家。那里还是1975年的老样子，长绒地毯、太阳挂钟，空气里弥漫着烟草和咖啡白兰地的气味，烤箱里还温着一只火鸡。祖父给了我一盒新英格兰糖果公司的糖和一张5美元纸币，祖母问我是不是胖了。我们吃着根菜和店里买来的餐包，还有柠檬派，顶上是一层烤焦的蛋白霜，爸爸趁人不注意悄悄挑掉了。

　　回家时，车子在冻胀的、坑坑洼洼的道路上颠簸前行，两旁是黑森森的树林，绵延不尽。收音机里播放着20世纪七八十年代的热门金曲，爸爸和着《我的莎罗娜》在方向盘上轻轻打拍子，妈妈头靠着车窗，睡着了。"这般异想天开／小女孩的轻抚总叫我心痒难耐。"副歌响起，我见他的手指打着节拍。他听见这首歌的内容了吗？知道自己在哼些什么吗？"小女孩的轻抚总叫我心痒难耐。"想到从未有人留意过这些东西，我就感到抓狂。

　　感恩节后返校的头一天晚上，我坐在一张空桌子的一端吃晚饭，隔着几个座位，露西和迪安娜在讨论一个受欢迎的高三女生，据说万圣节舞会那天她磕了药。奥布里·戴娜问是什么药。

　　迪安娜先是迟疑，接着答道："可乐。"

　　奥布里不解地摇摇头。"可这里没人有这东西。"她说。

　　迪安娜不作声了，奥布里是从纽约来的，这给了她权威。

　　过了好一会儿，我才意识到她们说的不是苏打水。往常这种东西会让我觉得自己像个乡巴佬，可此刻面对她们的闲话，我却只感到悲哀。谁在乎有没有人在舞会上嗑药？她们就没有别的可聊的吗？我低头看着手里的花生酱三明治，不去理会她们，回到我刚刚重读的《洛丽塔》结局里。故事的最后一幕，亨伯特浑身是血，不知所措，心里仍深爱着洛，虽然她深深地伤害了他，他也伤害了她。他对她的感情绵绵不尽，难以遏制。当整个世界将他妖魔化时，他俩的故事还会有其他结局吗？如果能够停止爱她，他会的。如果他放过她,他的生活也会简单很多。

我啃着三明治的脆皮,试着从斯特兰先生的角度看待问题。他大概吓到了——不,应该说害怕极了。可我沉浸在自己的沮丧和急躁里,从没有考虑过他的处境。他在摸我的腿或者说想吻我时,冒了多大的风险啊。他并不知道我会有什么反应。要是我觉得被冒犯,去举报他了呢?或许一直以来,他才是那个勇敢的人,而我总是很自私。

说真的,我有什么风险?如果我主动,他拒绝了我,我不过是有点丢脸,没什么大不了的,我的生活还会继续。可期望他将自己置于更危险的境地是不公平的。我至少也该退一步,告诉他我想要什么,让他知道我愿意让世界把我也妖魔化。

我回到房间,躺在床上,翻着《洛丽塔》,终于在第17页找到了我想要的那一行。亨伯特对藏在普通女孩中的性感少女的特质有这样一句描述:"她并没有被他们识别,自己对自己的巨大力量也并不知晓。"[1]

我也拥有这种力量,一种使之成真的力量,一种凌驾于他之上的力量。我真傻,居然没有早点意识到。

美国文学荣誉课前,我路过卫生间,停下来看了看我的脸。早上我化了妆,把手头有的每一种化妆品都往脸上抹,还把原本中分的头发梳成侧分。变化有点大,镜子里的面孔竟有些陌生——像是杂志或是音乐短片里的女孩,小甜甜布兰妮用脚敲着桌子,等待下课铃响。盯得越久,我越觉得自己的五官不协调。一双绿色的眼睛

---

[1] 《洛丽塔》,[美]弗拉基米尔·纳博科夫著,主万译,上海译文出版社,2005年版。

渐渐脱离长着雀斑的鼻子，一对黏糊糊的粉色嘴唇越分越开，朝着不同方向游移。一眨眼，一切又恢复了原样。

在卫生间里磨蹭太久，我第一次在文学课上迟到了。冲进教室时，我发觉有一双眼睛盯着我，原以为是斯特兰先生，可等我透过浓密的睫毛看出去时，却发现是珍妮。她注意到我的变化，我的妆容和发型，握着笔的手僵在半空。

那天我们读的是埃德加·爱伦·坡，再应景不过的作品，我都想一头栽在桌子上，笑出声来。

"他是不是和他表妹结婚了？"汤姆问。

"不错，"斯特兰先生说，"可以这么说。"

汉娜·莱韦斯克皱起鼻子，说了句："恶心。"

他们要是知道弗吉尼亚·克莱姆不单是坡的表妹，而且当时年仅13岁，会觉得更恶心，不过斯特兰先生什么也没说。他让我们轮流朗读《安娜贝尔·李》中的一节。读到"她是个孩子，我也是孩子"[1]时，我的声音有些颤抖。我脑海里满是《洛丽塔》中的画面，还有回忆里斯特兰先生抚摸我膝盖的样子，他轻声说："我们很像。"

快下课时，他仰起头，闭上眼睛，背诵爱伦·坡的《孤独》，他那低沉又悠长的嗓音使这诗听起来像一首歌："我从来就不能／从一个寻常的春天获得激情……"[2] 听着他的声音，我都想哭了。我总算理解他了，懂得他有多么孤独，他渴望着错误的东西，罪恶的东西，可偏偏生活在一个一旦让人发现就一定会被诋毁的世界。

下课后，大家都走了，我问能不能把门关上，然后没等他回答

---

1 《爱伦·坡诗集》，[美]埃德加·爱伦·坡著，[法]埃德蒙·杜拉克图，曹明伦译，湖南文艺出版社，2018年版。

2 诗句译文出处同上一条注释。

就径自把门拉上了。这是我做过的最勇敢的事。他站在黑板前,手里握着黑板擦,衬衫袖子卷到手肘上方,眼睛上下打量着我。

"你今天看起来有点不一样。"他说。

我没说话,只是拉了拉毛衣袖子,扭了扭脚踝。

"好像你一瞬间长大了5岁,"他补充道,说着放下黑板擦,擦了擦手,指着我手里的纸,"给我的吗?"

我点点头:"是一首诗。"

我递给他,他随即看起来,边看边走到桌子旁坐下,头也不抬。我也没有问,跟过去坐到他边上。诗是昨天晚上写的,可我今天一整天都在修改,为的是让它更像《洛丽塔》,更具暗示性。

> 她把海里的小船召唤过来。
> 
> 它们一艘挨着一艘,滑到沙滩上。
> 
> 一声声钝响
> 
> 回荡在她的骨髓里。
> 
> 水手们占据了她,
> 
> 她战栗着,颤抖着
> 
> 在事后的温存里失声痛哭,
> 
> 他们把咸海带喂到她嘴里,一口一个抱歉,
> 
> 为他们所做的一切道歉。

斯特兰先生把诗铺在办公桌上,往椅背上一靠,像是要与它保持距离。"你从不取标题",他说,声音听起来很遥远,"你该给它们取个标题。"整整一分钟的时间,他没有动,也不说话,只是盯着这首诗。

我安静地坐着,一种可怕的感觉向我袭来,我害怕他厌倦了我,想让我离他远一点。他不过借了我一本书,说了几句好话,我就想入非非,写了首性感露骨的诗,自以为搞了件滑稽的猫咪装就可以得到我想要的。一想到这一厢情愿的样子,我就尴尬得闭上了眼睛。之前我活在自己的想象里,只看得到我想看到的。我像个小孩子一样抽鼻子,低声说对不起。

"嘿,"他突然变得很温柔,"嘿,为什么要说对不起?"

"因为,"我抽了口气,说,"因为我是个傻子。"

"为什么这么说?"他伸手圈住我的肩膀,搂住我,"你才不是那样。"

9岁那年,我从树上摔下来,后来再没爬过树。他抱着我的感觉就像那次坠落——不是我往下掉,而是地面向上迎接我,落地的瞬间,它似乎要一口把我吞没。我俩靠得这么近,只要稍稍侧过头,我的脸颊就能贴上他的肩膀。我呼吸着他毛衣上的羊毛气息,他身上咖啡和粉笔灰的气息,我的嘴离他的脖子不过几英寸远。

他搂着我,我的头靠着他的肩膀,我们就这样待着,走廊外有笑声传来,市中心的教堂里,半点的钟声敲响了。我的膝盖抵着他的大腿,手背蹭到了他的裤腿。我对着他的脖子轻轻吹了几口气,希望他做点什么。

可他只是用拇指抚摩着我的肩膀。

我抬起脸,嘴唇几乎快碰到他的脖子。他咽了一下口水,又一下,像是要压下内心的什么,这给了我勇气,我用嘴唇贴着他的皮肤。不过是半个吻,他却哆嗦了一下,而那一下足以叫我心潮澎湃。

他亲了一下我的头顶,算是他的半个吻,我再一次把嘴唇贴在他的脖子上。这像是一场由未完成的动作组成的对话,我俩都小心翼翼地试探着。还有转圜的余地,还能改变心意。半个吻可以忘掉,完整的吻却不能。他的手掐着我的肩膀,越来越紧,我身体里的某种东西开始涌动。我挣扎着想把它压下去,害怕要是压不下去,我可能会跳上前,掐住他的喉咙,这一切就毁了。

突然,毫无预兆的,他松开手,与我拉开距离,不再触碰我。他戴着眼镜,使劲眨了眨眼睛,仿佛在适应新的光线。"这个我们得谈谈。"他说。

"好的。"

"这很严肃。"

"我知道。"

"我们越过了许多界限。"

"我知道!"我说。他竟然觉得我意识不到这一点,我没有花时间好好思考其中的利害,想到这儿,我很是恼火。

他端详着我,一脸的困惑与冷漠,然后压着嗓子说:"这不真实。"

教室内钟表的秒针嘀嗒嘀嗒地走着。现在还是教师值班时间,教室门关着,不过随时可能有人进来。

"那么,你想做什么?"他问。

这个问题太大了。我想要什么取决于他想要什么:"我不知道。"

他转头看向窗子,双手抱胸。我不知道,这回答不好,小孩子才这么说,不像一个有意愿、有能力自己做决定的人说的。

"我喜欢和你在一起。"我说。他等着下文,可我绞尽脑汁也想不出更好的词,急得左顾右盼:"我也喜欢我们所做的。"

"什么叫'我们所做的'?"他想让我说出来,可我不知道该叫它什么。

我指着我们之间的距离:"这个。"

他微微一笑,说:"这个我也喜欢,那这个呢?"他凑上前,用指尖碰了碰我的膝盖,"这个你喜欢吗?"

他看着我的脸,指尖滑过我的腿,一直滑到我的腿根。我本能地收紧腿。

"这太过了。"他承认道。

我摇摇头,双腿放松:"没关系。"

"有关系。"他的手挪开了,接着整个人像液体般滑到地板上,他跪倒在我面前,头靠在我腿上,说,"我要毁了你。"

这是迄今为止最不可思议的事情,比他说想吻我或是抚摩我都来得不真实。"我要毁了你。"他的话里带着明显的痛苦,我得以窥探他是如何与之挣扎,与之搏斗的。他想做对的事,不想伤害我,却又向伤害我的可能性妥协。

我把双手悬在他的头顶上空,仔细打量着他:黑色的头发,两鬓花白,平整的胡茬一直延伸到下巴,边缘修得整整齐齐。脖子上有个小伤口,有些红肿。我想象这天早上他站在浴室的镜子前,手里握着剃须刀,而我则光着脚站在房间里,往脸上抹化妆品。

"我想在你的生命里扮演一个正面的角色,"他说,"一个能让你温柔回顾与思念的人,一个有趣的老教师,他悲哀地爱着你,却规规矩矩,到最后仍是个好孩子。"

他的头仍然沉沉地枕在我腿上,我的双腿开始颤抖,腋下和膝盖窝里渗出汗来。"悲哀地爱着你。"有他这话,我便有人疼有人爱了,而且这个人不是和我同龄的傻小子,是一个活了大半生的男人,他历尽千帆,仍觉得我值得他去爱。我感觉自己被推搡着,离开原本普普通通的生活,踏入了一个新的门槛,在这里,成年男人会如此悲哀地爱上我,拜倒在我脚下。

"有时下课后,我会坐在你的位置上,把头靠在桌子上,寻找你的气息。"他抬起头来,揉了揉脸,跌坐在脚后跟上,"我他妈到底怎么了?我不能告诉你这个,你会做噩梦的。"

他起身坐回椅子上,我知道我得主动做点什么,让他相信我并不害怕。我得告诉他他不是一个人,我的思念不比他的少。"我一直都在想你。"我说。

他一下子笑容满面,接着又按捺住,自嘲道:"你才不会想我。"

"一直以来,我都像着迷了一样。"

"我可不信,漂亮的小姑娘是不会爱上好色的老头子的。"

"你又不好色。"

"目前还好,"他说,"可我要是再靠近你一步,就变好色了。"

他还想要更多证明,我统统给他。我告诉他我写那些愚蠢的诗只是为了能拿给他看。("你的诗不愚蠢,"他说,"请不要这样说。")整个感恩节假期我都在看《洛丽塔》,它给了我全新的认识。我今天特意打扮也是为了他,关上教室门是想和他单独相处。

"想着我们也许会……"我压低声音。

"我们也许会什么?"

我白了他一眼,傻笑起来:"你明明知道。"

"我不知道。"

我忸怩地在椅子上转了转,说:"我们也许会,我也不知道,接吻之类的。"

"你想让我吻你?"

我抬起肩膀,垂下头,头发散落在脸上。我不好意思回答。

"这算同意了?"

我躲在头发后面,轻轻咕哝了一声。

"你之前接过吻吗?"他拨开我的头发,看着我。我摇摇头,我太紧张了,撒不了谎。

他站起来,锁上教室门,关掉灯,这样透过窗户也看不到里面。他双手捧起我的脸,我紧紧闭上眼睛。他的嘴唇有点干,像太阳晒过的衣服。他的胡子比我想象中的柔软,但他的眼镜硌得我脸颊生疼。

他先是碰了一下我的嘴唇,再一下,接着哼了一声,张开嘴吻我,这个吻持续了好一会儿。发生的这一切令我无法集中注意力,我的思绪飘远了,远到仿佛不属于我。期间我满脑子只想着他居然有舌头,真是太奇怪了。

后来,我的牙齿止不住打战。我想表现得勇敢一点,傻笑一下,说两句娇羞调情的话,可到头来只用袖管擦了擦鼻子,小声说:"我觉得好奇怪。"

他亲了亲我的额头、太阳穴和嘴角:"我希望是好的奇怪。"

我知道我该赞同他,让他放心,让他不再怀疑我也想要他。可我只是呆呆地注视着前方,直到他靠过来,再次吻我。

我坐在研讨桌旁的老位置上,双手平放在桌上,不让自己去摸嘴角干燥的皮肤。其他同学陆续走进来,敞开外套,从背包里掏出一本《伊桑·弗罗姆》。他们不知道发生了什么,也不会知道,可我还是想大喊着告诉全世界。如果不能大喊,我想要用手掌按住桌子,劈开木头,直到整张桌子四分五裂,碎木头散落,而我的秘密也撒了一地。

桌子另一侧，汤姆靠在椅子上，双手支在脑后，衬衫缩了起来，露出几英寸肚皮。珍妮的座位空着。汤姆进来前，汉娜·莱韦斯克说他俩分手了。放在两个月前，这些闲话还会让我目瞪口呆，现在我根本不在意。两个月感觉就像一辈子那样长。

课上，斯特兰先生在讲解《伊桑·弗罗姆》。他的手微微颤抖，他不愿意朝我看——哦，不对，现在还称呼他先生就太可笑了，可直呼他斯特兰好像也不合适。突然，他的思路断了，他抬手抓了抓额头，我还没见过他这副模样。

"对了，"他嘟哝着，"我讲到哪儿了？"

门框上方的钟表嘀嗒走着，两秒、三秒、四秒。汉娜·莱韦斯克发表了些粗浅的看法，斯特兰非但没有置之不理，反而说了句："是的，说得没错。"他转身在黑板上写下几个大字：谁的过错？我的耳边充斥着大海的咆哮。

课前我们只需看前50页内容，可他还是谈到了小说的全部情节。年轻的马蒂的魅力，年长且已婚的伊桑陷入的道德困境。伊桑对她的爱真的错了吗？他一生孤苦，能聊以慰藉的只有楼上病恹恹的齐娜。"为了寥寥一丝美好，人们愿意倾尽所有。"斯特兰说，他的声音过分诚挚，研讨桌上不禁漏出阵阵笑声。

到这会儿，我本该适应了，可仍然觉得不真实——他可以谈论那些书，也可以谈论我，而他们一无所知。就像那次大家坐在桌子旁修改自己的论文观点，而他在办公桌后偷偷摸我。事情就发生在他们眼前，可他们仿佛都太平庸了，根本注意不到。

谁的过错？他再一次抛出这个问题，并希望我们给出答案。他的内心在挣扎，我总算看明白了。他紧张，不是因为我在，而是因为不知道自己有没有犯错。我要是再勇敢一点，就会举手谈谈伊桑·弗罗姆，还有他。他没有做错任何事，或者我该说，难道马蒂不也有错吗？可我安静地坐着，像只受惊的小老鼠。

下课时，谁的过错？几个字依旧横在黑板上。其他同学鱼贯而出，穿过走廊，走到院子里，而我不紧不慢地拉上背包拉链，弯下腰，假装在系鞋带，动作慢得像只树懒。等到走廊里的人都走了，他才和我打招呼。没有目击者。

"你还好吗？"他问。

我欢快地笑着，拉了拉书包带。"我很好。"我知道我不能表现出一丝难过，不然，他会以为我不想再亲吻他了。

"我还担心你会不知所措。"他说。

"我没有。"

"那就好。"他松了口气，"看样子你适应得比我快。"

我们商量好等晚些时候，教师值班时间过了，人文楼空了，我再过来。我快出门时，他说："你看起来很可爱。"

我笑逐颜开。是挺可爱——我穿着深绿色的毛衣，最合身的灯芯绒裙子，波浪状的头发垂在肩上。我可是精心打扮过的。

我再回去时，太阳已经落山了。教室里没有窗帘，我们关了灯，躲在办公桌后，在黑暗中接吻。

汤普森小姐在宿舍组织了一个"神秘圣诞老人"活动，我抽到了珍妮的名字。我原以为自己会难过，可只隐隐觉得烦人。我带着本该给她买礼物的10美元去了杂货店，给她买了一磅[1]廉价咖啡粉，

---

1　英美制质量或重量单位，1磅合0.4536千克。

剩下的钱自己买零食。我也懒得包装了，交换礼物时直接放在塑料购物袋里给她。

"这是什么？"她问。去年春季学期末，她离开宿舍房间时，头也不回地甩给我一句"我想我们还会再见的"。那以后，她再没有和我说过话。

"这是给你的礼物。"

"连包装都没有吗？"她说着用指尖拨开袋子，像是担心里面会有什么东西一样。

"这是咖啡，"我说，"我看你总是喝咖啡什么的。"

她低头看着她的礼物，使劲眨着眼，可把我吓坏了，我以为她要哭了。"给，"她塞给我一个信封，"我也抽到了你的名字。"

信封里是一张贺卡，贺卡里夹着一张20美元的市中心书店礼券。我一手拿着礼券，一手握着贺卡，一时间不知道该看哪一边。她在贺卡里写道：圣诞快乐，凡妮莎。我知道我们好久没联系了，但还是希望我们能和好如初。

"你为什么这么做？"我问，"明明10美元就够了。"

汤普森小姐挨组点评大家的礼物，走到我们这边时，她看到珍妮红着脸，真空密封的廉价咖啡掉到了地上，而我满脸愧疚。

"啊，多好的礼物啊！"汤普森小姐激动地说。我原以为她说的是礼券，可她指的是咖啡。"依我看，咖啡因真是多多益善。凡妮莎，你收到了什么？"

我举起礼券，汤普森小姐微微一笑，说："这个也不错。"

"我还有作业要做。"珍妮说。她用两根手指捏起咖啡，仿佛恶心得碰都不想碰它，接着离开了公共休息室。我还有话想说，想冲她大喊，她想同我和好是因为汤姆和她分手了，这会儿才想起我，太迟了,我已经向前看了。我现在做的事珍妮根本无法想象。

汤普森小姐过来安慰我:"我觉得这份礼物非常用心,凡妮莎。这和你花了多少钱没有关系。"

我这才明白她刚刚为什么那么友善——她以为我穷得只买得起3美元的咖啡。真是又好气又好笑,但我没有纠正她。

"汤普森小姐,你圣诞节打算怎么过?"迪安娜问。

"先回新泽西老家几天,"她说,"到时可能和朋友去佛蒙特。"

"那你的男朋友呢?"露西问。

"我什么时候说过我有男朋友?"说着她走开去看其他组的神秘圣诞老人礼物了。我看着她背着手离开,假装没有听到迪安娜悄悄对露西说:"我以为斯特兰先生是她的男朋友。"

一天下午,斯特兰告诉我,我的名字起源于爱尔兰作家乔纳森·斯威夫特。斯威夫特结识了一个名叫埃丝特·范讷梅瑞的女子,她的小名叫伊莎。"他把她的名字拆开,组成了一个新名字,"斯特兰说,"于是乎,范-伊莎就成了凡妮莎,也就成了你。"

我嘴上没说,不过有时我感觉他就是这么对我的——将我拆开,组合成一个全新的人。

他说第一个凡妮莎爱上了斯威夫特,她是他的学生,比他小22岁。说着,他走到办公桌后的书架前,找出斯威夫特写的一首诗——《卡德纳斯与凡妮莎》。诗很长,有整整60页,讲的是一个年轻女孩爱上了自己的老师。我翻了翻,心跳加速,可我知道他在看我,因而故作镇定,耸耸肩,慵懒地说:"我猜应该挺有趣的。"

斯特兰皱起眉头:"我反倒觉得可怕,不觉得有趣。"他把书塞回书架上,咕哝了几句,"这书看得我心烦,我不禁想到命运。"

只见他坐在办公桌前,打开他的记分册,耳根红红的,像是有些难为情。我竟能让他感到难为情?我都忘了他有时也很脆弱。

"我明白你的意思。"我说。

他抬起头,眼镜片上闪着光。

"我觉得这一切像是命中注定。"

"这一切,"他重复道,"你是说我们之间的事?"

我点点头:"也许这就是我生来要做的。"

听完,他的嘴唇微微颤抖,仿佛在强忍着不让自己笑出来,然后说了句:"关门,关灯。"

圣诞节前的周日,我用古尔德公共休息室的付费电话机给家里打电话。妈妈说她周三来不了,换周二来接我。这意味着多了一天假期,少了一天有斯特兰的日子。单是没有他的周末就已经够难熬了,这三个星期,我不知道该怎么过。得知这个消息,我感觉天都塌了。

"你都不先问问我!你不能问都不问我一声就擅自决定提前一整天来接我!"我越说心里越慌,努力不让自己哭出来,"我也有事情得做,得交代!"

"什么事情?"妈妈问,"我的天,你这么烦躁干吗?没头没脑的。"

我把额头抵在墙上,深吸一口气,这才说出口:"有个创意写作社活动,我不想缺席。"

"哦。"妈妈松了口气,好像她原以为有什么更要紧的事,"对了,我大概6点才能到,这总够你去参加活动吧。"

她吃了口东西,嘴里嘎嘣作响。我不喜欢她在给我打电话、打扫卫生或和爸爸讲话时，嘴里还吃着东西。有时她甚至把电话带进厕所，听到冲水的声音我才发现。

"没想到你这么喜欢那个社团。"她说。

我用运动衫的脏袖口抹了把鼻子："不是喜不喜欢的问题，而是我得认真负起责任。"

"嗯。"她又吃了一口，又是一阵嘎嘣作响。

周一，我和斯特兰坐在昏暗的教室里。我不让他吻我，又一扭身，把腿也别过去，不让他碰。

"怎么了？"他问。

我只是摇头，不知道怎么解释。面对即将到来的假期，他倒是气定神闲，连提都没提。

"没关系，你要是不想让我碰你，就告诉我停下。"他说。

他凑过来，盯着我，想要在黑暗中看清我的表情。他没戴眼镜，我能看见他眼里的光——自从我告诉他眼镜会压到我的脸，亲吻前，他都会摘下。

"我再有能耐也猜不透你的心思啊。"他说。

他用指尖碰碰我的膝盖，试探我会不会躲开。见我没动，他的手便轻轻地探上我的腿，绕过臀部，圈住我的腰，将我拉近，椅子的脚轮吱吱作响。我叹了口气，靠在他怀里，他的身躯好像一座山。

"接下来要有很长一段时间不能见面了，"我说，"整整三个星期。"

这下他放心了："你就是为这事生闷气？"

见他还有脸笑，像在取笑我无理取闹，我一下子哭了出来。他以为我不开心是因为害怕自己会很想他。

"我又不会跑。"他亲吻着我的额头说,他还说我多愁善感,"像个……"说着他突然笑了起来,"我本想说像个小姑娘似的。有时我都忘了,你可不就是个小姑娘嘛。"

我把脸埋进他的胸口,咕哝说我觉得自己快失控了。我希望他说他也是,可他只是摸着我的头发,或许他不需要说出口。我想起我们第一次亲吻的那个下午,他趴在我的膝头,低声说:"我要毁了你。"他当然也会失控,也会奋不顾身,不然,哪有我们之间的种种。

他松开我,亲吻我的嘴角,说:"我有个想法。"

窗外地上覆盖着白雪,天光映进教室,我看得见他的脸,还有他眼周的皱纹。这么近距离地看着他的脸,我眼中他的五官分得很开,显得脸特别大,鼻梁上刻着眼镜的压痕。

"不过你得答应我,除非你确定想要,否则别同意我的提议,好吗?"他说。

我抽搭一下,擦了擦眼泪:"好。"

"要不圣诞节后……就……回来后的那个周五……"他吸了口气,"要不你来我家?"

我惊得直眨眼。我知道这早晚会发生,可还是太突然了。或许也不早了,我们都接吻两个星期了。

见我没说话,他接着说:"你看我们天天待在这个教室里,偶尔换个地方也不错。我们可以开着灯,一起吃晚饭,看看对方,不是挺好的吗?"

我突然害怕了,我多么希望自己不害怕啊,可我到底怕什么呢?我嚼着脸颊内壁,理性地分析。我怕的不是他,而是他的身体,光是看看他的体形，想到他可能要我做的事，我就害怕。只要我们不出这间教室，能做的就只有接吻，可万一去了他家，一切都有可能发生，而且顺理成章，和他亲热也不例外。

"可我要怎么过去呢？"我问，"宵禁怎么办？"

"熄灯后溜出来。我可以在后面的停车场等你，带你一起走。早上我再早点送你回来，神不知鬼不觉。"

我还在犹豫，他一下绷直身体，椅子往后退，远离我，突然一阵冷气从我腿上扫过。"要是你没准备好，我不会逼你的。"他说。

"我准备好了。"

"可看起来不像。"

"我准备好了，"我坚持说，"我会过去的。"

"但这是你想要的吗？"

"是的。"

"你确定？"

"确定。"

他盯着我，眼神闪烁不定。我用力咬着脸颊，想着要是咬疼了，掉眼泪了，也许他就不会生我气了。

"听着，"他说，"我没有非分之想，能和你一起坐在沙发上看看电影我就很开心了。如果你不愿意，我们连手都不用牵，好不？重要的是，你不会觉得是被强迫的，不然我会良心不安。"

"我不觉得是被强迫的。"

"当真？"

我点点头。

"好，那就好。"他握着我的手，"凡妮莎，这里你说了算。你来决定我们做什么。"

我不知道他是不是真的这么认为。先过来摸我的是他，说想吻我的是他，说爱我的还是他，每一步都是他先走的。我不觉得被逼迫了，我知道我有权说不，可这和手握主动权还是不一样。或许他必须这么认为，又或许还有一长串他必须信以为真的事情。

圣诞节我收到了一张 50 元美钞；两件毛衣，一件是用薰衣草色的粗毛线编织的，另一件用的是白色的马海毛；一张新的菲奥娜·艾波专辑，旧的都被我刮花了；一双里昂比恩的靴子，虽是在特卖店买的，但不仔细看根本看不出针脚不齐；一个在宿舍用的电水壶；一罐枫糖糖果；内衣和袜子；还有一个橙子形状的巧克力。

和爸妈在家时，我尽量把斯特兰收进抽屉里，关严实。我不让自己躺在床上想他或者写他，而是尽量干点别的，好让我觉得自己还是之前那个小女孩。我坐在燃木火炉旁看书，陪妈妈在厨房里切无花果和核桃，帮爸爸从雪地里拖一棵树回家，一路上，小狗宝贝在一旁又蹦又跳，活像一只毛茸茸的黄色海豚。晚上，爸爸上床睡觉，宝贝跟着他上楼，我和妈妈就躺在沙发上看电视。我俩爱看的节目一样：历史剧、《甜心俏佳人》《每日秀》。我们和乔恩·斯图尔特一起大笑，一同为小布什的出场而感到尴尬。选票风波平息了，小布什获胜。

"真不敢相信他竟然在大选中作弊。"我说。

"他们都作弊了，"妈妈说，"只不过民主党人收敛一点。"

我们一边看电视，一边吃妈妈藏在食品柜顶上的高价姜汁柠檬饼干。妈妈把脚挪过来，想把它们埋到我屁股底下。我很嫌弃，发起了牢骚，她让我别这么不耐烦，说："要知道，你可是从我肚子里出来的。"

我说起珍妮送的神秘圣诞老人礼物还有贺卡，说她想与我和好，妈妈颇为得意，用手指戳戳我："我说什么来着，她会回来找你的。你没上当吧？"

插播广告时，妈妈睡着了，浅金色的头发披散在脸上。这时，斯特兰叫嚣着回到我的脑海中。屋子里静悄悄的，只有我还醒着。我迷迷糊糊地盯着电视屏幕，感觉他就在我身边，抱着我，把手伸到我的睡裤底下。躺在沙发另一头的妈妈打了个呼噜，我猛地回过神来，匆忙逃到楼上。卧室是我唯一放心让他进来的地方，我可以关上门，躺在床上，幻想在他家和他亲昵的感觉。不知他脱下衣服是什么样子。

我翻阅着《17岁》杂志的过刊，寻找有关第一次的文章，看看到时该做什么准备，可上面净是些无聊的东西。"第一次要慎重，不要出于压力贸然尝试，你还有大把的时间！"于是我又上网找了其他一些建议，可都太让人难为情了，一想到那些画面我就浑身哆嗦。我关掉浏览器，检查了三遍历史记录，确保删干净了。

回布罗维克的前一晚，爸妈在看汤姆·布罗考的节目，我溜进他俩的卧室，打开妈妈梳妆台最顶层的抽屉，翻找内衣，终于找到一条丝质的黑色睡裙，上面还挂着黄色的标签。我回到自己的房间，光着身子套上它。睡裙有点长，遮住了膝盖，但很紧身，身体轮廓清晰可见，显得我成熟又性感。我盯着镜子里的自己，把头发挽到头顶，让它散落在脸上。我使劲咬着下嘴唇，咬得它又红又肿。一根肩带滑到手臂上，我想象斯特兰带着他那温和又居高临下的笑容，将它滑回我的肩膀上。第二天早上，我把睡裙塞到行李底下。回布罗维克的路上，我不禁窃喜，瞒天过海，也不过如此。

校园撤去了圣诞节的装饰，雪却堆得更高了。宿舍里弥漫着清洗木地板用的醋散发出的酸臭味。周一一早，我跑去人文楼找斯特兰，一看到我，他开心极了，咧着嘴，笑容间满是渴望。他锁上教室门，把我按在文件柜上，近乎撕咬般用力吻我，我们的牙齿撞到了一起。他用大腿将我的双腿分开，抚摸着我——虽然舒服，可一切发生得太突然，我倒抽一口气，他闻声松开我，蹒跚着后退，问有没有弄疼我。

"你在身边，我难以自制，"他说，"就像个十几岁的男孩子。"

他问我们的周五之约还算不算数。说过去几周，他时常想我，他很惊讶自己竟会这么想我。一听这话，我眯起眼睛。为什么要惊讶？"因为真要说起来，我俩还不太了解彼此，"他解释道，"可是，天哪，你让我神魂颠倒。"我问他圣诞节在做什么，他说："想你。"

这一周就像在倒计时，像是放慢脚步走在长长的走廊上。终于到了周五晚上，我把睡裙塞进背包。走廊对面，玛丽·埃米特正敞着房门高声唱着《吉屋出租》的主题曲《爱的季节》，珍妮裹着浴袍，迈着大步去洗澡，一切都是那样不真实。想来奇怪，对她们而言，这不过又是一个周五晚上，平常的日子照样继续，与我的生活齐头并进。

9点半，我找到汤普森小姐，告诉她我身体不舒服，要早点睡，等到走廊上没人了，我又悄悄从警报器坏了的那个楼梯间溜出来。我匆匆穿过校园，看见斯特兰的厢式旅行车停在人文楼后面的停车场，没开车灯。我拉开副驾驶座的车门，钻了进去，他一把将我拉过去，喘着粗气狂笑，我从没见他这样笑过，好像他不敢相信这一切真的发生了。

他家如此空旷、干净，我父母家从不这样。清理过的厨房水槽闪闪发亮，一块抹布晾在长颈水龙头上。几天前，他问我喜欢吃什么，说想备好我最爱吃的。他给我看了冰箱里的三品脱[1]高价冰激凌和六罐樱桃味可乐，以及柜台上的两大袋薯片。柜台上还摆着一瓶威士忌，边上是一只玻璃杯，里面有一个冰块，化得差不多了。

客厅的咖啡桌上没有杂物，只有一沓杯垫和两个遥控器。书柜里的书摆放整齐，没有东倒西歪。他领着我参观，我喝着汽水，尽量显得感兴趣但又不是特别感兴趣。可实际上，我浑身都在发抖。

最后参观的是他的卧室。我们站在门口，我手中的汽水发出咝咝声，一时间两人都不知道该做什么。我得在6个小时内溜回古尔德宿舍，可我才刚到这儿10分钟。他的床摆在我俩面前，上面平整地铺着卡其色被子和格子呢枕头。太快了。

"你累了吗？"他问。

我摇摇头："还行。"

"那别喝这个了，"他说着夺走我手中的汽水，"都是咖啡因。"

我提议看电视，希望他还记得自己说过想和我一起坐在沙发上，牵着手看电影。

"我肯定会睡着的，"他说，"不如早点睡怎么样？"

他走到梳妆柜前，拉开顶上的抽屉，拿出一套睡衣。那是一套白色棉布短裤和背心，印着红色的小草莓，叠得整整齐齐，全新的，标签还在，是特地为我买的。

---

1　容积单位，主要在英美等国家使用。

"我怕你忘了带睡衣。"说着，他把睡衣塞到我手上，我对背包底层的黑色睡裙只字未提。

在卫生间里，我小心翼翼地脱掉衣服，扯掉睡衣上的标签，尽量不发出声音。穿睡衣前，我盯着镜子里自己的脸，偷偷看了眼浴室里他的洗发露和肥皂，观察着洗漱台上的一切。他有一把电动牙刷，一把电动剃须刀，还有一台电子秤。我悄悄站了上去，数字闪烁，我不觉翘起脚趾——145磅，比圣诞节的时候轻了两磅。

我拎起背心，疑惑他为什么选了这一套。或许是因为他喜欢这个图案——之前他说我的头发和皮肤让他想起草莓与奶油。我想象他在女孩服装柜台前，用那双大手摩挲不同睡衣的样子。一想到这里，我心中满是柔情，我想起几年前看见的一张照片，上面是一只大猩猩抱着她的宠物小猫。这么大块头，抱着这么柔弱的东西，小心翼翼，关怀备至，这种脆弱感令我动容。

我打开卫生间的门，走进卧室，一只手护在胸前。床头灯亮着，投下柔和而温暖的光。他坐在床边，耷拉着肩膀，紧握双手。

"还合身吗？"

我颤抖着，微微点了点头。一辆车从窗外驶过，声音渐行渐近，又渐行渐远，留下一片寂静。

他问："能让我看看吗？"我走到他身边，他伸手勾住我的手腕，将我的胳膊向下拉。他上下打量我，叹了口气，说："哦，不。"像是在为将要发生的事道歉。

他起身掀开被子，低声说："好啦，好啦，好啦。"他说他会穿着衣服睡，我知道他是为了安慰我，或许也是为了安慰他自己。他的衬衫腋下现出深色的汗渍，就像他在开学典礼上演讲时一样。

我钻进被窝，躺在他旁边，我们就这么躺着，不接触，也不讲话。天花板上的奶油色和金色瓷砖组成螺旋图案，我的目光绕着它们转了又转。我盖着羽绒被，手脚慢慢变暖了，可鼻尖仍是冰的。

"我家里的房间也总是这样冷。"我说。

"是吗？"他转过身来，庆幸我的开口让气氛多少正常了些。他让我说说我的房间，它长什么样，怎么布置的。我在半空画了幅示意图。

"这是临湖的窗子，"我说，"这是靠山的窗子。这是我的衣柜，这是我的床。"我还说到我的海报、我床单的颜色。我说，夏天的时候，半夜我有时会被湖上潜鸟的尖叫声吵醒，还说房子隔热不好，冬天墙上会结冰。

"真希望哪天我可以亲眼去看看。"他说。

想到他在我的卧室里，我笑了，在我屋里，他该显得多硕大啊，头都顶着天花板了吧。"实现的可能性不大。"

"谁知道呢，"他说，"说不定哪天机会就来了。"

他说到孩童时他在蒙大拿的卧室，冬天也很冷；又说到比尤特，那个古老的采矿重镇，曾是世界上最富裕的地方，如今成了褐色的盆地，四面环山，萧条破败；还说到房子间高耸的废弃井架，市中心坐落在山坡上，山顶是采矿留下的巨大酸水坑。

"听着真吓人。"我说。

"确实，"他表示同意，"不过这种地方你不亲眼看看，就无法理解。它有一种别样的美。"

"酸水坑里的美？"

他笑了："什么时候我们去看看，你就知道了。"

被子底下，他牵起我的手，接着说起他的父母和妹妹。他父亲是铜矿工人，威严而友善，母亲是个老师。

"她是个什么样的人？"我问。

"愤怒，"他说，"她是个非常愤怒的女人。"

我咬着嘴唇，不知道该说什么。

"她不喜欢我，"他补充道，"可我怎么都想不通。"

"她还健在吗？"

"他们俩都去世了。"

我刚想说抱歉，他打断我，捏了捏我的手。"没关系，"他说，"早就过去了。"

我们静静地躺了一会儿，手在毯子下紧握着。一呼一吸间，我闭上眼睛，想要抓住他房间里的味道。那是一种淡淡的男性气息，混合着法兰绒床单上的肥皂味和除臭剂味，还有橱柜里的雪松味。想来奇怪，这就是他正常生活的地方，他在这儿吃饭、睡觉、做单调的日常琐事——洗碗、打扫浴室、洗衣服。他自己洗衣服吗？我试图想象他把湿衣服扔进烘干机的情景，可刚一想，他的样貌就模糊了。

"你为什么没有结婚？"我问。

他看了我一眼，我感到他把手松开了，我不该问这个问题。

"婚姻并不适合所有人，"他说，"你长大就知道了。"

"我已经知道了，"我说，"我也不想结婚。"我不确定自己是不是认真的，只想尽量表达善意。显然他很担心，担心我和我们之间的事。任何风吹草动都会惊动他，仿佛我是一只会逃跑或咬人的野兽。

他笑了，浑身放松下来。刚才那句话，我说对了。"你自然不想，你很了解自己，知道自己生来不适合什么。"他说。

我想问那我适合什么，可又不想显出不了解自己的样子，而且这也不急于一时,因为他又握住了我的手,头靠过来像是要亲我。我来这么久了,他还没亲过我。

他又问我累不累,我摇摇头。"累了的话,"他说,"就和我说,我可以去客厅。"

客厅?我皱起眉毛,不明白他是什么意思:"你是说你要睡沙发?"

他松开我的手,欲言又止。

"年初那次摸你,我很抱歉,"他说,"我其实不喜欢那样。"

"可我喜欢。"

"我知道你喜欢,可这说得过去吗?"他转向我,"说不过去啊,你的老师会无缘无故碰你吗?我不喜欢那样做,未经允许就动手动脚的,只有事先交代好所有事情才能弥补我们犯的错。"

不用他说我也知道他希望我做什么——告诉他我的感受,以及我想要什么。勇敢一点。我转过身去,把脸贴在他的脖子上:"我不想让你睡沙发。"我能感到他笑了。

"那好,"他说,"你还想要什么?"

我用鼻子蹭蹭他,把腿搭在他的腿上。我说不出口。他问我想不想要他吻我,我贴着他的脖子点点头,他抓着我的头发,向后一拽。

"天哪,"他说,"瞧瞧你这样子。"

我很完美,他说,完美得有些不真实。他吻了我,之前从未尝试过的事情随之而来,而他每做一件事,都先征得我的同意。

一开始,我不知道他要干什么,直到他开始亲吻我的每一寸肌肤。我不是傻子,知道人们会这么做,只是没想到这是他想要的。他用手臂圈住我,将我拉近,我把脚后跟钉进床垫,一把抓住他的头发，肯定抓疼了他，可他不停地吻我，抚慰我。我咬住下嘴唇，用双臂挡住眼睛，陷入一片色彩的旋涡中，海浪像山一样涌起，我感觉自己如此渺小，直到眩晕袭来，那样剧烈，我不曾感受过的剧烈，令我头晕目眩。

"好了，停一下，"我说，"停下，停下。"

他像被我踢了一脚一样，一下子往后缩——他跪了下来，还穿着T恤和牛仔裤，头发凌乱，脸上亮晶晶的。我闭上眼睛，无法说话，无法思考。已经过了多久？一分钟？十分钟？二十分钟？我毫无头绪。

我睁开眼睛，看着他用手背擦嘴巴。他说他希望每晚都能这样抚慰我，说着拉起被子，躺在我身边，又补充了句："每晚你睡觉前。"

他抱着我，这感觉和刚才一样美好，他下巴靠在我头顶，身体蜷缩起来，包裹着我，就连他的气味都像我的。"我们暂时不会更进一步了。"他说。一想到所谓"亲热"不过是他刚刚为我做的，我的内心便温热起来。

他伸手关掉床头灯，可我没有睡意，在脑海中回放着他看到我穿睡衣时脱口说出"哦，不"的画面，还有他用手臂圈住我的腿，将我拉到他面前，亲吻我的样子，期间他还伸手握住我的手。

我还想着他，可又不敢叫醒他。或许明早我离开前他会再来一次，也可能是偶尔放学后在他的教室里，又或许是开车去校外时，或是在他车上。我的心平复不了，虽然最后睡了过去，但心里还盘算着。

没过几小时，我醒了，外面天还暗着。走廊的灯光穿过卧室门，泻在地板上。一旁的斯特兰已经醒了，嘴唇热滚滚地贴在我脖子上。

我微笑着转身躺平,满心期待他把脸埋在我身上。可一转身,我发现他赤身裸体,皮肤苍白,胸口到双腿覆盖着深色的毛发。

"哦!"我说,"好吧!哇哦,好吧。"我脱口说出这些愚蠢的补白词。他握住我的手腕,将我的手引向他。"哦!好吧!"我再次脱口而出。

"慢点,宝贝,"他说,"慢一点。"他指导我该怎么做,我尽量保持节奏,尽管手臂已经开始抽搐。我想告诉他我累了,想背过身去,再也不看他,可那样太自私了。他说,这样的我是他见过的最美的东西,如果我报之以厌恶,实在太残忍了。尽管我一碰他,就浑身起鸡皮疙瘩,但这没关系,都没关系。他都为你那样做了,现在你用这个来回报他。几分钟的事,你能应付得来。

他将我的手引开,我害怕他会让我用嘴,我不想那么做,我不能么做。谁知他说:"你想让我上你吗?"这是个问句,可他不是在征求我的意见。

我无法理解他的转变,此时我甚至不确定他是否真的说过,我们暂时不会更进一步了,或许他的"暂时"与我认为的完全不同。这问题如此粗暴,我不由得把脸埋进枕头里。他的声音也变了,疲惫又粗糙。我睁开眼睛,见他眉头紧锁。

我试图拖延时间,说我不想怀孕。

"不会,"他说,"不可能的。"

我挪向一边:"什么意思?"

"我做了手术。"他说,他一手撑着身体,一手稳住我,"你不会怀孕的,放轻松。"他试图继续,手指几乎钉进我的骨盆。

"你得放松,亲爱的,"他说,"深呼吸。"

我的泪水淌了下来,可他没有停,只说我做得很好,再一次想要继续。他让我吸气、呼气，我呼气时，他猛地一动，我哭了，失声痛哭——他还是没有停下。

"你做得很好，"他说，"再做个深呼吸，好吗？痛没关系的，一会儿就不痛了。只要再做个深呼吸，好吗？开始了。很好，太好了。"

事后，他翻身下床，袒着肚子和屁股，我赶紧闭上眼睛。他穿上裤子，腰上的橡皮筋发出啪的一声，像抽了一鞭子，又像是什么被劈成了两半。他走进卫生间，咳得厉害，声音也大，我听见他往水槽里吐了口痰。我躺在毯子底下，身体胀痛。我的思绪仿佛无风的湖面，平静清澈。我什么也不是，谁也不是，哪里也不属于。

等回到卧室，他又恢复了平日的样子，穿着T恤衫和运动裤，戴着眼镜。他钻到床上，将我拥在怀里，低声说："我们亲热了，对吗？"我揣摩着"上"与"亲热"之间的距离。

过了一会儿，我们又尝试了一次，这回更慢，更容易。我没有快感，但至少这回没有哭。我甚至喜欢他压在我身上的重量，沉甸甸的，我的心跳都慢了。突然，一阵战栗席卷了他的全身。他在我身上颤抖着，我缩起身子，终于明白了人们所谓的合二为一是什么意思。

他为自己的笨拙与匆忙收场感到抱歉，说已经有段时间没和人暧昧了。我反复玩味"暧昧"一词，想起了汤普森小姐。

结束后，我走到卫生间，偷偷翻他的药箱。要不是在电影里见过女人在到陌生男人家过夜时翻看他的药箱，我也想不到要这么干。他的箱子里都是些常用药，创可贴、消炎软膏、健胃药，还有两个橙色的处方药瓶，上面的标签我在广告上见过，伟哥和安非他酮。

开车回学校的路上，天还没亮，街灯闪着黄色的光，他问我感觉如何:"没吓坏吧?"

我知道他想听实话,我应该告诉他我不喜欢半夜被他生生捅醒。我还没有准备好面对这样的关系。我感觉被强迫了,可我没有足够的勇气说出这一切——一想到他引导我摸他我就反胃。我不明白我都哭了,他为什么还不停下来。第一次尝试时,我满脑子只有我想回家这一个念头。我甚至连这些都不敢说。

"感觉还行。"我说。

他仔细端详我,似乎想确认我说的是实话。"那就好,"他说,"这是我们都想要的。"

## 2017 年

妈妈的短信：嘿！知道刚刚发生什么了吗？我半夜睡不着，听到外面有动静，下楼打开走廊的灯，发现一只熊正在翻垃圾筒！！！吓死我了。我尖叫着跑上楼，躲在被子底下，哈哈。现在我在看那个英国烹饪节目，平静一下。最近没什么事。住在湖对岸的玛乔丽得了肺癌，就是养山羊的那个女的。总之，她快不行了，我心里不好受。我的车门有点毛病，车被召回了，得八到十二个星期。他们给我租了一辆破车。唉，恐怖的事一桩接一桩。总之，我就是随便问问。有空给你妈我打电话。

早上 10 点，我还睡眼蒙眬地躺在床上，琢磨这条短信。我不知道玛乔丽是谁，也不知道妈妈的车门怎么了，更不知道她看的是什么英国烹饪节目。自从爸爸过世后，我早上时不时就会收到这类短信，这一条至少标点还算正常，其他意识流短信通篇只用省略号，语无伦次，不知所云，叫人很是担心。

我退出短信，打开脸书，看看泰勒的个人页面有没有更新。我刚在搜索栏输入首字母 J，那些看了又看的名字就跳出来了：杰西·利，珍妮·墨菲。杰西在波士顿，做营销工作。珍妮在费城，是个外科医生。照片里,她已近中年,眼睛周围是深深的皱纹,棕色的头发里夹杂着几缕白发。他们的首页上没有任何与斯特兰相关的东西。想来也不会有,他们都是成年人了,生活充实,没理由还记得当年发生过什么,当然也不会记得我。

我退出脸书,在谷歌上搜索"亨利·普劳,亚特兰提卡学院",第一条检索结果是他的教工档案,配了一张陈年照片,他在办公室里,身后的书架上还摆着啤酒,后来酒被我俩喝掉了。他当时34岁,只比现在的我大几岁。第二条是2015年5月《亚特兰提卡学生报》上的一篇文章,题为"文学教授亨利·普劳荣获教学奖"。该奖项每四年颁发一次,由学生投票选出获奖者。英语专业大三学生埃玛·蒂博多表示同学们对这个结果感到兴奋不已:"亨利是个特别出色的教师,循循善诱,你可以和他畅所欲言。他是个特别了不起的人,他的课改变了我的一生。"

我滑到文章底部,那儿有个评论框,光标闪烁着:"请留下您的评论吧!"我输入:"回复:'特别了不起的人'——相信我,他不是。"只是文章是两年前发的,亨利也没干什么坏事,评不评论,又有什么区别?我把手机扔在一边,继续睡觉。

我走路去上班,出门前刚吸了点东西,正觉得飘飘然,突然接到了斯特兰的电话。手机在我手里震动,屏幕上跳出他的名字,我像个游客一样愣在人行道中间,人来人往,我全然不觉。我把手机举到耳边,有人撞了一下我的肩膀,是一个穿着牛仔夹克的女孩——不对,是两个穿着同款夹克的女孩,一个黑色头发,一个金色头发。她们手挽着手往前走,背上的书包一蹦一跳地撞着尾骨,一看就是午休时间偷偷跑来中心区玩的高中生。那个撞到我的黑发女孩扭头看了我一眼,丢了句"抱歉",声音慵懒又不真诚。

电话里,斯特兰说:"你听到了吗?我说我是无辜的。"

"你是说你没事了?"

"明天就能回去上课了。"他笑着说,似乎有点难以置信,"还以为我肯定完蛋了。"

我站在人行道上,望着那两个女孩沿国会街往前走,她们的头发像波浪一样。他再一次毫发无损地回去上课了。失望渗入我的心,仿佛我想看着他倒下,这卑鄙的想法令人猝不及防。或许是烟雾的作用,我的思绪一下掉入感觉的兔子洞。我得改掉这上班前抽两口的习惯,我得长大、放手、向前看。

"我以为你听了会开心的。"斯特兰说。

两个女孩拐入一条小巷,消失了。我都没意识到自己屏住了呼吸,这才呼出一口气:"开心,我当然开心,太好了。"我接着往前走,双腿发软,"这下你该放心了。"

"简直如释重负,"他说,"我本来想着算了,大不了在监狱里度过余生。"

夸大其词。我没敢翻白眼,好像生怕他会看见。他当真觉得自己会进监狱?这样一个哈佛毕业、谈吐得体的白人男性?这种担心真是杞人忧天,大概也只是说说而已。不过,这样批评他或许太苛刻,他深陷危机,惊慌失措,夸大其词也情有可原。不知他面对那样的废墟时是什么感觉。他承担的风险总是比我的大。凡妮莎,你就不能善良一次吗?你为什么总是这么刻薄呢?

"我们可以庆祝一下,"我说,"我周六调个班。最近新开了一家斯堪的纳维亚餐厅,很是热门。"

斯特兰吸了口气。"还不确定行不行。"他说。我改口提议别的——换家餐厅,改个日子,我开车去诺伦贝加找他,可他说:"眼下我还是谨慎些好。"

谨慎。我眯起眼,琢磨他到底想说什么。"就算被人看到和我在一起,你也不会有麻烦,"我说,"我都 32 岁了。"

"凡妮莎。"

"没人会记得。"

"他们当然会记得。"他不耐烦地说,声音尖锐。他无须解释,即便是见 32 岁的我,依旧不正当,依旧有风险。我是他活生生的罪证。人们记得我。他之所以身陷险境,正是因为人们记得。

"这段时间,我们最好保持距离,"他说,"等到风头过了再说。"

我专注地呼气、吸气,穿过马路向酒店走去。代客泊车员站在车库入口,客房服务员躲在巷子里长长地吸了口烟,我朝他们挥挥手。

"也行,"我说,"如果你想这样的话。"

对面沉默片刻:"不是我想这样,而是事情就是这样。"

我推开大堂的门,一阵风掺杂着浓郁的茉莉花和柑橘气味打在我脸上。他们把香氛灌入通风口,用来激活和唤醒感官,这足见豪华酒店对细节的注重。

"这是最好的,"他说,"对你对我都是。"

"我到岗了,先挂了。"我没说再见就把电话挂了。挂断的那一刻,我觉得自己争回了一口气。可一在办公桌前坐定,内心深处的羞辱感就开始扎根、发芽——事情一有转机,他就又一次将我抛弃,像对待垃圾一般将我踹到一旁,一如他在我 22 岁那年、16 岁那年做的。如此赤裸又苦涩的真相,即便是我也无法美化它再往肚子里吞。他只是想确保我会保持沉默，他再一次利用了我。多少次了？你还想怎样，凡妮莎？

我坐在办公桌前，打开泰勒的脸书首页，最上面有一条新消息，刚发不到一小时：曾经承诺培养和保护我的学校今天站在了施虐者那边。我很失望，但并不意外。我点击评论区，顶上是一条几十个赞的评论：我非常非常抱歉。还有其他途径吗，或者这就是结局？泰勒的回复令我口舌发干。

这绝不是结局，她写道。

休息时间，我走到酒店后面的小巷子里，从钱包里掏出一包皱巴巴的香烟，靠在防火梯旁，一边抽烟一边刷手机。人行道上传来脚步声，一人嘘了一声，一人捂着嘴笑。我抬头一看，是刚才路上的那两个女孩。她们站在巷子另一头，金发女孩抓着黑发女孩的胳膊。

"你去问她，"金发女孩说，"去啊。"

黑发女孩向前一步，停下来，双手抱胸。"嘿，"她喊道，"我们能……呃……"她回头看了一眼，金发女孩捏着拳头，捂在嘴巴前，躲在牛仔夹克的袖口后咧着嘴笑。

"你还有香烟吗？"黑发女孩问。

见我掏出两根，她俩赶紧往前冲。"拆封有点久了。"我说。没关系，她们说，完全没问题。金发女孩把肩上的包一甩，从前面的口袋里掏出一个打火机。俩人噘着嘴，吸着脸颊，互相给对方点烟。她们离得很近，我看见了她们的猫眼眼线，还有发际线上的小青春痘。每当遇到这个年纪的女孩时——她们正值一个被斯特兰神化的年纪，我都觉得自己变成了他。为了让她们多留一会儿，我想了好多问题——你们叫什么？多大了？还想要香烟吗，或者啤酒？可话到嘴边，又被我使劲咽了回去。不难想象他当时的心情，迫切地给一个女孩她想要的东西，好把她留在身边。

女孩沿着巷子往回走，扭头谢谢我。有了指间的香烟，原先活泼的她们多了点慵懒的腔调。她们扭着屁股，拐了个弯，看了我一眼，走了。

我盯着她们消失的地方，一辆货车缓缓驶过，夕阳的余晖映在挡风玻璃上，也照在垃圾桶漏出来的一摊污水上，闪闪发光。不知这俩女孩在我身上看到了什么，是亲切感吗？她们之所以敢问我要香烟，是因为她们看得出，虽然我年纪比她们大，可实际上我们还是一类人吗？

我呼出一口烟，掏出手机，点开泰勒的个人主页，可什么也看不进去。我的思绪已经追着那两个女孩飘远了，不知斯特兰对她们这般不礼貌地讨要香烟的行为有什么看法。他大概会觉得她们粗俗、太自信、太大胆。我让他摆弄我的身体时，他说，你真是百依百顺。在他口中，这是种恭维，我的顺从宝贵又稀罕。

她会怎么做？这个问题更像一个迷宫，一看到其他小女生，我便迷失其中。要是她的老师想碰她，她会做出该有的反应，推开他的手，赶紧跑开吗？或者她会一动不动，任他为所欲为？有时，我会试着想象其他女孩经历我所经历的——沉醉其中，翘首以盼，整个生活围着它转，可我做不到。我的思绪钻进了死胡同，一个被黑暗吞噬的迷宫。难以想象，难以启齿。

要不是你那么乐意，我怎么会那么做？他会说。听上去真像自欺欺人。试问有哪个女孩想经历他对我做的一切？不过，不管人们相信与否，这就是事实，遭他迷惑、受他驱使的我成了那种本不该存在的女孩：一个奋不顾身跳入恋童癖陷阱的女孩。

可我不是受害者，这个词不对，从来都不对。说我只是一个受害者，仅此而已，这是在回避问题，这是谎言，大错特错。他从没有那么简单，我也没有。

我穿过停车场底层，进入地下室，摆脱洗衣房里大型洗衣机和烘干机的嘈杂声，走了长长的一段路回到酒店大厅。在楼梯间，客房经理拦住我，问我能不能捎一套毛巾给342房间的戈茨先生，就是那个每隔一周的周一会住在酒店的商人。

"你确定你不介意？"她把毛巾递给我，问，"我手下的女孩子说他是个下流坏子，但他挺喜欢你的。"

我敲了敲342房间的门，听到屋里有脚步声，随后戈茨先生打开房门——没穿上衣，腰间裹着条浴巾，头发湿答答的，直往肩头滴水，胸口到肚子布满深色毛发。

一看到我，他笑逐颜开。"凡妮莎！怎么是你。"他敞开房门，点头示意我进去，"能帮我把毛巾放到床上吗？"

我站在门口，犹豫片刻，估摸着从门到床，以及从床到书柜的距离。戈茨先生站在书柜旁，一手抓着腰间的浴巾，一手从钱包里掏钱。我担心门关了，不想和他单独相处，于是冲到床边，放下毛巾，趁着门还开着，赶紧回到门口。

"稍等。"戈茨先生掏出一张20美元。我摇摇头，对于送毛巾这种小事，这小费太高了，高得可疑，我只想赶紧走。他像拿食物招呼流浪狗那样朝我挥了挥那20美元。我走回房间，接过钱，他顺势摸了摸我的手指，向我眨了下眼。"谢谢你，亲爱的。"他说。

我回到酒店大堂，躲在礼宾台后，把那20美元塞进钱包，心想要用它买胡椒喷雾和小刀，就算用不上也可以随身携带，以防万一。

接着,我的手机响了,进来一封新邮件。

收件人:vanessawye@gmail.com
发件人:jbailey@femzine.com
主题:布罗维克校园事件
凡妮莎:

你好!

我叫雅尼娜·贝莉,是 Femzine 杂志的特约撰稿人,正在写一篇关于缅因州诺伦贝加布罗维克学校性侵事件的报道,据悉 1999 年到 2001 年间,你曾在那里就读。

我采访了布罗维克的一名毕业生,泰勒·伯奇,她声称自己在 2006 年遭到英语文学老师雅各布·斯特兰的性侵,采访期间,她透露你是另一名潜在的受害者。经过调查,我还收到另一条匿名线报,涉及你和斯特兰先生在布罗维克的性侵事件。

凡妮莎,我很希望能和你谈谈。我保证这篇报道会尽可能考虑受害者,将她们的故事摆在首位,同时让雅各布·斯特兰和布罗维克学校对此事负责到底。借着目前全国对性侵事件的关注热度,再把你的故事和泰勒的摆在一起,我认为我们完全有机会产生影响。当然,你可以把控文章中关于你的遭遇的那部分。权且把这当成一个机会,用你的方式讲述自己的故事。

你可以通过邮件或拨打电话(385)843-0999 与我联系,欢迎随时来电或短信垂询。

期待你的回复,
雅尼娜

## 2001 年

今年冬天叫人格外疲惫。酷寒无情,夜里气温直掉到零下二三十摄氏度。好不容易回到零上,又连日下雪。暴风雪过后,积雪越堆越高,灰蒙蒙的天空下,校园变成了一座带冰雪围墙的迷宫。严冬还要持续四个月,圣诞才买的新衣服,转眼就满是盐渍和毛球。老师们丧失耐心,甚至有些刻薄,成绩反馈都相当严苛,导致我们一个个哭着鼻子离开导师见面会。马丁·路德·金纪念日那个周末,当一团团头发第一百万次堵住古尔德宿舍的下水道时,保洁员实在受够了,把浴室门锁了,汤普森小姐不得不用回形针撬锁。同学们也日渐神经质。一天晚上,迪安娜和露西为一双丢失的鞋在食堂里吵了起来,露西一把揪住迪安娜的头发,死都不肯松手。

宿舍辅导员也小心提防着抑郁症,四年前的冬天就有一个高二男生在自己屋里上吊了。为了帮我们缓解消极情绪,汤普森小姐组织了许多主题活动:游戏之夜、手工之夜、烘焙派对、电影放映室,每项活动都有彩页传单,塞到我们门缝底下。她还说,要是感觉自己快得季节性情感障碍了,我们可以随时去她房间使用光疗灯箱。

可经历这一切时,我都半梦半醒,大脑像是被劈成了两半,一半在当下,另一半困在所有发生在我身上的事情当中。自从和斯特兰发生关系以后,我就与从前的一切格格不入,不论写什么都觉得空洞,也不主动帮汤普森小姐遛狗了。课堂上,我觉得自己与周围脱节了,仿佛在远处观望。美国文学荣誉课上,珍妮换了座位,坐到汉娜·莱韦斯克旁边,汉娜瞪圆了眼睛,崇拜地望着她,去年我大概也一直是这副表情。我感到一种无声的困惑,好像在看一部情节混乱的电影。真的,一切都像模拟般不真实,可我别无选择,只能假装还是从前的自己,只不过一道峡谷拦住了我,叫我与世隔绝。我不确定到底是和斯特兰的关系辟出了这道峡谷,还是它原本就在,而斯特兰让我终于看到了它。斯特兰说是后者,他说他一看到我,就察觉到我与众不同。

"你不是一直都觉得自己是个局外人,是个不合群的人吗?"他问,"我敢说,自打你记事时起,就有人说你有着你这个年纪不该有的成熟,不是吗?"

我想起三年级的时候,我捧着成绩单回家,底下写着老师的评语:凡妮莎非常早熟,才8岁的孩子,想法却像个30岁的大人。或许我从来都不是个孩子。

宵禁前20分钟,我拎着沐浴篮和毛巾走进公共浴室,发现珍妮站在洗漱台前,脸上满是肥皂泡。同住一个宿舍楼,我俩难免会碰到,不过我会尽量降低频率,比如,从后面的楼梯井绕行,避免经过她的房间,或是拖到很晚才洗澡。我们免不了要一起上美国文学荣誉课,不过课上我一心想着斯特兰,倒还能忽视她,或者说,我根本注意不到斯特兰以外的事物。

所以,在浴室里看到她穿着人字拖和去年那件旧浴袍时,我吓了一跳,下意识地退回走廊里。她拦住我。

"没必要这样，"她用慵懒甚至厌倦的声音说道，"除非……你真的那么讨厌我？"

她用手指按摩涂了洗面奶的脸颊，年初的波波头现在都能在修长的脖子后扎个凌乱的小辫子了。以前她总是刻意抱怨自己的脖子，说它让自己的头看起来像稻草上的气球，或是枝条上的一朵花。她对自己纤细的手指、完美尺码的脚也是如此，时不时强调一下我最羡慕的外貌特征。我还羡慕她吗？有时我注意到斯特兰在课上看她，目光从她的脊柱一直扫到她有光泽的棕色头发上——那个小埃及艳后。"你的脖子已经很完美了，珍妮，"以前我会说，"你又不是不知道。"她知道，她怎么会不知道？她只是想听我说出来。

"我不讨厌你。"我说。

珍妮半信半疑地看了一眼镜子里的我："那可不。"

如果我说我对她一点感觉都没有了，不知道她会不会伤心。我不记得为什么失去她的友谊就像失去整个世界，也不记得为什么这段友谊在我看来如此深厚，不可复得。如今，我只觉得尴尬，像是成长的必经之路。我想起她刚开始和汤姆在一起时，我有多么沮丧。他无处不在，每顿饭都和我们坐在一起，每堂代数课后都等在教室外，就是为了花两分钟陪她从一栋楼走到另一栋楼。我虽不承认，可自然羡慕，羡慕她还有他。男朋友和最好的朋友，我都想要。我想要一个非常爱我的人，没有人能在我俩之间挑拨离间。那是一种不由自主的悸动与强烈的渴望。我知道，如此强烈的情感，不能轻易表现出来。可是，一个周六的下午，我还是忍不住爆发了，在市区的面包店冲着珍妮大吼大叫，哭得像个使性子的小孩。她原本答应我那一天就我们俩，像以前那样过一个没男朋友打扰的日子，可不到一小时汤姆就出现了。他拉过一把椅子，坐到我们这桌，不停地用鼻子蹭她的脖子。我再也无法忍耐,一下子就发作了。

事情发生在4月底,可我心里的怒火已经酝酿好几个月了。珍妮对此并不惊讶,反倒像在等着我的大坝决堤。回宿舍后,她说:"汤姆觉得你太依恋我了。""什么叫太依恋你?"我问道。她耸耸肩:"是他说的。"我不在乎汤姆说了什么,他不过是个寡言少语的男生,身上唯一有趣的地方就是他的乐队文化衫。令我伤心的是,珍妮还真当回事了。"太依恋。"太依恋一个女生,这背后的潜台词令我毛骨悚然。"胡说。"我辩驳道。当时珍妮看我的眼神和现在一模一样,满是怀疑,仿佛在说,随便吧,凡妮莎,你说什么就是什么。我没有争辩,我放弃了,再也不和她说话。此后,我俩陷入了沉默的僵局,直至现在,但内心深处,我知道她说得没错,是我太喜欢她了,我无法想象如何放下这喜欢。可过了不到一年,如今我已毫不在乎。

她凑近洗漱台,冲掉肥皂泡,一边擦脸,一边说:"我能问你个问题吗?我听到一些关于你的传闻。"

我眨了眨眼,从回忆中缓过神来:"你听到了什么?"

"我本来不想说,这真的……我知道这肯定不是真的。"

"说吧。"

她抿紧双唇,斟酌着字眼,接着,她低声说:"有人说你和斯特兰先生有一腿。"

她等着我的回应,期待我否认,可我仿佛一下子飘出好远,说不出话来。此刻我像是在望远镜的另一端看她——她还在用毛巾擦着脸颊和发红的脖子。终于,我挤出一句"那不是真的"。

珍妮点点头:"我猜也是。"她转过去面对洗漱台,放下毛巾,拿起牙刷,拧开水龙头。水声到了我耳边,大得就像海浪声。浴室仿佛也成了水做的，瓷砖墙壁波浪般起伏。

她把水吐进洗脸池，关掉水龙头，满怀期待地看着我。"对吧？"她提醒道。

她什么时候说过话？刷牙的时候？我摇摇头，张大嘴巴。珍妮端详着我，仿佛察觉到了什么。

"你下课后总是待在他的教室里，"她说，"这有点诡异。"

像是要盯紧我一样，突然间哪里都有斯特兰。我在餐厅吃饭，他坐在教工桌旁看着我。我在图书馆自习，他就站在我正对着的书架旁翻书。就连我上法语课时，他都会从敞开的教室门口经过，每次都偷偷看我一眼。我知道自己被监视了，可同时又像是被追求，感觉既压抑又荣幸。

一个周六晚上，我躺在床上，刚洗完澡，头发还是湿漉漉的，面前摆着作业。宿舍楼里很安静，大家都在看正在舒格洛夫举行的室内田径比赛、客场篮球赛和滑雪比赛。我正昏昏欲睡，突然一阵敲门声把我惊醒，书跌到了地上。我打开门，有点期待门外是斯特兰，他会抓住我的手，领着我到他的车上，他的家里。可走廊里亮着灯，每个房间都房门紧闭，两头都没有人。

还有一天下午，他问我午饭时间去哪儿了。当时是下午5点，人文楼里黑漆漆的，空无一人，我们躲在教室后的小办公室里。办公室比壁橱大不了多少，只容得下一张桌子、一把椅子和一张扶手磨破了的花呢沙发。原先里头堆满了一箱箱旧课本和往届的学生论文，他专门清理出来给我们俩用。那是个完美的藏身处——和走廊之间隔着两道上锁的门。

我把脚跷到沙发上："我回宿舍了，要做生物作业。"

"我好像看见你和别人偷偷溜走了。"他说。

"绝对没这回事。"

他在沙发另一头坐下,把我的腿搬到他的腿上,从桌上那一沓待批改的试卷中抽出一份。我们安静地坐着,他批阅试卷,我看历史作业。过了一会儿,他说:"我只是想确认你和我一起划分的界限是牢固的。"

我瞥了他一眼,不明白他想说什么。

"我知道人们总是情不自禁地想和朋友分享秘密。"

"我没有朋友。"

他把笔和作业放在桌子上,抓起我的脚,一开始只是抚摩,接着用手指锁住我的脚踝:"我相信你,真的,不过你明白保守这个秘密有多重要吗?"

"切!"

"我希望你严肃看待这件事。"

"我很严肃。"说着,我想把脚抽走。可他抓住我的脚踝,我动不了。

"你到底知不知道要是被发现了,我们会面临什么样的后果?"他没等我回答,接着说,"不错,我很可能会被开除,而你,也要卷铺盖走人。出了这样的丑闻,布罗维克是不会让你留在这里的。"

我狐疑地瞪了他一眼:"他们不会赶我走的,这不是我的错。"接着,以防他觉得我是认真的,我又补充道,"因为严格来说,我还未成年。"

"这不影响,"他说,"不影响上面决策。他们就是要铲除所有惹事的人,这些地方就是这样。"

他仰起头，对着天花板，接着说："幸运的话，事情就闹到学校层面，不过，如果执法部门听到风声，我想必要坐牢，而你会被送到寄养家庭。"

"得了吧，"我不以为然，"我才不会去寄养家庭。"

"这可说不准。"

"不要忘了，我是有父母的。"

"不错，但政府不喜欢父母听任小孩和罪犯混在一起。他们会给我扣上性侵者的帽子，借此逮捕我，接下来就是把你交给国家监护。你会被送到一个鬼地方——一个收留未成年犯的教养院，谁知道这些人会对你做什么。如此一来，你的整个未来就失控了，你上不了大学，甚至可能高中都毕不了业。你也许不相信我，凡妮莎，但你不了解这些体制有多么残酷。一有机会，他们就会想方设法毁掉我俩的生活——"

听他这么说，我的脑子跟不上，感觉他在危言耸听，可我深陷其中不能自拔，失去了自己的判断力。再离谱的事情，经他讲出来，都感觉确有其事。"我明白了，"我说，"我这辈子都不会告诉其他人，打死都不说，行吗？让我死掉算了。能不能不说这个了？"

一听这话，他突然回过神，眨了眨眼，像是刚睡醒。他伸出双手，让我过去，把我抱在怀里，不停地说对不起，说到后来，这三个字似乎失去了意义。

"我没想吓你，"他说，"只是事关重大。"

"我知道，我又不傻。"

"我知道你不傻，我知道。"

法语课安排了一个周末去魁北克。我们一大早就坐大巴出发了，车上配有豪华座椅和小电视。我坐在后排靠窗位置，全车只有我的邻座没有人，我从背包里掏出随身听，塞入一张CD，满不在乎的样子。

前两个小时，我盯着窗外，看着巴士驶过丘陵和农田。到了加拿大边界，风景没变，路标上的文字换成了法语。洛朗女士从前排座位上弹了起来，让大家注意。"快看！"她指着每一个经过的路牌，用法语说道，同时示意我们跟着大声朗读，"向西，停……"

我们在魁北克乡下的一家蒂姆·霍顿斯咖啡店稍做停留，以便大家去洗手间。店门口有个公用电话，我口袋里塞着两张斯特兰给的付费电话卡，他让我无聊时就打个电话。我抓起听筒，正要拨号，只见杰西·利从店里出来，他穿着一件廓形黑色外套，看起来像件斗篷。他身后远远跟着迈克·拉索和乔·拉索，他俩推推搡搡，一脸不怀好意的笑容，故意提高嗓门嘲笑他。"呦，这不是黑暗王子吗？"他们说，"说不定是风衣黑手党。"他们不敢喊他同性恋，怕玩笑开过了头，于是阴阳怪气地嘲笑他的外套。杰西昂着头，下巴紧绷，他听见了，不过懒得搭理他们。我放下听筒，赶紧走过去。

"嘿！"我像好朋友似的朝杰西咧嘴一笑。身后的拉索兄弟安静了，不过不是因为我的举动，而是因为他们看到了玛戈·阿瑟顿，她正站在巴士旁脱运动衫，脱的时候里边的衣服缩了上去，露出一截肚子，可我仍然觉得自己做了件好事。我们一起上车，到各自的座位上坐下，杰西什么也没说。车子快启动了，他拿上自己的东西，沿着过道朝我走来。

"我能坐这儿吗？"他指着我旁边的空座位问。我摘下耳机，点了点头，把椅子上的背包挪到一旁。杰西坐下来，叹了口气，仰起头，接着一动不动，直到车子开出停车场，上了高速公路。

"那就是俩蠢货。"我说。

他睁开眼睛，猛地吸了口气："他们也没那么坏。"说着，他翻开手中的小说，身体往边上挪了挪。

"可他们刚刚表现得很混账。"我说，好像他意识不到似的。

"那没什么，真的。"他头也不抬，抓着小说的手指涂着黑色的指甲油。

在魁北克，洛朗女士领着我们穿过鹅卵石街道，边走边介绍街边的历史建筑，这是魁北克圣母院大教堂，那是弗兰特纳克城堡。我和杰西也没互相商量，就擅自脱离了队伍，一起去看街头哑剧演员站在巨大的花岗岩台子上表演，一起去坐缆车，在上下城区坐了一个来回。他买了一些便宜的纪念品：一幅从街边老奶奶手中买的弗兰特纳克城堡水彩画，他自己留着；一把背面刻着冬季嘉年华场景的勺子，送给了我。一小时后，我们才跟上大部队，我原以为会有麻烦，可甚至没有人发现我们不在。于是，下午的时候，我和杰西又偷偷溜走，在老城的街上闲逛。我俩不怎么讲话，只是偶尔看到有趣或奇怪的东西时会拍拍对方。

旅行第二天，我试着用公用电话打给斯特兰，没人接，我也不敢留言。杰西没有问我在给谁打电话，也没必要问。

"他大概在学校，"他说，"今天图书馆咖啡店好像有个开放麦活动，文科老师都要参加。"

我瞪着他，把电话卡放回口袋里。

"你不用担心，"他说，"我不会告诉任何人的。"

"你是怎么知道的？"

他瞟了我一眼，像是在说，你在开玩笑吗？"你们总是待在一起，这还不够明显？再说，我可是亲眼看到的。"

我想起斯特兰说的寄养家庭和监狱。我不确定刚刚那句话算不算承认，保险起见，我说了句："这不是真的。"这话听着十分无力，杰西又瞟了我一眼，像是在说，拉倒吧。

周日早上，我们启程回家。车子开出一小时，杰西叹了口气，把他的小说倒扣在腿上，转过来看着我，示意我摘下耳机。

"你知道这样做很愚蠢，对吧？"他问，"可以说，愚蠢得令人难以置信。"

"怎样做？"

他瞪着我："你和你的老师男朋友。"

我赶紧扫了一眼四周，但大家似乎都各管各的——睡觉、看书，要不就是戴着耳机。

他接着说："我倒不是说不道德或是什么，只是他可能会毁了你的生活。"

他的话尖锐得像把刀子，可我不在乎，只是说值得冒这个险。不知他听了有何感想，是觉得我痴心妄想，还是勇气可嘉，或者两者都有？可杰西只是摇头。

"什么意思？"

"你是个白痴，"他说，"就是这样。"

"哇，真是谢谢。"

"我不是在损你。在某种意义上，我也是白痴。"

杰西叫我白痴，斯特兰叫我黑暗的浪漫主义者——无论哪个，似乎都在说我是个容易做出错误决定的人。还有一次，斯特兰说我是个"抑郁者"，我查了一下这个词：有忧郁倾向的人。

一场暴风雪袭击了诺伦贝加，早上醒来时，整个校园笼罩着一层半英寸厚的冰，亮晶晶的。被压弯的枝条垂在地面上。雪壳结得很厚，穿着靴子踩在上面都不会开裂。一个周六下午，在斯特兰办公室的沙发上，我们第一次在阳光下亲热。冬日柔和的阳光穿过海蓝色的窗玻璃，被染成了绿色，我盯着阳光下旋转的尘埃，避免看到他裸露的身体。他用手指勾勒我身上的蓝色血管，说我勾起了他的饥饿感，他恨不得吃了我。我默默伸过手臂，吃吧。他只是轻轻咬了一口，可哪怕他把我撕成碎片，我都不会反抗。他做什么我都会顺从。

到了2月，我隐瞒事情的功夫没见长进。虽然周日晚上打电话回家时不提斯特兰了，可我怎么也离不开他的教室。现在，我一天到晚往那儿跑，他值班时，有其他同学来问问题，我也坐在研讨桌旁，表面上专心学习，实际上竖着耳朵偷听他们谈话，听得耳朵发烫。

一天下午，教室里只有我们两个人，他从公文包里拿出一台宝丽莱相机，问能不能拍一张我坐在研讨桌旁的照片。"我想记住你坐在这里的样子。"他说。我紧张得傻笑起来，又是摸脸又是拽头发。我不喜欢拍照。"你也可以拒绝。"他说，但我看出他眼里的渴望，这对他该有多么重要啊，要是拒绝，他会伤心的。我让他给我拍了几张照片，一张是我坐在研讨桌旁，一张是坐在他的办公桌后，还有一张我盘着腿坐在沙发上，笔记本摊开放在膝头。他笑嘻嘻地看着照片冲洗出来，满脸感激。他说，他会永远珍惜。

还有一天下午，他给我带了一本新书——弗拉基米尔·纳博科夫的《微暗的火》。一拿到手，我就忍不住翻阅起来，看起来不像小说，里面有一首长诗和一些脚注。

"这本书很难，"斯特兰解释道，"比《洛丽塔》更难读。这类作品要求读者放弃掌控权，你得去体验它而不是去理解它。后现代主义……"看到我脸上的失望，他打住话头。我想要另一本《洛丽塔》。

"我给你看。"他说着从我手中拿回书，翻开一页，指着其中一节，"看，像不像在说你？"

> 来受仰慕吧，来受爱抚吧，
> 我暗淡的凡妮莎，线条绯红，我这神圣的，
> 我这令人羡慕的蝴蝶！解释一下
> 你怎么在丁香巷的暮色中竟然会
> 让笨拙而歇斯底里的约翰·谢德
> 泪湿了你那面颊、耳梢和肩胛骨？[1]

我突然喘不过气来，脸唰地红了。

"不可思议，不是吗？"他微笑地看着书页，"来受仰慕吧，来受爱抚吧，我暗淡的凡妮莎。"他轻抚着我的头发，用手指缠住一缕。哦，那深红的发丝，那枫红色的头发。我想起他给我看乔纳森·斯威夫特的诗歌时，我说这一切都像是命中注定。当时，我只是随口一说，好让他知道我很开心，我心甘情愿。可这一次，我看着书页上自己的名字，感觉好像自由落体，失去了控制。也许一切冥冥之中早已注定，也许这就是我生来要做的。

---

[1] 《微暗的火》，[美]弗拉基米尔·纳博科夫著，梅绍武译，上海译文出版社，2008年版。其中"我暗淡的凡妮莎"原本译为"我这深色的瓦奈萨"，此处根据本作书名译法进行了调整。

我俩围着这本书,斯特兰的手搭在我背上,突然,年迈秃顶的诺伊斯先生走了进来。我俩猛地朝相反方向弹开,我回研讨桌旁,斯特兰到办公桌后。我们显然被抓了个正着,可诺伊斯先生满不在乎,他笑笑,轻描淡写地对斯特兰说:"瞧你,在办公室里养了只宠物。"我不禁想,真的有必要这样偷偷摸摸吗?或许,即使学校发现了,也不是什么世界末日。大不了给斯特兰一点惩罚,告诉他等我毕业满 18 岁再说。

诺伊斯先生走后,我问斯特兰:"其他学生和老师也这样吗?"

"怎样?"

"这样。"

他抬起头来:"据说有过。"

他说着低下头继续看书,可下一个问题已经到我嘴边了。开口前,我低头盯着自己的手。我想象答案就清楚地写在他脸上,而我不想看到。我其实不想知道。

"那你呢?你之前有过吗?"

"你觉得呢?"

我抬起头,真是措手不及。我不知道自己在想什么。我知道自己想要相信什么,自己必须相信什么,可我不知道这与之前那么多年间可能发生的事情有什么关联。差不多在我刚出生时,他就已经是个老师了。

见我怎么也答不上来,他先是淡淡一笑,然后说:"答案是没有。即使我有过这种欲望,也不值得冒这个风险,直到你出现。"

我翻了个白眼,想掩饰内心的喜悦,可他的话又仿佛在我的胸口划出一道口子。他可以伸手进来,掏走任何他想要的,而我无能为力,无法阻止他。*我很特别。我很特别。我很特别。*

我正在房间里看《微暗的火》，汤普森小姐过来敲门查寝。她探头进来，四下看了看，这时她已卸了妆，扎着头发。她看到我，把我的名字从点名册上划掉。

"凡妮莎，嗨。"她走进房间，"周五离校前记得签个字，好吗？圣诞节那次你忘了。"

她上前一步，我折了一下在看的那页，合上书。我又在书中找到了些与我相关的证据，主角居住的城镇叫作"新怀"，令我头晕目眩。

"作业怎么样了？"她问。

我从未问过斯特兰关于汤普森小姐的事。万圣节舞会以后，我就没见过他俩在一起，而且我记得第一次和斯特兰亲热那天，他说自己已经有段时间没和人"暧昧"了。既然他们没发生什么，那就只是普通朋友，我没必要嫉妒。这些我都明白，可她一出现，我心底就生出一股刻薄劲，冲动地想让她瞧瞧我做过什么，让她见识一下我的能耐。

我放下书，故意让她看到封面："这不是作业，不过，也算是吧，是斯特兰先生布置的。"

她冲我笑了笑，和善得叫人恼火："你的英语文学老师是斯特兰先生？"

"没错，"我抬眼看着她，"他没有和你提起过我吗？"

她额头上的皱纹一下加深了，不过，那表情只持续了短短一秒，要不是我高度警惕，压根不会注意到。"没听他提过。"她说。

"怎么可能？"我说，"我和他可亲密了。"

我见她脸上浮现出狐疑的神色，像是觉得哪里不对头。

第二天下午，我坐在斯特兰的座位上，他去参加教职工会议了，不然，我也不敢这么做。门关着，我偷偷翻阅桌上成堆的待批作业和教学计划，拉开细长的办公桌抽屉，里头是各种奇奇怪怪的东西：一袋开封的橡皮软糖，一个链子断了的圣·克里斯托弗吊坠，一瓶止泻药——我嫌弃地推到后面。

他的电脑上没什么有趣的东西，通常只有一个课堂资料文件夹，而且他也很少使用学校的电子邮件。可等我退出屏幕保护程序时，任务栏上弹出一条消息：一封来自 melissa.thompson@browick.edu 的新邮件。我点开，发现总共有三封往来邮件。

收件人：jacob.strane@browick.edu

发件人：melissa.thompson@browick.edu

主题：学生相关

　　嗨，杰克……本来想当面跟你谈谈这件事，但转念一想还是发邮件吧……或许有书面记录好一点。有天晚上，凡妮莎·怀和我聊起你，语气怪怪的。她在做你课上的一个作业，提到你和她很"亲密"。她就是这么说的……带着一种怨恨的感觉……甚至还有占有欲？她肯定喜欢你……你留意一下。我记得你说过她常去你的教室。小心点：）梅丽莎

收件人：melissa.thompson@browick.edu

发件人：jacob.strane@browick.edu

主题：回复：学生相关

梅丽莎：

　　谢谢提醒，我会留意的。

JS

收件人：jacob.strane@browick.edu

发件人：melissa.thompson@browick.edu

主题：回复：回复：学生相关

不客气……希望我没有多管闲事……只是跟着直觉走。见不到的日子里，也请你好好休息：）梅丽莎

我退出邮件记录，把最后一封来自汤普森小姐的邮件标为未读。斯特兰简短的回复让我笑出声来，惹我笑的还有汤普森小姐的神经兮兮、她用的小笑脸、通篇的省略号，她连句子都写不完整。我不禁觉得，也许她不是个聪明人，至少没有我聪明。我从未这样轻看过一个老师。

斯特兰开完会，怒气冲冲地回来，把他那本黄色的拍纸簿往桌上一扔，半叹气半呻吟地哼了一声。"这个地方迟早要完蛋。"他咕哝着，眯眼看着电脑显示屏，问，"你碰电脑了吗？"我摇摇头，轻哼一声。他抓起鼠标，乱点一气："看来得给这东西设个密码。"

值班快结束时，他开始收拾公文包，我用近乎刻意的平淡语气说道："你知道汤普森小姐是我的宿舍辅导员，对吧？"

我自顾自穿上外套，免得看到他斟酌该怎么回答。

"我确实知道。"他说。

我把外套拉链拉到下巴处："那么，你和她是朋友吗？"

"当然。"

"我记得万圣节舞会上见过你俩在一起。"我偷偷瞄他一眼，他抓起领带擦擦眼镜，又戴上了。

"这么说你确实偷看了我的邮件。"他说。见我不说话，他双臂交叉，用他那老师的眼神看着我。少和我来这套。

"你们只是朋友吗？"我问。

"凡妮莎。"

"我只是随口问问。"

"我知道你只是随口问问，"他说，"但你这问题别有用心。"

我上下拉着拉链："不管怎么样，我真的不在乎，我只是想知道。"

"为什么？"

"因为万一她察觉到我俩之间有什么该怎么办？她可能会嫉妒，还会——"

"还会什么？"

"不知道，报复？"

"无稽之谈。"

"看看她发的邮件。"

斯特兰往椅子上一靠："我认为要解决这个问题，最好的办法就是你不要偷看我的邮件。"

我翻了个白眼。他在闪烁其词，说明真相是我不想听到的，他们可能有一腿。

我把背包往肩膀上一甩："你知道吗，我见过她没有化妆的样子。她没那么好看，而且还有点胖。"

"行了行了，"他责备道，"这么说不好。"

我怒视着他。这当然不好，这才是重点。"我走了，我们一个星期以后再见吧。"

我刚要打开教室门，他说："你不该吃醋。"

"我没有吃醋。"

"你有。"

"我没有。"

他站起来，绕过办公桌，穿过教室朝我走来。他把手伸到我身后，关掉灯，捧起我的脸，亲吻我的额头。"好啦，"他轻轻地说，"我知道啦，你没有吃醋。"

我由着他将我拉入怀中，我的脸颊贴在他的胸口，他的心跳声在我耳边回响。

"不管你在我之前有过什么露水情，我都不妒忌。"他说。

露水情。我默念一句，琢磨这是否是我希望的意思——即使他和汤普森小姐有过什么，也都过去了，那些都不是认真的，不像他对我。

"在遇上你之前经历的事，我无能为力，"他说，"你也无能为力。"

遇上他之前的我一片空白，什么也没有，可我知道这不是重点。重点是他想从我这里得到什么，不完全是原谅，更像是赦免，又或是释怀。他想让我别对他做过的事耿耿于怀。

"好吧，"我说，"我再也不会吃醋了。"我感觉自己很大度，就像为他做出了牺牲。我从未感觉自己这样成熟。

去年夏天，我生闷气生得厉害，妈妈想就男生的事安慰我。她不清楚我和珍妮之间到底发生了什么，她以为和汤姆有关，以为我也喜欢他，但他选择了珍妮，或者别的同样俗套的情节。她说男生需要点时间才能越过眼前所见，接着又自顾自讲了一则寓言，说苹果从树上垂下来，男生总是先摘容易够到的，最终才发现最好的苹果要付出努力才能得到。我一点都不想听。

"那么,你的意思是女孩子是水果,存在的意义就是给男孩子享用?"我问,"听着像性别歧视。"

"不是,"她说,"我不是这个意思。"

"你根本就是在说我是个坏苹果。"

"不是,"她说,"我是说别的女生是坏苹果。"

"为什么一定要有女生是坏苹果?为什么我们非得是苹果?"

妈妈深吸一口气,用手掌扶着额头。"我的天,你太难搞了,"她说,"我想说的是,男生需要更多时间才能成熟。我只是不希望你这么沮丧。"

她想要安慰我,可她的逻辑也显而易见:男生从来注意不到我,说明我不漂亮,要是我不漂亮,就得等很长时间才会有人注意到我,因为男生要先成熟,才会在意其他东西。在这之前,显然我唯一的选择就是等待,就像女生坐在看台上看男生打篮球,或者女生坐在沙发上看男生打游戏——无止境的等待。

想想妈妈对这一切的看法是多么可笑。足够勇敢的女孩子大可以选择别的:绕过这些小男生,直接去找男人。永远不会让你等待的男人,渴望得到关注并心存感激的男人,深爱着你、拜倒在你脚下的男人。

2月放假回家时,我陪妈妈去杂货店,为了做个实验,我盯着每一个男人看,甚至是丑陋的男人,不对,尤其是丑陋的男人。谁知道上次有女孩这样看他们是什么时候。我为他们感到难过,他们该有多么绝望,多么寂寞,多么伤心。当注意到我在看他们时,这些男的显然很困惑,皱着眉头,琢磨我的意思。只有个别人看出了我的意图,与我目光相对时,露出冷酷的神情。

斯特兰说他不能一个星期没有我的消息。于是，一天晚上，等我爸妈睡下了，我把家里的无线电话拿到房间，用枕头抵住门缝，阻挡声音。按下他的号码时，我心里七上八下的。他接起电话，昏昏沉沉地和我打招呼，我没作声。想到他像个10点钟就上床睡觉的老年人一样翻身来接电话，我突然感到手足无措。

"喂？"他说着，不耐烦地提高了音量，"喂？"

我心软了："是我。"

他叹了口气，从牙缝里挤出我的名字。他想我了，想听听我的假期过得怎么样，想知道所有。我事无巨细地描述我的日常——带宝贝散步，去城里购物，在洒着夕阳余晖的湖面上溜冰，但绝口不提我爸妈，说得都像是我一个人完成的一样。

"你现在在干什么？"他问。

"在自己房间里。"我等着他问下一个问题，可那一头沉默不语。我以为他又睡着了："你在干什么？"

"想事情。"

"想什么事情？"

"想你，"他说，"还有你躺在这张床上的时候。还记得那种感觉吗？"

我说记得，虽然我知道我的感觉和他的感觉可能不是一回事。如果闭上眼睛，我能感觉到法兰绒床单的触感，羽绒被的重量。他的手握住我的手腕，引导我往下。

"你穿的是什么？"他问。

我赶紧瞟了一眼房门，屏住呼吸，留心爸妈房间里的动静："睡衣。"

"像我给你买的那套一样？"

我说不是，想到自己在我爸妈面前穿成那样，我就想笑。

"说说看，是什么样的？"他说。

我低头看了看上面的小狗、消防栓和骨头图案。"太傻了，"我说，"你不会喜欢的。"

"那脱了吧。"他说。

"太冷了。"我轻声说，假装没听懂，但我知道他想让我干什么。

"脱了。"

他等着，不过我没有动。等他问我"脱了吗？"的时候，我撒谎说脱了。

接下来，他告诉我该做什么，我一动不动，只是让他觉得我做了。一开始我无动于衷，甚至有点不开心，直到他说："你是个宝宝，是个小女孩。"我的内心突然起了变化。我没有抚摸自己，不过闭上了眼睛，想象着他在做的事，想到他在做的时候也想着我。

"能为我做件事吗？"他问，"我想让你说几句话，就几句，可以吗？可以说给我听吗？"

我睁开眼睛："可以。"

"可以？好，好。"那头传来窸窸窣窣的响声，像是他把电话从耳朵一侧换到另一侧，"我想让你说'我爱你，爸比'。"

我一下子笑了出来，太荒唐了。爸比，我都不这么叫我爸爸，从不记得这么叫过。可我一笑，思绪突然抽离了，我不再感觉好笑。我什么也感觉不到，我空荡荡的，什么也不剩。

"快说，"他催促道，"我爱你，爸比。"

我不说话，眼睛紧盯着卧室门。

"就一次。"他的声音憔悴、沙哑。

我只觉得嘴唇在动,脑子里仿佛全是静电,嗞啦嗞啦的,听不清嘴里发出的声音与斯特兰沉重的呼吸声和呻吟声。他让我再说一遍,我再一次机械地吐出那几个字,完成这个只有身体参与而大脑缺席的流程。

我飘远了,浮在空中,无拘无束,就像他第一次触碰我那天,我像一颗拖着枫红色尾巴的彗星,呼地划过校园。此刻,我飞出屋子,飞上夜空,穿过松林,越过结冰的湖面,湖水在冰下涌动、咆哮。他又叫我再说一次。我看见自己戴着耳罩,穿着白色的溜冰鞋,从冰面上滑过,一英尺厚的冰层下,一个黑影紧紧地跟随着——那是在昏暗的湖里游泳的斯特兰,他的呼喊变成了低沉的呻吟。

他吃力的呼吸声消失了,我又落回我的卧室里。他完成了,结束了。我试着想象他是怎么解决的,用手,用毛巾,还是任其落到床单上。男人真是恶心,到头来弄得一团污糟。你真他妈恶心这句话从我脑海中汹涌而过。

斯特兰清了清嗓子。"好了,我该放你去睡觉了。"他说。

他挂断后,我把电话一扔,话机后盖摔开了,电池滚到了地板上。我在床上躺了好久,虽然很清醒,但动弹不得,我眼睛盯着蓝色的阴影,脑子里空落落的,还在呆呆地向前滑行。

开车送我回布罗维克那天,妈妈才告诉我她听到我打电话的事。我一听,慌忙抓住门把手,简直想推门把自己扔进沟里。

"听起来像是和男生打电话,"她说,"是不是?"

我直视前方。基本上是斯特兰在讲话,不过她可能听到了只言片语。爸妈房间里没有电话,我用的是唯一的无线电话。或许她下楼了,我没有听到。

"是也没关系,"她补充道,"你就是有男朋友也没关系,不需要偷偷摸摸的。"

"你听到了什么?"

"什么也没听到,真的。"

我用眼角余光打量她,不知道她说的是不是实话。要是什么都没听到,她为什么认为我是和男生打电话?我的思绪随着车子疾驰,试图跟上。她肯定听到了什么,不过还不至于怀疑有什么反常的事。要是她听到斯特兰那低沉而明显的成年男人的声音,肯定当场就吓坏了。她会即刻冲进我的房间,从我手中把电话夺走,她不会等到我俩单独在车里时才小心翼翼地提出来。

我慢慢吐出一口气,松开门把手:"不要告诉爸爸。"

"放心吧。"她轻快地说。她看起来很满意,很高兴我能向她倾吐秘密。或许她是觉得欣慰,我好歹找了个男朋友,有社交活动,能融入校园。

"可我想让你和我说说他。"她说。

她问我他的名字,我一下愣住了。我从来不直呼他的名字。我可以编个假的,对,应该这样,可我又很想大声喊出他的名字:"雅各布。"

"哦,我喜欢。他长得好看吗?"

我耸耸肩,不知道说什么。

"没关系,"她说,"外表不是关键,更重要的是他对你好。"

"他对我挺好的。"

"很好,"她说,"我只关心这一点。"

我靠着座椅头枕,闭上眼睛。这感觉就像挠痒痒,听到她说斯特兰对我好是最重要的,我感觉如释重负,如果对我好比外貌重要,那年龄差距,以及他是我的老师这件事,是否就没那么重要了?

妈妈冒出了更多问题——他读几年级,他是哪里人,我们一起上什么课,问得我胸口发闷。我摇摇头,没好气地说:"我不想再谈这个话题了。"

沉默了才一英里[1],她突然又问:"你俩发生关系了吧?"

"妈!"

"要是有,记得吃避孕药,我替你预约医生。"她停下来,自言自语地说,"不行,你才15岁,还太小了。"她望着我,皱着眉头,"学校那边也有人监督,也不能为所欲为。"

我坐着,一动不动,眼睛也不眨一下,不确定她是否需要我保证。没错,有人监督,老师盯得很紧。这对话,这欺骗,在我看来像儿戏一般,我突然觉得恶心。

我是个怪物吗?我想,我肯定是,否则我怎么会这样撒谎成性。

"要我帮你预约医生开药吗?"她问。

我想起斯特兰将我稳住,想起他的手术,结扎手术,摇了摇头,妈妈长舒一口气。

"我只是希望你开心,"她说,"开开心心的,身边都是对你好的人。"

"我很开心。"车窗外的树林一闪而过,我又大胆说了一句,"他告诉我我很完美。"

妈妈抿紧嘴唇,不让自己笑得太开心。"初恋很特别,"她说,"你永远都不会忘记。"

---

[1] 英美制长度单位,1英里合1.6093公里。

返校后的第一天，斯特兰心情不好，课上几乎没看我，我举手也直接忽视。课上读的是《永别了，武器》，汉娜·莱韦斯克说这本小说很无聊，斯特兰毫不客气地说海明威可能也会觉得她无聊。他警告汤姆·赫德森，说他违反着装要求，因为他的运动衫拉链开着，露出了底下的喷火战机乐队文化衫。下课后，我第一次一点也不想留下来，打算和大家一起走。还没走到门口，斯特兰就叫住了我。我停下脚步，其他同学像河水一样从我身边经过，汤姆气得直咬牙，汉娜一脸委屈，珍妮盯着我，好像话堆到了嘴边，想说些什么。

等教室空了，斯特兰关上门，关上灯，领我进办公室，里头开着暖气，海蓝色的玻璃窗上结着一层水雾。他没有和我一起坐在那张双人沙发上，而是故意靠在桌子旁，像是要传达信息。他打开电水壶，烧水，泡茶，期间一句话也不说，甚至没给我倒一杯。

最后他终于开口说话了，声音短促、专业。他手里握着那杯冒着热气的茶，说："我知道你对我在电话里要求你做的事感到不高兴。"可我几乎已经忘了那通电话和他让我说的话了。即使现在努力回想，我也记不清了。因为一种不由我控制的力量的排斥，我的大脑洗去了那段记忆。

"我没有不高兴。"我说。

"还说没有。"

我皱起眉头。这像一个圈套，不高兴的明明是他，不是我。"我们没必要谈论那件事。"

"不对，"他说，"有必要。"

大部分时间是他在说话，说什么假期给了他时间思考我所有让他琢磨不透的地方，说他不是很了解我。他开始怀疑是不是把自己投射在了我身上,让他自欺欺人地觉得我和他心意相通,而实际上他看到的不过是自己的倒影。

"我甚至不由得怀疑你是不是真的喜欢亲热,还是你只是为了配合我而演了一场戏。"

"我喜欢。"我说。

他叹了口气:"我很想相信你,真的很想。"

他接着往下说,在并不宽敞的办公室里踱来踱去:"我对你的感觉这么强烈,有时我竟担心自己会因此死掉。它比我对任何女人的感觉都要强烈,可以说,已经超出感觉的范畴了。"他停下来,看着我,"像我这样的男人和你这样说话,你害怕吗?"

像我这样的男人。我摇摇头。

"那你是什么感觉?"

我抬起头,看着天花板,斟酌着词语:"强大?"

等我说完,他放松下来,得知他让我感觉强大,他多少安心了。他说 15 岁是个奇怪的时期,很矛盾的年纪。青春期时,大脑的运作方式很特殊,让你既顺从又傲慢,正是最勇敢的时候。

"现在,"他说,"15 岁的你可能会觉得自己比 18 岁或 20 岁时来得成熟。"他笑起来,蹲在我面前,紧紧握住我的手,"天啊,想象一下你 20 岁时的样子。"说着,他把一缕头发别到我耳后。

"你也是这样觉得的吗?"我问,"当你……"我没有把句子说完,当你在我这个年纪的时候,这听起来太像小孩子说的话了,但他还是理解了。

"不是,男生不一样。十几岁的时候,他们微不足道,要到成年后才成为真正的人。女生则早早地步入真实。14 岁,15 岁,16 岁,约莫这个时候你们的心智就打开了。那是一件非常美妙的事情。"

14岁，15岁，16岁。他就像亨伯特·亨伯特一样，为特定的年龄赋予神话般的重要性。我问："你是说9到14岁吗？"我原是开玩笑，以为他能理解我在引用《洛丽塔》，可他瞪着我，好像我在指控他做了什么可怕的事。

"9岁？"他猛地把头一仰，"我绝不会。天哪，9岁不行。"

"我开玩笑的，"我说，"你知道，就像《洛丽塔》里，性感少女该有的年龄。"

"在你看来我就是那样的人吗？"他质问我，"一个恋童癖？"

见我不作声，他站起来，踱着步子。

"你太把那本书当真了。我不是亨伯特，书里描绘的也不是我们。"

这批评令我面红耳赤。我感觉很冤枉，小说是他给我的，他还指望什么呢？

"我对小孩子不感兴趣，"他接着说，"我是说，你看你，还有你的身体，你一点也不像小孩子。"

我眯起眼睛："什么意思？"

他停下脚步，一时间忘记了愤怒，我感觉力量又稍稍移到了我这边。"就是，你看起来，你……"他说道。

"我什么啊？"我坐在沙发上，看着他吞吞吐吐的。

"我是说你发育得很好，倒更像个女人。"

"这么说我很胖。"

"不，哦，不是，我没这么说，当然不是。你看我，这才叫胖。"他敲了敲自己的肚子，想逗我笑。我也想笑，因为我知道他不是那个意思，可我就是想捉弄他。他坐到我身边，捧起我的脸。"你很完美，"他说，"你很完美，你很完美，你很完美。"

我们不说话，他凝视着我，而我怒视着天花板，不想那么快败下阵来。我瞥了他一眼，豆大的汗珠从他的脸颊上淌了下来。我的腋下、胸口也全是汗。

他直直地盯着我："我在电话里让你说的话，只是幻想。我不会那么做的，我不是那样的人。"

我什么也没说，把脸转向天花板。

"你相信我吗？"他问。

"我不知道，大概吧。"

他抓住我，让我坐在他腿上，双臂搂着我，让我的脸贴在他的胸口。有时这样子反而比看着对方更方便说话。

"我知道我有点黑暗，"他说，"我控制不了，一直以来都是这样。这样活着是很孤独，不过我也坦然接受了，可偏偏你出现了。"他揪了一下我的头发，"一开始，你把自己写的诗给我看，追着我，我心想，好吧，这个女孩迷恋上我了，没什么大不了的。我就由着她调情，让她在教室里转转，就这样。可相处久了，我不禁想，天哪，这个女孩和我一样，独来独往，渴望黑暗的东西。对吧？你是不是？你有没有？"

他等着我答复，等着我说没错，我确实是这样。可他描述的我并非我眼中的自己，而且他说我追求他，这似乎也不对。明明是他先借书给我，我才把诗给他看。也是他说想吻我，和我道晚安，还说我的头发是枫叶的颜色。我还没搞清楚状况呢，这些就已经发生了。接着，我又想到他非要说我说了算，说他不在乎我以前的露水情，可在他之前，我什么也没有。他需要相信这些事情，才能坦然接受自己，要是我硬说这些都是谎言，未免太残忍了。

"还记得我第一次摸你时你的反应吗？"他说，"要是换作班上的其他女生,她们早就吓坏了,可你没有。"

他抓了一把我的头发,把我的头往后拽,看着我的脸,抓的时候手劲不大,但也不小。

"我们在一起时,"他说,"我感觉内心的黑暗力量浮到表面,触碰着你内心的黑暗力量。"他饱含深情,声音颤抖,眼睛大而澄澈,充满爱意。他端详着我的脸,我知道他在寻找什么——认可、理解、安慰,保证他不是一个人。

我想起他借着桌子的遮挡,用膝盖抵着我,他的手摸着我的腿。我不在乎他没有征求我的同意,不在乎他是我的老师,也不在乎教室里还有九个人。事情一发生,我就希望它再发生一次。正常的女孩子不会有那种反应,我身上确实有种黑暗的力量,一直都有。

当我告诉他我也是时,我也感觉到了——他的黑暗,我的黑暗。他一下充满感激与爱慕,手紧紧地抓着我的头发。眼镜底下,他的双眼瞪得大大的,充满渴望,只有渴望、渴望和渴望。有时他趴在我身上,闭着眼睛呻吟,甚至没有注意到我是兴奋、难过,还是无聊。这时我往往觉得他只是想将部分的自己留给我,宣告他的所有权,他不想要别的,他想要的是更永久的东西。他要确保无论怎样,他的印记一直都在。他要在我身上,在我每一块肌肉、每一根骨头上留下他的指纹。

接着,他占据了我,把腿顶在沙发扶手上,在我耳旁呻吟。奇怪的是,每当我想起 15 岁的自己时,我就会想起这些。

## 2017

  酒店里正在举办啤酒节活动，院子里满是酒桶、塑料啤酒杯、腮帮子里塞满德式香肠的中年夫妇，而我坐在礼宾台，用手指掰着一块松软的椒盐卷饼。客人们此刻喝得酩酊大醉，我也派不上用场。

  大多数员工也喝醉了。我刚进来那会儿，餐厅经理差点儿摔倒。现在，他待在后面的办公室，往肚子里灌黑咖啡，好让自己在晚餐高峰前清醒过来。泊车员四肢无力，目光涣散地帮客人停车。就连老板17岁的女儿也抱着玻璃高脚杯，在前台后面偷偷喝上几口。我刚喝了两杯萨泽拉克鸡尾酒，恰好微醺。

  闲来无事，我随意浏览着网页，在电子邮件、推特（Twitter）和脸书之间来回切换。那位记者礼貌又执着地给我发了一封后续邮件——凡妮莎你好，再次联系你是想重新表达我对报道你的真相的殷切期望。她言辞恳切，极力想唤起她所谓的我内心的报复欲。

  通过眼角余光，我瞥见一个醉醺醺的客人摇摇晃晃地走进大堂。我自顾自盯着电脑屏幕，耸着肩，皱着眉头，我知道让自己显得丑一点，他就不太会来烦我。只听那个男人说："嘿，亲爱的。"

我心里一沉，好在他直盯着前台那个 17 岁的伊内兹。我转回来，看着电脑上那位记者的邮件。报道你的真相。我的真相，说得好像我知道什么是真相一样。

伊内兹赶紧藏起酒杯，但男人还是看到了。"瞧瞧你藏的什么？"他从前台桌子上方瞄了一眼，"上班喝酒？坏女孩。"

我的手不由自主地拖动鼠标，像是被人牵引着，把光标拖到右上角，点击"转发"。

伊内兹勉强笑了一下，男人却把这当成鼓励，顺势把手肘撑在桌上，凑上前去。他瞟了一眼她的胸牌："伊内兹，这名字真好听。"

"呃，谢谢。"

"你多大了？"

"21。"

男人摇摇头，晃了晃手指。"21 岁？不可能。"他说，"感觉光是看着你，我就得给人抓进去坐牢。"

我的手指从一个按键移动到另一个按键，在收件人栏敲入 jacob.strane@browick.edu，同时看着那个醉汉夸伊内兹漂亮，说她让自己恨不得年轻 30 岁。伊内兹环顾四周寻求帮助，脸上挂着勉强挤出的笑容，她盯着我看了一会儿，我抓着鼠标，拖动光标，点击"发送"。

邮件转发成功，浏览器顶部跳出确认信息，接着，什么也没有。我不知道自己在期待什么，拉响警报，吹响警笛？可大堂里还是老样子，醉汉依旧虎视眈眈，伊内兹依旧盯着我，向我求助。我也盯着她，心想，你看着我干什么？你又不需要我救你。没什么可小题大做的，你很安全，他在前台外边，又不会跑进去抓你。你要是真那么害怕，就躲进后面的办公室，或者直接叫他离开。这点小事都处理不了。

我身后的电梯开了,一个勤杂工推着一辆手推车走出来,车上堆满了葡萄酒,供院子里的活动使用。伊内兹见机会来了,赶紧从前台后面冲了出来。

"阿卜杜勒,你需要帮忙吗?"她问。勤杂工摇摇头,但她还是一把抓住手推车。醉汉看着她消失在走廊里,双手无力地垂在两侧。她走后,他回头看了看,这才注意到我。

"看什么看?"他质问道,又摇摇晃晃地走回外面的院子里。

我吐出一口气,回到电脑屏幕前,又开始在电子邮件、推特和脸书之间来回切换,不一会儿,手机响了,是斯特兰的电话。我看着手机在桌子上震动,直到电话转入语音信箱,他又打了一个,一个接一个地打。每错过一个电话,我心里的某种情绪就滋长一分——一种扬扬得意的感觉,一种胜利的感觉。或许那个记者没有说错,或许我的内心深处确实潜藏着复仇的欲望。

下班后,我去了酒吧。我穿着工作服,一边坐在高脚椅上,吞着威士忌和水,一边翻看通讯录,乱发短信,看看谁愿意周一晚上11点15分出来陪我喝酒。艾拉不理我,几周前我带回家的那个男人也不理我。那天见我躺在他身下双手掩面,身体缩成一团,不说话,也毫无反应,他赶忙逃走了。只有一个人上钩了:我几个月前带回家的51岁离异老男人。我不喜欢他说话的样子,也不喜欢他仗着自己比我大,像某些片子一样,自称爸爸,还问我要不要打屁股。我让他放松点,正常一些,可他听不进去,还一手捂着我的嘴说:你喜欢这样,你想要这样,这你自己清楚。

我：我在一个人喝酒。

他：年轻女孩不要一个人喝酒。

我：是吗？

他：嗯，你听我的没错，我是为你好。

我正发着短信，斯特兰又打电话过来了——自从我把那记者的邮件转发给他，这都打了七通了。我按下"忽视"，给离异男发了地址，不到 15 分钟，他就到了。我俩站在酒吧后的小巷里共抽一支烟。我问他最近怎样，他问我是不是个坏女孩。

我盯着他，抽了一口烟，想知道他有多认真，是否真的希望知道答案。

"看起来，你以前是个坏女孩。"他说。

我没说话，低头看了看手机。斯特兰发了一条短信：我不知道你发我这封邮件是想表达什么。我正看着，他又发来一条：我现在没有耐心玩这种游戏，凡妮莎，拜托，成熟点。离异男凑过来，我往后靠在酒吧的砖墙上。在垃圾桶的掩护下，他用身体压着我，试图把手伸进我的裤腰里。一开始，我笑着想扭开，可他没有停，我用手掌把他推开。他后退两步，不过还在我跟前，气喘吁吁，肩膀上下起伏。我弹了弹香烟，烟灰落到他的鞋子上。

"放松，"我说，"冷静点，好吗？"我的手机响了，或许是因为离异男在边上，或许是因为我知道自己把斯特兰惹急了，而这正是我想要的，又或许是因为我喝醉了，糊涂了，我滑动屏幕，接起电话："你想干吗？"

"你想干吗？"斯特兰说，"你当真想这么玩？"

我扔掉只抽了一半的香烟，把它碾灭，又马上从包里摸出另一根，离异男递上打火机，我挥挥手，让他靠边。

"很好，"离异男说，"我识相一点，不打扰你。"

电话里，斯特兰问："那是谁？有人和你在一起吗？"

"没什么，"我说，"没人。"

离异男嗤笑一声，转身要回酒吧，又回过头看了看，像是觉得我会拦住他。

"你为什么转发那封邮件给我？"斯特兰问，"你打算做什么？"

"我没打算做什么，"我说，"我就是给你看看。"

斯特兰没有说话，离异男也沉默地把着门，等我叫他留下来。他穿着上次见面时穿的那套衣服：黑色牛仔裤、黑色T恤、黑色皮夹克、黑色军靴。这阵子我总是勾搭上装扮成这样的老朋克。这些男人声称自己力量强大，实际上只应付得了小女孩似的女人。

"我明白，"斯特兰小心翼翼地措辞，"你可能很想投入目前这场歇斯底里的浪潮。我也知道你要是想给我们之间的种种贴上……不光彩或是性侵犯或是任何你喜欢的标签，也很容易。当然，你有这个能耐，可以把我变成任何你想要的东西……"他打住，吸了口气，"可天哪，凡妮莎，你真的想一辈子都背着这样的标签吗？因为如果你这样做了，如果你站出来，它就会一直跟着你——"

"听着，我不打算做什么，"我说，"我没想回复她，也没想揭发你，好吗？我什么都没想，只想让你看看我这边发生了什么。要知道，这不单单是你的事。"

电话那头，情绪的潮水突然涌起，他苦笑一声。"就为了这个？"他问，"就因为你需要关注和同情？你偏要挑这个节骨眼，在这场该死的风暴里，装出受害者的样子吗？"

我开始道歉，他打断我。

"你是在拿我的处境和你收到的区区两封邮件相比吗？"他质问我，怒吼道，"你他妈是疯了吗？"

他提醒我，在这件事上，我不会怎样。我难道不了解自己的力量吗？一旦我和他的事曝光，不会有人怪罪我，桩桩件件只会落到他头上。

"我只能一个人承担所有，"他说，"我只希望你别添乱。"

我哭了，额头撑在砖墙上。我很抱歉，我不知道自己怎么了。抱歉，你是对的，你是对的。他也哭了，说他很害怕，有一种不祥的预感。他回到了学校，可一半的学生都退了他的课，他还被剥夺了导师资格，没有人愿意看他一眼。他们就等着一个由头把他甩掉。

"我需要你站在我这边，凡妮莎，"他说，"我需要你。"

我回到屋里，坐在吧台旁，垂着头，直到离异男拍了拍我的肩膀。我把他带回家，也不怕他看到家里一团糟，任他对我为所欲为，我一点都不在乎。第二天早上，他吸了一口我的烟叶，我假装还在睡觉。他走的时候，我也一动不动，没把眼睛睁开。我一直在床上躺到上班前 10 分钟。

到了宾馆，在桌子前坐定，我才看到那篇文章。文章刊登在《波特兰日报》的头版上，题为《寄宿学校资深教师因再遭性侵指控停职》。上面说，目前共有五名女孩站出来指认他，除泰勒·伯奇外，还有两名刚毕业的学生和两名在校生，她们称自己遭遇性侵时都还未成年。

接下来一整天，我的身体继续工作着，凭借肌肉记忆订餐厅，和客人确定预订信息，写温馨提示，和每个人道晚上好。大堂另一头，侍者推着一辆辆堆满行李的手推车，前台的伊内兹用她那尖细而甜美的嗓音接着电话："感谢您致电老港酒店。"我躲在大堂的角落里，僵硬、呆滞地盯着不远处。酒店老板经过时，说我看起来很专业，说他喜欢我的姿态，可我的眼睛后面，除了空洞的姑息外什么也没有。

　　文章里说斯特兰蛊惑这些女孩子。蛊惑，我一遍又一遍地重复这个词，想弄明白它的意思，可我能想到的只有他摸我的头发时那种温暖而美好的感觉。

## 2001 年

"凡妮莎,你必须把解题步骤写清楚,"这个星期的导师见面会上,安东诺娃女士一边说,一边帮我把几何作业本上的褶皱抚平,"否则我怎么知道你是如何得出答案的?"

我咕哝着只要答案是对的,这有什么关系。安东诺娃女士从眼镜上方盯了我一阵。我该知道有什么关系,她已经说了很多遍了。

"下周五的考试准备得怎么样了?"她问。

"就那样吧,跟其他考试一样。"

"凡妮莎!你这是什么态度?这可不像你。坐直,礼貌点。"她探过身来,用铅笔敲了敲我还没有打开的笔记本。我叹了口气,直起身子,翻开笔记。

"要再复习一遍勾股定理吗?"她问。

"如果您觉得有必要的话。"

她抬起眼镜,架在棉花糖似的头发上:"见面会不该是我告诉你要做什么,而是你需要什么,我们复习什么,明白吗?不过我需要你做出点……"她用一只手比画了一下,寻找要说的词,"让步。"

见面会结束时，我忙着收拾东西，想赶紧穿过校园去人文楼，好在教职工会议前见斯特兰一面，可安东诺娃女士拦住了我。

"凡妮莎，"她说，"我想问问你。"

她不紧不慢地收拾课本、活页夹和手提袋，我在一旁咬着脸颊内侧。

"你其他的课怎么样？"她边问我，边把她的披肩从椅背上拉下来，裹在肩膀上，用手指梳理边缘的流苏。我感觉她在故意拖延时间。

"还可以。"

她替我打开教室门，问道："你的英语成绩怎么样？"

我捏紧手中的课本："还可以。"

穿过走廊时，我假装没有注意到她在看我。"之所以这么问，是因为我听说你经常待在斯特兰先生的教室里，"她说，"是这样吗？"

我用力咽了一口唾沫，默数每一个脚步："大概吧。"

"你参加过创意写作社，但那只在秋季学期举办，对不对？而且英语文学是你的强项，你并不需要额外的帮助。"

我耸了耸肩，装出若无其事的样子："他和我是好朋友。"

安东诺娃女士端详着我，描画的两条眉毛间刻下深深的皱纹。"朋友，"她重复道，"他这么告诉你的？说你们俩是朋友？"

我们拐了个弯，双扇门此刻就在眼前。"不好意思，安东诺娃女士，我有很多作业。"说着，我一路小跑穿过走廊，打开其中一扇门，跳下台阶。我回过头，对她的帮助表示感谢。

我没有告诉斯特兰安东诺娃女士的问题，我担心要是说了，他会说我们得更加小心，可我们已经商量好了在录取学生日那天去他家，那天是周六，会有成群满怀新鲜感的八年级学生和家长在校园里游荡。斯特兰说那天晚上适合秘密活动，因为活动当天免不了混乱，我们更容易趁乱溜走。

10 点钟，我和上次一样，等汤普森小姐查完寝，从警报器坏掉的那个楼梯间溜出来。穿过校园时，我听见食堂里有声响——运货卡车的声音，金属门砰的一声关上，黑暗中有男人说话。斯特兰的厢式旅行车依旧停在人文楼边上的教职工停车场，没开前照灯。在车里等我的他看起来很脆弱，像被困在一个小盒子里。我敲敲车窗，他一惊，一只手捂着胸口。我就那么站了一会儿，隔着车窗看着他，心想，他可能心脏病发作了，他可能会死掉。

到了他家，我坐在厨房柜台前，晃荡脚后跟，撞击着椅子腿，而他在做炒蛋和吐司。我很肯定他只会做鸡蛋。

"你觉得会有人怀疑我们之间的关系吗？"我问。

他惊讶地看了我一眼："为什么这么问？"

我耸耸肩："不知道。"

烤面包机响了，吐司弹了出来，烤过头了，几乎都焦了，但我没说什么。他用勺子把鸡蛋舀到吐司上，把盘子端到我面前。

"我觉得不会，不会有人怀疑。"他从冰箱里拿出一瓶啤酒，边喝边看着我吃，"你希望有人起疑心吗？"

我咬了一大口，以拖延回答的时间。他的问题，一些是正常提问，另一些则是测试，这个听起来像测试。我咽下口中的食物，说："我想让他们知道我对你来说很特别。"

他笑着从我的盘子里抓起一块鸡蛋，丢进嘴里。"相信我，"他说，"他们肯定知道。"

我没想到他还准备了一部电影——库布里克版《洛丽塔》。他似乎是想用这种方式向我道歉，之前他说我太把那部小说当回事了。看电影时，他还让我喝了点啤酒。上床睡觉时，我还是穿着那套草莓睡衣。我喝了酒，整个人轻飘飘的，他叫我趴在床上，我也不觉得尴尬，只是照做。亲热完，他走到客厅，拿来宝丽莱相机。

"先别穿衣服。"他说。

我用手挡在胸前，摇了摇头，瞪大了双眼。

他温柔地笑着，向我保证说不会给任何人看。"我想要记住这个时刻，"他说，"还有你此刻的样子。"

他拍完后，我把自己裹进被子里，斯特兰把照片放在床单上。我们一起看着床和我的身体浮现在照片上。"天哪，看看你。"斯特兰看看这张，又看看那张，他着迷了，看呆了。

我盯着照片，想看看他到底看到了什么，可我只看到了奇怪的自己：在乱糟糟的床上，脸色惨白，目光涣散，头发凌乱。他问我觉得怎么样，我说："它们让我想起菲奥娜·艾波的音乐短片。"

他依旧盯着照片："哪个菲奥娜？"

"菲奥娜·艾波，我最喜欢的歌手。我记得给你听过一次。"几周前，我还把她的一些歌词抄在一张纸上，折好，在下课离开教室前放到他的桌上。当时，我们正为我上大学的事吵得不可开交——我说我不想上大学，他说我不该为任何人、任何事分心，包括他。一听这话我就哭了，然后他说我想用哭来控制他。我想那些歌词或许能让他理解我的感受，可他什么也没说。我都不知道他看没看。

"对，对，"他把照片都收起来，"最好把这些东西藏在安全的地方。"

说着,他离开卧室,朝楼下走去。我突然很生气,觉得胸口、脸颊和四肢都火辣辣的。我把被子拉过头顶,呼吸着热气,想起几周前我说起小甜甜布兰妮,他压根不知道她是谁。"她是某个流行歌手吗?"他问道,"没想到你的品位这么糟糕。"他说得好像我很蠢似的,可他明明连小甜甜布兰妮是谁都不知道。

4月假期,我16岁了。宝贝去兽医那里做了绝育手术,回家时迷迷糊糊的,肚皮光秃秃的,还缝了针。我给爸妈看了斯特兰为我挑选的大学名单,我们开车去缅因州南部参观那里的一些大学。走进大学校园时,爸爸目瞪口呆地盯着那些建筑,而妈妈则读着她在网上找到的信息:40%的鲍登学子前往海外留学,25%升入研究生院深造。"这地方得花多少钱啊?"爸爸问,"这些数据你打印了没?"

假期过半,斯特兰趁着爸妈上班的时间来看我。他把车停在一条杂草丛生的小道上,徒步穿过树林来到我家。我在客厅里等着,从门口往厨房张望,期盼他出现在窗前。他出现了,我小声尖叫起来,仿佛害怕似的,但其实我并不害怕——我怎么会害怕呢?他穿着卡其布夹克,戴着夹式太阳镜,看上去就像别人的爸爸,某个平庸的中年呆子,和蔼可亲。

他窝起双手,放在眼前,往窗子里张望,我抓着宝贝的项圈,把门打开。他一进门,宝贝就从我手中挣脱了。宝贝扑向他,粉红色的舌头耷拉在嘴边,他厌恶地皱起脸。我让他说句"不要",她就会停下来,可他用力推了她一把,宝贝四脚朝天倒在地上,起来后翻着白眼,生气地回窝去了。那一刻,我恨他。

他四下打量着房子,手背在背后,像是不敢碰任何东西。突然,我看到了他眼里的我家，没有他的房子干净，地毯上沾着一层狗毛，破旧的沙发，塌陷的靠垫。穿过楼下时，他在窗台上的一个个小木屋模型前停了下来。那是妈妈的收藏，每年圣诞节我都会送她一个。斯特兰盯着它们看，我猜他肯定在想：又丑又蠢的东西，有什么好收藏的。我想起他书架上的小摆件，每一件都来自不同的国家，背后都有个小故事，我还想起家长会后他对我父母的评价。他说他们是体面人，社会中坚人士。这又让我想起他是如何评论一个获得奖学金的学生的。她是他先修课上的一名毕业班学生，被韦尔斯利学院录取了，但因为学费太贵没去。他为她感到遗憾，可他又能怎样呢？这个可怜的女孩家境不好，他曾说。

"下面没什么好看的，"我说着，抓住他的手，"我们去楼上看吧。"

由于个头太高，他低头钻进我的卧室，在屋里，他头蹭着倾斜的天花板，几乎占据了整个房间。他看着贴满海报的墙面，未铺好的床，深吸一口气："哦，这真是太珍贵了。"

自从去了布罗维克，我的房间就凝固在了时间里，更像是我13岁时的样子。我担心它看起来太像个小女孩的房间，但斯特兰似乎并不介意。他端详着我的书架，上面塞满了我早就不看的青春小说，梳妆台上凌乱地堆着干了的指甲油瓶子和积灰的豆豆娃。他掀起我的首饰盒盖子，见一个芭蕾舞小人跳了出来，开始旋转，他咧着嘴笑了。接着，他打开一个束口袋，把里头牛皮纸做的解忧娃娃和挂绳倒在掌心里。他对待每一样东西都是那么小心翼翼。

亲热前，他让我先装睡，等他爬到床上抚摸我时，我再佯装醒来。中途，仿佛家里还有其他人似的，他用手捂着我的嘴，说："我们得小点声。"他的动作疯狂而又剧烈，我感觉大脑都在颅腔里颤抖,四肢无力,思绪从身体里溜出,飘到楼下。宝贝还在窝里呜咽,不知道自己做错了什么。结束后,斯特兰又拍了一张我躺在床上的照片。他先让我摆了个姿势,帮我把头发铺在胸前,接着拉开窗帘,让阳光洒在我身上。

晚些时候,我们开着他的厢式旅行车,在新英格兰森林间蜿蜒曲折的高速公路上兜风。他摇下车窗,把手臂伸到窗外。虽是 4 月,天气却很暖和,20 多摄氏度,树上萌出嫩芽,公路两旁也长出了野草。

"等夏天到了,我也这样来看你。"他说,"我来接你,我们一起去兜风。"

"就像洛丽塔和亨伯特。"我不假思索地说,说完我就犯怵了,等着他面露不快,可他只是笑笑。

"倒也合理。"他转过来,一只手滑上我的腿,"你喜欢这个主意,对不对?或许有一天,我会一路开下去,不送你回家了。我会把你拐走。"

行至海边,路上车多了起来,不过斯特兰似乎并不害怕,那我也没什么好怕的。我们就是两个亡命之徒,一对无耻的罪犯,一路开到缅因州最东边的一个小渔村,我们停下来,到集市上买苏打水,小心翼翼地牵着手在码头上散步,这里的人眼睛都不抬一下。

"16 岁,"他感叹道,"差不多是个女人了。"

我们给宝丽莱设置了定时拍照,把它搁在汽车引擎盖上。出来的照片有点曝光过度——斯特兰搂着我,身后是大海。这是我们唯一的合照。我想问他能不能把照片给我,不过估计他不会同意。等他停下来加油时,我把它从汽车杂物箱里取出来,塞进我的钱包,我把我在床上的照片留给了他,毕竟那才是他真正在乎的。

回家路上,他说想再亲亲我,于是把车子拐进一条伐木工走的土路。旅行车在石子路上颠簸着,泥浆溅到了挡风玻璃上。我们驱车在茂密的树林里开了几英里,一路上树木渐渐变得稀疏,而后完全消失,露出一片苍翠起伏的野生蓝莓地,成片的绿色间点缀着白色的岩石。他停下来,关掉引擎,解开安全带,伸手把我的也解开。

"过来。"他说。

我跨过换挡杆,骑在他身上,背靠在方向盘上,不小心按响了喇叭,惊起成群乌鸦,它们朝远处蓝莓地的尽头飞去。他托着我,我的裙子堆在腰间,空中传来嗡嗡嗡的响声。透过车窗,我看见几百英尺外有个蜂窝群,蜜蜂成群结队地飞舞着。我们远离尘世,可以随心所欲,这样的孤立既安全又危险。我已经不知道纯粹的安全或危险是什么感觉了。

我仰起头,看着蜜蜂成群飞舞,远处的针叶树梢在风中摇摆。

"不知道这个夏天没了你我该怎么办。"我说,我不知道自己是不是说着玩。之前放假时,我也都好好的,他才是那个说不能一个星期说不上话或见不到我的人。这只是温存过后,温顺而脆弱的我脱口而出的一句话,可斯特兰很当真。对于任何我过度依恋他,或是他可能对我产生长期影响的迹象,他都很敏感。

"你还会经常看到我的,"他说,"到7月你就厌倦我了。"

重新上路时,他又说:"你会厌倦我的。"接着补充道,"你知道吗,你才是那个会叫我心碎的人,你把我攥在你的小掌心里了。"

叫他心碎?我幻想自己拥有那种魔力,手握他的心,肆意蹂躏。可即使他的心在我的掌心里搏动,它仍是我的主人,将我呼来唤去,而我紧紧攥着它,不敢松手。

"也许心碎的是我。"我说。

"不可能。"

"为什么不可能?"

"因为这不是故事的结局。"他说。

"为什么一定要走向结局?"

他转过来看了我一眼,又直视前方,惊恐地皱起眉头:"凡妮莎,说再见的时候,你不会感到痛苦,到时你就可以摆脱我了。未来就摆在你眼前,重新开始,你会活得很精彩。"

我不说话,只是盯着挡风玻璃。我知道,我只要一开口,一转头,就会哭出来。

"我看到未来在等着你,"他说,"你会有许多不可思议的经历,你会写书,会周游世界。"

他不停地预言着,说我20岁的时候,会有一大把情人;25岁时,我还没有子女拖累,看起来仍是个小姑娘;30岁时,我出落成一个女人,婴儿肥消失了,眼睛周围长出了小细纹。他还说,我会结婚。

"我永远都不会结婚,"我说,"和你一样,记得吗?"

"这不是你真正想要的。"

"这就是。"

"不是,"他改用老师的语气直截了当地说,"我不是什么值得学习的榜样。"

"我不想再聊这个了。"

"别生气。"

"我没生气。"

"还说没有,你看看你,还哭了。"

我抬起肩膀，躲开他，把头靠在车窗上。

"可事情就是这样，"他说，"我们不能总像现在这样。"

"别说了。"

车子沿着蜿蜒的蛇形丘行驶了一英里，一路上一辆十八轮大货车轰隆作响，山坡下是泥泞的湖泊，远处有一团棕黑色的东西，可能是驼鹿，也可能什么都不是。

他说："凡妮莎，当你回首过往时，你会记得，我只是众多爱过你的人中的一个。我敢说，你的人生会比我的精彩得多。"

我颤抖着喘了口气。或许他是对的，或许这话可信，我还有机会全身而退。难道我真的不能从这段经历中走出来，摆脱这个聪明、世故、有故事的自己吗？要是有一天，有人问我："你的初恋是谁？"答案会令我与众不同，不是一个普通的男孩，而是一个成熟的男人：我的老师。他疯狂地爱着我，我不得已离开他。很悲伤对不对？但我别无选择。世界就是这个样子。

斯特兰一边开车，一边伸手抚摸我的膝盖，还时不时转过头来观察我的表情，确保我喜欢他所做的。感觉舒服吗？我开心点了吗？他的手顺着我的腿向上，我的眼皮不禁颤抖起来。他仿佛是为取悦我而生的。即使我们最终会分别，他依旧崇拜我——他暗淡的凡妮莎。这就够了，我何其幸运，能拥有这一切，能这样被爱。

4月假期过后，一切都很顺利。天气变暖和了，我们到户外上课，周末去蓝山旅行。水仙花盛开，诺伦贝加河涨得老高，淹没了市区的街道。最近几期文学杂志刊印后，创意写作社又开始了。我和杰西正理着箱子,讨论该把杂志堆哪儿,斯特兰把我叫进办公室,用力吻我,他的舌头充满了我整个口腔。这太鲁莽了,简直莫名其妙,杰西还在外头,办公室的门都没关。等回到教室里时,我双唇刺痛,脸颊通红,杰西假装没有看到,可下一次会议,他没有参加。

"杰西呢?"我问。

"他退社了。"斯特兰笑着答道,似乎很满意。

文学课上,我们开始学新的单元,比较名画和我们读过的小说。雷诺阿的《船上的午宴》就是《了不起的盖茨比》,里头的每个人都懒洋洋、醉醺醺的。毕加索的《格尔尼卡》是《永别了,武器》,刻画了战争带来的混乱与恐惧。接着,斯特兰向我们展示安德鲁·怀斯的《克利斯蒂娜的世界》,大家一致认为画里那鲜明的孤独感和山上赫然耸立的房子最像《伊桑·弗罗姆》。下课后,我和斯特兰说,我在怀斯的画里看到了《洛丽塔》的影子,因为画里的女人拖着瘦削的脚踝,看起来非常疲惫,她与房子之间那不可逾越的距离让我想起小说结尾的洛,苍白,怀着孩子,注定会死去。斯特兰摇摇头,又说我太执迷于那部小说。"我们得给你找一本新的最爱。"他说。

他带着我们班去安德鲁·怀斯居住过的小镇实地考察。我们乘一辆大面包车沿海岸行驶,我坐在他旁边的副驾驶座上,车子太大,几乎看不到其他同学。能和他一起离开校园,即使身后跟着全班同学,我还是兴奋不已,没关系,他们都是无知无觉的俘虏。说不定我俩就决定把握时机,一起私奔了呢?我们可以把他们丢在下一个休息站,珍妮会看着我们扬长而去,凌乱的头发打在她脸上。

不过,这次实地考察的时机不对,我和他正为暑假能否去他家再住一晚吵个不停。他说我们应该先等等,不要冒险,暑假还有很多见面的机会,可当我让他定个具体日期时,他又说我的世界不能围着他转。因此,在车上我对他不理不睬,故意做一些会惹恼他的事,比如瞎捣鼓收音机,把脚跷到仪表盘上。他假装没看见,可我注意到他死死咬着牙,手紧紧握着方向盘。他说,我这个样子,耍小孩子脾气,简直不可理喻。

到了库欣小镇,我们参观了奥尔森之家,就是《克利斯蒂娜的世界》里那座山顶的房子。屋里满是落了灰的老式家具和装裱好的怀斯的画。这些不是真迹,导游解释说,都是复制品。这里挂不了真品,带盐的空气刺激性太大,会腐蚀画布。

气温将近 20 摄氏度,阳光温暖和煦,正适合在户外吃午餐。斯特兰在山脚下铺了条毯子,抬头可以望见山顶的农舍,和画里的角度一样。吃过午饭,我们围坐着写随笔,他背着手,在一旁巡视。我还在气头上,拒绝配合,把笔记本和笔扔在一旁,仰面躺着望天。

"凡妮莎,"斯特兰说,"坐起来,动笔写。"

学生课上不配合时,他都会这么说,可到了我这儿,他的声音弱了下来,掺着一丝恳求的语气,其他同学肯定也听出来了。凡妮莎,求你了,别这样对我。我一动不动。

等到大伙都上了车,准备回布罗维克时,他抓着我的胳膊,把我拽到车后头。"别胡闹了。"他说。

"你放开。"我试图挣开他,可他抓得太紧了。

"你以为这样胡闹就可以得到你想要的吗?"他使劲晃了一下我的胳膊,我差点摔倒。

我抬头看了看面包车的后车窗,感觉自己被劈成了两半,一半和他在这里,一半和其他同学在车上,系好安全带,把包塞到座位底下。要是有人从窗口往外看，就会看到他把手指掐进我胳膊柔软的皮肤里，足以叫人生疑。我突然想到，也许他想让别人看见，这个念头像一记耳光，刺痛了我的皮肤。我渐渐明白，有些事情，你要是总能得逞，就会越来越无法无天，最终看起来就像巴不得被抓住一样。

那天晚上，珍妮来敲门，问能不能和我谈谈。我躺在床上，看着她带上门，走进屋里。她一眼就看见我的房间乱七八糟的，衣服扔得满地都是，桌上堆满了凌乱的试卷，马克杯里喝了一半的茶都发霉了。

"没错，我还是很恶心。"我说。

她摇摇头："我可没这么说。"

"你就是这么想的。"

"我没有。"她拉出我的办公椅，可上面堆着一摞衣服，上周洗的，还没来得及放好。我说丢一边就行，她把椅子侧了一下，把衣服倒在地板上。

"我想认真地和你谈一谈，"她说，"我只是不希望你生我的气。"

"我为什么要生气？"

"你一直在生我的气，我真的不明白我到底做错了什么。"她低头看了看自己的手，补充道，"之前我们还是好朋友。"

我抬起头，刚要反驳，她吸了口气，说："今天实地考察的时候，我看见斯特兰先生摸你了。"

一开始我不明白她在说什么。我看见斯特兰先生摸你了。这听着太暧昧了。实地考察的时候，斯特兰没有摸我，我俩一直在闹别扭。接着,我想起他在车后头拽着我的胳膊。

"哦,"我说,"不是……"

她注视着我的脸。

"不是你想的那样。"

"他为什么那么做?"她问。

我摇摇头:"我不记得了。"

"他以前那样做过吗?"

我不知道她到底想问什么,也不知道该怎么回答。难道说她现在相信我和斯特兰有一腿的传言了?她摆着张苦脸,像是在面对一个无助的人。以前,当她意识到我对她听的音乐、看的电影,或是一些常识一无所知时,她也会露出这种表情。"我觉得……"她说。

"你觉得什么?"

"你不必觉得难堪,这不是你的错。"

"什么不是我的错?"

"我知道他在侵犯你。"她说。

我猛地回过头:"侵犯我?"

"凡妮莎——"

"谁告诉你的?"

"没谁,"她说,"我是说,我听到一个传言,说你为了拿A和他上床,我不相信。上回问你之前,我也不相信。你不是那种人……你不会那么做的。可今天我看到他拽着你的胳膊,才明白到底发生了什么。"

她说的时候,我一直在摇头:"你错了。"

"凡妮莎,听着,"她说,"他很可怕。之前,我姐姐告诉我他是个变态,会骚扰穿裙子的女生什么的,可我没想到他这么恶劣。"

她靠过来,严厉地盯着我,"我们可以让学校开除他。我爸爸是今年的校董事会成员,如果我把这件事告诉他,斯特兰就得卷铺盖走人。"

听了她的话,我震惊得直眨眼——开除,变态,骚扰女生。听她直呼斯特兰的名字,我不寒而栗:"我为什么想要他被开除?"

"为什么不?"她很是不解。过了一会儿,她噘着嘴,扬起眉毛,换了副温柔的面孔。"我知道你可能很害怕,"她说,"别怕,他再也不能伤害你了。"

她盯着我,脸上满是同情。我不禁想,我以前怎么会那么喜欢她,和她睡在同一个小房间里,不过 3 英尺的距离,我还是渴望能和她再亲近一点。我想起她那件挂在门背后的海军蓝浴袍,她书桌上方架子上的小盒子,里头装着玻璃纸包装的葡萄干,她每天晚上往腿上擦丁香味的身体乳,她刚洗的头发打湿 T 恤留下的水渍。有时,她会吃很多微波炉加热的速冻比萨,吃的时候充满罪恶感。我会留意她的所有,她做的每一件事,可是为什么呢?她到底有什么魅力?如今,我眼中的她如此普通,思想如此狭隘,根本无法理解我和斯特兰之间的任何事情。

"你那么上心干什么?"我问,"我和你一点关系也没有。"

"当然和我有关系,"她说,"不能让他留在这里,不能让他靠近我们。他是个猎食者。"

听到猎食者一词,我笑出声来:"别逗了。"

"听着,我是真的很在意这所学校,好吗?别笑话我,我想让它变得更好。"

"那你的意思是我不在意布罗维克?"

她迟疑片刻:"不是,但是……我是说,你和我不一样。你家里没有其他人来这里读书。对你来说，你只是待个三年，毕业，然后就没了。你不会再想起这里，也没有做什么贡献。"

"贡献？是说捐钱吗？"

"不是，"她飞快地说，"我不是这个意思。"

我摇摇头："你真是个势利鬼。"

她想反驳，可我已经把耳机戴上了。耳机没有连接任何设备，连接线还荡在床边，但这能让她闭嘴。我看着她起身，抱起地上的衣服，放回椅子上。这本是善意的举动，眼下却激怒了我，我摘掉耳机问："说起来，你和汉娜怎么样了？"

她停下脚步："什么意思？"

"哦，你们俩现在不是好闺蜜吗？"

珍妮眨了眨眼："你没必要这么刻薄。"

"你才是那个一直都对她很刻薄的人，"我说，"你之前不还当着人家的面嘲笑她吗？"

"那是我错了，"她厉声说，"汉娜人挺好，倒是你，真的需要帮助。"

说完她便去拉门，我又说了一句："我和他之间没有什么，你听到的都是无聊的闲话。"

"现在不是我听到了什么，而是我看到他摸你了。"

"你什么也没看到。"

她眯眼看着我，手握着门把手。"不，"她说，"我看到了。"

斯特兰让我把珍妮的话一五一十全告诉他，说到她骂他变态时，他瞪大双眼，不敢相信竟然有人这样指责他。他说她是个"自以为是的小贱人"，一瞬间，我身体冰凉，我从来没有听他说过这个词。

"不会有事的,"他向我保证,"只要我们咬死不承认,就不会有事。传言要当真也得有证据。"

我指出这并不全是传言,珍妮看到他抓我的胳膊了。斯特兰嗤笑一声。

"证明不了什么。"他说。

第二天的文学课上,他就《玻璃动物园》提了个问题,指名让珍妮回答,虽然她根本没举手。珍妮慌忙低头看课文。她刚刚走神了,可能根本没听见这个问题。她结结巴巴地"嗯"了几声,但斯特兰并不打算叫别人,反而坐在椅子上,双手交叠,像是要等上一整天。

汤姆主动回答,但斯特兰抬手示意。"我想听听珍妮的看法。"他说。

又过了煎熬的十秒钟,最后,珍妮小声说:"我不知道。"斯特兰扬起眉毛,点点头,像是在说,我就料到你不知道。

下课后,我看着珍妮和汉娜一起离开,走的时候两人还窃窃私语,汉娜扭头瞪了我一眼。斯特兰正在擦黑板,我走上前说:"你不该那么整她。"

"我还以为你会高兴呢。"

"让她难堪只会火上浇油。"

面对我的指责,斯特兰只是眨眨眼。"过去十三年里,这种学生我见得多了,我知道该怎么对付。"他把黑板擦放在粉笔槽上,擦了擦手,"此外,我真心希望你不要评判我的教学方式。"

我向他道歉,但想必他也看得出来我不是真心的。我说有作业要做,得先走时,他也没有挽留。

回到宿舍，我趴在床上，拿枕头蒙着脸，平息自己对他的恨意。那一刻，我真的觉得自己恨他，真的，我恨他生我的气，它让我察觉到一些本不该存在的东西，羞愧和恐惧，一个催促我逃跑的声音。

接下来的一周，一切都土崩瓦解。先是周三，我在上法语课，斯特兰打开教室门，问洛朗女士能不能借用我几分钟。"把包带上。"他小声说。我们穿过校园，往行政楼走去，一路上他和我解释发生了什么，可事情已再明显不过。珍妮这两天没来上文学课，我知道她没生病，因为我还在校园里见过她。前一天晚上吃饭的时候，她和汉娜交头接耳，还一起抬头直直地看向我。

斯特兰说，珍妮的爸爸给学校写了一封信，但信中内容都是道听途说，没有证据，掀不起什么风浪。我们只要照计划行事，咬死不承认，他们也不能拿我们怎么办。我的耳边涌起海浪声，他说得越多，听起来就越遥远。

"我已经和贾尔斯女士说了，这些都不是真的，但更重要的是，你也要否认。"他边说边观察我的脸，"你能做到吗？"

我点点头。这时，我们距离行政楼大门不过50步的距离，也许更短。

"你非常冷静。"斯特兰说。他盯着我的眼睛，寻找破绽。第一次发生关系后，在他的厢式旅行车上，他也是这样看着我的。他打开行政楼大门，对我说："都会过去的。"

我和斯特兰端坐在木椅子上，像两个闯祸的孩子，贾尔斯女士坐在那张巨大的办公桌后，说她宁可相信我们，而不愿相信信上说的。

"老实说，我无法想象这怎么可能是真的。"她说着，拿起一张纸，我料想是那封信。她的目光在信上移动。"'仍在持续的性关系。'要真有这种事，又怎么可能不被人发现？"

我不明白她是什么意思。显然，大家已经有所察觉，珍妮的爸爸写这封信不就是因为大家发现了吗？

边上，斯特兰说了一句："简直荒唐。"

关于此事，贾尔斯女士有自己的看法。每隔一段时间，就有这样的风言风语传出来，不管有多么荒谬，总有学生、家长和其他老师捕风捉影，很快便信以为真。

"大家都喜欢丑闻。"说完，她同斯特兰相视一笑，心领神会。

她说，传言通常源于嫉妒或是对单纯的偏袒的误解。老师在职业生涯中会遇到许许多多学生，他们中的大多数，说得不好听一点，都微不足道。偶尔有个别聪明、优秀的，也不代表老师会和他们有非同一般的关系。不过，每隔一段时间，老师会遇到一两个他或她觉得特别亲密的学生。

"毕竟，老师和你一样，也是人。"贾尔斯女士说，"你说说，你也不是对所有老师都一视同仁，是不是，凡妮莎？"我摇摇头。她接着说："当然不是，有些你觉得更喜欢。老师就和学生一样，在他们眼中，有的学生就是比较特别。"

贾尔斯女士靠着椅背，双手交叉放在胸前："依我看，这件事无非就是珍妮·墨菲嫉妒你拥有斯特兰先生的特殊待遇。"

"有件事可能和这有关，凡妮莎之前和我说过，"斯特兰说，"说她和珍妮去年是室友，后来闹僵了。"他看着我，"是这样吧？"

我慢慢地点点头。

贾尔斯女士双手一挥："好了，这下清楚了，就此结案。"

她递给我一张纸——珍妮爸爸写的信。"现在请你再读一遍，然后在这里签个字。"说着，她又递给我一份文件，上面只印着一行字：相关当事人否认帕特里克·墨菲于2001年5月2日所写信件内容的真实性。文件底部是我和斯特兰的签名处。我扫了一眼信，无法集中注意力，签完字，我把文件递给斯特兰。就此结案。

贾尔斯女士笑着说："这就行了，这些事情还是尽早解决为好。"

我浑身颤抖，如释重负，感觉快吐了，赶紧起身朝门口走去，贾尔斯女士叫住我。"凡妮莎，我得给你父母打电话，告知他们这件事。"她说，"今晚你务必给他们打个电话，好吗？"

胆汁涌到我的喉咙，我没想到这一点。她自然得给他们打电话，不知是打到家里，在电话答录机上留言，还是打到他们的工作单位——爸爸的医院或是妈妈在保险公司的办公室。

离开办公室时，我听见贾尔斯女士对斯特兰说："要是还有需要，我会联系你的，不过这些应该足够了。"

当天晚上打电话回家时，我不停地解释和搪塞：一切都很好，什么都没有发生，整件事简直荒谬绝伦，愚蠢的传言，当然不是真的。爸妈在两台电话机上同时说话。

"首先，你别和这些老师走得太近。"妈妈说。

这些老师？不止一个吗？我随即想起感恩节时，我撒谎说是政治老师说我的头发是枫叶的颜色。

爸爸问："要我去接你吗？"

"我想知道到底发生了什么。"妈妈补充道。

"不用，"我说，"我很好，没发生什么，一切都很好。"

"要是有人伤害你,可别不告诉我们啊。"妈妈说,他俩都等着我保证,等我说会的,我一定会告诉他们的。

"当然,"我说,"可没这回事,什么都没发生,怎么可能发生!你知道学校里管得有多严格。都是珍妮·墨菲编出来的谎话。你们还记得珍妮吧,她对我可刻薄了。"

"可她为什么要编这种鬼话?还把她爸爸拉进来?"妈妈问。

爸爸说:"这说不过去啊。"

"她也讨厌斯特兰先生,对他怀恨在心。她就是那种从小娇生惯养的人,觉得人人都得讨好她,不然就活该一辈子不好过。"

"听起来不太乐观,凡妮莎。"爸爸说。

"没事的,"我说,"要真有什么事,我会和你们说的。"

爸爸和我都不说话,等着妈妈开口。

"快学期末了,"她说,"应该不会这时候让你退学。不过,凡妮莎,你离那个老师远一点,好吗?要是他和你讲话,你就告诉校长。"

"他是我的老师,必须和我讲话。"

"你知道我是什么意思,"她说,"一下课就走。"

"问题不在他这儿。"

"凡妮莎,"爸爸大声说,"听你妈妈的话。"

"我希望你每天晚上给我们打电话,"妈妈说,"6点半,我就守在电话机旁,听见没?"

我望着休息室对面,电视正在静音播放音乐频道,节目里卡森·戴利留着刺猬头,涂着黑色的指甲油,我咕哝道:遵命,女士。"妈妈叹了一口气,她不喜欢我这样叫她。

斯特兰说我们得暂时收敛一点，以免有人盯着。我下午不能长时间待在他的办公室里，和他单独相处了。"即使是现在这样也有风险。"他是说我不吃午饭，跑来他的教室，门还敞开着。我们千万要小心，虽然和我保持距离让他很痛苦，但目前最好小心行事。

不过，他倒是很有信心，认为一切很快就会烟消云散。他老是强调"烟消云散"这个词，好像这是什么糟糕的天气。夏天就快来了，到时候，他又可以开着旅行车，敞开车窗，呼吸腥腥咸咸的空气。他让我相信他，说到了秋季学期，一切都会被淡忘。我不知道自己是否相信他。这几天还算太平，可珍妮每次看见我，都会投来愤恨的目光。斯特兰见她从他的班上转走了，以为她放弃了，可我看得出来，她还是很生气。

布告栏上登出了每个高三学生下一年的大学志向。晚餐时，我正在三明治窗口排队，见珍妮和汉娜不慌不忙地在餐厅里走来走去。珍妮拿着笔和笔记本，每走到一张桌子旁，汉娜便对着就餐的人说些什么，得到回应后，珍妮就在笔记本上写些什么。我也注意到许多双眼睛转向我，又匆匆躲开，生怕被我发现。

我离开队伍，穿过餐厅的时候听到汉娜问："你们有谁听说过凡妮莎·怀和斯特兰先生好上了的传言吗？"

那是一桌高三学生，其中一个是布兰登·麦克莱恩，我在布告栏上达特茅斯学院那一栏见过他的名字。"凡妮莎·怀是谁？"他问。

他边上的女生——打算去威廉姆斯学院的亚历克西斯·卡特赖特指着我说："不就是她吗？"

全桌的人，连同珍妮和汉娜，一齐转过来。我瞟了一眼珍妮的笔记本,上面列着一串名字,她赶紧把笔记本藏在胸前。

26个,珍妮的名单上列着26个名字。我坐在贾尔斯女士对面,这一次办公室里只有我和她,没有秘书,没有斯特兰。贾尔斯女士给了我一份名单复印件,我扫了一眼,大部分是高二学生、同班同学、宿舍同楼层的女生。我从未和他们提起过斯特兰。接着,我看到了最后一个名字——杰西·利。

"如果你有什么想和我说的,"贾尔斯女士说,"最好现在说。"

我不知道她想听什么,也不知道她是仍然相信传言是假的,还是因为这份名单改变了看法,气我撒了谎。说起来,她确实有些生气。

我抬起头来:"我不知道您想让我说什么。"

"我希望你实话实说。"

我不说话,不想轻举妄动。

"要是我告诉你,我和名单上的一个同学谈过了,他说你明确告诉他你和斯特兰先生有暧昧关系呢?"

过了一会儿,我才明白她说的"明确"不是指明确的性关系,而是我亲口承认。我依旧不说话。我不知道她说的是不是真的,听起来像电视剧里警察为了套出真相所使用的虚张声势的伎俩。聪明的做法是始终保持沉默,等律师来——虽然我不知道在这件事里,谁是我的律师,是斯特兰吗,还是我的父母?

贾尔斯女士深吸一口气,用手指抵着太阳穴。她不想处理这件事,我也不想,我们为什么不就此放手呢?——这是我想说的。让我们忘记这一切吧。可我知道我们办不到,这次控诉是珍妮牵头的,还有她爸在背后撑腰。布罗维克的学校结构突然间再明显不过,一个赤裸裸的权力与财富体系,其中一些人比另一些人更重要。对此我一直都有感觉,只不过不像这次这样直观。

"我们需要知道事情的真相。"她说。

"我们已经知道真相了,"我说,"这些都不是真的,这就是真相。"

"要是我把这个学生叫过来,你还会这么说吗?"她问。

我眨了眨眼,意识到她其实是想让我自己摊牌。"这不是真的。"我又说了一遍。

"好吧。"她起身离开办公室,门还开着。

秘书探进头来,冲我笑了笑。"坚持住。"她说。

这小小的善意让我的喉咙哽住了。不知她是不是相信我,上次斯特兰和贾尔斯女士都在的时候,她坐在边上,将我们所说的逐字逐句记在她的黄色笔记本上,不知她当时是怎么想的。

过了几分钟,贾尔斯女士回到办公室,身后还跟着杰西·利。他在我旁边的椅子上坐下,没有看我。他的脸、脖子和耳朵一下子绯红,胸口随着每一次呼吸起起伏伏。

"杰西,"贾尔斯女士说,"我再问你一遍之前的问题:凡妮莎有没有告诉过你她和斯特兰先生有暧昧关系?"

杰西摇摇头。"没有,"他说,"没有,她从未说过。"他尖着嗓子,声音透着慌乱,就好像你拼命想隐瞒事实,根本顾不上在乎这拙劣的谎言。

贾尔斯女士再次用指尖按压太阳穴:"五分钟前你可不是这么说的。"

杰西不停地摇头,不,不,不。见他那神色慌乱的模样,我都禁不住心生同情。我想象自己伸过手去，握住他的手说：没关系的，你就实话实说好了。可我还是干坐在一旁，心想他此刻遭遇的痛苦是否真的是我的过错，毕竟我也自身难保。

"你和她说了什么？"我悄悄地问。

杰西猛地看向我，仍然摇着头，说："我不知道事情会变成这样，她刚刚只是问我——"

"杰西，"贾尔斯女士问，"凡妮莎有没有告诉过你她和斯特兰先生有暧昧关系？"

杰西看看她，又看看我，垂下眼睛盯着地板，我预感到接下来会发生什么。我闭上眼睛，他回答说有。

如果我脆弱一点，就没有转圜的余地了。面对前后矛盾的说辞，我无处可逃。贾尔斯女士盯着我，显然觉得一切都结束了，我嘴硬不下去了。不过，还有一线希望，我看到了一丝光明，只要再坚持一下。

"我撒谎了，"我说，"那都是假的，我告诉杰西的有关斯特兰的——"我赶紧改口，"有关斯特兰先生的事，都是假的。"

"你撒谎了，"贾尔斯女士重复道，"那么你为什么要撒谎呢？"

我直视着她的眼睛，解释说因为我很无聊、很孤独，因为我迷恋老师，因为我爱胡思乱想。我越说越有把握，一个劲责怪自己，为斯特兰开脱。有了这个好借口，杰西所说的，以及名单上其他25个人听到的所有流言蜚语都解释得通了。这一开始就是我的一厢情愿。

"我知道撒谎不对，"我看了看杰西，又转向贾尔斯女士，"对此我很抱歉，但事实就是这样，没有别的。"

说完，我不觉有些飘飘然，就像掀开了闷在我脸上的毯子，肺里充满了新鲜空气。我聪明、强大得超乎任何人的想象。

我午饭也没吃，就直接跑去了斯特兰的教室。我敲了敲门，他没应声，但花纹玻璃里头的灯还亮着。我安慰自己，他只是还担心被人看见。可文学课是诺伊斯先生来代课，我一走进教室，他就通知我去行政楼。

"什么事？"我问。

他抬起双手。"我只负责传话。"他说，但他看我的眼神小心翼翼的，像是不想与我有什么瓜葛，他肯定知道什么。我穿过校园，不知道该走得快一点还是慢一点。到了行政楼前的台阶上，我抬头看了看门口的柱子和双扇门上的布罗维克校徽，这时爸爸的卡车开进校园正门，开车的是爸爸，妈妈坐在副驾驶座上，一手捂着嘴巴。他们拐进停车场，下了车。

我急忙跑下台阶，喊着："你们来这儿做什么？"一听到我的声音，妈妈猛地回头，用手指点点她的脚，就像叫家里的小狗一样。宝贝做错事的时候，她就是这样叫它：给我过来！我在15英尺外停下脚步，不敢再靠近。

"你们来这儿做什么？"我又问。

"天啊，凡妮莎，你觉得我们来干什么？"她厉声问道。

"贾尔斯女士给你们打电话了？你们不该来这里。"

爸爸还穿着工作服、灰色裤子、蓝色细条纹衬衫，口袋上还绣着他的名字"菲尔"。就算在这种处境下，我仍觉得难堪。他就不能换身衣服吗？

他砰的一声甩上车门，大步朝我走来："你还好吗？"

"我没事，一切都好。"

他抓住我的手："告诉爸爸，发生了什么。"

"没发生什么。"

他直直地盯着我的眼睛，像是在恳求，但我什么也没说，连下嘴唇都没有颤抖。

"菲尔，"妈妈说，"先进去吧。"

我跟着他们进入大楼，上了楼梯，来到贾尔斯女士办公室外的小房间，里头的秘书我现在都熟悉了。我看了她一眼，希望她再冲我笑一笑，可她不理我，直接招呼我们进办公室。斯特兰已经在里头了，他站在贾尔斯女士的办公桌旁，双手插在口袋里，肩膀向后收。见到他，我的胸口隐隐作痛，只想钻进他怀里。如果可以，我真想把自己埋进他胸口，让他的身体将我整个吞噬。

贾尔斯女士伸手和我爸妈握手。斯特兰也伸出手来，爸爸握了握，但妈妈视而不见，自顾自坐下，仿佛他根本不存在。

"我觉得凡妮莎最好先回避一下。"贾尔斯女士说。她望了一眼斯特兰，他飞快地点了点头。"你先去外面的接待室吧。"

她指了一下门。我盯着斯特兰，注意到他刚洗过澡，头发还是湿的，他穿着花呢夹克，打了领带。我心想，他打算告诉他们，他要自首。

"不要。"我说，但没出声。

"凡妮莎，"妈妈说，"出去。"

会议持续了半个小时。我知道这个，是因为秘书打开了收音机，大概是不想让我听到办公室里的谈话。"现在是下午两点半的咖啡时光，"打碟师说，"让我们享受半小时不间断的轻音乐吧。"秘书随着音乐哼唱起来，我想我会永远记得这些曲子，因为当斯特兰为了我牺牲自己，坦白过错的时候，我耳边回荡的正是它们。

结束后，他们一起走了出来。贾尔斯女士和我爸妈在接待室里停了下来，斯特兰径直往前走，看都不看我一眼。我看见妈妈鼻翼翕动，双眼瞪得大大的，爸爸的嘴绷得笔直。他告诉我家里的老狗前一天晚上死了的时候，也是这副表情。

"来吧。"他拉起我的手说。

我们坐在外面的长椅上，妈妈盯着地面，双臂死死地抱在胸前，爸爸负责说话。他说的话和我想的相去甚远，过了好一会儿我才缓过神来，认真听他说。他说的并不是，我们都知道了，不是你的错，而是，身为布罗维克的学生，应当遵守一定的道德准则，而我撒谎，损害了老师的名声，违反了学校的准则。

"这种事他们会严肃处理。"爸爸说。

"难道不是……"我看看爸爸，又看看妈妈，"他没有……"

妈妈猛地抬起头："他没有什么？"

我使劲咽了一口唾沫，摇了摇头："没什么。"

他们接着解释，说我得提早结束这个学年，不过反正也没剩几周了。他们今晚在市中心的宾馆过夜，明天一早，按照爸爸的话，我就得"纠正我的错误"。贾尔斯女士希望我告诉珍妮·墨菲名单上的所有人，有关我和斯特兰的传言是假的，是我一手编造出来的。

"是一个一个地告诉他们吗？"我问。

爸爸摇摇头："听起来像是大家集中到一起，你一次说清楚。"

"你大可以不做，"妈妈说，"我们今天收拾好宿舍，晚上就走。"

"要是贾尔斯女士希望我这么做，我就得做，"我说，"她是校长。"

妈妈噘着嘴,像是还有话想说。

"我明年还会回来的,对吧?"

"我们先一步一步来。"爸爸说。

他们带我到市中心的一家比萨店吃晚餐。三个人都没什么胃口,连一个派都吃不完,各自小口咬着自己的那一块。妈妈扯了一张又一张餐巾纸,把油吸干。他俩都不愿意看我。

他们想开车送我回学校,我拒绝了,想自己走回去。多好的晚上啊,我说,傍晚还很暖和。

"在回到那里之前,我可以平静地休息几分钟。"我说。

我原以为他们不会同意,但他们大概太累了,没再坚持,让我自己走了。在餐厅外面,他们抱了抱我,和我道别。爸爸在我耳边小声说:"我爱你,内莎。"说完,他们往左朝宾馆走去,而我往右,朝学校和公共图书馆走去,朝斯特兰家走去。

他开门的时候,我说:"我知道这么做很蠢,但我得见见你。"

他望了一眼我身后的街道和人行道:"凡妮莎,你不能来这里。"

"让我进去,就 5 分钟。"

"赶紧走吧。"

我一下崩溃了,大喊着,使出浑身力气,用双手推他。虽然没有推动,但足以让他慌忙关上门,把我拉到房子一侧,免得被街上的人看到。一到僻静的地方,我就张开双臂抱住他,紧紧地贴着他。

"他们让我明天就走。"我说。

他向后退了一步,拉开我的胳膊,什么也没说。我等着看他会露出什么表情——愤怒或者恐慌或者后悔让事情发展到这一步,但他脸上什么也没有。他双手插在口袋里,抬头看着我身后的房子,像个陌生人一样,立在我面前。

"他们想让我在一群人面前讲话,"我说,"要我承认我撒了谎。"

"我知道。"他说。他紧锁眉头,还是不愿意看我。

"我不知道自己能不能做到。"一听这话,他的目光垂下来扫向我。这算是个小小的胜利,于是我乘胜追击:"也许我该告诉他们真相。"

他清了清嗓子,但没有被唬住。"据我所知,你差不多已经告诉他们了,"他说,"你向你妈妈说起过我,你说我是你的男朋友。"

我一开始没反应过来,后来想到2月假期,她听到我有天半夜打电话,返校途中问我,他叫什么。车窗外,白雪覆盖的田野和光秃秃的树木一闪而过,我说了实话——雅各布。可这只是一个词,一个再普通不过的名字,算不得告密。她当时并没有从那一个词中猜到什么,也不可能猜到。要是真知道了,她不可能同意斯特兰离开贾尔斯女士的办公室,也不可能同意让我向一屋子的人道歉。

"如果你决心要毁了我,"斯特兰说,"我也阻止不了你,可我希望你明白,要是说了会有什么后果。"

我想说我不是认真的,我当然不会告诉他们,可他的声音盖过了我的。

"你的名字和照片会登在报纸上,"他说,"新闻上到处都有你。"他说得很慢,很仔细,像是想确保我真的明白,"这桩丑闻会永远跟着你,你一辈子都别想摆脱这个烙印。"

我想说，太迟了。就算是现在，每天走在路上时，我都觉得他给我留下了永恒的印记。可或许这对他不公平，他不是一直在努力拯救我吗？让我答应他去上大学，坚持说我的人生会比他的精彩。他希望我过得更好，拥有一片广阔的天地，而不是一条狭窄的道路，可这一切的前提是他得躲在暗处。一旦真相大白，他将定义我的整个人生，而我其余的一切都不再重要。我隐约想起了什么，像做梦一样：一个混合而成的女孩，一半是我，一半是汤普森小姐——或是我记忆中莫妮卡·莱温斯基的新闻片段，一个年轻的女人，脸颊上挂着泪水，面对一个又一个羞辱性的问题，试图高抬起头：告诉我们他到底对你做了什么。不难想象，一旦我决定坦白，我的人生就会变成一条铺满残骸的小径。

"我宁愿就此结束生命也不愿意遭受这些。"斯特兰说，他低头看着我，双手依旧插在裤袋里，就算直面毁灭，他仍然漫不经心，"不过，也许你比我强大。"

听了这话，我哭了起来，我从来没有在他面前这样撕心裂肺地哭过——打着嗝，淌着鼻涕，难看极了。情绪来得太快，我根本应付不来。我靠在房子的侧墙上，双手撑着大腿，费力地呼吸，可一抽噎起来，便停不下来。我双臂环抱着自己，蹲在地上，用后脑勺猛撞着雪松墙面板，好像想把它们撞开似的。斯特兰跪在我面前，把手伸到我脑后，挡在我与房子之间，直到我不再挣扎，睁开眼睛。

"好了，好了。"他说。他慢慢地吸气、呼气，我的胸口也随之起伏。他的手依旧护着我的头，脸凑得很近，我都可以吻到他。泪水干在我的皮肤上，脸颊紧绷绷的，他用拇指抚摸着我柔软的耳后根。他说，他很感激我所做的——揽下所有责任，将自己奉献给狼群,这非常勇敢,这是爱的证明,我或许比任何人都要爱他。

"我不会说出去的,"我说,"我不想说,永远都不会说。"

"我知道,"他说,"我知道你不会。"

我们商量好明天在会上说的话,我会把传言的责任揽到自己身上,为自己的撒谎行为道歉,并澄清他没有做错什么。这对我来说不公平,我也是不得已,他说,但洗清他的罪名是唯一的出路。他亲吻着我的额头和眼角,就像在教室里,躲在他的桌子后面,我们第一次接吻时那样。

临走时,我回头看了一眼,他站在黑暗的草坪上,只有一个剪影,身后是从客厅窗户淌出的灯光。感激之情从他身上涌出,倾泻在我身上,我被爱淹没了。我想,这就是无私与善良的真谛吧。此刻只有我有能力拯救他,我怎么能觉得自己无助呢?

第二天早上,珍妮和名单上的 26 个人聚集在谢尔登先生的教室里。桌子不够,有些同学只能靠在后面的墙上。我看不清教室里都有谁,只看见一张张人脸上下漂浮、左右摆动,仿佛一片浮标的海洋。贾尔斯女士让我和她一起站在教室前面,当众宣读我和斯特兰前一天晚上想好的声明。

"你们听到的任何关于我和斯特兰先生的不当传言都是不真实的。我散布了关于他的谎言,他不该承受这样的污蔑。我欺骗了大家,对不起。"

这些人盯着我,表示不相信。

"有人有问题要问凡妮莎吗?"贾尔斯女士问。一人举起手来,是迪安娜·珀金斯。

"我只是不明白你为什么要撒这样的谎,"迪安娜说,"这没道理啊。"

"呃。"我看着贾尔斯女士，可她只是盯着我。所有人都盯着我。"这不能算是问题。"

迪安娜翻了个白眼："我只是想问，为什么？"

"我不知道。"我说。

有人问我为什么一直待在他的教室里。我说："我从没有待在他的教室里。"听到这赤裸裸的谎言，几个人不禁笑了。有人问我是不是"精神上"有什么问题，我说："不知道，可能吧。"问题一个接着一个，我意识到一个显而易见的事实：这以后，我回不来了。

"好了，"贾尔斯女士说，"差不多了。"

每个人都拿到了一张纸，上面写着三个问题：第一，你是从谁那里听说这个传言的？第二，你什么时候听说的？第三，你有没有告诉你的父母？我离开的时候，26个人都在埋头填问卷，除了珍妮。她坐在那里，双手抱胸，盯着她的桌子。

我回到古尔德宿舍，发现爸妈正在收拾我的房间。床单被掀掉了，衣柜也清空了。妈妈把我的东西一股脑儿塞进垃圾袋里——垃圾、作业，以及地上的任何东西。

"怎么样？"爸爸问。

"什么？"

"那个，就是……"他顿住了，不知道该叫它什么，"那个会议。"

我没有回答。我不知道情况怎么样，我甚至不知道到底发生了什么。我看着妈妈，说："你怎么把我重要的东西都扔了？"

"都是垃圾。"

"不，你把学校发的东西都扔了，还用得上呢。"

妈妈后退一步,让我翻垃圾袋。我找到一篇斯特兰批改过的论文,一份他发的关于艾米莉·狄金森的讲义。我把它们紧紧抱在胸前,不想让他们看见我捡回了什么。

爸爸拉上大行李箱的拉链,里头塞满了衣服。"我先把东西拿下去。"说着,他走到走廊上。

"我们现在就走吗?"我转向妈妈。

"行了,"她说,"行了,过来帮我把这里清理一下。"她拉开底层抽屉,倒吸一口气,里面全是垃圾:皱巴巴的纸、食品包装袋、用过的纸巾、发黑的香蕉皮。几周前,为了应付宿舍检查,我慌慌张张地把东西塞进去,忘记清理了。"凡妮莎,拜托!"

"别骂我,我来清理。"我从她手中抢过垃圾袋。

"你为什么不干脆把东西扔了?"她问,"我是说,天哪,凡妮莎,那都是垃圾、破烂。哪有人会在抽屉里囤破烂啊?"

我将意识集中在呼吸上,把抽屉里的东西倒进垃圾袋。

"这不卫生,也不正常。有时候你吓坏我了,你知道吗?你做的这些事情,凡妮莎,简直毫无道理。"

"好了,"我把抽屉塞回桌子里,"都干净了。"

"我们得给它消消毒。"

"妈,没事的。"

她环顾四周,房间里一团糟,虽然已经分不清哪些是本来就乱,哪些是打包弄乱的。

"要是现在就走,"我说,"我还得去办点事情。"

"你要去哪里?"

"十分钟就好。"

她摇摇头:"你哪儿也不准去,给我待在这里,帮我清理房间。"

"我得和大家道个别。"

"你和谁道别，凡妮莎？你哪有朋友？"

我眼里浮起泪水，她也只是看着，并不心疼，像是在等待什么。这一周，大家都是这样看着我，等着我崩溃。她转过身，接着收拾。只见她猛地拉开梳妆台最上面的抽屉，抓出一大把衣服。突然，有东西掉了出来，滑到我俩之间的地板上：我和斯特兰在乡村码头拍的合照。一刹那，我和她同时低头盯着它，都惊呆了。

"什么……"妈妈蹲下来，伸手去捡，"那不是——"

我猛地一扑，夺过照片，倒扣在胸前："没什么。"

"那是什么？"她问道，伸手想抓住我。我后退一步躲开。

"没什么。"我说。

"凡妮莎，给我！"她摊开手，仿佛我还是个孩子，会轻易投降交给她似的。我又说了一遍没什么。真的没什么，好吗？我一遍又一遍地解释道，声音越来越尖厉，越来越惊慌，直到我尖叫一声，吓得妈妈赶紧退后。尖叫声在半空的房间里回荡。

"那是他，"她说，"你和他。"

尖叫过后，我浑身发抖，低头盯着地板，低声说："不是。"

"凡妮莎，我看见了。"

我攥紧照片，想象斯特兰在房间里，他会安慰她。那没什么，他的声音像精油一样让人放松，你没有看见你自以为看见的东西。就像说服我一样，他怎么都能说服她。他会把她领到书桌旁，给她泡杯茶，把照片迅速塞进口袋，悄无声息，她甚至都不会察觉。

"你为什么要包庇他？"妈妈问，她喘着粗气，用目光探究着。这并非愤怒的质问，她是真的不明白。她被我，被这一切搞糊涂了。

"他伤害了你。"她说。

我摇摇头，告诉她真相："他没有。"

这时，爸爸回来了，满脸是汗。他扛起一个装满书的行李袋，左右看看可以顺手拿点什么，见我俩这剑拔弩张的架势，还有我护在胸前的照片，便问妈妈："你俩没事吧？"

屋里死一般的寂静，正是上午，宿舍楼里空荡荡的，只有我们几个。妈妈的目光从我身上移开。"没事。"她说。

我们把屋里剩下的东西打包完，跑了四趟才把所有东西搬下去。上车前，有那么一刻，我的脚底火烧火燎的，我想穿过校园，冲下山，跑到市中心，赶到斯特兰家里。我想象自己夺门而入，爬到他床上，躲进被窝里。我们本可以私奔的，昨晚离开他家之前，我对他说："我们现在就开车走吧。"可他拒绝了，说那行不通："熬过这一关的唯一办法就是直面后果，尽一切努力克服它。"

爸爸把最后一个垃圾袋扛上卡车车厢，妈妈搭着我的肩膀。"现在告诉他们还来得及，"她说，"就现在，我们可以进去——"

爸爸拉开车门，爬上驾驶座："你们好了吗？"

我甩开妈妈的手，她看着我钻进车里。

回家途中，我全程躺在后座上，看着窗外的树木、树叶银色的背面、电线和州际公路的路标。后车厢里，盖着行李的防水布在风中抖动。爸妈目视前方，他们的愤怒和悲伤直向我扑来。我张开嘴，将其尽数吞入口中，咽入胃里，在那里，愤怒和悲伤化为责备。

## 2017 年

我逛完杂货店,袋子里装着几品脱冰激凌和几瓶葡萄酒,沉甸甸的。回家路上,妈妈打来电话问我:"感恩节你到底回不回家?"她听着很是生气,好像她已经问了无数遍,而实际上我们根本没讨论过放假的事。

"我猜你希望我回家。"我说。

"看你怎么想。"

"你不想我回去?"

"不不不,我想。"

"那怎么了?"

她停顿了好一会儿:"我不想做饭。"

"不想做就不做吧。"

"可不做又觉得不对。"

"妈,"我说,"没有做饭的必要。"我调整肩上的购物袋,希望她听不到酒瓶的哐当声,"你猜我们该怎么着?买点蓝盒子装的速冻炸鸡,吃那个就行。你记不记得,以前每周五晚上我们总是吃那个。"

她笑了："我都好几年没吃了。"

我沿着国会街穿过公交站台，路边的朗费罗雕像注视着每一个行人。电话那头传来新闻的声音，先是专家发言，然后是特朗普。

妈妈哼哼一声，新闻的声音消失了："只要他一出现，我就调成静音。"

"我不明白你怎么就能看一整天呢。"

"知道了，知道了。"

公寓楼就在前头，我刚打算挂电话，她说："你知道吗？前些天我在新闻里看到你前学校了。"

我没有停下脚步，可脑子、眼前一片空白。我走过公寓楼，穿过下一条街，继续往前走。我屏住呼吸，看看她会不会接着说下去。她只是说前学校，没有说那个男人。

"唉，不管怎样，"她叹了口气，"那就是个鬼地方。"

牵涉其他女孩的文章一发表，布罗维克便将斯特兰停薪停职，并展开了新一轮调查，这一次还惊动了州警察局。这些看似合理的消息都是我从泰勒的脸书帖子和文章评论区里的传言、讨伐声与绝望言论中挖出来的，应该不假。一些人咆哮着：很简单，阉割所有的恋童癖。另一些则克制地为其开脱，说：证实有罪之前，我们不该是无辜的吗？交给正义定夺吧，你们不能一味相信这些指控，尤其是那些想象力丰富、情绪不稳定的青春期小姑娘的指控。双方各执一词，没完没了，看得人头晕目眩。我也不知道到底是怎么一回事，斯特兰没有告诉我，手机好几天没有动静了。

我极力克制着不联系他，一条短信写了删，删了又写。我还编辑了电子邮件，调出了他的电话号码，快按下拨号键的瞬间，又阻止了自己。虽然拖了这么多年,由着他告诉我什么是对的,什么是隐忍的歇斯底里,什么是赤裸裸的谎言,但事实到底是什么,我心里还是有数的。我没有被哄得昏了头。我知道自己应该愤怒,虽然这情绪仿佛远在峡谷的彼岸,遥不可及,但我依旧假装自己感受得到。我静静地坐着,看着泰勒一遍又一遍地分享那篇文章,让沉默替我发言。分享时,她还添加了举起拳头的表情符号,还有一行催命似的文字:不管你怎么躲,真相总会找到你。

他终于想到联系我了,大清早给我打了个电话,手机在我枕头底下响起,整个床垫都震动了起来。在梦里,那声音听起来就像湖上的马达声,我在水下游泳,头上一艘快艇驶过,发出粗哑、沉闷的嗡嗡声。接起电话时,我还在梦中,尝着湖水,看阳光刺破黑暗,打在腐烂的树叶和掉落的树枝上,那是一片无边无际的淤泥。

电话里,斯特兰颤抖着呼出一口气,就像痛哭后那声疲惫的喘息。"一切都完了,"他说,"不过,记着,我爱过你。就算我是个怪物,我也真的爱过你。"他在外面,我听见风声,狂风吹乱了他的声音。

我坐起来,看了眼窗外。天还没亮,天色由黑入紫。"我一直等着你给我打电话。"

"我知道。"

"你为什么不告诉我?我也是看报纸才知道,你可以告诉我的。"

"我也不知道会发生这种事,"他说,"根本没想到。"

"那些女孩是谁?"

"我不知道,就是些女孩,谁也不是。凡妮莎,我不知道是怎么回事，我甚至不知道自己做过什么。"

"据说你猥亵过她们。"

他没说话，或许是被我的用词吓到了，毕竟我对他一直很包容。

"告诉我那不是真的，"我说，"向我发誓。"我听着那一边的风声。

"你认为那可能是真的。"他说，这不是个问题，而是种领悟，仿佛他退后了一步，终于看见怀疑正悄悄逼近我的忠诚地界。

"你对她们做了什么？"我问。

"你觉得呢？你觉得我能做什么？"

"你肯定做了什么，不然她们为什么这么说？"

"这就是一种流行病，"他说，"毫无逻辑可言。"

"可她们还是女孩子啊。"说着，我哽住了，抽噎起来，就好像我在看着别人哭泣，一个扮演我的角色的女人。我想起第一次和我的大学室友布里奇特说起斯特兰时，她说，你的生活就像一出电影。她不理解那种看着身体出演自己内心并不认同的电影的恐惧，她原本是想恭维我。这难道不是所有女孩子都渴望的吗？在无止境的无聊岁月里，渴望有个观众。

斯特兰让我不要试图去理解这一切，它会让我发疯的。"'这一切'是什么？"我问，"'它'又是什么？"我需要一个代入的场景，告诉我她们在教室的哪里，在办公桌后还是研讨桌旁，光影是什么样的，他用的是哪一只手。可我哭得太厉害，他让我听他说，让我不要哭了，听他说。

他说："她们和你不一样，你明白吗？你不一样，我爱过你，凡妮莎，我爱过你。"

他一挂电话,我就知道会发生什么。我记得有一回艾拉被我的无动于衷激怒了,他说他要自己去举报斯特兰,我威胁他,声音坚定而冰冷:"艾拉,你要是真这么做,你要是敢告诉任何人他的任何事,你就再也见不到我了。我会消失在你面前。"

我盯着手机,告诉自己不要冲动地打911,无凭无据的,不太理智,虽然我真的很害怕。我也不知道该怎么解释,才不会暴露整个故事——我是谁,他又是谁。我告诉自己打了也没用,我甚至不知道他在哪儿——在外面,风很大。这根本不够。这时,我看到了他的短信,就在打电话前发的。你可以做任何你想做的事,他写道,你如果想说,就说吧。

我的手指飞快地在屏幕上滑过,写下一行回复:我不想说,也永远不会说。我看着信息发送出去,他却一直没有读。

我又睡着了,一开始时睡时醒,后来像死人一样沉沉睡去,直到11点15分才醒来,那时他们已经在河里打捞他的尸体了。到下午5点钟,《波特兰日报》刊登了一篇报道。

### 诺伦贝加河中惊现布罗维克资深教师尸体

诺伦贝加——雅各布·斯特兰,59岁,布罗维克高中资深教师,于周六清晨去世。

诺伦贝加警察局报告称斯特兰的尸体于上午在诺伦贝加河的纳罗斯大桥附近被发现。

"这位先生从桥上跳了下去,今天上午我们找到了他的尸体。"警察局声称,"早上6点5分我们接到一通电话,称可能有人跳桥,来电人随后目睹这位先生从桥上跳下去。没有任何谋杀的迹象。"

斯特兰出生于蒙大拿州的比尤特，三十年来在布罗维克寄宿学校担任英语文学教师，在当地小有名气。上周四，本报报道了五名布罗维克学生站出来指控斯特兰性侵的事件，性侵发生于2006年至2016年间，斯特兰因此受到了调查。

警察局表示，虽然斯特兰的死被认定为自杀，但调查仍会继续。

报道还附了一张斯特兰的近照。他坐在蓝色的背景布前，系着领带。那条领带我认得，海军蓝底，上面绣着小钻石图案，我甚至记得那个触感。他看上去很苍老，头发稀疏、花白，脸刮得干干净净，面色蜡黄，脖子松弛，眼皮耷拉着。照片里他看着很小，倒不是男孩的稚气，而是老人的萎缩，脆弱而疲惫。他没有直视镜头，而是看着左边某处，一脸茫然，嘴巴微张，看上去很困惑，像是没弄明白发生了什么，或是他做了什么。

第二天，我收到一个盒子，盖着他跳桥前一天的邮戳。里头装着照片、信件、贺卡、我写的课程论文的影印本，全都放在一块发黄的棉布上——那是第一次在他家过夜时他给我买的草莓图案的睡衣。没有留字条，但我不需要他解释。这就是所有的证据，他最后的证据。

消息传遍了整个州。当地电视台还为此拍摄了一个短片，镜头里闪过布罗维克校园、走在松树林荫道上的学生、钉着白色护墙板的宿舍楼、正面立有圆柱的行政楼，接着是一个拍摄人文楼的长镜头，随后切到报纸上斯特兰的照片，底下是他的名字，错写成了"雅各布·斯特蓝"。

我不停刷着评论区、脸书帖子、推特消息，忘了时间。我给他的名字设置了谷歌提醒，手机一整天响个不停。我在电脑上同时打开15个标签页，来回切换，浏览完所有评论，又接着看新闻。第一次看时，我不得不跑到卫生间呕吐，逼着自己看了一遍又一遍后，我终于麻木了。哪怕斯特兰的照片突然出现在屏幕上，我也毫无反应。听到新闻主播说"来自五个不同学生的指控"时，我连眼睛都没眨一下。

大约过了24小时，消息向南传开了。波士顿和纽约的报纸相继报道了此事，评论文章陆续发表。仿佛是嫌当前的指控文化趋势不够复杂，文章标题也颇有煽动性：《这一审判是否矫枉过正？》《当指控吃人时》《是时候谈一谈未经正当程序的指控的危害了》。评论文章把泰勒和斯特兰摆在一起，将她塑造成一个狂热的原告，一个从不考虑行为后果的千禧一代正义斗士。有些人在社交媒体上为泰勒辩护，但更多的是诋毁的声音。他们说她是个自私、无情的杀人犯——因为他的死是她一手造成的，是她逼得他自杀。一个支持男权的播客主持人整期节目都在讨论这件事，称斯特兰是女权主义暴行的受害者，而听众则把矛头对准泰勒。他们扒出了她的电话号码、家庭住址和工作单位。泰勒在脸书上贴出那些匿名男子发给她的邮件和短信截图，他们威胁要强奸她，杀了她，将她分尸。紧接着，几个小时后，她就消失了。她的主页被封了，所有公开内容都不见了，一切发生得太快了。

而我则继续请假在家，每天对着笔记本电脑，床头柜上堆满了食品包装袋和空酒瓶。我沉溺于烟酒，终日看着斯特兰寄给我的照片。那时候，我还是个顶着娃娃脸、四肢纤瘦的少女。照片里的我还很年轻，一张照片里，我没穿上衣，咧着嘴，双手伸向镜头，另一张里，我慵懒地坐在他的厢式旅行车副驾座上，生气地看着镜头。还有一张是我趴在他的床上,腰上裹着被单。我还记得在他拍完这张照片后,我对着它端详了好一会儿,奇怪他怎么会觉得性感,可还是努力感受他的视角,安慰自己说它看起来就像音乐短片里的场景。

我拿起电脑,搜索"菲奥娜·艾波,《罪犯》",打开音乐短片,看到的是少女模样的她,阴郁而柔韧。她唱着自己是个坏女孩,我想起那个离异男在酒吧后面的巷子里问我:你是不是个坏女孩?看起来,你以前是个坏女孩。我想起斯特兰的抱怨,说我把他变成了一个罪犯。我清楚自己的能耐,我本可以送他进监狱,每当我无理取闹时,我就会想象斯特兰孤零零一人被关在窄小的牢房里,除了想我外什么也做不了。

看完音乐短片,我把照片收起来,丢进盒子里,那个该死的盒子。普通女孩的鞋盒里藏的是情书和干枯的胸花,而我只有这一堆青少年照片。我要是聪明,就该把所有东西都烧掉,尤其是这些照片,我不是不知道正常人会怎样看待它们。它们就像是从非法交易团伙手中缴获的赃物,赤裸裸的犯罪证据。可我办不到,这就像活生生地给我自己点了一把火。

我不知道我会不会因私藏自己的照片而被捕,不知道自己是不是也成了一个猎食者,因为我一看到青春期女孩,就会变得异常兴奋,这或许说明了什么。我想到施虐者小时候总有被虐待的经历,人们说这是一个循环,不过努力一把,完全可以避免。可我懒惰成性,甚至懒得倒垃圾,懒得打扫卫生。不,这些对我都不适用,我没有被侵犯,事情不是那样的。

别再想了,为他哀悼吧——可没有讣告,没有葬礼,只有那些陌生人写的文章,我拿什么哀悼?我甚至不知道谁会为他举办葬礼,他住在爱达荷州的姐姐?可就算有葬礼,谁会参加呢?我不能去,人们会看到我,到时他们就会知道。告诉我发生了什么,他们会说,告诉我他对你做了什么。

我的大脑溜号了,卧室好像一下子被闪光灯照亮。我吞下一片安定,抽点东西,躺下来。我总是等药物起作用了才决定要不要再服一片,从不过量服用。我很谨慎,心里也有数,即使我有问题,也是小毛病,或许根本就没问题。

会好的,酒精、烟雾、安定片,甚至斯特兰,都会好的。这没什么,这很正常。哪个有趣的女人年轻时没有一个老情人?不过是个过渡阶段,进入时是个女孩,结束时虽不完全是个女人,但也八九不离十,出落成了一个更清楚地意识到自我和自身力量的女孩。自我意识是个好东西,它带给你自信,让你知道自己在这世上的位置。他让我看到了同龄男生无法让我看到的自己。如果我像学校里的其他女生一样,低三下四地讨好男生,没完没了地取悦他们,最后跟个荡妇一样,被人一脚踹开,我又怎么能相信自己本可以变得更好呢?至少斯特兰爱过我,至少我尝过被崇拜的滋味,他在吻我之前就已拜倒在我脚边。

又一轮的酒精、烟雾与药片。我想要沉下去,潜到水里游泳,不需要空气。他是唯一一个理解那种渴望的人,不是走向死亡,而是与死亡共处。我记得我试图向艾拉解释过,可话一出口,他就担心得要命,而担心永远成不了好事,担心让人们插手他们根本不明白的事。每当我听到"凡妮莎,我很担心你"时,我的生活就已经支离破碎了。

威士忌、烟雾,不要安定片,我知道自己的极限。不管怎样,我的脑子还算好使。我能照顾好自己,你看——我好好的,一点事都没有。

我拿起笔记本电脑，重放一遍音乐短片。画面中，十几岁的女孩穿着内衣摆动腰肢，而看不见脸的男人引导着她们的头、她们的手。菲奥娜·艾波 12 岁时遭遇强奸。我记得我 12 岁那年，看到她在采访中谈到这件事。她说得那么从容，"强奸"一词从她嘴里蹦出来，好像和别的词没有差别。事情就发生在她的公寓外面，在那个男人为所欲为的整个过程中，她都能听见她的狗在门里狂吠。我记得听到这个细节时，我抱着家里原来的那只牧羊犬大哭，把滚烫的泪水埋进它的毛发里。那时，我没有理由关心强奸——我是个幸运的孩子，平平安安，有人疼爱，可那个故事深深触动了我。不知怎的，我在那个时候就预见了自己将来的遭遇。说真的，哪个女孩没想过呢？那暴力的威胁始终笼罩着你。他们把危险灌输进你的脑海，直到你觉得它不可避免。成长过程中，你一直在想它到底什么时候会发生。

我搜索"菲奥娜·艾波访谈"，一直看到眼睛模糊。1991 年的 SPIN 杂志上关于这个音乐短片的一句话，让我抽噎着笑了出来："看的时候，你会像亨伯特·亨伯特一样觉得毛骨悚然。"不论我跟随哪条线索，散乱的信息里总会浮现出《洛丽塔》。文章末尾，菲奥娜问了采访者几个关于强奸她的人，也关于强奸的问题："伤害一个小女孩能费多少力气？这个女孩要走出这道阴影又需要多少力气？你觉得他们中谁更强大？"问题悬在那儿，可答案显而易见——她才是强者。我也很强大，比任何人眼中的我都要强大。

并不是说我被强奸了，不是强奸意义上的强奸。斯特兰有时候会伤害我，但那不一样。虽然我可以声称他强奸了我，我知道大家也一定会相信我。我也可以和许许多多女性一起，加入这场运动，在墙上贴满她们不幸的遭遇，但我不会为了融入她们而撒谎，我不会以受害者自居。泰勒她们在这个标签中找到了安慰，这对她们而言是好事，可我是他在绝望边缘打电话的对象。他自己说的——我不一样。他爱过我，他爱过我。

我走进鲁比的办公室，她看了我一眼，说："你最近不太好。"

我想抬头看着她的眼睛，可只敢看着她裹在肩头的橘色羊绒披肩。

"出什么事了？"

我舔了一下嘴唇："我很难过，我失去了一个对我来说很重要的人。"

她抬起一只手，捂着胸口："不是你妈妈吧？"

"不是，"我说，"是别人。"

时间一秒一秒过去，她皱紧眉头，等着我解释。以前我都很直接，每次走进她的办公室时，想聊的几个话题早就准备好了。她也不需要想方设法套我的话。

我吸了一口气："要是我说了一些违法的事，你需要举报我吗？"

她没有料到，慢慢答道："看情况，如果你说你杀人了，我必须举报。"

"我没有杀人。"

"我觉得你也不会。"

她等着我详细解释，我吞吞吐吐的，突然觉得自己很可笑。

"我的难过和侵犯有关，"我说，"或者说，别人觉得是侵犯，但我不觉得。要是我不希望你告诉别人，你能保证不说出去吗？"

"你是说这些侵犯与你有关？"

我点点头，眼睛盯着她身后的窗户。

"没有你的明确同意,我不能泄露你告诉我的任何事情。"她说。

"要是事情发生时,我还没成年呢?"

她的眼皮颤抖着,飞快地眨了几下:"不影响,你现在已经成年了。"

我从包里掏出手机,递给她,那篇关于斯特兰自杀的文章已经在上面了。鲁比滑动屏幕,脸色阴沉下来:"这和你有关?"

"就是这个老师,那个……"我支吾着,想要解释,却找不到恰当的词——根本不存在恰当的词,"我有一次提到过他,不知道你还记不记得。"

那是几个月前,我和她还在相互了解。每次治疗结束时,她都会问我一些平常的问题,就像长时间锻炼后的放松环节:我在哪里长大,我有哪些爱好——正常又无聊的问题。有一周,她问我关于写作的事,关于大学里的写作课,关于我从几岁开始爱上写作。她问:"有没有某个老师鼓励你写作?"这再寻常不过的问题,却让我像变了个人似的。我倒不是想哭,而是头晕目眩,上气不接下气,笑得像个十几岁的少女。我躲在手掌后,从指缝中偷看,鲁比在一旁看得目瞪口呆。

最后,我总算好好说道:"有一位老师非常支持我,但事情有点复杂。"说到这儿,我感觉有一股更强大的引力影响了这间办公室,仿佛斯特兰借由我的身体登场了。

"那么,这里面有故事。"鲁比说。

我忸怩地点了点头。

接着,她轻轻地问我:"你爱上他了吗?"我不知道自己是怎么回答的。我肯定多少承认了,然后我们就换了个话题。可当时我还是被那个问题问住了,现在也是。我爱上他了吗?听我坦白的人里没有人这样问过我。他们只会问我和他上过床吗,怎么开始的,或是怎么结束的,从来不会问我爱不爱他。那以后,我们再没有讨论过这个话题。

坐在我对面的鲁比张大了嘴:"这就是他?"

"抱歉,"我说,"我知道你需要点时间消化。"

"不用道歉。"她看了一会儿文章,把手机倒扣在我俩之间的小桌子上,看着我的眼睛,问我想从哪里开始说。

她耐心地倾听。我尽量说得简短些——怎么开始的,怎么发展的,我不谈感觉,不提它对我的影响,可光是事实就让她惊愕不已。我要不是擅长揣摩她的心思,或许读不出她藏在眼睛里的惊恐。

一个小时过去了,她夸我勇敢——因为我的倾诉,因为我的信任。"我很荣幸,"她说,"你选择和我分享这些。"

离开她的办公室时,我心里想着自己是什么时候做的这个决定,来的时候是不是就下定了决心要告诉她,这是不是在我的控制范围内。

回家的路上,我被一种坦白的狂热推着走,突然有一种卸下包袱后的轻松感。我避开一群游客,其中一个对另一个说:"我从没有见过这么多烟头,我还以为这地方很漂亮呢。"我回想起整个治疗过程中,鲁比是如何对待我的,就像对待一只随时准备逃跑的、易受惊的小动物。她的谨慎好比斯特兰接近我时的小心。他是多么小心翼翼啊,先把膝盖抵在我的腿上,如此微小的动作,甚至可能是个意外,接着把手搭在我的膝盖上,轻轻一拍,就像人们彼此之间会有的友好举动。拍一拍。我以前见过老师拥抱学生,没什么大不了的。可那以后,他一知道我可以接受这些举动,一切就加速了——可那不就是默认吗？接着不停地问你想要什么：我想让他吻我吗？我想让他摸我吗？我想让他上我吗？我就这样一步步被带进火坑里——为什么大家都那么害怕承认那感觉有多好？被引诱就是像一件珍贵而精致的物件一样被爱护，被珍惜。

一回到自己房间那混浊的空气里，看到乱糟糟的床，丢满食品包装袋的厨房灶台，冰箱上鲁比几个月前让我做的日历，标满了令人尴尬的日常琐事——洗衣服、丢垃圾、补充日常用品、付房租，在大多数人看来再自然不过的事情，我刚才的狂热一下平复了，消失了。如果不把这些任务清清楚楚地写下来，摆在我面前，我恐怕会每天穿着脏兮兮的衣服，靠吃街角便利店的薯片为生。

客厅里摆了一排照片，草莓图案的睡衣挂在暖气片上。我想知道自己已经疯狂到什么程度了，我还能走多远，还要走多少步才会变成一个用木板把窗户封起来，在肮脏的过去中不受打扰地生活的女人。我告诉鲁比我曾想象过的——他奄奄一息的时候，会发生什么，我会有什么感觉。他比我大 27 岁，我有心理准备。我想象他憔悴且无助，躺在病床上凝视着我。他会留给我一些实在的东西：房子、车，或是钱。就像亨伯特在死前给了洛那个塞满现金的信封，实实在在地补偿他让她遭遇的一切。

治疗时，鲁比说我心里积压了太多东西，随时准备爆发。她说我渴望倾诉，渴望得心里着了火。

"我们还是循序渐进，"她说，"一次不要说太多。"

可站在客厅里，我想象着无所顾忌的感觉。如果我在 32 岁到 15 岁这一路所有的证据上浇上汽油，会发生什么呢？如果我丢下一根火柴，让它燃烧，会留下怎样的灰烬呢？一想到这儿，我就喘不过气来。

## 2001 年

6月初,一连下了两周雨后,天终于放晴了。黑色的苍蝇走了,蚊子却蜂拥而至,我和爸爸把浮床从院子拖进湖里时,蚊子直围着我们打转。我俩坐在浮床两端,各自拿着桨,绕过卵石,滑向深水区。爸爸把浮床拴在锚上,取下浮标。我们在上面坐了一会儿,爸爸一只脚荡在水里,我双腿蜷缩在胸前,挡住身上松弛的旧泳衣,上面的松紧带坏了,我把带子拉紧打了个结,免得它们从肩膀上滑下来。岸上,宝贝喘着气,来回踱着,它脖子上的皮绳拴在一棵松树的树干上。我和爸爸谁也不想游回去。才暖和了没几天,湖水还是凉的。

我眺望湖面,一束束阳光直触湖底,沉没的原木依稀可见,那是一百多年前留下的,那时这片湖和周围的林地还属于一家伐木场。浅滩上,太阳鱼守卫着一个个用尾鳍辛苦扫成的完美沙圈,那是它们产卵的小巢。豆娘成双成对掠过水面,纤长的身体交织在一起,寻找安全的地方交配。有两只落到了我的手臂上,铁蓝色的身体,透明的翅膀。

"看来你好多了。"爸爸说。

这就是我们现在谈论斯特兰、布罗维克,以及所发生的一切的方式——躲躲闪闪地提及,没有人敢更进一步。爸爸说完,盯着岸上的宝贝,并不看我做何反应。我留意到他现在总是这样,避免看我,我知道是因为学校里发生的事,可还是安慰自己说,那是因为两年来我都住在学校里,因为我长大了,因为没有哪个爸爸想看自己正值花季的女儿穿着松垮泳衣的样子。

我没说什么,低头盯着豆娘。我是感觉好多了,至少比一个月前离开布罗维克时好,可承认这一点感觉就像说我已经放下了。

"不如痛痛快快做个了结吧。"他站起来,跳入水中,接着从水里探出头来,大叫一声,"哎呀我的天,这也太冷了。"他看着我,"下来感受一下?"

"我先等等。"

"随你。"

我看着他游回岸边,宝贝在岸上等着,迫不及待地舔着他腿上的水珠。我闭上眼睛,听湖水拍打浮床,听山雀、画眉和哀鸠啼唱。小的时候,爸妈常说我就像一只哀鸠,总是闷闷不乐,总是那么伤心。

我潜入水中,湖水冰冷刺骨,有那么一瞬间,我游不动,也动不了,身子猛地沉入墨绿色的湖底,但紧接着,我脸向上,向着太阳,轻轻地漂上湖面。

我穿过院子,朝家里走去,看到妈妈的车停在车道上,胃里一沉。她刚下班回来,买了个比萨。"去拿个盘子。"爸爸说,他把自己那片对折,咬了一大口。

妈妈把钱包扔在灶台上,踢掉鞋子,见我穿着泳衣,头发湿漉漉的,她说:"我的老天,凡妮莎,赶紧拿条毛巾,你滴得满地都是。"

我不理她,看了看比萨,上面是一团团香肠和奶酪。我虽然饿得手都在抖,但还是摆了个鬼脸:"噫,你看那油腻腻的,恶心。"

"行,"妈妈说,"那你别吃。"

见我俩剑拔弩张,爸爸忙退出厨房,走进客厅,躲到电视机跟前。

"那我吃什么?这屋里所有的东西都不能吃。"

她伸出两根手指,扶着额头:"凡妮莎,拜托,我没心情。"

我猛地打开橱柜门,拿出一个罐头。"腌牛肉丁啊这是,"我看了一眼日期,"过期两年了,哇哦,美味!"

妈妈夺过罐头,丢进垃圾桶,扭过身,走进洗手间,砰地把门甩上。

晚些时候,我抱着笔记本躺在床上,把脑海中那些不断回放的画面写下来——斯特兰第一次在他的办公桌后面触碰我,我在他家度过的夜晚,在他办公室共度的午后。妈妈端着两块比萨上来了,她把盘子放在我的床头柜上,在床边坐下。

"也许这周末我们可以去海边。"她说。

"去干吗?"我咕哝着,没有抬头,但感觉得到她很受伤。她努力想把我拉回小时候,那时候她和我什么都不用干,只要钻进车里一起出门,就会很开心。

她低头看见我手中的笔记本,侧过头来看我写了什么:通篇的教室、桌子和斯特兰。

我把笔记本翻过来:"能让我一个人待着吗?"

"凡妮莎。"她叹了口气。

我们盯着对方,她打量着我的脸,寻找我身上的变化,或是曾经的熟悉感。她知道了。她看着我的时候，我满脑子想的都是这个——她知道了。一开始我很害怕她会联系布罗维克或是报警，或者她至少会告诉爸爸。几个星期以来，每次电话一响，我就浑身紧张，生怕要面对那不可避免的后果，但这始终没有发生。她在替我保守秘密。

"如果什么都没有发生，"她说，"你就想想办法，让它过去吧。"

她站起身，拍拍我的手，我猛地抽开，她也不在意。她出去时没有关门，我猛地起身把门关上。

让它过去吧。刚意识到她不会告诉任何人时，我如释重负，可现在，释然渐渐成了失望。我们之间似乎达成了这样的协议：如果你想让我保守秘密，那我们就装作什么都没有发生——而我做不到。我要努力记住每一件事，我要活在这些记忆里，直到我再一次见到他。

夏天还没有过去。晚上，我躺在床上，听潜鸟啼鸣。白天，爸妈去上班了，我沿着土路采野生覆盆子，回家做成薄煎饼，蘸着糖浆吃，一直吃到犯恶心。我躺在院子里，面朝下躺在杂草堆里，听宝贝在湖里扑腾着捉鱼。她上岸甩干身子，水珠飞溅到我背上，她还过来用鼻子碰碰我的后颈，像在问我是否还好。

我情愿把这段时间看成我故事里的平静期，一段考验我的忠诚但终会令我更强大的放逐期。我可以接受不联系斯特兰，至少最近不。就算我爸妈不查来电记录或话费账单，我也总幻想着电话被窃听，电子邮件被监控。我一打电话，他就会被解雇。警察可能会出现在他家门口。把自己想得那么危险或许有些奇怪，可回头看看发生的事——我还没开口,就已经把我俩带到了灾难的边缘。

我能做的只有忍耐。我把独木舟划到湖中间,让它漂回岸边,一遍又一遍地读《洛丽塔》,仔细查看斯特兰褪色的注释。第140页,小说写到亨伯特和洛第一次发生关系,第二天一早,他们坐在车上。一行文字下画了线,油墨还算新:"那是一种相当特殊的感觉:一种受到压抑、令人局促不安的紧张的感觉,好像我正跟自己刚杀死的一个人的小小的鬼魂坐在一起。"[1]我想起第一次在斯特兰家过夜后,他开车送我回学校,那样仔细地端详我,问我是否还好,于是在笔记本上草草写下"祸水妞儿,指轻轻一碰就能把男人变成罪犯的少女"。

我惧怕8月,一旦过了布罗维克的开学日,我便不能再假装事情还有转机:某天我一早醒来,发现行李已经装上了卡车,爸爸妈妈兴奋地大喊着:"给你个惊喜!一切都安排妥当了,你当然要回学校啦!"开学日当天,我醒来时,家里空荡荡的,爸妈都上班去了。厨房灶台上留了张字条,让我打扫,洗碗,给宝贝刷毛,给番茄和西葫芦浇水。身上的睡裤和T恤都没换,我就直接套上运动鞋,朝林子里跑去。我径直跑上湖边的峭壁,沿途的灌木划伤了我的小腿。到了峭壁顶上,我喘着粗气,眺望湖泊和群山,那绵延、低矮的鲸背从地上隆起。树林一望无际,林中有条高速公路,驶过的大卡车宛如轨道上的玩具。我想象自己走进一个空房间,阳光洒在空荡荡的床垫上,我发现窗台上刻着别人的姓名首字母。我想象一群新同学围坐在研讨桌旁,斯特兰在一旁看着,心里想起了我。

---

[1] 《洛丽塔》,[美] 弗拉基米尔·纳博科夫著,主万译,上海译文出版社,2005年版。

我的新高中只有一座单层的狭长教学楼，是20世纪60年代为了招收婴儿潮一代匆匆建的，后来再也没有翻新过。学校和一家商场共用一个停车场。商场里有折扣杂货店、自助洗衣房、一个兜售信用卡的电话营销中心和一家仍然允许抽烟的餐厅。

它与布罗维克截然不同：铺着地毯的教室，动员集会，穿着T恤和牛仔裤的同学，职业教育课程，摆着一盘盘鸡块和厚底比萨的自助餐厅，教室里挤满了学生，连一张新桌子都摆不下。那天早上开车过来时，妈妈说刚好是新学年开学的第一天，我可以更好地融入。可我才刚走到走廊，就明显感觉自己格格不入。初中校友看到我，目光躲躲闪闪，其他孩子则公然盯着我看。学习第四级法语荣誉课时，课本上满是我已经学过的内容，附近一排的两个男生窃窃私语，谈论着他们听说的转学生，一个上过老师的荡妇。

一开始，我只是对着课本翻白眼。上过？

接着，怒火席卷而来。这些男生不知道他们谈论的女生就坐在他们边上，而我只有两个选择，两个对我都不公平：要么坐着什么也不说，要么当众翻脸，暴露自己。也许这些男生以为我和他们一样，都是高年级，也许他们根本就没想过我就是那个女生。单看外表，我一定很不起眼，素面朝天，穿着10码的灯芯绒裤子。是你？他们会难以置信地问我，无法将我和他们想象中的那个荡妇联系起来。

到了第四天，去餐厅的路上，两个女生走到我身边。一个是杰德·雷诺兹，我初中时认识。她把一头棕发漂成了亮橙色，换下了阔腿牛仔裤和杠铃吊坠，但仍然画着黑色的眼线。另一个女生是查利，我在化学课上见过。她个子很高，浑身烟味，头发漂得近乎发白，长着一个鹰钩鼻，显得眼睛有点斗鸡眼，活像一只暹罗猫。

杰德冲我笑笑，笑容说不上友好，更像是直勾勾地窥视着我。"嗨，凡妮莎，"她欢快地和我打完招呼，慢慢地说，"你要和我们一起吃饭吗？"

我本能地耸起肩，觉察到这是个陷阱："你们吃吧。"

杰德歪过头，仍带着那个诡异的、窥探的微笑："你确定？"

"来吧，"查利说，声音沙哑，"谁想一个人吃饭啊？"

到了餐厅，她俩径直走向角落里的桌子。我刚一坐下，杰德就凑过来，棕色的眼睛瞪得大大的。

"话说，"她说，"你为什么转到这儿来？"

"我不喜欢原来的学校，"我说，"寄宿学校太贵了。"

杰德和查利互相使了个眼色。

"我们听说你把一个老师给睡了。"杰德说。

如此开门见山，对我来说，或多或少是一种解脱；想象着我的故事蜿蜒穿过大半个州，不愿意被人抛在脑后，这也是一种宽慰。我爸妈可以假装什么都没发生，但它的的确确发生了。

"他帅吗？"查利问，"我也想睡个帅老师。"

她们好奇地看着我，我不知道该怎么回答。就像面对法语课上的男生时一样，我知道她们的想象差得很远——一位年轻、帅气的老师，就像从电影里走出来的一样。她们要是看到大腹便便、戴着金边眼镜的斯特兰，不知会怎么看待我。

"这么说是真的？"杰德问，声音中带着一丝质疑。她仍然不相信。我抬了下肩膀，不承认也不否认，查利若有所悟地点点头。

杰德从背包里掏出一包花生酱饼干，她俩分着吃，只见她们先把饼干掰开，然后用牙齿刮着花生酱夹心吃。边吃边盯着餐厅里巡视的老师。那老师俯下身和餐厅另一头一张桌子边的同学说话，杰德和查利突然跳了起来。

"快点，"查利说，"把背包拿上。"

她们匆匆跑出餐厅，穿过走廊，拐了个弯，进入学校的一幢配楼，接着穿过一扇门，出门是一条走道，通往一间临时教室。她们钻过走道的栏杆，跳到下面的草坪上。

我还在犹豫，查利伸手重重地拍了一下我的脚踝："再不跳就要被人看见了。"

我们跑过草坪，来到停车场和那家商场，人们推着装满大袋小袋的购物车从杂货店里出来。一个男人靠在一辆空出租车旁，抽了一口烟，看着我们。

查利拽着我的袖子，拉我进了杂货店。我就这么跟着她们，在过道间穿梭。售货员紧紧盯着我们。很明显我们是从边上的高中跑出来的，光是身上的背包就暴露了。查利和杰德兜兜绕绕了几个过道才往化妆品区走去。

"我喜欢这个。"杰德边说边研究着一只口红的底部，说完把那管口红递给查利，查利把它翻过来，念出底下的色号名："美酒配万物。"

杰德又把口红拿给我。"还不错。"我说，然后递还给她。

"不是，"她小声说，"放进你的口袋里。"

我一手握着口红，这才明白她们在干什么。查利熟练地把三瓶指甲油扔进背包。杰德把两只口红和一只眼线笔塞进口袋。

"这些暂时够用了。"查利说。

我跟着她们穿过商店，回到门口。穿过一个没人的收银台时，我把口红丢进糖果堆。

平行世界里，我还在布罗维克，住的仍是古尔德宿舍的单人间，今年的更大，自然光更充足。我修读的不是化学、美国历史和代数，而是恒星天文学、摇滚社会学和数学的艺术，还有一节斯特兰的指导阅读课，下午我们在他的办公室碰面，探讨他让我读的书。思想从他那儿直接流淌到我身上，我们的大脑和身体连接在一起。

我翻遍卧室衣柜，找到了八年级时带回家的那本光鲜的学校宣传册，那时的我展望未来，看见了星辰大海。我把页面剪下来，粘在日记本的封面上——餐桌上铺着桌布，为周末的家长来访做好准备，图书馆里学生们埋头读书，秋日的校园充满了金色的阳光和火红的枫叶。邮箱里来了一本里昂比恩的商品目录，我也把它剪下来。画报里的男人都像斯特兰，穿着花呢夹克、法兰绒衬衫和登山鞋，手握一杯热气腾腾的黑咖啡。我太想念他了，想到精疲力竭。我每天拖着疲惫的身体从一个教室奔走到另一个教室，把每一天划分成一个个可管理的单元，小时不行，那就以分钟为单位。想到以后还有那么多日子要过，我就会沉溺于一些不该有的想法，例如，也许死亡并不是最糟糕的，也许它并不那么坏。

开学第三周，双子塔倒塌了，我们成天在学校里看新闻。汽车上、人们的夹克衫胸前、便利店收银台边上随处可见小面的国旗。餐厅电视里播放着福克斯新闻，每天晚上爸妈都要看好几个小时的CNN新闻。画面里都是双子塔冒着滚滚浓烟，小布什在世贸中心遗址前握着麦克风讲话，专家猜测着带有炭疽病毒的信件的来源。我的新英语文学老师在她的办公桌前挂了一幅哭泣的秃鹰插画，还在白板的角落写下"铭记历史"几个字。可我满脑子都是斯特兰和我个人的得失。我在笔记本上写下：我们的国家遭遇袭击，那是悲剧性的一天。我合上封面，转念又翻开，加上一句：而我只在乎我自己，多么自私，多么缺心眼。我希望这些话会让我羞愧，可这无济于事。

午饭时，我和查利、杰德躲在商场后边两个堆满纸板的垃圾箱之间抽烟。杰德想让查利翘掉化学课去别的地方——也许是去商场？具体我也不知道，我没认真听。杰德想让查利翘课是因为她嫉妒，她不喜欢查利和我一起上课而她不在——整整50分钟她都不能在场。

"我不能翘。"查利说着，弹了弹烟头。她的中指上有个小小的爱心文身，是她妈妈的男朋友用木棒给她手工点刺上去的。"我们今天要测验，对吧，凡妮莎？"

我晃了晃脑袋，半点头半摇头。我压根不知道。

杰德瞪着杂货店的装卸台，十八轮货车倒车进来卸货。"我就知道。"她嘟囔着。

"我的天，放松点，"查利笑道，"我们放学再去。天哪，你太紧张了。"

杰德张大鼻孔，呼出一团烟雾。

化学课上，查利小声说她一看到威尔·科维略就春心荡漾，从没有谁让她这样心动过。我没怎么听进去，只是专心地看着笔记本封面内侧上斯特兰的课表，那是我凭记忆写下的。他此刻正坐在研讨桌旁，教高二学生英语，而别人坐在我的座位上。

"是不是很悲哀？"查利问，"你觉得我可悲吗？"

我盯着笔记本，没有抬头，回答道："依我看，你应该想和谁在一起就和谁在一起，想干什么就干什么。"

课表上，斯特兰下一节没有课，有一个小时的空当。我想象着他在办公室里，斜靠在花呢沙发上，膝头放着一沓待批改的作业，情不自禁地想起我。

"看吧，难怪我喜欢你，"查利说，"你太酷了。我们应该出去玩玩，说真的，到校外去。"

我抬起头来。

"周五怎么样？你可以来保龄球馆。"

"我不怎么喜欢保龄球。"

她白了我一眼："谁说要打保龄球了。"

我问那大家在那儿做什么，可查利只是咧嘴笑笑，低头转向气阀，噘起嘴，把它打开。我抓住她的手，她笑了出来，声音沙哑而响亮。

周五晚上，查利一路开车来我家接我，她进了屋，向我爸妈做了自我介绍。她梳着整齐的马尾辫，手上套了个戒指，挡住文身。

她告诉我妈妈自己一年前就考到驾照了，这个谎说得如此流畅，连我都骗过了。只见爸妈相互使了个眼色，但我知道他们不会不让我去，至少我在交朋友，在适应。

一走到车道上，确认爸妈听不见我们讲话了，查利便说："天哪，你他妈的真住在这鸟不拉屎的破地方。"

"我知道，我也不想。"

"换我也是。你知道吗，去年我交了个男朋友，他就住在这儿。"她说了他的名字，但我不认识。"他比我大一点。"她解释道。

驶出车道时，她的车发出刺耳的声音，我想象着妈妈听到这声音，皱起眉头的样子。"哦，抱歉，"查利说，"消声器坏了。"她一手握着方向盘，一手夹着一支香烟，摇下车窗散味时，窗子咯咯作响。她戴着半截手套，外套上沾满猫毛。一路上，她问了一些关于我自己的问题，还有我对学校里不同人的看法，以及我在布罗维克上学的经历。她说自己对寄宿学校十分着迷。

"是不是很棒？"她问，"肯定是。全都是有钱学生，对不对？"

"也不是每个人都很有钱。"

"是不是到处都是违禁药品？"

"不，"我说，"不是那样的，它……"我想起白色护墙板装点的校园，秋天的橡树，高过人头的防雪堤，穿着牛仔裤和法兰绒衬衫的老师。我想起斯特兰，他坐在阴影里，从他的办公桌后边看着我。我摇摇头："很难描述。"

查利把烟头伸出窗外："好吧，你还是幸运的，虽然只待了几年。我妈妈就搞不定。"

"我拿过奖学金。"我飞快地说。

"哦，可即使这样，我妈也不会让我去的，她太爱我了。我是说，让自己的小孩高一的时候就搬出去，是14岁吧？那太疯狂了。"她抽了一口烟，吐出烟雾，补充说，"不好意思，我相信你妈妈也很爱你，但我和我妈的情况不一样。我们关系很好，就只有她和我两个人。"

我挥了挥手，说没关系，可她的话刺痛了我，或许是因为她点出了事实，或许我真的没有得到足够的爱，或许斯特兰在我身上看到的孤独正是源于爱的缺乏。

"威尔今晚应该也在，"她突然换了个话题。我刚想问是哪个威尔，就想起她在化学课上说的，威尔·科维略也太帅了吧，我要跟他做点什么，你等着看吧。我从幼儿园起就认识威尔了，他比我大一岁，高一年级，住在一栋大房子里，门口还带网球场。初中的时候，女生们都叫他威廉王子。

等到了保龄球馆，杰德已经在那儿了。她穿着一件缎面背心，没穿内衣。球馆里灯光昏暗，远离球道的一边摆着长桌，坐着一群学校里的人，脸我还算认得，名字叫不上来。紧挨着球馆有家运动酒吧，只隔着一扇门，门开着，自动点唱机的声音伴着啤酒味飘了过来。

查利坐到杰德边上："看见威尔了吗？"杰德点点头，指了下门，查利立马奔了过去，差点撞翻椅子。

查利不在，杰德一般不和我说话，也不看我，只是刻意盯着我身后。她的眼线越过眼睑，拖出尖尖的尾巴，我之前从没见她这样画过。

男人们拿着饮料从酒吧里转悠出来，走进保龄球馆，同时扫视着昏暗的场馆。其中一人穿着迷彩夹克，看到我们这一桌，连忙招呼他的朋友。对方只是摇头，抬起双手，仿佛在说：就这货色，我没兴趣。

我看着那个穿夹克的男人走过来，他的目光锁定杰德和她那件性感的上衣。他拉过一把椅子，坐在她边上，把手中的饮料往桌上一搁。"我坐这儿，你不介意吧？"他问，生生地把这儿读成了炸儿，"太挤了，我没地方去了。"

笑话，边上全是座位。杰德本该笑的，可她看都不看他一眼。她挺直腰板坐着，双手交叉在胸前，小声说："不介意。"

这人的手虽然脏兮兮的，人倒不难看。学校里的男生长大后都是他这样，操着一口浓重的缅因腔，开一辆皮卡车。"你多大了？"我问。问题一出口，就显得生硬，听起来像是指责。他也不介意，转过来看了我一眼，立马转移注意力，不理杰德了。

他对我说："我觉得我该问你同样的问题。"

"我先问的。"

他笑了："好，我告诉你，不过得让你费点脑筋。我是1983年高中毕业的。"

我思考片刻，斯特兰1976年高中毕业："你今年36。"

男人挑了下眉毛，呷了一口饮料："你介意不？"

"我为什么要介意？"

"因为36岁很老了。"他笑着说，"你几岁了？"

"你觉得我几岁了？"

他上下打量了我一眼："18。"

"16。"

他笑着摇摇头："老天爷。"

"这是不好的意思？"一问出口我就知道这是个蠢问题。当然不好，他满脸都写着不好。我朝杰德眨眨眼，她瞪着我，像是从没见过我，不知道我是谁似的。

坐在桌子另一头的一个高年级女生凑过来，问："嗨，我能喝一口你的饮料吗？"男人稍稍做了个鬼脸，想说这么做不对，可还是把饮料往桌子那头推了推。女生抿了一口，咯咯大笑起来，好像立马就醉了。

"好了，好了。"男人伸手拿回饮料，"我可不想被赶出去。"

"你叫什么名字？"我问。

"克雷格。"他把杯子往我这边推了推，"你想不想尝一口？"

"这是什么？"

"威士忌兑可乐。"

我伸手去拿："我爱威士忌。"

"那你叫什么名字，爱喝威士忌的16岁女孩？"

我甩掉脸上的头发。"凡妮莎。"我唉声叹气地说，仿佛我已厌倦了眼泪，心头的火苗已经熄灭了。不知这算不算背叛，如果斯特兰走进来，看到这一幕，不知该有多生气。

查利回来了，面色通红，头发乱糟糟的，她抓起杰德的苏打水，猛喝一口。

"出什么事了？"杰德问。

查利甩甩手，表示不想说。"我们走吧，我想回家睡一觉。"她看着我，突然想起什么来，"该死，我得先送你回家。"

克雷格在一旁看着。"要我送你吗？"他问我。

我迟疑了，感觉手脚发麻。

"你是谁？"查利问。

"我叫克雷格。"他伸手和她握手，但查利只是盯着他。

"哦，"她看着我，"你不能和他走，我开车送你。"

我抱歉地冲克雷格笑笑，尽量不让自己显得太释然。

"她总是告诉你该怎么做吗？"他问。我摇摇头，他靠过来："那么，我如果想偶尔和你聊聊天，该怎么做呢？"

他想要我的电话号码，但我担心我爸妈听到他的声音会报警："你有即时通信工具吗？"

"美国在线那样的？有啊，我有的。"

查利看着我从包里掏出笔，把我的网名写在他的掌心里。"你就是喜欢老男人，是不是？"出门的时候她问我，"要是我坏了你的好事，抱歉，但我觉得你不是真的想让他开车送你回家。"

"我不想，我只是喜欢被关注。他显然一无是处。"

她笑了,拉开车门,钻了进去,侧身打开副驾的门:"你知道吗,你简直无可救药。"

回我家的路上,查利一遍又一遍地播放梅西·埃丽奥特的一首歌,边听边跟着唱:"别害羞,女孩们,秀出来 / 要确保,我们是,游戏主宰。"

到了周一,每个人都知道了查利和威尔的事,可如今他翻脸不搭理她,杰德还从本·萨金特那里听说威尔骂查利是白人垃圾。

"男人都是狗屎。"在杂货店后头的垃圾桶之间抽烟时,查利说。杰德点头赞同,我也点头,但只是做做样子。周末两天,我都和克雷格聊到很晚,脑子里仍回荡着他对我的赞美。我太漂亮、太性感了,性感得令人难以置信,自从周五晚上见面后,他就对我日思夜想,无论如何他都想再见到我。

查利说男人都是狗屎,其实她说的是男孩。她趁着眼泪还没掉下来,赶紧擦掉。我知道她很生气,很受伤,但不禁又想:她还指望怎样?

克雷格和斯特兰完全不一样,他是个退伍老兵,参加过沙漠风暴,现在在建筑工地上工。他不读书,没上过大学,我讲起感兴趣的内容时,他也没什么话说。最糟糕的是,他非常喜欢枪——不只是猎枪,还有手枪。我说我觉得枪很愚蠢,他写道:当有人半夜闯进你的卧室时,你就不会这么想了。到时带着武器说不定显得很聪明。

谁会闯进我的卧室?我回复说,你?

说不定。

我和克雷格只在网上聊聊天,就算他有时表现得像个疯子,我也无所谓。保龄球馆那晚之后，我就再没见过他，也不着急见面，不过他说自己想见我，一直说想带我出去。

我们能去哪儿呢？我装糊涂。聊天一转到我不喜欢的方向，我就装傻，装得多了，他也就信了。

什么去哪儿？克雷格写道，去看电影，吃晚餐啊。你以前没约过会吗？

哦，可我才16岁。

你可以假装18岁。

他不明白这是怎么一回事，不明白我其实不想冒充18岁，也没兴趣假装他是同龄男生，一起去看电影。

天变冷了，灰蒙蒙的。叶子黄了，落了，林子空了，只剩下光秃秃的树干。我渐渐发现：如果我一天只睡5小时，就会累得什么也不在乎；如果除了晚饭什么都不吃，饥饿的痛苦就会盖过其他感觉。圣诞节来了又去，一年又过了，电视新闻里依旧充斥着炭疽和战争。学校里关于我的传言早已不了了之，爸妈也不再每晚把无线电话锁在他们的卧室里。

我还在和克雷格聊天，可他的赞美丧失了新意，一开始见面时他给我的感觉也淡去了。如今，聊天的时候，我满脑子都是斯特兰会怎么看待他，我花这么长时间和他聊天，斯特兰又会怎么看待我。

克雷格207：和你坦白件事，我周六和人过了一晚。

暗淡_凡妮莎：和我说这个干吗？

克雷格207：我觉得应该告诉你，我一直在想你。

暗淡_凡妮莎：呃……

克雷格207：我假装她是你。

克雷格207：说起来，你还没有那个老师的消息吗？

暗淡_凡妮莎：我和他聊天不安全。

克雷格207：你不也和我聊天吗，有什么区别？

暗淡_凡妮莎：我和你之间没别的，只是聊天。

克雷格207：你知道我想要的不只是聊天。

克雷格207：你是不是只和他好过？

克雷格207：嘿，还在吗？

克雷格207：这么说吧，一直以来我都很有耐心，可我的耐心也是有限度的。这种没完没了的聊天我受够了。

克雷格207：我什么时候才能见见你？

暗淡_凡妮莎：呃，不确定，可能下周？

克雷格207：你不是说下周是2月假期？

暗淡_凡妮莎：哦，对哦。我不晓得，有点为难。

克雷格207：倒也不用为难，就明天吧。

克雷格207：我上班的地方离你的高中就半英里，我去接你。

暗淡_凡妮莎：这行不通。

克雷格207：行得通，你等着看吧。

暗淡_凡妮莎：什么意思？

克雷格207：你会知道的。

暗淡_凡妮莎：你到底在说什么？？？

克雷格207：你差不多两点出来，对吧？我看通常那时候门口的巴士前都排着长队。

暗淡_凡妮莎：你打算干吗？突然出现还是怎样？

克雷格207：到时你就知道有多简单了。

暗淡_凡妮莎：拜托不要这样。

克雷格207：你玩弄的男人终于采取行动了，怎么，你不喜欢？

暗淡_凡妮莎：我说真的。

克雷格207：再见。

我屏蔽了他的账号，删除所有聊天记录和邮件往来，第二天称病在家，幸好我没有告诉他我住在哪里，他也不至于找到家里来。返校后，从校门口到巴士那段路，我都把家门钥匙攥在手里，尖端从指缝露出来。我想象他从背后抓住我，胁迫我上他的卡车，谁知道接下来会发生什么。他可能会强奸甚至谋杀我，把我的尸体拖到影院，来一场他一直念念不忘的愚蠢约会。就这样过了一周，什么都没发生，我也就不攥着钥匙当武器了，顺便取消账号屏蔽，看看他会不会给我发消息。他没有，他走了。我告诉自己，他走了也好。

3月初，床头柜上的《洛丽塔》不见了，我把房间翻了个遍也没找到。一想到失去它，我一下慌了神。它不单单是我的，也是斯特兰的，页边还有他的笔记，页面上还有他的痕迹。

我其实不相信爸妈会拿，可实在不知道它怎么就不见了。楼下，妈妈坐在餐桌旁，桌上都是钞票，还有一台打印型计算器。爸爸在城里买糖，打算这个周末生炉子熬枫树汁，到时整间屋子都甜津津的。

"你去我房间了吗?"我问。

她抬起头来,神色平静。

"有东西找不着了,"我说,"你拿了吗?"

"什么找不着了?"她问。

我吸了口气:"一本书。"

她眨了眨眼,低头看着账单:"是什么书?"

我咬着牙,绷紧肚子,感觉她想看看我会不会说出来。"是什么不重要,"我说,"那是我的东西,你无权拿走。"

"哦,我不知道你在说什么,"她说,"总之我没有从你房里拿走任何东西。"

我看着她翻账单,心怦怦直跳。她写下一串数字,又一个一个输入计算器,看到结果后,叹了口气。

"你觉得自己在保护我,可是已经太迟了。"我说。

她抬起头,表情冷漠,目光却十分锐利,仿佛一道破绽。

"也许这里面有一部分是你的错,"我说,"你有没有想过?"

"我现在不想和你谈这个。"她说。

"大多数母亲不会让自己的孩子14岁就搬出去,这你知道吧?"

"你不是搬出去,"她厉声说,"你是出去上学了。"

"就算是,我所有的朋友都不理解你竟然同意让我去,"我说,"大多数母亲都很爱自己的孩子,舍不得送他们出去,你大概不是这样。"

她瞪着我,脸色苍白,又突然间涌上一阵红晕。她面色通红,鼻孔翕动,我第一次见她这么生气。有一瞬间,我以为她要从桌子旁跳起来，扑向我，双手掐住我的脖子。

"是你求着我们让你去那里的。"她说，声音颤抖，极力想保持镇静。

"我没有求你们。"

"你还给我们做了个该死的展示。"

我使劲摇头，说："你夸大其词。"而实际上，她说得没错。我确实做了个展示，我确实哀求他们了。

"你不能这样，"她说，"你不能扭曲事实来迎合你想讲的故事。"

"这是什么意思？"

她吸了一口气，像是要开口，接着吐出那口气，不了了之。她站起来，走进厨房。我知道她想离我远点，可我还是跟上她。我站在她身后，隔着几步，又问道："什么意思？妈，这是什么意思啊？"她把水龙头拧到最大，把水槽里的碗碟撞得哐当响，想盖过我的声音。我没有停下，这个问题一遍又一遍地冒出来，叫嚣着，我控制不住，阻止不了。

她手里的盘子滑了出去，或许是她故意摔的。总之，它碎了，碎片跌进水槽。我安静下来，双手刺痛，仿佛是我打碎了盘子。

"你欺骗了我，凡妮莎。"她说着，伸手关掉水龙头。她的手被热水烫得通红，还沾着肥皂泡，她攥起拳头，捶着自己的胸口，衬衫被水打湿，有一片颜色变深了。"你告诉我你有男朋友，你坐在车上，欺骗了我，让我以为……"

她哽咽了，用湿着的手捂住眼睛，像是不忍回忆这件事。开车回布罗维克的路上，她说，她只关心他对我好不好，问我有没有和他发生关系，要不要吃避孕药。初恋很特别，她说，你永远都不会忘记。

她又说了一遍:"你欺骗了我。"

她打住,期待我会道歉。我让那些话悬在空中。我仿佛被掏空了,被扒了个干净,可我不为任何事感到抱歉。

她是对的,我的确撒谎了。我坐在那里,让她相信她想要相信的,没有一丝悔意。我甚至不觉得自己在撒谎,更像是把真相加工成她需要听到的样子,这歪曲事实的本领我是从斯特兰身上学来的,还一学就精。我偷偷地操纵真相,她根本不知道我做了什么。或许事后我理应感到羞愧,可我只记得蒙混过关后的扬扬得意,自以为同时保护了她、他、我自己,还有其他所有人。

"我从没想过你有那本事。"她说。

我耸耸肩,哑着嗓子说:"或许你根本不了解我。"

她眨了下眼,明白了我话里话外的意思。"或许你是对的,"她说,"或许我是不了解你。"

她擦了擦手,放下水槽里的脏碗碟和破碎的盘子,径直走出厨房。走到门口时,她停下来说:"你知道吗,有时候我真为有你这么个孩子感到羞愧。"

我站在厨房中间,听着她上楼,楼梯嘎吱作响,爸妈的房间门打开又关上。头顶上传来她的脚步声,她爬上床时床架摇晃的声音。屋子造得便宜,里头的墙和地板都很薄,仔细一听,任何动静都能听到,随时都有暴露的风险。

我把手伸进水槽,一个劲地摸盘子的碎片,不在乎会不会划伤。我捞起碎片,摆在灶台上,由着它们滴水。后来,我躺在自己床上,思考自己有没有受伤——她对我说的话,真的有那么伤人吗?我是活该,可那话也太重了——她把碎片丢进垃圾桶,陶瓷碎片的碰撞声一路传到我位于阁楼的卧室。第二天,我发现《洛丽塔》回到了我的书架上。

查利的妈妈在新罕布什尔州找了份工作,这是她们四年里第三次搬家。在学校的最后一天,她用背包偷偷带了啤酒,我们躲在杂货店后面喝,打嗝声在垃圾桶间回荡。放学后,查利开车送我回家,她晕晕乎乎的,出城的一路上都在闯红灯,而我把头靠在窗户上,笑个不停,想着,要是就这么死了,也不算太糟。

"我多么希望你不要离开,"车子转入湖滨小道时,我说,"你走了,我就没有朋友了。"

"还有杰德呢。"她说着,盯着黑漆漆的小道,尽量避开路上的坑。

"咳,不了吧,谢谢。她他妈的最坏了。"我惊讶于自己的坦率,之前我从没在查利面前说过杰德的坏话,可到了现在,又有什么关系呢?

查利幸灾乐祸地笑了:"没错,她有时确实难搞,而且她的确有点讨厌你。"她把车停在我家的车道上,"我想进屋,可不想你爸妈闻到我身上的啤酒味,不过你身上大概也是这个味道。"

"稍等。"我从包里掏出牙膏,开始抽烟后,我就随身带着它。我往嘴里挤了一点,漱了漱口。

"你瞧你。"查利笑了,"出奇地不可救药又绝顶聪明。"

我抱住她,抱了好久,迷迷糊糊地想亲亲她,但遏制住了,赶紧逼自己下车。关上车门前,我弯下腰,对她说:"嘿,谢谢你没让我跟着保龄球馆的那个家伙走。"

她皱起眉头,努力回想,接着扬起眉毛:"哦,对了!别客气,他明摆着要杀了你。"

倒车出车道时,她摇下车窗,喊道:"常联系!"我点点头,喊回去:"我会的!"可这毫无意义。我没有她的住址和新电话号码。即使后来,有了脸书和推特,我也没能再找到她。

有一段时间,我试图和杰德一起玩,午饭时我们一起去杂货店,互相怂恿对方偷东西,轮到她时,她不乐意,关系就僵了。一天早上,第一节课前,我在餐厅里赶代数作业,她朝我走来。

"话说这周六我在保龄球馆见到那个叫克雷格的家伙了。"她说。

我抬起头,见她笑得嘴唇都快合不拢了,像是有什么话要说。

"他让我告诉你,你是个婊子。"她瞪大眼睛,等着看我的反应。我感到脸上火辣辣的,想象着自己把代数书朝她砸过去,把她推倒在地,抓扯她那头漂成亮橙色的头发。

可到头来我只是翻了个白眼,咕哝了一句他是个喜欢枪支的变态,接着自顾自做作业。后来,杰德混进了一个受欢迎的小团体,成员都是她的初中同学。她把头发染成了棕色,又加入了网球队。每当我们在走廊里碰见时,她只管目视前方。

我也懒得在餐厅里找新座位了,索性放弃,直接在商场的小餐馆里吃午饭。我每天点上一份咖啡和派,坐着看书或写作业,想象着自己独自一人坐在卡座里,看起来神秘又成熟。有时,我感觉到男人坐在吧台的高脚凳上看我,有时我与他们目光相遇,可也仅此而已。

等到了家里,躲在荒郊野外的树林深处,互联网成了我与外界联系的唯一途径。我在谷歌上反复搜索"斯特兰"和"布罗维克",加引号,不加引号,可也只找到他的教师简介和他在 1995 年作为志愿者参与社区扫盲项目的消息。后来,3 月中旬,我搜到了一条新结果:他获得一个全国教学奖,出席了在纽约举行的颁奖典礼。有一张他在台上领奖的照片,他脸上挂着大大的微笑,黑色的胡子间露出白白的牙齿。他穿着我没见他穿过的鞋子,头发比我以前见过的都短。那一刻他或许根本没有想过我,而我无时无刻不在想他,意识到这一点,我感觉尴尬爬上了我的脊柱。

一到晚上,我便在即时通信工具上和陌生人聊到深夜。每次搜索的关键词都一样——洛丽塔,纳博科夫,教师,我给结果中的所有男人发信息,如果对方变得像克雷格一样吓人,我就不聊了。别误会,我只是喜欢有人听我讲斯特兰的故事,而且他们也乐意。你是个很特别的女孩,他们写道,懂得欣赏那样一个男人的爱。要是有人问我要照片,我就给他们发一张克尔斯滕·邓斯特在电影《处女之死》中的剧照,倒也没有人揭穿我,我不禁想这些男人到底是愚蠢还是不在乎我是个骗子。如果他们给我发照片,我就夸他帅,再丑的男人都乐意买账。我把他们的照片保存在名为"数学作业"的文件夹里,免得爸妈看到。有时候,我就这么一张又一张照片地点过去,一个平庸丧气的面孔接着一个平庸丧气的面孔,我心想,如果斯特兰在我认识他之前给我发信息,想必也是这样。

日子从泥泞的季节进入黑蝇的季节。湖上的冰渐渐消融,先是变灰,再是变蓝,最后化成了冰凉的水。院子里的雪也化了,可在树林深处,积雪仍旧偎依在巨石上,冻硬的雪堆上点缀着松针和云杉球果。到了 4 月,我 17 岁生日前一周,妈妈问我想不想办个派对。

"可邀请谁呢?"

"你的朋友啊。"她说。

"什么朋友?"

"你总有朋友吧。"

"这倒是新鲜事。"

"你肯定有。"她坚持说。

我几乎为她感到悲哀,她想象中我的校园生活应该是大家兴高采烈地在走廊里和我打招呼,午饭时成绩优秀的漂亮女孩们围坐在餐桌旁,而实际上我走路时只顾低头盯着地面,午饭时和一群退休的老年人一起在餐厅里喝黑咖啡。

最后,生日当天我们一起去了橄榄园餐厅,点了一份千层面和一块插着一根蜡烛的提拉米苏。作为生日礼物,爸妈让我报名了为期八周的驾驶课,暗示布罗维克已经是过去时了。

"等你考过了,"爸爸说,"兴许我们就给你搞辆车。"

妈妈听了,眉毛一扬。

"迟早的事。"他解释道。

我表示感谢,想到有了车以后我能去的地方,尽量不表现得太兴奋。

夏天,爸爸帮我在镇上医院找了份档案管理员的工作,每小时8美元,每周三天。我被分配到泌尿科档案室,那是一间没有窗户的狭长房间,落地大书架上堆满了从全州各地运来的病历。每天一早到医院，都有一堆病历等着我归档，还有一张待提病历名单，要么是病人近期有预约记录，要么是人已经过世很久，病历可以销毁了。

医院人手不足，一整天过去也没有主管来查我的班。虽然不合规定，但我大部分时间都在看病历。档案室里头的病历多到就算我下半辈子都在医院工作也看不完。在其中挖掘一个有趣的故事就像是玩猜谜游戏，我用手指扫过病历上按颜色编码的贴纸，随机抽出一份，希望抽到一个不错的故事。不过，你实在猜不准哪些会不错。厚厚的病历读起来像本小说，上面用蓝色的复写纸印迹和褪色的墨水记录了多年来的症状、手术情况和并发症；有时，薄薄数页却是最骇人的，一场悲剧浓缩成寥寥几次预约就诊和封面上的红色印章：逝世。

泌尿科的病人几乎都是男性，中老年人居多。这些人要么尿血，要么索性排尿困难，还有长了结石和肿瘤的。病历上有带纹理的肾脏 X 光片和染色的膀胱 X 光片，有相关器官的图示，上面标有医生潦草的批注。在一份病历中，我发现了一张照片，戴着手套的手掌上放着三颗膀胱结石，就像三颗尖尖的沙粒。文字记录了医生的提问：尿血症状出现多久了？还有病人的回答：六天。

去餐厅吃午饭时，我拿了一本书，这就有理由不和爸爸坐在一起。我想和他保持一点可供喘息的距离，在医院里，他像换了一个人，口音更重了，听到粗俗的笑话会放声大笑，同样的笑话，要是妈妈在场，他不免会生气，而且，他有一大堆朋友，一见到他就笑脸相迎。我从不知道他这么受欢迎。

我来的第一天，他领着我，逢人就介绍。我问他："怎么大家都认识你？"他只是笑笑，指着胸前口袋上绣着的"菲尔"说："把名字印在衬衫上多少有点帮助。"不止这些，就连一向板着脸的医生看到爸爸过来也面露微笑，有些人已经知道我了，知道我多大，知道我喜欢写作。他们以为我还在布罗维克，不过这也说得通。我被录取的时候，爸爸肯定和每个人都说了，而我遭开除了，总不见得还要四处宣扬。

我和爸爸之间话不多，这不碍事。在车里，他把收音机音量开到最大，吵得人没法说话，一回到家，他就瘫在椅子上，打开电视。下午，他喜欢看他小时候的节目，《安迪·格里菲斯秀》和《伯南扎的牛仔》。我便和宝贝在湖边散步，爬上峭壁，走到那个摆着一张腐烂的行军床的洞穴。直到妈妈回家前，我尽量不待在家里。也不是说和她相处容易些，而是他俩在一起的时候，他们就会忘了我的存在，我便可以溜进卧室，关上门。

爸爸说，我现在该存钱买大学课本了，可我却挥霍头两笔薪水，买了台数码相机。不上班的日子，我穿着碎花裙和及膝袜在树林里自拍。照片里，蕨类植物摩挲着我的腿，阳光穿透头发，我看起来像个森林女神，仿佛在草地上徘徊的珀耳塞福涅，盼望着哈迪斯的到来。我给斯特兰写了一封电子邮件，附上十几张照片。我把鼠标移到"发送"按钮上，但一想到可能会因此给他带去灾难，我又狠不下心。

仲夏时节，他出现在一份待归档的病历里，夹在一批从缅因州西部运来的档案中。档案袋上写着雅各布·斯特兰，生于1957年11月10日，里头是他1991年做的结扎手术的记录，有医生手写的初诊信息：33岁，病人未婚，坚持不要小孩。还有手术过程记录，复诊信息：病人应遵医嘱冰敷，每日一次，并佩戴托架两周。读到托架时，我虽不确定它到底是什么东西，但还是羞愧得赶忙把病历本合上。

接着我又把它打开，从头到尾读了一遍——他的生命特征，他的身高体重：6.4英尺，280磅。三处都有他的签名。我撕开十年前被墨渍粘在一起的两页纸，想象着墨水漏到他手上。我仿佛看见他的手指，手上的老茧，啃得短短的、扁平的指甲，还有他第一次触碰我时，手放在我腿上的样子。

他病历里的故事平淡无奇，却仍然不像真的，据上面描述，康复过程中，他得手握一袋冰，敷在腹股沟上。我努力想象那情形——他7月动的手术，那时冰块融得快，他的短裤上会留下水渍。他身边放着一杯冷饮，壁上挂着水珠，他抓起一个橙色药瓶，往掌心里抖止痛片，药片在瓶里咔嗒作响。那个时候，我几岁来着？我在脑子里计算着：6岁，刚上一年级，还是个孩子，还要九年才会和他在一起，挣扎着听他让我冷静，说我不可能怀孕，他做过结扎手术。

我想偷走那份病历，可入职的时候，他们让我签了好几页保密协议和粗体印刷的关于泄露医疗记录的法律后果声明。于是我只能将就着每天来翻翻，把它从架子底层抽出来，将记录誊写到笔记本上，还在"未婚，坚持不要小孩"这句话下画了线。它让我想起《洛丽塔》里我唯一讨厌的部分，亨伯特想象着和洛生女儿，然后和女儿生孙女。它也让我回忆起一件我几乎已经忘记的事——他在电话那一头，让我在电话里喊他爸比。

可这些回忆就像被流水磨平的石子，我拾起来，冷眼瞧了瞧，又丢进湖里。安静的医院里，旋转的风扇吹动了我的头发，这些思绪沉入脑海深处，消失在淤泥之中。我合上他的病历本，端起另一沓，一并归档。

## 2017 年

周六满房，可偏偏前台有人请了病假，留下伊内兹一人，于是，我离开礼宾台，给她搭把手。八年前刚入职时，我做的就是前台，基本的工作内容我还记得，不过，伊内兹得教我操作更新后的电脑系统。向我解释预订房间和给客人办入住的流程时，她的音调上扬，像是在提问。她在我边上时，我分不清她是紧张还是单纯在恼火。如果我把事情搞砸了，说些自嘲的话，她会连声说"没事，没事，没事"。

我浑浑噩噩的，而时间仍在飞速流逝，又或许正因为脑子不清醒，我才觉得时间过得飞快。酒保给我调了一杯"黑色风暴"，我递给伊内兹，让她尝一口，她开心得直咧嘴。我俩蹲在桌子后面，来回交替着喝。我都快忘了和人一起工作的感觉了，那种一起应付顾客的同事情谊。有个老顾客非说这次搞错房间了，我们让她进前台自己看预约记录，由始至终都是 237 房间，她还不信；我们好心提醒临街的低价房会比较吵，一对夫妇充耳不闻，一小时后又跑来大厅抱怨噪声太大。伊内兹很擅长应付这类抱怨者，只见她眨巴着眼睛，一手捂着胸口，说："真是抱歉，我真的太抱歉了。"她表现得过分自责，顾客都不知所措，最终也只能说一句没关系，没什么大不了的。顾客走后，伊内兹低声骂了一串脏话。

"我还以为你仗着老板女儿的身份走了后门，"我说，"没想到你还挺有两下子。"

她瞥了我一眼，不知道我是在夸她还是在损她。

我补了一句："你比我强多了，我就装不出同情的样子。"她听了这恭维，脸上绽出微笑。

"人们生气的时候，恨不得找架吵，"她说，"你表现出顺从的样子，他们也就软了下来。"

"没错，对付男人，我采取的也是这种策略。"我想看看她的反应，会不会赞同地傻笑，可她只是皱皱眉头，有些困惑。

我看着她在电脑上四处点击，屏幕的光照在她脸上。她今年17岁，不过看起来成熟很多：精致的妆容，拉直的头发，发梢修成齐整的直线。西装下是一件丝质白衬衫，脖子上挂着一条珍珠项链，收拾得很精致，俨然比我更懂得如何做一个女人。

"你很有洞察力，"我说，"有着这个年纪难得的成熟。"

她斜眼看了我一下，依旧没有放下戒心："嗯，谢谢。"说完又回到电脑前，耸起肩膀，挡住电脑屏幕。

到了9点半，一阵忙乱过后，一个男人走到前台——这人40来岁，外表帅气，但身材矮小。他预订了一晚花园庭院套房，带按摩浴缸，还特别要求夜床服务：昏暗的灯光、泡泡浴、冰镇香槟，床上撒玫瑰花瓣。

为他办理入住时，我告诉他房间里的一切都准备好了。"如果您还想要夜床服务的话。"我说着，扫视了一圈大厅。他似乎是一个人来的。

男人朝伊内兹笑了笑。帮他办理入住的是我，可他一到前台就一直冲着伊内兹笑。"简直完美。"他说。

他把房卡放进口袋，朝电梯走去。伊内兹帮他填写住宿登记表，我看着他在大厅中间停下来，伸出手。一个女人从一张靠背椅上站起来。她回头看了看前台，与我四目相对，我发现她根本不是个女人，而是个穿着运动鞋和宽松毛衣的女孩。等电梯时，男子用脸蹭着女孩的脖子，女孩咯咯笑着。

"你看见没？"他们进电梯后，我问伊内兹，"他带来的那女孩，看起来就 14 岁。"

她摇了摇头："我没看见。"说完低头接着看入住登记表，都标了绿色。所有客人都已入住，我们可以歇会儿了。"我要去吃饭了。"她说。

我想起那间装饰好的房间，床上的玫瑰花瓣，翻滚的浴缸泡沫，他把宽松毛衣从女孩身上剥下来时，女孩不安的笑声。伊内兹朝厨房走去，我想象自己办了张房卡，冲进房间，指甲抠进男人的肉里，把他从女孩身上拽下来。可这除了自找麻烦，弄丢饭碗以外，还有什么用呢？她看起来心甘情愿，还开心得很，又不是他硬把她拖上去的。我站在前台后面，喝干最后一点饮料，见伊内兹端了盘意大利面回来。她边走边把面往嘴里塞，白衬衫溅上了红色的酱汁。

她在后面的办公室里吃饭，这时，一个长着浓密眉毛的酒糟鼻男人走到前台，说自己有预约。我点开系统搜索，而他双臂交叉，立在我面前。他叹了口气，想让我知道他有多不耐烦，我有多没用。我心想，你知道此刻楼上有个女孩遭人强奸，而大家都无能为力吗？

"没有使用您名字的预约，"我说，"您确定预约了这家酒店吗？"

"这我当然确定。"说着,他从口袋里掏出一张折好的纸,"在这儿,看到了吧?"

我仔细看了看,发现他预订的是俄勒冈州波特兰市的一家酒店。我指出他搞错了,煞有介事地向他道歉。他目瞪口呆地盯着那张纸,抬头看看我,又扭头看看坐在大厅另一头,被大包小包围着的妻子。

"我们是从佛罗里达飞过来的,"他嘟嘟囔囔地说,"这下可怎么办呢?"

今晚市里都订满了,我好不容易帮他们在机场附近的一家酒店订了间房,男人大概太慌乱了,一声谢谢都没说,赶忙招呼妻子穿过大厅,去找泊车员把他们租来的车再开出来。夫妻两人开车走后,我靠在桌子上,双手撑着头,深吸一口气。

电话铃响了,我眼睛都没睁就接起来,脱口说出酒店的问候词。

"你好,"是一个女人的声音,她犹豫地说,"我找凡妮莎·怀。"

我睁开眼睛,望向安静的大厅。伊内兹从办公室出来,和我做了个手势——一会儿就来,同时朝员工洗手间走去。

"你好?"那个声音等着,"请问是凡妮莎吗?"

我把手伸向电话机,想按下红色按键挂断电话。

"别挂断,"那声音说,"我是 *Femzine* 杂志的雅尼娜·贝莉,之前给你发过几封邮件,希望能和你联系上。我想最后再搏一把,试试你单位的电话。"

我把手指放在挂断键上,但没有按下去,而是声音嘶哑地说:"你之前打过我的电话,留了条语音消息。"

"不错,"她说,"我打过。"

"现在你又打电话,还打到酒店来了。"

"我知道,"她说,"我知道这有点过分,可容我问你个问题:你对这个故事了解多少?"

我没说话,不确定她是什么意思。

"泰勒·伯奇——你知道泰勒,对吧?过去几个星期,她过得很不好。你看到她遭受的暴力了吗?那些男权激进分子在推特上对她发帖挑衅。她甚至收到了死亡威胁——"

"嗯,"我说,"我多少看过一些。"

突然传来咔嗒一声,接着她的声音更清晰、更近了,像是关了免提。"我就跟你直说了,凡妮莎,"她说,"我知道你的过去。虽然我不能逼你站出来,但我想让你知道你的故事对泰勒的帮助有多大。我是说,你完全有机会为这场运动做点什么。"

"你知道我的过去,什么意思?"

她的声音降了半个八度:"嗯,泰勒把她知道的都告诉我了⋯⋯传言,雅各布·斯特兰多年来分享的细节。"

我猛地仰起头——多年来?

"还有⋯⋯"雅尼娜笑了一声,"泰勒还给我发过一个博客链接,说是你写的。我看了,一看就放不下,真的,非常吸引人。你是个很出色的作者。"

我惊呆了,赶紧在浏览器中输入我的旧博客网址。经过大学的种种后,我已经把博客设为私密,没有密码就不能访问。可现在,它恢复为默认的公开设置,上面的每个帖子都可见。我忘记上次检查是否加密是什么时候——可能它已经公开好几年了。我向下滚动页面,到处是我给斯特兰取的显而易见的代号"S"。

"按理说访问不了才对，"我一边说一边打开登录界面，努力回忆十年前的密码，"不知道发生了什么。"

"我想在文章里引用它。"

"不可以，"我说，"我可以拒绝，对吧？"

"我希望得到你的许可，"她说，"但博客其实是公开的。"

"好吧，反正我现在就把它删掉。"

"你可以删掉，但我已经截屏了。"

我盯着电脑屏幕，找回密码需要查看我多年没有登录的亚特兰提卡学院邮箱："你说什么？"

"我更希望得到你的许可，"她又说了一遍，"但我有义务尽我所能写出最好的文章。我们可以合作，好吗？你告诉我你觉得什么内容合适，我们就从那里开始。你看这样行吗，凡妮莎？"

一连串句子堆在我嘴边——不要给我打电话，不要给我发邮件，不要这么亲密地叫我的名字，可我不能反击，因为她已经看到那个我亲手写的讲述我们故事的博客了。

"也许吧，"我说，"我不知道，我需要考虑一下。"

雅尼娜呼了口气，仿佛就在我耳旁："凡妮莎，我真心希望你能这么做。我们应该竭尽所能帮助彼此，我们要共同面对这一切。"

我怒视着大厅，逼自己赞同："没错，当然，你说得太对了。"

"相信我，我知道这有多艰难，"雅尼娜压低嗓音，"我也是个受害者。"

那个词，带着令人反胃的共情，那个屈尊降贵、令人难堪的词无论在什么语境中都叫我避之不及——简直逼人太甚。我咬牙切齿地吐出一句话："你根本不了解我。"说完我挂断电话，穿过大厅，冲到无人的员工洗手间，趴在马桶上，吐了出来。我双手抱着马桶，直到平息下来，胃里都吐空了，还咳出了胆汁。

我坐在地板上，大口喘气，检查外套有没有沾上呕吐物，这时，卫生间门开了，我听见有人喊我的名字，是伊内兹。

"凡妮莎，你还好吗？"

我用手背擦了擦嘴。"嗯，我没事，"我说，"只是胃不舒服。"

门关上了，又马上打开。

"你确定吗？"她问。

"我没事。"

"我可以替你挡一阵——"

"你他妈的能不能给我点空间？"说完我把脸贴在隔间壁上，听着她的脚步声咚咚远去。她回到前台，余下的时间里，她整个人目光呆滞，几乎快哭出来了。

几年前，我在国会街旁等红绿灯时，在路灯柱上撞见泰勒的脸，她就那么盯着我。那是一张传单，宣传的是一家酒吧的诗歌朗诵会。我知道她写过诗，也发表过一些，能找到的我都读了——订购期刊，定期查看她不常更新的网站。我想在她的作品中寻找斯特兰的痕迹，可在她的诗歌里，我只找到白炽灯下安静的月形天蚕蛾，还有一首六节小诗，是关于她对子宫的冥想的。这是我一直无法理解的，如果斯特兰真的对她做了那么可怕的事，那她这辈子为什么还能写出与斯特兰无关的东西。

无论怎么努力，我始终无法理解她。几年前，我找到了她工作的地方、她住的小区。根据她发在照片墙（Instagram）上厨房窗子外的景致，我找到了她住的那栋楼。严格说来，我从未跟踪过她，最多只是经过她的办公地点，在午饭时间走过她家那栋楼，留意进进出出的每一个金发女孩。可我无时无刻不在餐厅、咖啡馆、超市和街角杂货店的人群中寻找她。走在城市里，我时常想象着她就在我身后。一想到她看着我，我就觉得局促不安，仿佛想象中斯特兰的眼睛盯着我一样。

参加她的读书会时，我站在灯光昏暗的酒吧后排，把一头红发盘起来，藏在一顶无檐小便帽下面。我只待了一会儿，看到她走到麦克风前，开始讲话，我就离开了。她咧着嘴大笑，双手比画着，做着夸张的手势。她过得还不错——回家路上，我对自己说，我脸颊烧得厉害，也不知是嫉妒还是宽慰。她看上去平凡、快乐、纯洁。那天晚上，我翻找以前的文件夹，找到了批改过的大学论文和高中写的诗，有一篇探讨了《泰特斯·安德洛尼克斯》中强奸的作用，亨利·普劳在底下评论道：凡妮莎，你的作品令人叹为观止。我记得自己当时对这个成绩不屑一顾，觉得不值得当真，不过是一个想哄骗我、接近我的老师的又一轮恭维。可也许他是认真的，也许斯特兰——他赞美我，他坚定地认为我看待世界的角度与众不同——也是认真的。尽管有种种缺点，他仍是一个善于挖掘学生潜能的好老师。

我在推特上搜索斯特兰的名字，出现的大多是与泰勒相关的信息，夹杂在女权主义辩护和性别歧视讨伐之中。其中一条贴了一张她14岁时的照片，瘦骨嶙峋的她穿着曲棍球服，戴着牙套，笑嘻嘻的，配文写着"雅各布·斯特兰侵犯泰勒·伯奇时，她才这么大"。我想象同样的文字配上我15岁时斯特兰拍的照片，照片里的我睡眼惺忪，嘴唇浮肿，或是配上我17岁时自己拍的照片，我站在桦树林前，撩起裙子，看着镜头，看上去就像洛丽塔，清楚地知道我想要什么，我是什么样的女孩。不知他们会愿意给我这样的女孩多少受害者的礼遇。

## 2002 年

高三开始了。开学第一周，我就带着填好的大学申请表和暑假写的大学申请文书出现在辅导员的办公室里。斯特兰给我写的学校名单我还留着，但辅导员让我扩大选择范围：我们为什么不看看某些州立大学呢？

商场的小餐馆这个夏天关门了，我只好跟文学课上的两个女孩，温迪和玛丽亚，一起到餐厅吃饭。玛丽亚是智利来的交换生，住在温迪家里。她们正是我爸妈希望我结交的那种女孩——勤奋、善良、还没有男朋友。午餐时，我们一边吃低脂酸奶、苹果片和两小勺花生酱，一边用背诵卡片互相测试，检查作业，操心大学申请。温迪希望上佛蒙特大学，玛丽亚也想留在美国上大学，她的梦想是去波士顿。

生活依旧在继续。我拿到了驾照，却没有车。宝贝跑回家，扎了一嘴的豪猪刺，我和妈妈只得按住她，让爸爸用尖嘴钳把刺一根一根拔出来。爸爸当选了医院工会代表，妈妈在社区大学的历史课上拿了 A。叶子黄了。我获得了不错的高考成绩，完成了另一篇大学申请文书。有一次文学课上讲到罗伯特·弗罗斯特，但老师没有提到性。午餐时,玛丽亚和温迪分着吃一个贝果,用手指一点一点地扯。物理课上的一个男生邀请我参加半正式舞会,出于好奇,我答应了,但他嘴里有股洋葱味,而且一想到他会碰我我就想死。我和他在昏暗的礼堂里跳慢舞,他凑上来想吻我,我脱口说出我有男朋友了。

"什么时候有的?"他惊讶地扬起眉毛问我。

一直都有,我心想,你根本不了解我。

"他比我大,"我说,"你不认识。抱歉,我应该早点告诉你的。"

后来,那个男生干脆不和我讲话了。舞会结束后,他说不能开车送我回家,我住得太远,他太累了。我只能打电话让爸爸来接我。回家路上,他问我出了什么事,发生了什么,那个男生是不是有什么企图,他有没有伤害我。我说:"什么都没有发生,没什么事。"心里默默祈祷他没有意识到我们的对话、他的提问、我的否认是多么熟悉。

收到一堆大学寄来的薄信封、没有诚意的候补名单和直截了当的拒绝信之后,我终于在3月盼来了亚特兰提卡学院厚厚的录取通知书。这所学校是辅导员极力劝我加上的。我撕开信封,爸妈在一旁自豪地看着我。恭喜你,我们太高兴了。信封里是一些小册子和表格,询问住校意向、住宿偏好和饮食习惯。里头还有一份开学报到日的邀请函和一张我未来的导师手写的便条。她是一位诗歌教授,出版过六部诗集。你的诗歌非常出色,她写道,我很期待与你一起学习。我颤抖着双手,翻阅每一份文件。虽然严格来说,亚特兰提卡学院只是一所州立学校,也没什么名气,但有幸被录取仍然让我感觉像回到了布罗维克，回到了过去。

那天晚上，爸妈上床睡觉后，我拿起无线电话，走到下雪的院子里，月光照亮了冰封的湖面。

斯特兰没有接电话，这不奇怪。答录机应答时，我想挂断再打一次。要是我一直打，他也许会气得接起电话。就算他朝我怒吼，让我别去烦他，至少我还能听到他的声音。我想象他看着来电显示上的"怀，菲尔和珍"。他或许会误以为是我爸妈打电话告诉他他们什么都知道了，要让他付出代价，送他进监狱。我希望能吓唬吓唬他，哪怕只有一小会儿。我爱他，可每当想起他在纽约领奖的那张照片，想到新英格兰寄宿学校协会认定雅各布·斯特兰为年度杰出教师，我就想伤害他。

是他的录音应答——"我是雅各布·斯特兰……"，我想象他站在客厅里：光着脚，穿一件T恤，肚子从裤腰上垂下来，眼睛盯着电话机。答录机嘀的一声，穿透我的耳朵，我眺望着湖面，远处绵延的淡紫色群山映衬着深蓝的天空。

"喂，是我，"我说，"我知道你不能和我讲话，但我想告诉你我申请上亚特兰提卡学院了。8月21日开学后，我就会在那儿，到时我就满18岁了，那么……"

我停下来，听到磁带转动的声音。我想象着这段话作为证据在法庭上播放，斯特兰坐在被告席上，身旁是他的律师，他羞愧地垂着头。

"我希望你还在等我，"我说，"因为我还在等你。"

天变暖了，有亚特兰提卡的录取通知书在手，一切都变得容易了起来。它就像流放的苦楚中的一丝甜头，黑暗的隧道尽头的一缕光亮。虽然老师一再警告，大学可能会撤回录取通知书，但我的成绩还是滑到了 B 档和 C 档。每周，我会翘掉一两节下午的课，跑到学校和州际公路间的森林里，一路上，泥浆渗进我的运动鞋里，我抽着花钱拜托数学课上的一个男生买的香烟，看着车辆在光秃秃的树林间穿行。一天下午，我目睹一只鹿蹿到马路上，就那么一瞬间，五辆汽车，一辆跟着一辆，接连追尾。

4 月，生日的前两天，我正在查看邮件，突然一条消息跳了出来：珍妮 9876 向你发起了聊天请求——你接受吗？我用力点了一下"接受"，鼠标从我手中滑了出去。

    珍妮 9876：嗨，凡妮莎，我是珍妮。

    珍妮 9876：你好？

    珍妮 9876：在的话应一声吧。

我看着消息一条条弹出来，聊天窗口最底下闪烁着"珍妮 9876 正在输入……珍妮 9876 正在输入"，然而并没有下文。我努力回想她的模样——她脖子的线条，她光滑的棕色头发。现在是布罗维克的 4 月假期，她一定在波士顿的家里。我的手指悬在键盘上空，做好准备之前，我不想贸然打字，不想让她看到我敲敲停停，怕暴露我内心的挣扎。

    暗淡_凡妮莎：干吗？

    珍妮 9876：嗨！

    珍妮 9876：你在啊，真是太好了！

    珍妮 9876：你还好吗？

暗淡_凡妮莎：你联系我干吗？

她说她知道我肯定还在为布罗维克的事怨恨她，说已经过了很久了，也许我已经不在乎了，但她依然很内疚。快毕业了，她时常想起我。我走了，而他还在学校——太不公平了。

珍妮9876：我想说，去找贾尔斯女士时，我不知道会发生什么。

珍妮9876：听起来可能很天真，可我真的以为他会被开除。

珍妮9876：我之所以那么做，是因为我很担心你。

她告诉我她很抱歉，可我关心的只有斯特兰。她道她的歉，我问我的问题，不在乎她看到我贸然开始、斟酌措辞。接着，她谈起大学——她要去布朗大学了，她听说了我申请到亚特兰提卡学院的好消息，可我不想讨论大学，我想问她他的头发有多长，他是不是蓬头垢面，是不是衣着老旧——这是我唯一能想到的关于他精神状态的外在表现，毕竟我也不能指望她告诉我我真正想知道的：他是不是意志消沉？他有没有想我？可我只简单问了一句，你经常见到他吗，她对他的仇恨立马从屏幕里溢了出来。

珍妮9876：嗯，我见到他了，我情愿看不见他。他在校园里走来走去，像个心灰意冷的人。他凭什么？你才是那个遭罪的人。

暗淡_凡妮莎：什么意思？他看起来很难过？

珍妮9876：很痛苦。真是荒唐，明明是他一手让你当了替罪羊。

暗淡_凡妮莎：什么意思？

珍妮9876正在输入……珍妮9876正在输入……

珍妮9876：你可能还不知道。

暗淡_凡妮莎：知道什么？

珍妮9876：是他给贾尔斯女士施压，害你被开除的。

珍妮9876：也许我不该说起这个。

珍妮9876：我甚至不该知道。

暗淡_凡妮莎：？？？

珍妮9876正在输入……珍妮9876正在输入……

珍妮9876：好吧，是这样的。去年，我和几个同学创立了一个新社团，叫作社会公正学生社团，主要是想让布罗维克出台实际的防范性骚扰政策，之前学校并没有相关政策（这不仅不负责任，而且严格来说，是不合法的）。去年冬天，我就这件事见了贾尔斯女士，因为行政那边不肯帮忙。见面的时候，我拿你当例子，表示想阻止类似情况再次发生。

珍妮9876：虽然当时你在会议上揽下所有责任，但大家都知道事情不是那样的，他们知道你是遭到了他的迫害。

珍妮9876：总之，当我见到贾尔斯女士时，她说我搞错了，说你没有受到侵犯，学校也没有做错任何事。她给我看了几份斯特兰写的关于你的备忘录，他在里头声称一切都是你编造的。

珍妮9876：简直太气人了，我知道你没有。虽然我不知道你俩之间到底发生了什么，但我看到过他拽你的样子。

暗淡_凡妮莎：备忘录？

　　珍妮9876：没错，有两份。一份说你毁了他的名声，布罗维克容不下骗子。我记得他说你是"一个聪明但有情感障碍的女孩"。他说你违反了学校的道德规范，理应被开除。

　　珍妮9876：另一份更早，大概是2001年1月？他说你迷恋上他，整天待在他的教室里。他说自己想要留下一份书面记录，以防你有出格举动。看来，他早就留了一手，万一事情败露，还能掩盖罪行。

　　看到这里，我的思绪飘向空中，飞到林子里，我需要一定的距离，才能理解这一切。2001年1月，当我和他开车穿过闪烁的黄色街灯光去他家的时候，当他给我草莓睡衣的时候——他早在那时就对学校撒谎了。我一下子精神错乱了，不明白是怎么回事，他早就定下了计划，想好了未来十步的应对措施。到最后，当一切无可挽回时，当他说服我站在一屋子的人面前，承认我自己是个骗子时，他说什么了？"凡妮莎，他们决意要你走，已经拿定主意了，我也无能为力。"我以为"他们"指的是贾尔斯女士、校行政人员，还有布罗维克本身，我以为是他和我一起对抗他们。

　　下线前，珍妮问我到底发生了什么。我颤抖着双手，打下"他利用了我，然后把我抛弃了"，转念一想，我又删了——对开除、警察还有斯特兰入狱的恐惧依旧缠扰着我。

　　暗淡_凡妮莎：什么都没有发生。

生日后一天，我和爸妈谎称学校里有个项目，要去城里的图书馆。这是我第一次提出自己开车去。他们在院子里清理花园，准备种这一年的作物，泥巴都糊到了手肘上。妈妈有些犹豫，但爸爸挥了挥手：去吧。

"有时你也得学会自己出去。"他说。

我拿着车钥匙，刚走到半路，妈妈叫住我。我心里怦怦直跳，有点期待她拦住我。

"出去的时候顺便买点牛奶好吗？"她问。

我驱车上路，这突如其来的压力快将我在流放期间建构的逻辑压垮了。除了绝望，我想不到还有什么能让我相信他想要和我联系，他还在等我满18岁。他没有明确地承诺，甚至在我们最后一次谈话时也没有。他向我保证一切都会好的，只不过我理解的"好"在他眼中又意味着什么呢？"好"可能只意味着他毫发无伤，没有被开除，没有进监狱。我握着方向盘的手开始打滑。我那么轻易就上当了，还无凭无据、一厢情愿地编造了一个故事。

进了城，我转入一条狭窄的高速公路，向西开往诺伦贝加，一路上，我努力在记忆中寻找一点真实的东西。一想到我在学校里告诉别人我有一个比我大的神秘男友，我就尴尬得浑身不自在。我知道这多少有些自欺欺人，可这感觉是那么真实，真实到我愿意为之撒谎。男朋友这个标签或许并不适用，但他真的在等我。一直以来，我都是被抛弃的，不受待见的。也许他已经完全放下了，还爱上了别人，和别人发生了关系，某个女人，某个学生。

一想到这儿，我的大脑短路了——突然一道强光和一阵剧痛袭来，车子一个急转弯，冲上了软路肩，又拐回路上。

诺伦贝加还是老样子：小河两岸绿树如荫，书店、烟草店、比萨店、面包房立在原处，还有山顶上的布罗维克校园。我把车开上他的车道，停在他的厢式旅行车后面。他曾开着这辆车把我从学校载到他家，带着我穿过东部的森林，还把一只手搭在我的腿上。隔了这么久，我还是感觉和两年前一样，穿着同样的衣服，顶着同样的面孔，也许我长大了，只是我没有察觉。他会认不出我吗？我还记得我满16周岁时，他脸上那略带失望的神情。差不多是个女人了。或许我变成熟了，也更冷漠了。我觉得自己变坚强了，至少比以前坚强，可为什么呢？我明明没有经历什么。我在树林里目睹了一场车祸，在网上和几个男人聊过天，差点被一个收藏枪支的窝囊废绑架，一个人在小餐馆里吃了很多派。或许这一切积累起来就成了一种智慧。不知如果他现在仍是我的老师，我还会不会爱上他。

我没有敲门，而是像个警察一样猛拍他的门，想吓唬他。也许他不会开门，只会一动不动地站在客厅中央，屏住呼吸，直到我放弃走开。也许他并不想再见到我，也许这就是他让学校把我赶走的目的：将我这个人连同我带来的、足以毁掉他的东西一起逐出他的生活。

可他没有——他马上就开门了，仿佛等在门边上。他把门敞开，走到门口，他看上去似乎老了，又似乎变年轻了，白胡子更多了，头发变长了，手臂晒得黝黑。他穿着T恤和短裤，踩着划船鞋，没穿袜子，苍白的腿上覆盖着深色的毛发。

"我的天哪，"他说，"是你。"

他领我进门，手搭在我背上。我嗅着他屋里的气味，我从未料到自己会想念的气味，此刻充斥着我的脑海，我抬起手，想要赶走它。他问我想喝点什么,指了一下客厅,让我过去坐下,接着打开冰箱,拿出两瓶啤酒。时间刚过中午。

"生日快乐。"他说着,递给我一瓶啤酒。

我没有接。"我知道你干的好事。"我说着,努力留住我的愤怒,可话一出口,叽叽喳喳的,我就像一只快要哭出来的老鼠。他伸手摸着我的脸,安慰我。我猛地躲开,想起《洛丽塔》里的那句话。多年后,亨伯特终于找到了洛,他说:"别再碰我,否则我就活不成了。"[1]

"你让他们把我开除了。"我说。

我以为他会像被抓了个现行的犯人一样,慌了神,面色苍白,可他面不改色,只眨了几下眼,像在寻找攻破我的愤怒的切入点。找到后,他笑了下。

"你不开心。"他说。

"我很生气。"

"好吧。"

"是你害我被开除的,你抛弃了我。"

"我没有抛弃你。"他轻声说。

"可你害我被开除了。"

"我们一起做的。"他笑着皱起眉头,有些困惑,好像我在无理取闹,"你不记得了吗?"

他试图唤起我的记忆,说我告诉他我会处理好一切,说他还记得我脸上坚毅的神情,我决心要一人承担所有。"即使我当时想阻止你,我也阻止不了。"他说。

---

[1] 《洛丽塔》,[美]弗拉基米尔·纳博科夫注,主万译,上海译文出版社,2005年版。

"我不记得自己说过这话。"

"好吧,不管怎样,你说了,我记得很清楚。"他喝了一口啤酒,用手腕擦了擦嘴,补充道,"你很勇敢。"

我努力回忆离开前我们的最后一次谈话——天已经黑了,我们躲在他家后院里。我当时吓坏了,哀求他告诉我一切都会好的,我没有把事情搞砸。他像是被我吓到了,我记得很清楚,见到我崩溃、打嗝、流鼻涕的样子,他露出厌恶的神情。我不记得自己说过会处理好一切,我只记得他说我们都会没事的。

"我不知道自己会被开除,"我说,"你也没告诉我会有这后果。"

他耸耸肩,仿佛在说,好啦,算我不好。"就算没明说,但显然那是摆脱困境的唯一出路。"

"你说的是让你躲过牢狱之灾的唯一出路吧。"

"可以这么说,"他赞同道,"我确实有这方面的考虑,这是当然的。"

"那我呢?"

"你怎么了?你看看你,不是很好吗?你看着很不错啊,很漂亮。"

听了这话,我的身体不争气地起了反应。我深吸一口气,空气呼啸着从我的牙齿间穿过。

"这么说吧,"他说,"我明白你很生气,很受伤,可我已经尽力了。我也吓坏了,你知道吗?本能反应下,我当然想自保,但我不是没有为你着想。离开布罗维克为你免去了一场可能会毁了你的调查。试想一下,报纸上你的名字随处可见,坏名声阴魂不散地缠着你,而你无能为力。那不是你想要的,你也应付不来。"他扫了我一眼,"我一直以为你会理解我的苦衷,我甚至觉得你会原谅我,或许只是我自己一厢情愿吧。我把你想得太聪明了,我总是这样。"

我的脊背一阵冰凉,尴尬与羞愧充斥着我。或许我是愚笨,而且头脑简单。

"给。"他把一瓶啤酒塞到我手里。我麻木地说我还没到喝酒的年纪,他笑着说:"怎么没到?"

我们坐在客厅沙发的两端。除了一些小小的改动——一摞广告邮件从原先的厨房灶台上挪到了茶几上,门边放着一双新登山鞋,屋里大体还是老样子,家具、墙上的图画、书架上书的位置、所有的气息都不曾改变。我对他的气味欲罢不能。

"这么说,"他说,"你很快就要去亚特兰提卡了。对你来说,那是个好地方。"

"什么意思?是说我太愚笨,不配去好学校是吗?"

"凡妮莎。"

"你给我选的那些学校,我一个都进不去。不是人人都能上哈佛的。"

他看着我喝了一大口啤酒。那熟悉的、轻盈的哗哗声灌进我的喉咙。查利搬走后,我就没有喝过酒。

"那这个暑假你打算干什么?"他问。

"工作。"

"在哪里?"

我耸了下肩。医院削减了预算,去不了了。"我爸爸的朋友想让我在他的汽车零件仓库工作。"

他极力掩饰自己的惊讶,可我还是发现他皱了下眉头。"诚实做事，"他说，"总归没错。"

我又喝了一大口啤酒。

"怎么不说话？"他说。

"不知道说什么。"

"什么都可以。"

我摇摇头："我觉得我都不认识你了。"

"怎么会呢？"他说，"我没有变，老了，变不动了。"

"我变了。"

"我觉得也是。"

"变得不像你认识我时那么天真了。"

他歪着头："我不记得你什么时候天真过。"

我又喝了两口，一下子三分之一没了。他喝完了，又去冰箱里取，顺便帮我也拿了一瓶。

"你还要生我的气多久？"他问。

"难道我不该生气吗？"

"我希望你说说为什么会有这种感觉。"

"因为我失去了对我来说重要的东西，"我说，"而你什么也没有失去。"

"胡说，我失去了我的声誉。"

我讥笑道："真不得了。除了声誉，我还失去了很多东西。"

"比如什么？"

我把啤酒夹在两腿之间，掰着手指数给他听："我失去了布罗维克，失去了我父母的信任。我一到新学校，那些风言风语就传开了。我甚至无法过上正常人的生活。这事给我造成了精神创伤。"

听到"精神创伤"一词，他做了个鬼脸："听起来你像是去看心理医生了。"

"我只是想让你明白我都遭遇了什么。"

"好吧。"

"因为这不公平。"

"怎么不公平?"

"我受了那么多苦,你却高枕无忧。"

"让你遭受这些,是不公平,这我同意,可让我和你一起受苦并不能使它变得公平,只会带来双倍的痛苦。"

"那正义呢?"

"正义,"他的神情一下严肃起来,他嗤笑道,"你是想把我交给正义处置吗?亲爱的,要这样做,你就得相信我给你造成了严重伤害。你相信吗?"

我盯着茶几上还没有打开的啤酒,瓶子上挂着水珠。

"你要是相信,"他接着说,"现在就告诉我,我马上去自首。如果你认为我活该进监狱,失去全部自由,下辈子都被打上禽兽的标签,而这一切只是因为我不幸爱上了一个少女,那么请便,你现在就告诉我。"

我没这么想过,这不是我所说的正义。我只是想知道他过得不好,像珍妮描述的那样心灰意冷。可此刻坐在我面前的他,并没有万念俱灰,反而很开心的样子,书架上还摆着教学奖牌。

"要是你觉得我不痛苦,那你就错了,"他说,仿佛猜透了我的心思,也许他看透了我,一直以来都是如此,"我苦不堪言。"

"我不相信你。"我说。

他靠过来,摸了摸我的膝盖。"我给你看样东西。"说完,他起身上楼,穿过过道,走进卧室,踩得天花板吱吱作响。回来时他拿了两个信封,一个装着一封信,写于 2001 年 7 月,是给我的。刚读到第一句,我的心就揪成一团:凡妮莎,不知你是否还记得,去年 11 月,我趴在你柔软、温暖的膝盖上,呻吟着说"我要毁了你"?现在我想问问你,我有吗?你被毁了吗?我不知道怎么安全地把这个给你,或许内疚会让我铤而走险。我需要知道你很好。另一个装着一张生日贺卡,他在上面签了名:爱你的,JS。

"我本来打算鼓起勇气,这周把贺卡寄给你的,"他说,"原计划是开车到奥古斯塔,找个邮箱丢进去,这样你爸妈就不会看到诺伦贝加的邮戳了。"

我把两个信封都丢在茶几上,强迫自己翻了个白眼,摆出不为所动的样子。这还不够,我需要更多他痛苦的证据——一页又一页的证据。

他坐在我旁边的沙发上,说:"内莎,你想想看。你离开了,逃离了,而我不得不整日待在一个只会让我想起你的地方。每天,我不得不在我们相遇的教室里教书,看着其他学生坐在你的位置上。我甚至连办公室都不用了。"

"你不用了?"

他摇摇头:"现在里面全是垃圾,你走之后就是那样了。"

我无法忽视这个细节,他废弃的办公室就像我的灵魂所拥有的能力的证明。每天,我都阴魂不散地缠着他,而且,他说我逃离了,这也没错。之前,公办高中的走廊和教室总是勾起我无限的悲伤,因为没有任何蛛丝马迹能让我想起他。不过也许被扔到一个陌生的环境,能让我好过一点。也许和他的遭遇比起来,我的经历也没那么坏。

喝完第二瓶啤酒,他又拿了一瓶放在茶几上。我拒绝了,说要开车回家，可转头又喝了一大口。我酒量不好，才喝了两瓶，脸就红了，目光涣散。喝到后来，刚来时的愤怒已经不知去向。我仿佛被拖入深水中，而愤怒留在了岸上。我仰面躺着，浪花轻轻拍打着我的耳朵。

他问我过去两年都干了什么，令我惊恐的是，我听见自己向他提起克雷格，跟我在网上聊天的那些男人，带我去半正式舞会的那个男生。"他们都让我觉得恶心。"我说。

他笑了起来，神色间没有一丝嫉妒，见我尝试但失败了，他似乎很高兴。

"你怎么样？"我结结巴巴地问，声音太大了些。

他没有回答，微笑着避开这个话题。"我还能干什么？"他说，"还不是老地方，老样子。"

"我问的是你有没有和谁在一起。"我喝了一大口啤酒，嘴唇在瓶口上发出啪嗒一声，"汤普森小姐还在吗？"

他用他那温和又居高临下的眼神看了我一眼，仿佛在说我很迷人，我这一心问到底的样子很可爱。"我喜欢你的裙子，"他说，"我好像见过。"

"我是为了你才穿的。"我恨自己不争气，本来没必要这么诚实，可我控制不住。我告诉他珍妮找过我，说他心灰意冷："是她告诉你我害我被开除的，她什么都知道。她读了你写给贾尔斯女士的信，信上说我有'情感障碍'。"说着，我在空中比画了个引号。

他盯着我："她读了什么？"

我忍不住笑了，终于有件事能惹恼他了。

"她怎么能看到那个文件的？"他问，"那个文件"的说法叫我发笑。

"她说是贾尔斯女士给她看的。"

"这太过分了,简直不可原谅。"

"不过,我觉得这是好事,"我说,"现在我总算知道你有多老谋深算了。"

他端详着我,想看看我到底知道多少,以及我有多认真。

"你在那封信里说我有'障碍',对不对?说得好像我疯了一样,好像我是个愚蠢的小女孩。我知道你为什么要那么做,为了更好地自保,对不对?青春期女生都很疯狂,大家都知道。"

"我觉得你喝多了。"他说。

我用手背擦了下嘴:"你猜我还知道什么?"

他又不说话了,只是盯着我看,下颌紧绷,我看出了他的不耐烦。我要是再戏弄他,他可能就不让我说了,他会夺过我手中的酒瓶,将我扫地出门。

"我知道还有一封信,你一开始就写好的,上面说我怎么怎么迷恋你,你想要留下一份书面记录,以防我有出格举动。你在上我之前,就已经给自己想好退路了。"

也许他被吓得面色苍白,只是我的眼睛有些迟钝,无法聚焦。

"不过,我想这我也能理解。"我说,"对你而言,我就是可以随意丢弃的——"

"不是这样的。"

"——就像垃圾一样。"

"不。"

我想听听他还有什么可说的,但他只说了这一个字,不。我站起来,朝门口走了几步,他拦住我。

"让我走。"我说。当然,我只是虚张声势,连鞋都没穿。

"宝贝，你醉了。"

"不要紧。"

"你快躺下。"他带我上楼，穿过过道，走进卧室——同样的卡其色被子和法兰绒床单。

"大夏天的铺什么法兰绒床单？"我仰面躺下，感觉像浮在湖面上，床随着波浪晃荡。他企图扯下我裙子的肩带，我大吼："别再碰我，否则我就活不成了。"

我侧过身去，面对墙，远离他。我知道他站在我边上，一个劲地叹气，低声骂着脏话。接着地板嘎吱作响，他又走回了客厅。

别走，我心想，回来。

我要他一直看着我，在我身旁，时刻小心着我。我想要爬起来，假装晕倒，让自己瘫倒在地板上，我想象他会冲过来，抱起我，捏捏我的脸颊，让我醒过来。或者我可以把自己弄哭，我知道我一抽泣，他就会赶来，温柔待我，即使这温柔最终会变质。我想要亲热前的温存，想要他照顾我，可我太困了，四肢沉甸甸的，除了睡觉什么也做不了。

醒来时，他正要上床。我睁开眼，看见墙上的光影已经移到了另一侧。我动了一下，他停了下来，可等我闭上眼睛，一动不动时，他又慢慢躺到了床垫上。我躺在那里，闭上眼睛，聆听着一切，感受着一切，他的呼吸，他的身体。我平躺着，他的脸贴着我的身体，胳膊圈着我的大腿，我动不了。他抬起头，凝视着我的双眼，我把头侧到一旁，他又继续。

我在半空中看着自己的身体，我像蚂蚁一样渺小，四肢苍白，漂浮在湖面上，湖水漫过我的耳朵。浪花拍打着我的脸颊，几乎要涌进我嘴里，我快溺水了。我身下是各种各样的怪物，水蛭、鳗鱼、长着牙齿的鱼，还有下颚有力的海龟，能一口咬断你的脚踝。一卷胶卷开始在我的脑海中回放，一系列画面投射在我的眼皮上：一条条生面团在温暖的厨房灶台上发酵、膨胀；一条传送带运输着日用杂货，而妈妈站在一旁看着，手里握着支票簿；一段树根扎进土壤的延时影像。我爸妈洗去胳膊上的泥土，看了看时钟，可谁也没有大声问"凡妮莎去哪儿了？"，因为承认我走了太久会点燃他们的恐惧。

我闭上眼睛，看见一团团面包发酵、膨胀，传送带上的杂货不断向前移动，一袋袋糖，一箱箱麦片，一棵棵花椰菜，一盒盒牛奶。出去的时候顺便买点牛奶好吗？妈妈就喜欢这样，我第一次开车出门就让我跑腿。也许她不愿意让我开车，这么做她心里能好受些。一切都会好的，我会平安回家的。我必须回家，我还要买牛奶。

斯特兰呻吟着，刚才用手撑着身体，现在压在了我身上，手臂绕到我肩膀下面，在我耳旁喘息着。

我想要你停下来。我心里这么想着，但没有说出来——我不能说。我说不出来，也看不见。即使强迫自己睁开双眼，我的目光也无法聚焦。我的头像棉花，而嘴巴像沙子。我渴了，我觉得恶心，我什么都不是。他没有停下来，不过加快了速度，快好了，只剩一两分钟了。我突然想到——这是强奸吗？他在强奸我吗？

结束时，他一遍又一遍地喊着我的名字。他退后，翻身躺下，浑身上下都是汗，连小臂和脚上都不例外。

"不可思议，"他说，"从没想到今天会是这样的结局。"

我扭过身子，吐了，呕吐物哗哗地砸在硬木地板上。这一整天，我紧张得什么也没吃，吐出来的尽是啤酒和胆汁。

斯特兰用手肘撑着坐起来，盯着地上的呕吐物："天哪，凡妮莎。"

"对不起。"

"好吧，没关系，没什么。"他从床上爬下来，穿上裤子，绕过呕吐物，走进浴室，拿来清洁喷雾和抹布，趴下来擦拭地板。在氨与松木的气味中，我紧闭双眼，胃里仍在翻腾，身下的床仍在起伏。

他爬上床，趴在我身上，并不介意我吐了，他手上还留着清洁剂的味道。"你没事的，"他说，"你只是喝醉了。待在这儿，睡一觉就好了。"他抚摸着我，亲吻着我，仿佛在查看我身上的变化。他捏了捏我小腹的柔软处，一段破碎的记忆浮现在我的脑海中，或许那只是一个梦——在他教室后面的办公室里，我赤裸着躺在双人沙发上，他穿着整齐，像科学家一样客观地审视我的身体，他捏了捏我的肚子，手指顺着我的血管摩挲着。沉重的四肢，砂纸般的手，他用膝盖把我的双腿分开，记忆里的痛与当下的痛交织着。他怎么这么快又准备就绪了？浴室柜子上的那瓶药，因沾上呕吐物而结块的一缕头发。他趴在我身上，他的身体那么庞大，一不留神就会把我闷死，但他很小心，他很好，他很爱我，这是我想要的。只是他继续时，我还是感觉自己被撕成了两半，我可能永远都会是这种感觉，但它是我想要的。我必须这么想。

我到家时，都快半夜了，一走进厨房，就看见妈妈等在里头。她一把夺过我手中的车钥匙。

"没有下次了。"她说。

我站在那里，双臂无力地垂在身体两侧，头发凌乱，眼睛红红的。"你不打算问我去哪里了吗？"我说。

她看着我,仿佛把我看穿了,一切都逃不过她的眼睛。"就算我问了,"她说,"你会告诉我真相吗?"

🦋

毕业典礼上,我和大家一起哭了,但我落泪是因为熬过了我所谓的苦修,我感到宽慰。典礼在体育馆举行,荧光灯下的我们看起来像得了黄疸似的。我们走上礼台,校长不允许任何人鼓掌,一来拖慢进度,二来有些人上台时欢呼声热烈,而另一些人上台时冷冷清清,有违公平。布罗维克的毕业典礼安排在同一个周六下午,我人在自己的毕业典礼上,心却飞到了他们那儿:餐厅外的草坪上摆放着椅子,校长和老师们站在白松林前,远处教堂的钟声响起。我在一片寂静中走上礼台,接过我的毕业证书,闭上眼睛,想象阳光打在我脸上,我穿着布罗维克厚厚的白色礼袍,上面有深红色的饰带。校长轻轻地握了握我的手,对我说了一句"你做得很好",和他与其他人说的一样。一切都毫无意义,可那又怎样?闷热的体育馆里,折叠椅嘎吱作响,不时有人清喉咙,人们举着节目单,往挂满汗珠的脸上扇风,纸张沙沙作响,而我不在这里。我走过橘黄色的松针铺就的地毯,接受布罗维克教师的拥抱,其中甚至还有贾尔斯女士。在我的幻想里,她从未开除过我,也没有理由不待见我。斯特兰站在一棵树旁,把毕业证书交到我手中,两年前就是在这里,他告诉我他想把我放到床上,亲吻我,和我说晚安。把证书递给我的时候,他碰了碰我的手指,谁也没有察觉,可我却激动不已,轻飘飘的。每次浑身滚烫、心怀秘密地走出他的教室时,我都是这种感觉:我什么也没有,我哪里也不在,我谁也不是。

心思回到体育馆，我抓着毕业证书回到位置上，鞋子在地板上摩擦着。一位单亲家长鼓起了掌，校长瞪了他一眼。

典礼结束后，大家涌进停车场拍照，挑好角度，不让背后的零售商场入镜。爸爸让我笑一下，可我的脸怎么都不肯听话。

"好啦，至少装得开心一点。"他说。

我咧着嘴，露出牙齿，看上去就像一只准备咬人的狗。

整个暑假，我都在汽车零件仓库打工，处理启动器和滑柱订单，收音机播放着经典摇滚乐，盖过了传送带的白噪音。每周两次，下班的时候，斯特兰会在停车场等我。上车前，我会先把指甲缝里的沙子抠出来。他喜欢我的钢头靴子，还有我手臂上的肌肉。他说暑假干点体力活儿也挺好，可以让我更加珍惜大学时光。

愤怒时常向我袭来，但我告诉自己，都过去了——布罗维克，他害我离开的事实，过去的一切。每当想起他曾经说过要帮我申请波士顿的暑期实习，或是看到布罗维克毕业典礼结束后，他挂在衣柜门上的哈佛学位服时，我都尽量遏制自己的恨意。亚特兰提卡是个体面的选择，他说，没什么可难为情的。

一个周五下午，仓库上班时间，杰克逊·布朗闲在一旁，我着手处理一托盘底盘零部件。电台音乐从"The Load-Out"切换到"Stay"，旁边工位上填写订单的男同事高声唱了一句。我正在拆塑料膜，工具刀一滑，在我的前臂上划开一道 6 英寸长的口子，皮肤轻轻地裂开，都见肉了，我却不觉得痛，紧接着，鲜血涌了出来。边上的男同事瞥了我一眼，见我一只手捂着伤口，血从我的手指间渗出，滴到水泥地板上。

"该死！"他赶紧跑过来，同时拉开运动衫的拉链，把衣服扎在我的手臂上。

"我不小心割伤了。"我说。

"不然呢?"同事见我无助的样子,摇了摇头,把运动衫系紧了些,他的指关节上都是仓库的灰尘,"你打算在这儿傻站多久?也不知道吱一声。"

每逢斯特兰接我下班,我们就像少男少女一样漫无目的地闲逛。开车送我回家时,到了土路尽头,他就把我放下了。妈妈问我去哪儿了,我告诉她:"去找玛丽亚和温迪了。"毕业前我和她们一起吃过午饭,后来再也没有联系过。

"我怎么不知道你们这么要好?"妈妈说。她本可以再追问一句,问为什么送我回家后,她们从不来家里坐坐,以及为什么她从没有见过她们。她要真问我,我就这么说:我18岁了,8月底就要搬去亚特兰提卡了。可她从来不追问,只是答一声好吧,就不了了之。突如其来的自由令我不知所措,我不知道她知道些什么,怀疑些什么。她姐姐打电话来,滔滔不绝地说起她们小时候的事,她说:"这些陈年旧事,我不想再提了。"她的周围有一堵墙,而我也给自己建了堵墙。

斯特兰问我还生不生他的气。我们躺在他家床上,汗流浃背,身下的法兰绒床单都被浸湿了。我望着敞开的窗户,听着窗外车水马龙的喧嚣,而他的屋子里静悄悄的。这个问题,还有他对安慰的贪得无厌,都让我不耐烦。没有,我不生气了。是的,我原谅你了。没错,这是我想要的。怎么会?我不觉得你是个怪物。

"我如果不想要,还会在这儿吗?"我反问道,仿佛答案就在眼前。可对悬在我们头顶的东西,我的愤怒、羞耻和痛苦,我却避而不谈。所有这些难以言说的东西,似乎它们才是真正的怪物。

## 2017 年

再次和鲁比会面时,我还没坐下,就急着问她有没有人向她打听我的消息。前一天晚上我打电话给艾拉,也问了同样的问题,他的新女友在电话那头生气地低声说:"是她吗?她为什么给你打电话?艾拉,给我挂电话。"

"谁要打听你的消息?"鲁比问。

"记者什么的。"

她不解地望着我,我掏出手机,打开电子邮件:"不是我疑神疑鬼,好吗?这事确实就发生在我身上,你看。"

她接过手机读起来:"我不明白——"

我抓过手机:"也许这看上去没什么大不了的,但不仅是电子邮件,好吗?她不停地给我打电话,骚扰我。"

"凡妮莎,深呼吸。"

"你不相信我吗?"

"我相信你,"她说,"可你得慢慢说,告诉我发生了什么。"

我坐下来,用手掌按住眼睛,费力地解释这些邮件和电话,以及最终被我注销的陈年博客,还有那个记者已经截图保存的情况。

我的脑子还是很紧张，没办法集中注意力，连个句子都组织不好。不过，鲁比还是大致理解了，她的脸上露出同情的神色。

"太可恶了，"她说，"身为记者，这显然不道德。"她建议我给雅尼娜的领导写信，或者直接去找警察。可一听到警察，我就抓着椅子的扶手大喊："不行！"那一下子，鲁比真的被我吓到了。

"对不起，"我说，"我慌了，我已经不是我自己了。"

"没关系，"她说，"可以理解你的反应，这就好比你的噩梦成真了。"

"我看见她了，你知道吗？就在宾馆外面。"

"那个记者？"

"不是，是另一个，泰勒，那个指控斯特兰的人。她也在骚扰我。我真该杀到她的工作单位去，看她怎么办。"

我描述了昨晚夜幕降临时的情景，那个女人站在街道对面，抬头盯着酒店看。我从大厅窗口看出去时，她正好往里看，直直地盯着我，她金色的头发拍打着她的脸。听我讲话的过程中，鲁比露出痛苦的表情，仿佛想要相信我，却又无法相信。

"我也不明白，"我说，"难道这是我想象出来的？我有时是会这样。"

"你会想象一些事物？"

我耸了耸肩："就好像我的大脑会自动把我想看到的面孔投射在陌生人脸上。"

她说这听起来有些棘手，我又耸了耸肩。她问这种情况多长时间出现一次，我说不一定，可能一连几个月都好好的，可有的月份则天天有，就像做噩梦一样——总是一阵一阵的，诱因也说不准。我知道要避开一些以寄宿学校为背景的书或电影，可一些无害的东西也让我防不胜防，比如枫树，或者法兰绒的触感。

"我听起来像是疯了。"我说。

"不，你没有疯，"鲁比说，"而是受了心理创伤。"

我想着还有什么可以告诉她：白天基本靠抽烟喝酒熬过来，一到晚上，我的公寓就变得像迷宫一样，我根本不知道自己在哪儿，最后只能睡在浴室地板上。我知道自己可以轻而易举地将这些最令我羞愧的行为归结为一种诊断结果。我整晚整晚地阅读创伤后应激障碍的相关内容，在心里比对每一种症状，可一想到就这样轻易地概括了我内心的一切，我就莫名地感到失望。那么，接下来是什么——治疗、服药、跨过过去的一切？有些人或许会觉得这是个美好的结局，可对我而言，这无异于把我推向峡谷边缘，而底下是翻腾的浪花。

"你觉得我应该让这个记者报道我的故事吗？"我问。

"这个别人没办法替你做主。"

"也对，我其实已经决定了，绝不同意，只是想知道你的看法。"

"我认为这会给你带来巨大的压力，"鲁比说，"我担心你刚刚描述的症状会愈演愈烈，最终让你无法正常生活。"

"可是从道德层面来看，这些压力难道不是理应承受的吗？人们总是说，无论付出什么代价，你都应该说出来。"

"不对，"她坚定地说，"这是错误的，这压力对遭遇创伤的人来说是非常危险的。"

"那人们为什么总是这样说？不单单是那个记者，还有每一个站出来的女性。可要是有人不愿意站出来告诉世界她遭遇的每一件坏事，难道她就是懦弱的自私鬼吗？"我不以为然地摆摆手，"一派胡言。我真他妈恨哪！"

"你生气了，"鲁比说，"我想我以前从没见过你真正生气的样子。"

我眨眨眼,鼻子用力呼吸。我说我只是想自卫,她让我说得详细点。

"我感觉自己被逼到了墙角,"我说,"一夜间,不想暴露自己就成了纵容强奸犯,而我根本就不该参与这场讨论!我不像那些口口声声喊着自己被侵犯的女性,我没有被侵犯。"

"可能某些有过类似关系的人会认为这是侵犯,这你明白吗?"

"当然,"我说,"我没有被洗脑。我也知道年轻女孩不应该和中年男人在一起的原因。"

"那么原因是什么?"她问。

我翻了个白眼,一一列举:"权力不平衡,年轻女孩的大脑未发育完全,诸如此类的鬼话。"

"为什么这些原因对你不适用呢?"

我瞟了鲁比一眼,让她明白我知道她想把话题引向哪里。"听着,"我说,"这就是事实,好吗?斯特兰对我很好,他细心、温和又善良。当然不是所有男人都像他这样,有些掠夺成性,尤其是对小女孩。不过,虽然斯特兰很好,但我小时候和他在一起时还是困难重重。"

"为什么困难呢?"

"因为整个世界都在和我们作对!我们不得不撒谎,躲躲藏藏。有些事情发生时,他也没有办法保护我。"

"比如什么事情?"

"比如我被扫地出门。"

一听这话,鲁比眯起眼睛,紧皱眉头:"被谁扫地出门?"

我忘了我还没有告诉她。"扫地出门"这个词冲击力太强,容易叫人误会。听上去仿佛我孤立无援，像干了坏事被抓，接着人家就让我卷铺盖走人了，但我是有选择的，只不过我选择了撒谎。

于是我告诉鲁比事情很复杂，说"扫地出门"可能不是特别恰当。我告诉她事情的经过：传言、谈话、珍妮的名单，最后一天早上那个挤满人的教室以及我站在黑板前的样子。我从来没有这么详细地讲过这些事，也不知道之前有没有这样按照时间顺序一一梳理过。故事往往支离破碎，记忆就像碎玻璃一样。

有几次，鲁比打断了我。"他们做了什么？"她问，"他们干了什么？"一些我自己都不曾注意到的细节让她震惊不已，比如我第一次和贾尔斯女士见面时，竟然是斯特兰把我从课堂上拉出来的，还有整件事竟然没有人向州里报备。

"什么，类似儿童保护服务吗？"我问，"别，别，事情不是那样的。"

"不论什么时候，但凡有老师怀疑儿童受到虐待，他们都有义务上报。"

"刚搬到波特兰时，我在儿童保护服务机构工作过，"我说，"沦落到那个系统内的小孩确实都受到过虐待，遭遇过可怕的事情。可发生在我身上的事情并不是那样的。"我靠在椅背上，双臂交叉，"这就是为什么我不想说，经我的嘴一说，故事听上去远比真相糟糕。"

她端详着我，额头上刻着深深的皱纹："以我对你的了解，凡妮莎，我认为你更倾向于轻描淡写而不是夸大其词。"

接着，她开始用一种我从未听过的权威口吻说话，近乎谴责。她说布罗维克逼我做的事情太侮辱人了，且不说别的，单是被要求在同龄人面前贬低自己就足以造成创伤后应激障碍。

"被一个人逼到绝望的境地固然可怕，"她说，"但当着一群人的面遭受公开羞辱……我不想说更糟糕，但这完全不同，这是非常不人道的，尤其是对一个孩子来说。"

我试图纠正她对"孩子"一词的使用方式，她赶紧改口："对一个大脑没有发育完全的人来说。"接着，她直视我的双眼，看我会不会反驳自己的话。见我不说话，她问在那以后，斯特兰是不是还留在布罗维克，他知不知道会议上发生了什么。

"他知道，他还帮我想好了会上要说什么。这是挽回他声誉的唯一办法。"

我抬了下肩膀，不愿意撒谎，可要我说"是的，他知道，他希望是这样"，我又说不出口。

"你知道吗，"鲁比说，"之前你说的是这事发生时，他没有能力保护你，但我听下来，似乎他是这一切的罪魁祸首。"

我一下子觉得气都喘不上来了，但很快又调整过来，耸耸肩，像没事人一样："情况很复杂，他已经尽力了。"

"他对此感到愧疚吗？"

"关于害我被开除这件事吗？"

"对，"她说，"以及让你撒谎，背黑锅。"

"我想他是觉得这挺不幸的，但也不得不这么做，不然呢？难道让他进监狱？"

"没错，"她斩钉截铁地说，"那也是一条出路，而且是公正的选择，因为他对你的所作所为已经构成了犯罪。"

"可要是他进了监狱，我和他都活不了。"

鲁比望着我，目光闪烁了一下，她在心里默默地记下了。这比电视上的心理治疗师在记事本上草草记录要微妙得多，但我还是注意到了。她十分仔细地观察着我，把我所说的、所做的一切都放到一个更大的背景中，这不免让我想起了斯特兰——我怎么可能不想到他？在课堂上，他总是盯着我，在心里不停地盘算着。鲁比曾对我说我是她最喜欢的客户，因为我总有新的一层可以剥开，总有别的什么可以挖掘，她这么说就像有人说"你是我最优秀的学生"一样令人兴奋，就像斯特兰说我珍贵且稀有，亨利·普劳说我是一个谜，一个无法理解的谜。

接着，她问道："那你相信那些指控他的女孩吗？"我猜这是她一直都想问的问题。

我毫不犹豫地说不相信。我飞快地瞥了她一眼，发现她惊讶得直眨眼。

"你认为她们在撒谎。"她说。

"也不完全是，我只是觉得她们有点忘乎所以。"

"怎么忘乎所以？"

"在这持续发酵的歇斯底里症状中，"我说，"不断有新的指控冒出来，就像一场运动，对吧？人们就是这么形容它的。看到一场声势日益浩大的运动，你自然想要参与其中，可为了融入其中，你需要经历一些可怕的事，那么你难免会言过其实。再说，一切也没个定论，这些说法很容易被操纵，什么都能说成是侵犯，他或许只是拍了拍她们的腿什么的。"

"但如果他是无辜的，你怎么解释他自杀这件事？"她问。

"他总是说自己宁愿死也不愿背着污名苟活。这些指控一出来，他就知道所有人都会认为他有罪。"

"你生他的气吗？"

"气他自杀吗？不会，我理解他的苦衷，而且我知道我也有部分责任。"

她反驳我，说那不是真的，我打断她：

"我知道，我知道——这不是我的错，我都明白。可他是因为我才惹上这些流言蜚语的。如果他没有背负'和学生上床的老师'的恶名，泰勒也没法指控他，如果她不站出来，那其他女孩也无话可说。老师一旦遭到此类指控，他的一言一行都会被打上滤镜，甚至无伤大雅的行为也会被曲解为邪恶的动作。"我不断重复他的观点，他留在我脑中的那部分突然苏醒过来，充满了活力。

"你想想看，"我说，"如果是一个正常男人拍拍小女孩的膝盖，那就没什么大不了的，但如果是一个被指控的男人呢？人们一下就会反应过激。因此，我不生他的气，我气的是她们，我气的是这个把他变成怪物的世道，而他只不过是不幸爱上了我。"

鲁比交叉双臂，低头盯着膝盖，仿佛努力想让自己平静下来。

"我知道这听上去像是怎么一回事，"我说，"你想必觉得我很糟糕。"

"我不觉得你很糟糕。"她轻轻地说，仍然盯着膝盖。

"那你怎么觉得？"

她深吸一口气，看着我的眼睛："说实话，凡妮莎，就我听下来，他是个非常软弱的男人，你虽然是个小女孩，但你也知道自己比他坚强得多。你知道他无法承受曝光的后果，所以你主动背了黑锅。就算到了现在，你还在试图保护他。"

我咬了一口脸颊内侧，试图遏制身体真正的渴望——想要向内扭曲，蜷成一团，直到骨头断裂。"我不想再谈他了。"

"好的。"

"你知道吗，我还是很难过，最难的是，我还在悼念他。"

"这一定很不好受。"

"是的，痛苦至极。"我咽了一口唾沫，喉咙紧绷绷的，"我由着他去死，在同情我之前，我想你应该知道这一点。他自杀前给我打了电话，我知道他企图做什么，可我没有阻止他。"

"这不是你的错。"鲁比说。

"是啊，你一直这么说，似乎什么都不是我的错。"

她没说话，只是盯着我，露出同样的痛苦神情。我知道她是怎么想的，她觉得我很可悲，存心自取灭亡。

"我折磨他，"我说，"我觉得你不明白我的罪过。因为我，他的一生都堕入了地狱。"

"他是个成年人，而你当时才15岁，"她说，"你能怎么折磨他呢？"

我一时语塞，除了"我的出生，我的存在本身，我走进了他的教室"，我想不出其他回答。

我仰起头，说："他非常爱我，我下课离开教室后，他常常坐在我的位置上，还会把脸贴在桌子上，呼吸我的气息。"以前我总喜欢提起这个细节，以证明他对我难以控制的爱，可现在说出来，听起来就像我受人蒙骗，精神错乱。她肯定也这么觉得，其他人更是如此。

"凡妮莎，"她温柔地说，"这不是你主动要求的，你只是个去上学的学生。"

我越过她，望向窗外的海港、成群的海鸥、青灰色的海水和天空，可我只看见了自己，刚满16岁，眼里噙着泪水，站在一屋子的人面前，说自己是个骗子，是个活该受到处罚的坏女孩。鲁比问我在想什么，她的声音很遥远，但她知道是真相把我吓坏了，它那么广阔，那么残酷，我无处藏身。

## 2006 年

9月初，转眼我就要大四了，我敞开窗户，打扫公寓。季节更替时的独特声音从楼下市中心的街道飘上来，观光车的扩音喇叭夹杂着货车急刹车的嘎吱声，还有最后一波游客熙熙攘攘的喧哗，这多是奔着所剩不多的温暖天气和相对低廉的宾馆价格来的。市中心转移到了校园附近，一直到来年5月，亚特兰提卡最热闹的就是学院。我的室友布里奇特明天从罗得岛返校，再过一天学院就上课了。我整个夏天都住在这儿，白天打扫酒店房间赚外快，晚上抽烟，上网打发时间——除了偶尔几次斯特兰来的时候。他抱怨路程远，但实际上他只是不喜欢我那又暗又脏的公寓。第一次来的时候，他四下看了一眼，说："凡妮莎，这地方是人们用来自杀的。"他48岁，我21岁，一切和六年前大致相同。最大的威胁消失了——他不必担心蹲监狱或是丢工作了，只是他的事我还是瞒着爸妈。布里奇特是唯一一个知道他存在的朋友。我和他在一起时，不是去他家就是在我的公寓里，拉上窗帘。他偶尔也会带我出去，但也只限于没人会认出我俩的地方——曾经必要的隐秘性如今似乎成了一种耻辱。

我正在卫生间里擦拭淋浴间的墙壁，只有他要来时，我才会干这事,这时,手机响了,来电显示:雅各布·斯特兰。

我放下手中的清洁剂,按下"接听":"嘿,你快——?"

"今晚去不了,"他说,"这边事情太多了。"

我走进客厅,听他念叨说自己重新被任命为系主任,这样一来责任又重了。"整个系乱七八糟的,"他说,"有个同事休产假了,新来的老师又一窍不通。更可怕的是,他们新开展了一个全校性的心理咨询项目,雇了一个比你大不了多少的女孩来指导我们应对学生的情绪。简直侮辱人,这事我都干了二十年了。"

我跟着摆头风扇的方向在客厅里踱来踱去。屋里仅有的家具是一把用强力胶带粘起来的帕帕森椅、一张牛奶箱做的茶几,以及一台我爸妈的旧电视。我们很快就要有沙发了,布里奇特说她知道有人想把自家的送人。

"可这是我们待在一块儿的最后机会了。"

"难不成你有我不知道的远行计划?"

"我室友明天就搬进来了。"

"啊,"他咂了下舌头,"不过,你好歹有单独的卧室,把门一关就行了。"

我轻轻叹了口气。

"别生气了。"他说。

我嘴上说着"我没生气",可我确实生气了,我感觉四肢沉重,下嘴唇噘得老高。我一早上都在清理卧室里的空瓶子和咖啡杯,洗碗,收拾浴缸里的头发。再说,我想见他了,这才是我失望的真正原因。都两个星期了。

我对着手机咕哝道:"我需要你。"这是我所能想到的最接近我感受的词,不是饥渴,这和性无关。我想要他看着我,崇拜我,告诉我我是什么，给予我我所需要的，帮我度过这单调无聊的、假装自己与他人无异的每一天。

我听见他笑了——轻轻地从喉咙里呼出一口气。我需要你。他喜欢我这么说。"我这就过去。"他说。

第二天下午，布里奇特到了以后，把大包小包往客厅地板上一放，双眼发亮地问："他在这儿吗？"她很想见见斯特兰，我不确定她是否相信这个人真的存在。去年春天签完租约后，我在酒吧里给她讲了一个模糊的版本。她和我一样，也是英语文学专业，我们一起上了三年课，但算不上好朋友，一起住只是图个方便。她找了间两居室，而我正好需要个住处。那晚在酒吧，我先是提起自己在布罗维克学了"差不多一年"——通常我只会说这么多，但五杯酒下肚后，我就语无伦次地交代了整个故事。我告诉她，他挑中了我，我们相爱了。后来，我被开除了，因为我不愿意背叛他，可我们离不开彼此，于是尽管存在年龄差异和其他种种，最终我们还是在一起了。她是个完美的倾听者，听到情节紧张处瞪大了双眼，到艰难时刻又同情地连连点头，自始至终都没有评头论足。之后，她也从不主动提起斯特兰，每次都是我说了她才说。即使是现在，她之所以会问"他在这儿吗？"，也只是因为我前一天有些抱歉地发信息提醒她：如果明天回来的时候，发现公寓里有个中年男人，希望你不要太过慌张。这是我第一次开玩笑一般提起他，感觉还不错，出乎意料地好。

他在这儿吗？我摇摇头，没多解释。她也没问。

我帮她把其他行李一起搬进来，有几个装满衣服、枕头和床单的黑色垃圾袋，一个塞满鞋子的垃圾桶，一个装满DVD的慢炖锅。我们还上门自提沙发——当真是手提过来的，我俩抬着它走了四个街区，一路上车来车往，司机不停地按喇叭。中途我们停下来喘口气，把沙发搁在人行道上，人瘫坐在上面，伸着腿，用手挡住阳光。最后终于拖进公寓了，我们把它推到客厅靠墙的位置，接着一整个下午都坐在沙发上，边喝甜葡萄酒边看《好莱坞女孩》。我俩直接用瓶子喝，用手背抹一把嘴，一集接一集地跟着唱主题曲。

等天色暗了，酒也喝完了，我们先去街角杂货店买酒，准备一会儿再去酒吧。布里奇特在另一头的房间里外放里洛·基利乐队的歌，我忙着拉直头发，画眼线。不一会儿，她拿着一把剪刀出现在我卧室门口。

"我要给你剪个刘海。"她说。

我坐在浴缸边上，她参考笔记本电脑上珍妮·刘易斯的照片，用那把沾着颜料渍的剪刀给我剪头发。"完美。"说完，她让到一边，好让我照镜子。我看起来像个小女孩，厚厚的齐刘海下露出两只大眼睛。

"你真好看。"布里奇特说。

我左右端详着镜子里的自己，不知斯特兰喜不喜欢我这个样子。

酒吧里，我坐在高脚椅上，猛喝啤酒，布里奇特边上围了一圈男生，拉着她要拥抱，找借口占她便宜。她很漂亮：高高的颧骨，长长的蜂蜜色头发，两颗门牙间有条缝，我曾见男人们盯着看过。而我呢，顺眼但不漂亮，聪明却缺乏个性。我尖酸、粗鲁，又太较真。布里奇特的未婚夫见了我，说光是站在我边上都感觉像裆部被人踹了一脚。

亚特兰提卡校园的标志是晨雾和湿湿咸咸的空气。长着斑纹的海豹躺在粉红色的花岗岩海岸上晒太阳。教室是用捕鲸船改造的,餐厅里还挂着一个巨大的座头鲸头骨。学校的吉祥物是一只马蹄蟹,大家都觉得荒唐,书店里摆满了背后印着"有马蹄蟹吗?"字样的文化衫。学校没有运动队,学生直呼校长大名,教授们穿着运动凉鞋和T恤,带着宠物狗来上课。我爱这所学院,不想毕业,不想离开。

斯特兰说我需要把不想长大的情绪放在一个大背景下考量,说我这个年纪的人总喜欢把自己当作受害者。"年轻女孩尤其难以抗拒这种心态,"他说,"你们的无助感满足了这个世界的既得利益者的需求。"他说我们的文化把受害者情结视为童年的延伸。当一个女人选择充当受害者时,她便不用承担个人责任,这就使别人不得不来照顾她,这也就是为什么一旦选择过一次,这个女人便会一而再,再而三地充当受害者。

我仍然觉得自己和别人不同,就像15岁时一样,我这样阴暗、内心坏透了,但我试图更深入地了解背后的原因。通过不停地看书、看电影,搜集任何有关成年人与未成年人之间恋情的内容,如今,我俨然是年龄差方面的专家了。我不断地在故事中寻找自己,却从未找到真正切合的形象。这些故事中的女孩往往是受害者,而我不是——这和斯特兰是否对从前的我做过什么没有任何关系。我不是一个受害者,我从来都不想成为受害者,如果我不想成为受害者,那我就不算受害者,事情就是这样。强奸与亲热的区别在于心态,你无法强奸一个心甘情愿的人,不是吗?当然,这是个差劲的笑话,但合乎情理。

再说，就算斯特兰伤害了我，哪个女孩子没有旧伤疤？刚来亚特兰提卡的时候，我住的女生宿舍和古尔德类似，只是管理松懈，酒精和烟盛行，令人担忧。走廊两侧的房门都敞开着，女生们随意串门，吐露秘密，分享心事，直到深夜。曾经，一些才认识没几个小时的女生躺在我身边哭，告诉我她们与妈妈如何疏远，爸爸如何刻薄，男朋友如何背叛她们，世界又是多么可怕。她们都没有和比自己年长的男人发生过关系，可她们的生活还是一团糟。如果我从未遇见斯特兰，我想我大概不会出落得这样与众不同。我会遭某个男孩利用、轻视，被伤透了心。斯特兰至少给了我一个更好的故事。

有时候，把它看成一个故事，我心里会觉得好受些。去年秋天，我参加了一个小说写作研讨会，整个学期都在写关于斯特兰的文章。每当全班一起讨论这些故事时，我便把大家所说的都记录下来，所有的点评，连同那些愚蠢的、刻薄的，我都抄录下来。如果有人说："依我看，她就是个荡妇。谁会和老师上床啊？谁干得出这种事？"我就把这些问题记在笔记本上，旁边用括号加上自己的疑问：我为什么要那么做？因为我是个荡妇？

下课时，我总是感觉身心俱疲，但这似乎是一种忏悔，是我应得的羞辱。也许，安静地坐在这残酷的研讨会上和站在布罗维克的教室里面对一个个砸来的问题，这两者有一定的相似之处，但我尽量不去想这些问题。我只管埋着头，往前走。

高年级文学研讨课上的教授是新来的，叫亨利·普劳。有一天，我看见他的名牌挂在我导师的办公室隔壁，门半开着，办公室里空荡荡的，只有一张桌子和两把椅子。第一次研讨课上，我坐在桌子的另一头，宿醉未醒，皮肤和头发还散发着啤酒的气味。

我看着其他同学陆续走进教室，一张张熟悉的面孔闪过，我的大脑似乎抽痛了起来，闪光和耳鸣袭来，我一下子头疼得厉害，赶紧用手按住眼睛。再次睁眼时，我看见了珍妮·墨菲——我的前室友珍妮，短暂的友谊，最好的朋友，生活的毁灭者。她坐在研讨桌旁，一手握拳托着下巴，她棕色的短发和修长的脖子一点没变。她转学了吗？我等着她注意到我，身体不禁颤抖起来。奇怪的是我们谁都没有变老，我看上去仍像15岁，还是那张长着雀斑的脸，那头红色的长发。

我还在盯着她看，亨利·普劳拿着一本书走进教室，肩上挂着一个皮包。我把目光从珍妮身上移开，打量这个新来的教授。乍一看，他就是斯特兰，满脸胡子，戴着眼镜，肩膀宽阔，走起路来步子很沉重。仔细一看，看出区别来了：他身材中等，并没有高得让人产生压迫感；头发和胡子也不是黑色，而是金色；眼睛是棕色而非灰色，眼镜框是角质的而非金丝的。他比斯特兰瘦小些，而且很年轻——我最后才注意到这一点。他没有白头发，胡须下的皮肤还很光滑，约莫三十五六岁。他就像尚处于蛹期的斯特兰，还很稚嫩。

亨利·普劳把课本往研讨桌上一扔，砰的一声，每个人都吓了一跳。

"对不起，我不是故意的。"

他把书捡起来，握在手里，有些不知所措，接着小心地把它放回桌子上。

"既然我已经尴尬地出场了，"他说，"那我们就开始上课吧。"

从一开始,他就失策了——温和、自嘲,不像斯特兰那样令人生畏,第一天上课,斯特兰就写了满满一黑板诗歌注释,那首诗没人敢承认说没读过。可当亨利·普劳翻看点名册,将研讨桌旁的我们一一熟悉了一遍时,我仿佛又回到了斯特兰的教室,感受到了他热切的目光。一阵微风从敞开的窗户灌进来,咸咸的空气闻起来就像斯特兰办公室暖气片上那烧焦的尘土的味道,诺伦贝加教堂半点的钟声盖过了海鸥的叫声。

坐在桌子另一头的珍妮终于看向我了。四目相对时,我发现那根本不是珍妮,只是一个棕色头发的圆脸女孩,我们之前一起上过课。

亨利·普劳的目光移到点名册最后。如往常一样,我总是最后一个。

"凡妮莎·怀?"新学期第一天,他口中这名字听起来就像哀求:凡妮莎,啊?

我颤颤巍巍地,手臂都抬不起来,只竖起两根手指。桌子另一头,我误认为是珍妮的那个女孩拔开笔盖,我内心的风暴潮退去,只剩垃圾和一团团缠绕着的腐烂海藻。一阵熟悉的恐怖感袭来:也许我就是疯狂、自恋、爱妄想,困在自己的思绪里,将身边的人强行变成记忆里的幽灵。

亨利·普劳端详着我的脸,仿佛想记住我的长相,接着在登分册上我的名字旁边做了个记号。

课上,我缩在座位里,只敢偶尔瞥他一眼。思绪总是不停地往窗外跑,也不知是想逃离还是想换个开阔的视野。下课后,我一个人沿着海滨小路走回家,海雾卷起我的头发。夜很黑,我戴着耳机，调高音量，如果这时有人想从背后袭击我，我根本没有还手的余地——愚蠢的行为。虽然我嘴上不会承认，但一想到有坏人对着我的后脖颈呼气，我就有点兴奋。它驱使我铤而走险，典型的咎由自取。

周五晚上，斯特兰过来看我。我坐在公寓楼下贝果店的门廊上等他，每天早上，楼里都弥漫着小店飘来的酵母和咖啡香气。今天晚上很暖和：女孩们穿着吊带裙，朝酒吧走去，和我一起上诗歌课的男生踩着长板，喝着啤酒滑过。斯特兰的厢式旅行车开过来，拐进巷子里，他没有停在街边，以免被人看见。尽管亚特兰提卡没有布罗维克校友，他还是紧张兮兮的。

过了一会儿，他从黑漆漆的巷子里出来，站在街灯下，咧着嘴，向我伸出手："到这儿来。"

他穿着一条水洗牛仔裤、一双白色网球鞋，爸爸这辈人的装扮。两次见面隔了好几周，我有点猝不及防，只得把脸埋在他的胸口，免得看到他发红的鼻子、花白的胡须，还有从腰带上垂下来的肚子。

他领着我走进漆黑的楼梯间，来到我的公寓，好像这是他的地盘。"你还添了个沙发，"进门时他说，"有进步。"

他得意地笑着，转过身来，仔细瞧了瞧我，神色温柔起来。刚刚在街上，在黑暗中，他看不清我有多漂亮。我穿着吊带裙，剪了新刘海，画着上扬的眼线，涂着玫瑰色的唇膏。

"看啊，"他说，"你就像一个1965年的法国女孩。"

听了他的赞美，我的身体软下来，他那身难看的衣服也顺眼了些，或者说没那么让人在意了。他总是会老的，也必须如此。唯有这样，我才能一直年轻、貌美。

开卧室门之前，我提醒他说："我还没来得及打扫，别骂我。"

我打开灯，他扫视乱成一团的房间：成堆的衣服，随地乱放的咖啡杯，床边的空酒瓶，地板上还躺着一盘碎了的眼影。

"我真不明白你怎么能生活在这种地方。"他说。

"我喜欢。"我说着，双手把衣服从床上推下去。倒也不是这么回事，我只是不想听他唠唠叨叨的，说什么混乱的环境反映混乱的思想。

我们躺下来，他平躺着，我侧着，夹在他和墙之间。他问我在上什么课，我一个一个报给他听，说到亨利·普劳的课时，我有点犹豫："然后就是一节高年级文学研讨课。"

"教授是谁？"

"亨利·普劳，他是新来的。"

"他在哪里获得的博士学位？"

"我不知道，这又不会写在课程表上。"

斯特兰皱起眉头，有些不满："你考虑过以后的打算吗？"

打算，比如说研究生？我爸妈想让我往南走，波特兰，波士顿，或是再往南一点。"待在这里没有出路，"爸爸开玩笑说，"只有养老院和康复中心，奥古斯塔以北的人不是老骨头就是瘾君子。"斯特兰也希望我离开，说我该开阔眼界，去外面的世界看看，可接着他又说："不知道没了你我该怎么办，少不得要向本能低头。"

我摇摇头，不置可否："呃，大概吧。嘿，想不想来一口？"说着从他身上爬过去，拿来藏叶子的首饰盒。他愁眉苦脸地看着我填装，可我把烟斗递给他时，他还是吸了一大口。

"没想到找个21岁的女朋友意味着我人到中年还要滥用药物，"

他轻声说着，吐出一口烟雾，"不过我也该料到的。"

我抽了一口，抽得太猛了，喉咙火烧火燎的。他叫我女朋友时，我总是容易激动，真讨厌。

我们抽着烟，喝了床边地板上那瓶几乎没动过的红酒。我打开小电视，看了五分钟无聊至极的真人秀节目，讲的是警察假冒青春期女孩和男人在聊天室聊天，男人线下约见后遭逮捕。于是，我改放了一部电影。我收藏的电影也多半是这主题——新旧两版《洛丽塔》《漂亮宝贝》《美国丽人》《迷失东京》，不过至少电影侧重的是美感，把它包装成一个爱情故事。

斯特兰脱下我的裙子，让我平躺下。我药劲正酣，迷迷糊糊的，脑中仿佛有烟雾盘旋，可当他继续时，一切突然清晰了起来。我夹紧双腿："我不要那样。"

"内莎，听话。"他把脸贴在我腿上，仰头看着我，"听我的。"

我抬眼望着天花板，摇了摇头。我不让他亲吻我的身体快一年了，也许还要久一些，那倒也不会把我怎么样，只是会带来某种挫败感。

他接着说："你这是把快乐拒之门外。"

我绷紧全身肌肉，感觉自己轻飘飘的，像根羽毛，又觉得身体硬邦邦的，像块木板。

"你在惩罚自己吗？"

我的思绪跌入一个虫洞，边缘模糊了，波动减弱了。我眼前出现夜晚的海，浪花拍打着花岗岩海岸。斯特兰在那儿，站在一块粉色花岗岩上，双手拢在嘴边："让我来吧，让我抚慰你。"他不停喊着，可我越走越远。我是一只斑纹海豹，在白浪中穿行，是一只海鸟，张开巨翼，翱翔数英里。我是那轮新月，躲起来，远离他，远离所有人。

"你真固执,"他说着,爬到我身上,用膝盖分开我的双腿,"固执得愚蠢。"

他想要继续,可他的身体毫无反应。我原可以帮他,可此刻我还是轻如羽毛,僵似木板。再说,这不是我的问题。如果一个21岁的女孩都不能令一个48岁的男人有反应,那还有什么可以呢?一个15岁的女孩?或许吧。有时在他位于诺伦贝加的家里,我们会假装还是第一次。"你得放松,亲爱的。你不放松,我没法继续。深呼吸。"

随后,他继续动作,我闭上眼睛,脑海中循环着熟悉的画面:一团团面包发酵膨胀,杂货顺着传送带移动,白色的树根扎进松软的土壤中。画面循环得越久,我就越觉得害怕。我的胸口开始剧烈起伏,即使睁开眼睛,眼前也全是这些画面。我知道他压在我身上,掠夺我,可我看不见他。这症状反反复复。上次我试图向他解释这种感觉,他告诉我这听起来像癔症性失明。冷静一点,你得放松,亲爱的。

我抓住自己的喉咙,我想要他掐我,只有这样,才能让我清醒过来。"用力,"我说,"粗暴一点。"只有当我喘着气苦苦哀求他,说"求你了"时,他才会心软,勉强用手掐住我的喉咙。这力道足以将我拉回现实,让我回到公寓房间里,他的脸突然出现在我面前,汗水从他脸颊上淌下来。

事后,他说:"我不喜欢那么做,凡妮莎。"

我坐起来,爬下床,从地板上抓起我的裙子。我要去卫生间,但不想光着身子在他面前走来走去,而且我也不确定布里奇特什么时候会回来。

他接着说:"那里头有某种东西让我觉得非常不安。"

"什么东西?"我说着,把裙子套到头上。

"你想让我施加给你的暴力,它……"他苦笑一下,"连我都觉得太黑暗了。"

入睡前,我们关了灯,静音播放着《漂亮宝贝》。布里奇特从酒吧回来了,我们听见她在客厅里走来走去,她跟跟跄跄地走进卫生间,把水龙头开到最大,可也盖不住呕吐的声音。

"要不要去帮帮她?"斯特兰小声说。

"她没事。"我说,不过要是他不在这儿,我会去看看她。我不知道自己是不希望他靠近她,还是相反。

过了一会儿,她走进厨房。橱柜门开了,她伸手去拿麦片,塑料袋发出沙沙声。平日里,这样的晚上,我和她通常会窝在沙发上看深夜电视购物节目,一直看到睡过去。

毯子底下,斯特兰伸手摸摸我的腿。

"她知道我在这儿吗?"他悄悄地问。我们听着外头布里奇特的动静,他的手探到我腿间,抚摸着我。

早晨醒来时,床上只剩我一个人。我原以为他走了,直到听见客厅里的脚步声,接着浴室门开了,布里奇特惊讶地叫起来:"哦!不好意思!"斯特兰连忙说:"不,不,没关系,我正要出来。"

我听着他们做自我介绍。斯特兰说自己叫"雅各布",仿佛他是个正常人,仿佛这一切都再正常不过。可我却僵在床上,就像恐怖电影中看到爪子从壁橱底下爬出来的小女孩。等他回到卧室里,我假装还睡着。他拍拍我的肩膀,喊我的名字,我也不睁开眼睛。

"我知道你醒了,"他说,"我见到你室友了,看上去是个不错的女孩。我喜欢她笑起来时露出的牙缝。"

被子底下，我把脸埋得更深了。

"我要走了，不亲亲我，和我说再见吗？"

我把手从被窝里伸出来，举起来和他击掌，但他没有理睬。我听见他沉重的脚步声穿过屋子，听到他和布里奇特说再见，我赶紧用手捂住脸。

我睁开眼睛，她正站在我卧室门口，双手抱胸。"这里面散发着欲望的臭味。"她说。

我拉着被子坐起来："我知道他很恶心。"

"他不恶心。"

"他很老，他太老了。"

她笑起来，甩了甩头发："说实话，他也没那么糟糕。"

我穿好衣服，我们去楼下的小店吃培根鸡蛋贝果，喝黑咖啡。我坐在窗边的桌子上，看着一对夫妇牵着一只巨大的卷毛狗，狗喘着气，吐出粉红色的舌头。

布里奇特说："这么说，你从15岁开始就和他在一起了？"

我从牙缝间吸了一口咖啡，烫到了舌头。她不是那种好打听的人。我们彼此保持距离，并将这距离戏称为"非评判区"。在这个区间里，她背着罗得岛老家的未婚夫和各种男人鬼混，而我则自顾自和斯特兰在一起。

"断断续续吧。"我说。

"他是第一个和你亲热的人？"

我点点头，望着窗外那对夫妇和那只卷毛狗："第一个，也是唯一一个。"

一听这话，她瞪大双眼："等等，当真？没有其他人？"

我耸耸肩，又喝了一口咖啡，液体灼痛了我的喉咙。看到我的生活令他人满脸惊讶和敬畏，我感到满足，可片刻之后，他们的敬畏就成了目瞪口呆。

"我无法想象那是怎样一种感觉。"她说。

我努力掩饰眼中的泪水。我不该不开心，这没什么，她只是好奇。这就是有朋友的感觉，你们一起谈论男生，谈论疯狂的年少往事。

"你害怕吗？"

我吃着贝果，摇了摇头。我为什么要害怕呢，他对我很体贴。我想起那所公办高中，想起查利和威尔·科维略，他占尽便宜还骂她是白人垃圾，再也不和她讲话。得到自己想要的东西以后，他还得意扬扬地回到保龄球馆里。遭遇那样的侮辱才叫人害怕。斯特兰不会这么做，他只会拜倒在我脚下，告诉我我是他一生的挚爱。

我盯着布里奇特，说："他崇拜我，我很幸运。"

秋天说来就来。宾馆歇业了，临时签证员工回家了。到了9月的第二周，树叶也黄了，一簇簇黄叶映衬着阴沉的天空，格外醒目。清晨雾重，又湿又冷，我醒来时，脚上缠着潮湿的床单。

9月底，亨利·普劳的研讨课上课前，一个从大一开始就和我一起参加写作研讨会的女生坐到研讨桌前，把一摞书放到桌上。她喜欢穿牛仔靴和短裙，常常给文学杂志投稿，我的导师曾说，她"注定要去艾奥瓦"。那摞书最上面是弗拉基米尔·纳博科夫的《微暗的火》。看到这本书，我突然僵住了。"来受仰慕吧，来受爱抚吧，我暗淡的凡妮莎。"

亨利指着它说："很不错的选择，也是我最爱的书之一。"

那女孩笑了，得到老师的关注，她的脸唰地红了。"这是为20

世纪文学课准备的，我正在写一篇关于这部作品的论文，"她说着睁大了眼睛，"它让人望而却步。"

她边上的男生问这本书讲的是什么，她试着解释，但说得结结巴巴的。我听了浑身发烫，心怦怦直跳，亨利刚开口我就打断了他。

"这本书其实没什么情节，"我说，"或者说，至少不应将其当成有情节的小说来读。它是一首诗和诗歌脚注，这些脚注讲述了自己的故事，但写脚注的人不可靠，所讲的故事自然也不可信。这部作品反抗意义，要求读者交出控制权……"

我越说越小声，每次这样讲话，我都十分紧张——就像斯特兰附身到我身上。从他口中说出来，这些言论听着很是精彩，可我一说就显得像个泼妇，傲慢又刻薄。

"好吧，不管怎样，"那个女孩说，"这不是我最喜欢的纳博科夫作品。我读了他的《塞巴斯蒂安·奈特的现实生活》，我更喜欢那本。"

我轻轻地纠正她："是'真实生活'。"

她翻了个白眼，转身背对我。班上其他同学陆续进来就座，亨利站在研讨桌前微笑地看着我，若有所思。

下课回家以后，我给自己做了晚饭，开始看下周要学的《泰特斯·安德洛尼克斯》，莎士比亚单元的第一课。这是一部残忍、血腥的戏剧，涉及将人的手和头颅砍下做成馅饼。罗马大将泰特斯的女儿拉维尼娅被人轮奸后又惨遭肢解。强奸她的人割掉她的舌头和双手，使她不能说也不能写，但她迫切地想要指认仇人，学会了口衔木棍，在地上划出男人的名字。

读到这里,我停下来,从书架上拿来斯特兰给的那本《洛丽塔》,匆匆翻阅,终于在165页找到了我寻找的那处:报纸专栏建议小孩子,如果有陌生男人给你糖,你应该拒绝并把他的车牌号写在路边,洛只当成笑话。我用铅笔在页边空白处写下"拉维尼娅?",把这一页折起来,再拿起《泰特斯·安德洛尼克斯》,可怎么也静不下心来。

我打开电脑,翻出三年前创建的博客。严格说来,博客内容是公开的,不过我匿名了——用了假名,而且每隔几周就用谷歌搜索一下,确保它不会出现在搜索结果里。经营这个博客就像戴着耳机走夜路,就像去酒吧买醉,喝得双眼发昏,我记得《心理学101》课本上称之为"危险行为"。

2006年9月28日

今天他提到了纳博科夫,我感觉有必要记录一下这个刚萌芽的念头。

我不知道该叫它什么。说实话,它什么也不是,只是我堕落的大脑中产生的一段叙事——可是,角色、场景、那么多的细节都一样,我怎能不联想到那个熟悉的故事呢?(教室里,教授的目光扫到研讨桌另一头,落到那个红发女孩身上,每当有人叫她起来朗读时,她的声音总是会颤抖。)

这太荒谬了。我太荒谬了,把这一切都投射到一个我一无所知的男人身上。我知道的仅有他站在黑板前的样子,以及谷歌上人人都能查到的最无聊的事实。就像S对待我那样,我在班上那么多人当中选中他。可在这个情节里,扮演S的不该是教授吗?

我像 15 岁那年一样，如果知道某天会见到他，我便好好打扮自己——穿着娃娃衫、运动鞋，梳着麻花辫，仿佛他看到我打扮成性感少女的模样就能意识到我是什么样的人，我有什么能耐……我大概真的疯了。

他今天说《微暗的火》是"我最爱的书之一"（不是《洛丽塔》——你能想象要是他说的是《洛丽塔》会如何吗？），这没什么大不了的，不过是个漫不经心的评论。所有英语文学教授都喜欢这本书，可听到这位教授这么说，这是位在我看来与众不同的教授，事情一下子有了启示意义。

一听《微暗的火》，我满脑子都是 S 把他的书给我，叫我翻到第 37 页，还有我在那一页上找到自己名字时的感觉：我暗淡的凡妮莎。

就这样，我在脑海中将各个角色串联起来，给所有事物赋予意义，有时这感觉就像个诅咒。

亚特兰提卡有三家酒吧：一家地板干净，有桶装微酿啤酒供应，学生们常去；一家是小酒馆，店内摆着台球桌和一罐罐腌鸡蛋；还有一家是酒吧兼生蚝馆子，坐落在码头边上，不时有醉醺醺的渔夫持刀斗殴。布里奇特和我只去过学生酒吧，不过她听说小酒馆每周六晚上可以跳舞。

"那里也没有我们认识的人，"她说，"完全没负担。"

她说得没错，我们是店里仅有的亚特兰提卡学生，大概比其他顾客年轻 10 岁，不过灯光昏暗，辨认不清。几杯冰镇龙舌兰下肚后，我们握着啤酒瓶走到舞池里，一边喝，一边跟着坎耶、碧昂丝和夏奇拉的歌摇摆。我们喝得晕头转向，抱在一起，红色和蜂蜜色的头发垂在我们脸上，掉进酒里。一个男人问我们是不是干什么都在一起，我们正在兴头上，没觉得被冒犯，笑着说："大概吧！"DJ开始播放高科技舞曲，我们离开舞池，挪到吧台边，先喘口气，接着发现桌上多了好几杯酒，是一个戴着红袜队帽子、穿着迷彩夹克的男人给我们点的。

"我喜欢你俩跳舞的样子。"男人说，我吓了一跳，是克雷格，高中时我在保龄球馆遇到的变态。我赶紧眨了眨眼，这才发现他不过是个陌生人，一脸麻子，还有口臭。他一直缠着我俩，我们只好又去跳舞，躲开他。晚上快结束时，布里奇特去卫生间了，我靠在吧台上，龙舌兰喝多了，头晕目眩，这时那男人又出现了。我看不清，但闻得到他的气味——混合着啤酒、烟草和别的什么。他伸手摸我的屁股时，铺面而来的就是这股恶臭。"你的朋友更漂亮，"他说，"但你看起来更有趣。"

一秒、两秒、三秒，我就这么等着，就像10岁那年，我的手指被妈妈的车门夹住时一样木然。我没有痛得大叫，而是呆呆地站在那里，心想，我能忍耐多久呢？随后，我拍掉他的手，叫他滚开，他骂我婊子。布里奇特从卫生间回来，掏出钥匙，抓着上面的一罐防狼喷雾冲他一通乱晃，他骂她疯婆子。走回家时，她和我都害怕极了，一路手牵着手，频频回头张望。

回到公寓后，布里奇特瘫在沙发上，一只手搂着一碗吃了一半的奶酪通心粉。我把自己关在卫生间里，给斯特兰打电话。电话转到了语音信箱，于是我一遍一遍地打，直到他接起来，声音里满是困倦。

"我知道很晚了。"我说。

"你喝醉了？"

"什么叫'醉'？"

他叹了口气："你醉了。"

"有人摸我。"

"什么？"

"一个男人，在酒吧，他抓住了我的屁股。"

电话另一头，他沉默了，好像在等我说重点。

"他问都没问我，就摸了我。"

"你不必事事都向我坦白，"他说，"你还年轻，可以找点乐子。"

他问我此刻是否安全，让我明天早上给他打电话，像个家长一样替我着想，对我的了解比我真正的父母还要多，我和他们不过每周日晚上通个电话，20分钟，有一搭没一搭地聊上几句。

我躺在瓷砖地板上，头下枕着一条毛巾，嘟嘟囔囔地说："对不起，我糟糕透了。"

"没关系。"他说，可我想让他告诉我我一点都不糟糕，我很漂亮、很珍贵、很稀罕。

"好吧，都是你的错，你知道吗？"我说。

他停顿片刻："好吧。"

"我所有的问题都是因你而起。"

"不说这个了。"

"是你把我弄得一团糟。"

"宝贝，去睡吧。"

"我说错了吗？"我问，"告诉我我说错了。"我盯着天花板上的水渍。

最后，他说了句："我知道你是这么相信的。"

课上就《暴风雨》展开讨论时，亨利让所有人两两结对。短短几秒钟，每个人都通过难以察觉的手势和眼神找好了同伴，然后相互拉近椅子，而我站在那里，四处张望，看有没有谁落单。我环顾教室，发现亨利正看着我，神色温柔。

"凡妮莎，过来。"艾米·杜塞特挥了挥手。我坐过去，她凑过来小声说："我还没看，你呢？"

我耸了耸肩，撒谎道："我大概扫了一眼。"实际上，我看了两遍，还打电话和斯特兰讨论了一下。他告诉我，如果想要给教授留个好印象，我要么说这是一部后殖民主义戏剧，要么开玩笑说这是弗朗西斯·培根写的。我问弗朗西斯·培根是谁，他不肯告诉我。"别指望我帮你把所有活儿都干了，"他说，"自己去查。"

向艾米介绍情节时，我用余光看到亨利正在挨对查看讨论情况。他向我俩走来，我猛地提高音量，声音响亮得近乎刻意："不过，这部戏剧到底讲了什么其实并不重要，因为创作它的人并不是莎士比亚，而是弗朗西斯·培根！"

亨利笑了出来——真正意义上的开怀大笑。

下课后，我刚要出门，他拦住我，递来我就《泰特斯·安德洛尼克斯》中拉维尼娅这一角色写的论文。我在文章中关注的是她被拔掉的舌头，被砍去的双手，随后的沉默，以及面对强暴时语言的苍白无力。

"写得很好，"他说，"我也喜欢你开的玩笑，刚刚课上的那个，不是论文里的。"他脸红了，接着说，"论文里我倒是没读到玩笑，也许是我看漏了。"

"不是，论文里没有玩笑。"

"对。"他说着，脖子也涨红了。

在他边上，我非常紧张，只想赶紧逃走。我把论文塞进夹克口袋，把背包往肩上一甩，他拦住我，问道："你大四了，对吧？有申请读研吗？"

这个问题太过突然，我惊讶地笑了："不知道，我还没有打算。"

"你应该考虑一下，"亨利说，"单凭这一份作品，"他指着我口袋里的论文，"你也会是个有实力的申请者。"

回家路上，我把论文从头到尾读了一遍，先是细看亨利写在边上的批注，接着又读了读他点评过的句子，努力寻找这所谓的潜力。这篇文章我写得很仓促，光是第一段就有三个打印错误，结尾也很牵强。斯特兰只会给我一个 B。

11 月的第一周，斯特兰订了一家昂贵的海滨餐厅，还在酒店订了个房间。他让我打扮一下，于是我穿了一件细肩带的黑色丝质连衣裙，我只有这一件体面的衣服。斯特兰说，这是一家米其林餐厅，我假装知道这是什么意思。餐厅是用一间谷仓改造的，有风化的木墙、裸露的横梁、白色的桌布和棕色的皮质扶手椅。菜单上基本是扇贝配芦笋馅饼，牛里脊配鹅肝之类的菜品，都没有标注价格。

"我根本不知道这些都是什么。"我不耐烦地说，他误以为我是在不安。服务员过来后，斯特兰把我那份也点了——火腿裹兔腰、三文鱼佐石榴酱，甜点是香槟意式奶冻。上菜时，所有东西都摆在巨大的白色盘子中央，小巧、精致，看着都不像食物。

"你觉得怎么样?"他问。

"我猜还不错。"

"你猜?"

他看了我一眼,像在说我没良心。良心归良心,我就是演不来那种眨巴着大眼睛,对上流社会充满敬畏的乡下女孩。有一年生日,他带我去波特兰的一家类似的餐厅。那时,我还是很给面子的,看到食物就惊叹不已,隔着桌子小声说:"这感觉太梦幻了。"如今,我翻搅着意式奶冻,穿着夏天的连衣裙,冷得瑟瑟发抖,裸露的手臂上都起了鸡皮疙瘩。

他又给我俩的杯子里倒了点酒:"你有没有想过毕业后要干什么?"

"这真是个烂问题。"

"你要是毫无规划,这才是个烂问题。"

我把勺子从嘴唇间拔出来:"我还需要点时间好好想想。"

"你只剩七个月的时间了。"他说。

"不,我是说再多一年。也许我该故意全部挂科,争取点时间?"

他又投来刚刚的那种眼神。

"我在想,"我慢慢地说,同时把勺子插在布丁里打转,把它搅成泥状,"我如果想不出什么,能和你在一起吗?就当是个后备计划。"

"不行。"

"你连考虑都不考虑一下。"

"没什么好考虑的,这个想法简直荒唐。"

我往椅背上一靠,抱起双臂。

他凑上前，低下头，小声说："你不能搬来和我同住。"

"我又没说要搬过去。"

"你父母会怎么想？"

我耸耸肩："他们不需要知道。"

"他们不需要知道。"他重复道，一边摇头，"再说，诺伦贝加的人也会发现的。他们要是看到你和我住在一起，又会怎么想？我仍在努力摆脱那时发生的事，我可不想再陷进去。"

"好吧，"我说，"算了。"

"会好的，"他说，"你不需要我。"

"算了，就当我没提过。"

他言语间透着不耐烦，他很生气，我竟会问出这种问题，竟会有这种念头。我也很生气——我还是那么爱他，我还是一个孩子。多年前他预言说我20岁就会有一大把情人，他不过是其中之一，可我还差得远呢，都21岁了，还只有他一个。

出账单时，我一把抢过来，想看看金额：317美元。一想到一顿饭吃了这么多钱，我就反胃，但我什么也没说，只把账单递过去。

晚饭后，我们去了一家鸡尾酒吧，就在酒店旁的拐角处。暗色的窗户，沉重的大门，里头灯光昏暗。我们在角落里的一张小桌子旁坐下，服务员盯着我的身份证看了好一会儿，斯特兰不耐烦了，说："好了，差不多就行了。"边上坐着两对中年夫妇，正谈论国外旅行的经历，斯堪的纳维亚、波罗的海、圣彼得斯堡。其中一个男人使劲劝说另一个："你得去那儿，和这儿完全不一样，这儿简直是个鬼地方。你得去那儿。"我不知道他说的鬼地方是哪里——缅因州，美国，或者只是这个鸡尾酒吧。

斯特兰和我坐得很近，我们的膝盖挨在一起。偷听边上的夫妇讲话时，他把手伸到了我的大腿上。"喜欢这个酒吗？"他点了两杯萨泽拉克鸡尾酒，在我喝来就是威士忌的味道。

他的手滑到我两腿间，拇指摩挲着我。看他又是扭屁股又是清嗓子的样子，我就知道他兴奋了。我也知道，他喜欢在同龄男人和他们年老色衰的老婆面前摸我。

我一杯接一杯地喝着萨泽拉克，一连喝了三杯。斯特兰的手一直放在我腿上。

"你都起鸡皮疙瘩了，"他喃喃地说，"哪有女孩11月份了还不穿长筒袜啊？"

我想纠正他，你说的是连裤袜——又不是20世纪50年代，谁还说"长筒袜"，没等我说出口，他自己回答起来：

"就是你这种坏女孩。"

到了酒店大堂，他办理入住手续，我等在一旁，端详着空荡荡的礼宾台，不小心把一沓小册子碰到了地板上。坐电梯去房间时，斯特兰说："前台那个男的好像朝我眨眼了。"电梯发出叮的一声，我们的楼层到了，斯特兰亲了我一下，像是希望门口等电梯的人能看到，可惜门开了，走廊里空荡荡的。

"我快吐了，"我拽住一个门把手，使劲往下掰，"你倒是给我开门啊。"

"那不是我们的房间。你干吗喝这么多？"他领着我穿过走廊，进入房间。我直奔洗手间，一屁股坐在地板上，抱住马桶。斯特兰站在门口看着我。

"价值150美元的晚餐就这么白白浪费了。"他说。

我醉得太厉害，没力气亲热了，可他还是想要。我把头靠在枕头上,接着便不省人事了。

早上,他开车送我回亚特兰提卡,收音机里播放着布鲁斯·斯普林斯汀的《红发姑娘》。斯特兰听了歌词,悄悄瞥了我一眼,狡黠地笑着,想让我也笑一笑。

> 好了,听着,小子
> 你在虚度光阴
> 直到你屈膝跪地,去品尝
> 一个红发姑娘

我伸手把收音机关掉:"这太恶心了。"

我们安静地开了几英里,他说:"忘记告诉你了,布罗维克新来的辅导员和你们学院的一个教授结婚了。"

我仍宿醉未醒,懒得在意,咕哝了一句"真叫人激动",便把脸颊贴在冰凉的车窗上。窗外的海岸线飞掠而过。

亨利的办公室位于校园内最大建筑的四楼。在亚特兰提卡,这栋野兽派风格的混凝土大楼着实碍眼。校内各部门大多设在那里,四层是英语系教授的办公室,门都敞开着,看得见里头的桌子、扶手椅和塞满的书架。每一间都让我想起斯特兰的办公室——粗糙的沙发,海沫色的玻璃。每次穿过这条走廊,我都感觉时间平直了,仿佛一张纸,被折叠了一遍又一遍,成了一只千纸鹤。

亨利办公室的门半掩着,透过几英寸宽的门缝,我看见他坐在办公桌前,用笔记本电脑看视频。我轻轻扣了扣门框,他猛地一惊,按下键盘上的暂停键。

"凡妮莎。"他说着，拉开门，看到是我而不是别人，他似乎很高兴，声音都扬了起来。他的办公室和我开学前看到的一样，依旧空荡荡的，没铺地毯，墙也光秃秃的，不过屋里添了一丝杂乱。桌面上摊着散乱的论文，书随意地堆在书架上，一个满是灰尘的背包挂在文件柜旁，一根背带荡在下面。

"你在忙吗？"我问，"我可以改天再来。"

"不，不，只是尽量处理点事情。"我俩不约而同地瞥了一眼他电脑上暂停的视频，一个男人抱着把吉他，定格在屏幕里。"我是说'尽量'。"他补充道，指了下边上的空椅子。坐下前，我目测了一下椅子和办公桌间的距离——离得不远，但也不近，至少他没法突然伸手摸我。

"关于期末论文，我有个想法，"我说，"不过要涉及我们课上没讲过的文本。"

"你有什么想法？"

"嗯，纳博科夫？莎士比亚在《洛丽塔》中的体现？"

大一那年，在一节探讨不可靠叙述者的课上，我说《洛丽塔》是一个爱情故事，教授没让我把话说完，就打断了我："说这部小说是个爱情故事，说明你对它误读太深。"自那以后，我再也不敢在任何课上提起它。

可亨利只是抱着双臂，靠在椅背上。他问我在《洛丽塔》和课上阅读的戏剧中看到了什么关联，于是我向他解释我发现的相似之处：《泰特斯》里，拉维尼娅在地上划出强暴她的人的姓名，而看到如果陌生男人给她糖果，她应该采取类似做法的建议时，遭到强奸、沦为孤儿的洛却嗤之以鼻；《亨利四世》里福斯塔夫像拐骗任性的孩子那样引诱哈尔离开家人；《奥赛罗》中象征贞洁的草莓手帕和亨伯特拿给洛的草莓图案睡衣。

听到最后一点，亨利皱起眉头："我不记得有睡衣这个细节。"

我打住，在脑海中飞快地翻阅小说，试图准确回忆起那一幕，是在洛的母亲去世之前，还是在洛与亨伯特第一次公路旅行时住的第一家旅馆里。突然，我的身体抖了一下。我想起斯特兰从梳妆台的抽屉里拿出睡衣，我用手指抚摸它，在他的卫生间里试穿，那刺眼的灯光和冰冷的瓷砖地面。就像很多年前我在某部电影中看到的场景，隔着安全的距离观看到的东西。

我眨了眨眼。亨利坐在椅子上，微张着嘴，温柔地看着我。

"你还好吧？"他问。

"大概是我记错了。"我说。

他说没关系，而且整个想法听起很不错，非常棒。大家的论文题目他基本都听了，目前我的是最好的。

"你知道吗，"他说，"《洛丽塔》中我最喜欢的一句是关于蒲公英的描述。"

我思索片刻，努力回想是在哪儿……蒲公英，蒲公英。我能在脑海中再现书中的那一行，那是小说一开始，他们在拉姆斯代尔，洛的母亲还活着。"大多数蒲公英都从日的金黄变成了月的皎白。"

"月的皎白。"我说。

亨利点点头："从日的金黄变成了月的皎白。"

那一瞬间，我们的大脑仿佛接通了，就像有一根电线从我脑中伸出，钻入他的大脑内。我们看到了同样的画面，它在脑海中扎根、开花。奇怪的是，在整部肮脏的小说中，他最喜欢的句子竟如此纯洁，不是在描画洛丽塔小小的、柔软的身体，也不是亨伯特的自我辩解，而是无比可爱的前院杂草的形象。

亨利摇了摇头，我们之间的那根电线断了，那一瞬间结束了。"嗯，不管怎么说，"他说，"这句话不错。"

2006 年 11 月 17 日

　　刚和教授聊了半个小时《洛丽塔》，他告诉我他最喜欢的一句话是："大多数蒲公英都从日的金黄变成了月的皎白。"（73 页）听他说出"性感少女"的那一刻，我真想把他撕开、吃掉。

　　他察觉到我的一些特别之处，发现我十分了解这部小说。我提到一个小细节——亨伯特因为第一任妻子脚上穿着黑色天鹅绒拖鞋而被她吸引，教授问："你是在某门课上读过，还是……"他问我怎么对这部小说那么了解，我告诉他它是我的，它属于我。

　　我说："有时候有一本书它就是你的，你能明白吗？"他点点头，像在说他完全理解。

　　我相信他没有什么不良动机，只不过觉得我是个聪明的女孩，富有洞察力。但又会有这样的时候：我离开他的办公室前，他看着我穿上外套，我套不进袖子，翻找的时候趔趄了一下，他有个小举动，像要过来帮我，但控制住了，没有过来，可他的眼神那样温柔。S 是唯一一个用那样的眼神看过我的人。

　　是我贪婪或者痴心妄想？又跟老师搞暧昧，饶了我吧，不至于这么倒霉吧。可真要发生，还是会被当成同样的事情吗？此时的基本事实要容易接受得多：我 21 岁而非 15 岁，他 34 岁而非 42 岁，两个自主的成年人。丑闻还是恋爱，谁知道呢？

显然，我想多了，但我也知道我骨子里是什么人，我能变成什么样子。

在诗歌出版社实习期间，我们忙着筹备一位著名诗人的新书发布会。我和另一个实习生吉姆花了两周时间准备发布会材料，将设计好的方案给老板和负责发布会的副总监看，又反复修改。被问到想不想开车去波特兰机场接这位诗人时，我立马抓住这次机会。我想好当天要穿什么，还列了一个开车回学院的路上讲的话题清单。我甚至把自己最满意的诗歌打印出来，梦想着他会感兴趣，虽然这不免冒失得叫人尴尬。

诗人来的前一天，我正在厨房里拿电水壶接水，总监艾琳找到我。

"凡妮莎，嘿。"她说，把尾音拉得长长的，像是要就什么不幸的事安慰我。我没想到她竟然记得我的名字。去年春天面试过后，她就没和我说过话。

"说起来，罗伯特明天就到了，"她说，"我记得你说你会去机场接他，但罗伯特这人有点，你知道的……"她期待地看着我，见我只是盯着她，她小声说，"他可能有点冒失，你懂的——毛手毛脚的。"

我惊讶得直眨眼，手上还握着电水壶："哦，这样啊。"

"上次给他办活动时，出了点状况，虽然'状况'这个词有点过。小事，真的，但保险起见，你最好离他远点。你明白我要说什么吗？"

我脸上火辣辣的，使劲地点头，水在壶里晃荡。艾琳也脸红了，似乎告诉我这些，她也挺难为情的。

"所以是不用我去机场接他了吗？"我问，我以为她会说不，别傻了，你当然要去。可艾琳苦笑了一下，仿佛不想同意但又不得不认同。

"我想最好是这样。我问问詹姆斯，看他愿不愿意去。"

我差点问詹姆斯是谁，不过立马意识到她指的是吉姆。

"谢谢你的理解，凡妮莎，"艾琳说，"这真的很重要。"

之后一下午，我理了一遍提交的材料，看完却什么也记不住，心怦怦跳，牙齿直打战。艾琳说"你最好离他远点"时的样子令我毛骨悚然。这话不断浮现在我耳边，她说"你"时的语气，好像我是个麻烦。

之后的一个学期，我没有再买叶子，酒也喝得少了。我没有刻意做什么，只是偶然发现自己已经一周半没喝醉了。我洗碗，打扫卫生间，甚至定期洗衣服，不至于落得拿泳裤当内裤穿。

我经常在学校里看到亨利·普劳。每周三次，我们会在学生中心碰到对方。我在校图书馆打工，正把书重新放回书架上，他出现在转角处，差点撞到小推车。在公寓楼下的咖啡店排队点单时，他排在我前面第四个，一想到他离我睡觉的地方那么近，我的胃就翻腾起来。有时候，在路上碰到时，我会扑上前，问一些我已经知道答案的关于研讨会的傻问题。有一回我从他身边经过，挥拳打了一下他的手臂，他惊讶地傻笑起来。其他时候，当觉得自己表现得过分热络时，我就对他视而不见，假装不认识他。如果他向我打招呼，我就眯起眼睛。

本学期最后一篇论文是他课上的，我到考试周的周五下午才完成。论文刚打印出来，还有些烫手，我便急急忙忙穿过校园，经过空荡荡的停车场和黑漆漆的办公楼去他办公室找他。办公楼里,英语学院一排办公室的门都关着,亨利的也是,可我知道他在里头。进来前,我看了一眼,他窗户的灯还亮着。

我没有敲门,而是把论文塞到门缝底下,希望他能看到,留意到封面上我的名字,赶紧过来开门。我屏住呼吸,门把手转了一下,门开了。

"凡妮莎。"他惊讶地喊出我的名字,把论文从地上捡起来,问:"写得怎么样?我一直等着拜读呢。"

我耸了耸肩:"你不该期望过高。"

他翻了翻开头几页:"怎么能不高?你每次交的东西都很出色。"

我站在门口,不知道该怎么办。论文写完了,学期也结束了,我没有理由找他讲话了。他坐着,转过来面对我,身体微微往前倾,仿佛想让我留下来。我得听他亲口说出来,我看着他的眼睛。

"你可以坐下。"他说。这是个邀请,但决定权在我。

我选择坐下,留下来。我们沉默了一会儿,直到我笑了笑,自认为宽厚地指了指他书桌上方塞得满满的书架:"你的办公室太乱了。"

他放松下来:"确实一团乱。"

"不过我没资格批评你,"我说,"我也很乱。"

他看了看那堆快要溢出来的马尼拉文件夹,以及办公桌边上那台没有连接的打印机和杂乱的电线:"我安慰自己说我更喜欢这样,但或许我只是自欺欺人。"

我咬着下嘴唇,想起自己以前总是对斯特兰说同样的话。我环顾了一圈办公室,看到书架顶端有两瓶未开封的啤酒藏在书中间:

"你这儿还藏酒了。"

他看着我指的方向:"我这藏东西的功夫也太不到家了。"他站起来,把酒瓶的另一面转过来,好让我看清标签:莎士比亚黑啤。

"原来如此,"我说,"书呆子啤酒。"

他笑起来:"我得辩解下,这是别人送的。"

"你留着它们干什么?"

"留着倒也不为了干什么。"

不用猜也知道我接下来想说什么。他似乎屏住了呼吸,等着我说出口。

"要不现在喝了?"我开玩笑地说。他大可以说:凡妮莎,我觉得这不是个好主意。也许换个学生问他,他就会那么说。可他都不假装思考一下,只是举起双手,好像我逼得他招架不住了。

"好啊!"他说。

接着,我掏出钥匙串,上面挂着一个开瓶器。我们碰了一下酒瓶,常温啤酒的气泡直往我的鼻腔里冲。看他喝酒就像躲在帘子后面偷窥,我好像看见他在酒吧里,在家里,坐在沙发上,躺在床上。不知他会不会批改作业直到深夜,会不会故意把我的作业压在底下,留到最后再改。

不——他不是那样的人。他很善良,非常孩子气,抬起酒瓶喝之前,还向我羞怯地咧嘴一笑。我才是那个别有用心的人,那个引诱他掉进陷阱的堕落者。我真想叫他放聪明点,不要轻信别人。亨利,你不能在办公室里和一个学生喝啤酒。你知道这有多愚蠢,多容易给自己惹麻烦吗?

他问我下学期有没有选他的哥特文学研讨课,我说我不确定,我还什么课都没选。

"得开始了,"他说,"你快没时间了。"

"我总是拖到最后一分钟,我就是个废物。"我抬起酒瓶,喝了一大口。废物。他一直夸我聪明,可我就喜欢在他面前这样说自己。

"不好意思,说了些粗话。"我补充道。

"没事。"他说。我留意到他的神色间多了一丝关心。

他问起我的其他课程、我对未来的打算,还有我有没有再考虑申请研究生。现在申请秋季入学是来不及了,但我可以提前做好明年的申请工作。

"还没想好,"我说,"我父母甚至没上过大学。"我不知道这有什么关联,但亨利若有所思地点点头。

"我父母也是。"他说。

如果我决定要申请,他说,流程这一块他可以帮我引路。我不禁留意到他的用词——引路。我想象着一张地图铺在桌面上,我们两个脑袋凑在一起。会有办法的,凡妮莎,我和你一起想。

"我还记得一开始考虑申请时,我缩手缩脚的,"亨利说,"感觉就像踏上完全陌生的领域。你知道吗,来这儿之前,我在一所预备学校待了一年。教那些小孩子的感觉很奇特,有时,我会觉得他们似乎生来就带着一种优越感。"

"我在那样的学校待过一两年。"我说。

他问我是哪所学校,我回答是布罗维克时,他似乎有些局促。

他把啤酒瓶放在桌上,合起双手。"布罗维克学校?"他问,"是在诺伦贝加吗?"

"你听说过?"

他点点头:"也是巧了,我,呃……"

我口里含着啤酒,喉咙紧绷绷的,难以下咽,我等着他说下去。"我有个朋友在那里工作。"他说。

一阵恶心感涌上我的喉咙,我手抖得厉害,努力想把酒瓶放下,却不小心打翻了。瓶子差不多空了,剩下的一点酒洒到了地板上。

"哦,天哪,对不起。"我说,刚把瓶子扶起来,我又打翻了一次,索性放弃,直接丢进垃圾桶里。

"嘿,没事的。"

"洒出来了。"

"没事。"他笑起来,像是觉得我傻。当我把脸上的头发撩开时,他看到我在哭,却不是正常的哭法,只是眼泪止不住地淌到脸上。每当这样子哭的时候,我都不确定眼泪是不是从我眼睛里流出来的,感觉更像是从身体里拧出来的,就像拧一块海绵。

"真是太难为情了,"我用手背擦了一下鼻子,说,"我真像个白痴。"

"别这样,"他摇摇头,不知所措,"别这么说,你很好。"

"你朋友是做什么的?他是老师吗?"

"不是,"他说,"她是——"

"是女性朋友?"

他点点头,一脸关切,我想着可以向他坦白所有,他会听的。我还没开口,就已经感受到了他的善意。

"你还认识那里的其他人吗?"我问。

"没了,"他说,"怎么了,凡妮莎?"

"我被那里的一个老师强奸了,"我说,"当时我才15岁。"我很震惊,谎言就这样脱口而出,虽然我不知道自己是在撒谎,还是只是没有说出真相。"他还在那里,"我补充道,"因此听到你说你认识那里的人，我就……我就慌了。"

亨利用手抹了一把脸，又捂住嘴。他拿起酒瓶，又放下了。最后，他说："我很震惊。"

我刚张嘴想澄清，想解释我夸大其词了，我不该用那个词，他却先开口了。

"我有个妹妹，"他说，"她也遭遇了类似的事情。"

他瞪着那双悲伤的大眼睛，望着我。他的每一寸面孔都是温和版的斯特兰。我不禁想象他跪下来，把脸贴在我的膝头，并非哀叹他终将毁了我，而是惋惜另一个男人已经先他一步。

"我很抱歉，凡妮莎，"他说，"虽然我知道这么说无济于事。我真的很抱歉。"

我们沉默了一会儿，他向前倾着身子，似乎想要安慰我——他的善良就像浴缸里温暖的、乳白色的水，轻轻拍打着我的肩膀。我不配拥有。

我盯着地板，说："请不要告诉你的朋友这件事。"

亨利摇了摇头："绝对不会。"

圣诞节第二天，我开车去斯特兰家，车里大声播放着菲奥娜·艾波的歌，我跟着唱得嗓子冒烟。我缩在驾驶座上，驶过诺伦贝加市中心的街道，把车子停在他家对面图书馆的停车场，接着，用兜帽盖住我那容易识别的头发，跑到他家门口——斯特兰要我做的谨慎措施，我也一直听他的，这一系列动作都成习惯了。

一进门，我便心虚得厉害，躲开他的手，不敢看他的眼睛。我担心他知道我对亨利说了什么。亨利有可能告诉他的朋友，他的朋友又告诉布罗维克的其他人，用不了多久风言风语就会传到斯特兰耳朵里。我总疑神疑鬼地觉得他知道我所说的、所做的每一件事，他能够窥探我的内心。

他递来一个包好的礼物，要给我个惊喜，一开始我不敢拿，担心这是一个陷阱，打开盒子，我只会发现一张纸条，上面写着，我知道你做了什么。他以前从没送过我圣诞礼物。

"愣着干吗？"他笑着说，把礼物举到我胸前。

我低头看着它，它像个装衣服的盒子，裹着厚厚的金色包装纸，扎着红色丝带，一看就是售货员的手艺。"可我什么也没给你准备。"

"我也不指望你准备什么。"

我撕开包装纸，里头是一件深蓝色的厚毛衣，领子边上是一圈奶油色的费尔岛图案。"哇哦。"我把它从盒子里拎起来，"我太喜欢了。"

"你听起来很惊讶。"

我把毛衣套到头上："没想到你会注意我穿什么样的衣服。"这话真蠢，他当然注意到了。他清楚我的一切——我的过去，我的未来。

他给我俩做了红酱意面——终于不是鸡蛋和吐司了，他把盘子摆在吧台上，摆上餐具，叠好餐巾，好像这是一次约会。他问我下个学期选了什么课，听我介绍课程内容和阅读书目时，也没有像往常那样说好嫌歹。当说到期末考试和交给亨利的论文时，他打断我。

"他就是那个教授，"他说，"主攻英国文学，来自得克萨斯？

就是他，他老婆就是他们新聘请的学生辅导员。"

我狠狠咬了一下舌头："老婆？"

"佩内洛普，研究生刚毕业，考了个临床社会工作者学位——管它是什么社会学位呢。"

我感觉呼吸骤停，僵在吸气与呼气之间。

斯特兰用叉子敲了敲我的盘子边缘："你没事吧？"

我点点头，强迫自己咽下一口食物。我有个朋友在那里工作。朋友，他是这么说的，还是我记错了？可他为什么要说谎？也许他太同情我了，不想在那样的语境下提到另一个女性。可他提到了他的妹妹——而且，他撒谎的时候我还没有说到被强奸的事。那么，他为什么要说谎？

我问她是个什么样的人，这是我能想到的最普通的问题，因为我不敢问我真正想问的——她长什么样？她聪明吗？她穿什么样的衣服？她会提起他吗？可即使我不问，斯特兰也知道。见我那竖着耳朵、汗毛直立的样子，他就明白了。

"凡妮莎，离他远点。"他说。

我沉下脸来，假装生气："你瞎说些什么？"

"做个好女孩，"他说，"你知道自己有什么能耐。"

我们吃完饭，把盘子放进水槽，我刚要上楼去他的卧室，他拦住我。

"我得告诉你件事，"他说，"先过来。"

他领着我去客厅，我心想，完了，他要和我对峙了。难怪他会提起亨利——他要一点一点引我上钩。可他让我坐在沙发上，警告我说他接下来要说的事情听起来会比实际情况糟糕，但这只是一场误会，是一个不幸的境况。

他所说的与我预想的大相径庭，我打断他："等等，所以和我无关？"

"不是，凡妮莎，"他说，"不是每一件事都与你有关。"他叹了口气，用手捋了下头发，"对不起，"他补充道，"不知道为什么，我很紧张。我想也只有你能理解了。"

他说学校里出了点状况。事情发生在 10 月，他在教室里值班，一对一地帮一个学生解答论文问题。那个女生，她总是有各种各样的问题。一开始，他以为她只是焦虑，担心成绩，可当她愈发频繁地出现在他的教室里时，他意识到她迷恋上了自己。他坦言她让他想起了我——她那轻浮的举止，毫无戒备的爱慕。

那个 10 月的下午，他们并排坐在研讨桌旁，他在看她的论文初稿。可能是担心成绩，或是离他太近，她紧张得不得了，都快打摆子了，于是，讨论过程中，他伸手拍了拍她的膝盖。他原是出于好意，想安慰她。可那女生误会了，把这举动曲解成丑陋的东西，还告诉她的朋友他调戏她，想和她上床，说他性骚扰她。

我抬起手，打断他："你用的哪只手？"

他惊讶得直眨眼。

"你摸她的时候，用的哪只手？"

"这有什么关系？"

"你再做一遍，"我说，"我想看看你到底做了什么。"

接着，在沙发上，我让他给我示范。我从他身边躲开，同他保持一定的距离，双膝并拢，挺直腰板——我还记得一开始坐在他边上时，我就是这个紧张的姿势。我看着他伸过手，拍了拍我的膝盖，这熟悉的感觉让我想吐。

"说了没什么。"他说。

我推开他的手："谁说没什么,你和我就是这样开始的,你也是摸了我的腿。"

"胡说。"

"就是这样的。"

"不是,早在我摸你之前,我俩就开始了。"

他说得那么肯定,看得出之前对自己说过很多次。可是,如果不是他第一次摸我时开始的,那是什么时候开始的呢?是我在万圣节舞会上喝醉了,他告诉我他想哄我入睡,吻我,和我道晚安的时候,还是我千方百计在下课后找他说话,和他独处,感受他看我的眼神的时候?是他在我的诗稿旁边点评,凡妮莎,这首诗让我有点害怕的时候,还是开学第一天,我看着他满头大汗地在开学典礼上讲话的时候?也许根本就没有一个确切的开始时间,也许命运就是要我们在一起,我和他都无可奈何,无可指责。

"这完全没有可比性,"他说,"这个学生对我来说什么都不是,所谓的肢体接触压根不存在。不过几秒钟的事情,我的生活不该就这么平白无故地毁了。"

"这为什么会毁了你的生活?"

他叹了口气,靠在沙发上:"行政处听到后,说要做个调查。不过是轻轻拍了两下膝盖!这简直是清教徒式的歇斯底里。我们还不如住到塞勒姆去。"

我盯着他,看他会不会心虚,可他一脸无辜——忧心忡忡,额上满是皱纹,一双眼睛在镜框后瞪得大大的。但我还是很想发火,他说摸的那两下算不了什么,可我知道,那样的触碰意味着什么。

"你为什么要告诉我?"我问,"是想让我和你说没关系,我原谅你?说实话,我不能原谅。"

"不是,"他说,"我不想求你原谅我,这有什么需要原谅的?我告诉你是想让你知道我依旧背负着爱你的后果。"

那一刻我真想翻白眼,但及时收住了,可他还是看到了。

"随你怎么嘲笑我,"他说,"可在你的事情发生前,没有人会草率地下这样的结论,他们绝不会宁愿相信这个女孩的话也不信我。他们都是我的同事,我们一起工作了二十年。可如今我的名誉毁了,这二十年也就没有意义了。每个人都把我往坏里想。我受尽白眼和怀疑,还惹来一场轩然大波!我的天哪,我就是善意地拍了拍她的膝盖,没有多想,可它却成了我堕落的罪证。"

你到底摸过多少个女生?话到嘴边,我没有说出来,又吞了回去,喉咙火烧火燎,胃里又添了团灰烬。

"爱你让我打上了变态的烙印,"他说,"我其他的一切都不重要了,一次越轨就定义了我的下半辈子。"

我们安静地坐着,屋里的声音仿佛扩大了——冰箱的嗡嗡声,暖气的咝咝声。

我告诉他我很抱歉。我不想说,但又觉得必须说,他需要听到这个,他像拔牙一样把这话从我口中拽了出来。我很抱歉你永远无法摆脱我的阴影。我很抱歉我们一起犯的错太恶劣,没有挽回的余地了。

他原谅了我,说没关系,伸手拍了拍我的膝盖,突然又意识到自己的举动,停了下来,把手攥成一个拳头。

睡觉时,我们躺在他的法兰绒床单上,穿着衣服,我想到他摸的那个女生,她没有面孔,没有身体,只是一个控诉的幽灵,昭示着一个显而易见的事实:我一天天老去,而每一天都有比我年轻的女孩来到这个世上,或许某一天她们就走进了他的教室。我想象着她们的样子，她们光亮的头发、生着细软绒毛的手臂。想得累了，思绪刚一平静，却又想起他说的关于亨利和他妻子的话，突然又误入迷宫的另一侧。我想起我告诉亨利有关斯特兰的事，想起我激烈的措辞，他当晚回家后，肯定把一切都告诉了他妻子。我让他承诺不要说，可这承诺不过是他谎言的延伸。他当然会告诉她，他必须得说——而她又将告诉谁呢？她既然是辅导员，会不会有义务上报呢？一想到消息很快就会传回来，我就口干舌燥，怎么也走不出这思绪的迷宫。我真傻，竟以为我说的话传不到斯特兰耳朵里。

约莫半夜，我们听到警笛声。一开始还比较微弱，接着越来越近，到后来听起来就像门口。我一度觉得这是来抓我们的，警察下一秒就会破门而入。斯特兰下了床，从窗子向外看。

"我什么也看不见。"他抓起一件毛衣，走出卧室，下楼来到前门。一开门，寒风裹着刺鼻的烟雾灌了进来，直冲到楼上，熏得满屋子都是。

他冲我喊道："街区那头着火了，火势很大。"过了几分钟，他穿着他的派克大衣和靴子跑上楼，说，"走，我们过去看看。"

我们穿了一层又一层，只留双眼睛露在围巾外面，想必谁也认不出来。我和他走在积雪的人行道上，我们可以是普普通通的任何人。我们跟着警笛声和烟雾走去，却不见火，直到拐了个弯，看见五层楼高的共济会教堂冒着火光，可建筑外头却结着一层冰。六辆消防车停在建筑外围，消防水管都开到最大，可夜里太冷了，喷过去的水一接触建筑的石灰石外墙便冻成了冰，而楼里的火焰却熊熊燃烧着。消防员越想浇灭大火，建筑外的冰壳就越厚。

围观时，斯特兰伸手拉住我戴着连指手套的手，紧紧握住。最后，消防员也放弃了，和我们一样，站在一旁，看着建筑燃烧——

边上围了一小群人,还来了一辆新闻车。我和斯特兰看了很久,手握着手,强忍着的泪水在睫毛上结成了冰晶。

后来,我身心俱疲地躺在他床上,问:"关于那个女生你还有什么没告诉我的吗?"见他不回答,我干脆问道,"你上她了吗?"

"见鬼,凡妮莎。"

"有也没关系,"我说,"我会原谅你的,我只是需要知道。"

他转过来,双手捧着我的脸:"我摸了她两下,就是这样。"

我闭上眼睛,他一边摸我的头发,一边用种种恶毒的字眼骂她:骗子、小贱人、情感障碍女。如果他知道这些年来我在心里都是怎么叫他的,如果他发现我对亨利说了什么,不知他会怎样骂我。我不作声,我的沉默那样靠得住,他没理由不相信我。

凌晨3点,我醒来,从他沉重的胳膊底下钻出来,光着脚踏在冰冷的地板上,溜出卧室,来到楼下厨房。他的笔记本电脑就放在厨房灶台上。我打开电脑,浏览器加载出他的布罗维克邮箱的收件箱页面。每周的校内简讯,教职工会议的会议纪要——我下拉页面,直到看到"关于骚扰学生的报告"这一主题。突然传来一阵响动,我僵住了,一只手悬在触控板上,另一只手准备合上电脑。接着又安静了下来,我点开邮件,快速浏览内容。信是校董事会发来的,用词官方、费解,但我也不想知道细节,我只是在找一个名字。我上下滑动页面,眼睛在屏幕上来回扫视,接着在第二行看到了它:投诉人,泰勒·伯奇。我关掉电子邮件,上楼溜回床上,回到他的胳膊底下。

## 2017 年

泰勒上班的地点离我的酒店只有五个街区远，是一栋钢筋和玻璃组成的大楼，矗立在一片石灰石和砖块建筑之中。我知道她公司的名称，创意合作社，看介绍是个创意工作室，可我并不清楚里头的人都在做什么。楼里十分敞亮，摆着真皮沙发，人们坐在宽敞的桌子前，对着笔记本电脑。人人笑容满面，朝气蓬勃，不然，就是很酷——时髦的发型，奇异的眼镜，极简的穿搭，给人一种很年轻的视觉效果。我抓着包，傻傻站着，直到一个戴金丝圆框眼镜的女生过来问我："您是找人吗？"

我环顾四周，房间太大了，人太多了。我下意识地念出她的名字。

"泰勒？我看看，"女生转身，扫视了一圈，"她在那儿呢。"

我望着她指的方向：那人伏在电脑前，有瘦削的肩膀，浅色的头发。那个女生喊了一声："泰勒！"她抬起头。见她那副震惊的样子，我赶紧往门口逃。

"对不起，"我说，"我搞错了。"

听到她喊我的名字时，我已经在半个街区外了。她站在人行道中间，浅金色的辫子垂在肩头。她穿着一件高领毛衣，长长的袖子盖住手腕，没有穿外套。我们打量着彼此，她抬起手，手指从毛衣袖子里露出来，扯了扯辫子的发梢。忽然间，我仿佛看到了他眼中的她——14岁，缺乏自信，他从桌子后盯着她的时候，她担心的是自己的发梢。

"不敢相信真的是你。"她说。

我是带着排练过的尖刻台词来的，本想伤得她体无完肤。可当我让她别烦我时，我体内的肾上腺素一飙高，出来的声音又尖又颤。

"你还有那个记者，"我说，"她一直给我打电话。"

"好吧，"泰勒说，"她不该那样。"

"我对她无可奉告。"

"我很抱歉，真的，我告诉过她不要咄咄逼人。"

"我不想出现在那篇文章里，好吗？把这话告诉她，还有，告诉她，别写博客的事。我不想和这些事扯上任何关系。"

泰勒看着我，松散的发丝飘在脸上。

"我不想被打扰。"我说，我倾注全身气力吐出这句话，可话一出口，更像在乞求。错了，全错了，我听起来像个孩子。

我转身要走，她再一次叫住我。

"我们能聊聊吗？"她问。

我们去了一家咖啡店，三周前我在那里见过斯特兰。排队时，我近距离端详着她，她手指上戴着纤细的银戒指，左眼下一点睫毛膏晕染开来，衣服上带着檀香的气味，掏出信用卡帮我付咖啡钱时，她的手在颤抖。

"你不必这么客气。"我说。

"应该的。"她答道。

咖啡师启动意式咖啡机，传来一阵研磨和蒸汽喷涌的嘈杂声。不一会儿，喝的双双到了，一模一样的郁金香拉花。我们靠窗坐着，边上是一圈空桌子。

"说起来，你在那家酒店上班，"她说，"那一定很有趣。"

我嗤笑一声，泰勒的脸唰地红了。

"不好意思，"她说，"这么说有点蠢。"

她说自己很紧张，有些别扭，手还在颤抖，眼睛左顾右盼，就是不看我。我真想伸过手去安慰她。

"你呢？"我问，"那到底是家什么公司？"

见是个简单的问题，她如释重负，微微一笑。"那不是个公司，"她说，"而是个艺术家合作工作室。"

我假装明白地点点头："没想到你还是个艺术家。"

"这么说吧，不是视觉艺术家，我是诗人。"她端起咖啡，呷了一口，杯口上留下一个粉色的唇印。

"这么说你的职业就是诗人？"我问，"赚钱的那种？"

泰勒伸手捂了下嘴巴，像是烫到了舌头。"哦，不是，"她说，"这个不赚钱的，我还有副业，自由写作项目、网页设计、咨询，活儿不少。"她放下咖啡杯，合起双手，"好吧，那我就直接问了，你和他是什么时候结束的？"

这个问题叫我猝不及防，那样直截了当，又毫无新意。"说不上来，"我说，"不好确定。"她有些失望，肩膀似乎耷拉了下来。

"好吧，他是 2007 年 1 月和我分开的，"她说，"那时候，学校里传言刚起。我一直在想，他是不是也是在这种时候和你分开的。"

我努力保持着耐心的微笑，回想起那一年。1月？我记得他的坦白，记得那栋冰封的、着火的大楼。

"当然我的情况没有你的严重，"泰勒接着说，"他倒是没有害我被开除什么的，不过，他还是让我转出了他的课，不再搭理我。我感觉被抛弃了，很不好受——非常非常痛苦。"

我点点头，不知该做何评价，我不明白她所说的，也不知道她乐不乐意说这些。我问道："这么说这十年来你都没有和他联系？"其实我已经知道答案了——她当然没有，她面目扭曲地答道："当然没有！"并反问我，"那你呢？"这正是我想要的，一个说有的机会，表明自己与众不同，和她们划清界限——我们根本不一样。

"我们一直到最后都有联系，"我说，"他跳下去之前给我打电话了。我很确定我是最后一个和他说话的人。"

她倾身向前，桌子晃了一下："他说什么了？"

"他说他知道自己是个怪物，但他爱过我。"我等着看她恍然醒悟的表情——意识到她对他、对我，以及他们之间的事情都有所误解，可她只是哼了一声。

"是啊，像是他会说的话。"她抬起杯子，将咖啡一饮而尽，仿佛那是一杯烈酒。她擦了一下嘴巴，注意到我的表情。"不好意思，"她说，"我无意嘲笑你，只是这太符合他的作风了，你知道吗？假装自责，让你可怜他。"

我猛地一仰头，仿佛颅内的重量突然发生了改变。他就是这个样，这不就是他惯用的伎俩吗？我似乎不曾替他做过如此精练的总结。

"我能再问你个问题吗？"泰勒问。

我的大脑忙着恢复被她破坏的平衡,几乎听不见她在说什么。她所说的一定是猜测,是对他挣脱教师角色,展露自我的某些时刻的主观臆断。这样的描述也不见得精辟。贬低自己以博取同情——这事谁没干过?

"那个时候,你对我了解多少?"她问。

我恍恍惚惚地答道:"没多少。"

"没多少?"

我眨了眨眼,面前的她清晰起来,面孔那样锐利,看得我眼睛疼。"我只知道有你这个人,可他说你……"我差点脱口说出什么也不是,"是个谣言。"

她点点头:"他一开始也是这么说你的,"她收起下巴,压低嗓门,模仿起斯特兰来,"像乌云一样笼罩我的谣言。"

令我诧异的是,她听起来那么像他,他抑扬顿挫的腔调,他形容我的比喻,那意象总让我幻想他被雨无情地追赶着。"这么说你早就知道我了?"

"当然,"她说,"每个人都知道。你简直就是个传奇,那个和他传过绯闻,东窗事发后又销声匿迹的女孩。可故事太过模糊,没有人了解真相,所以一开始他说故事不是真的时,我相信了他。现在想来确实尴尬,这哪能有假?他当然有过前科,我只是……"她耸了下肩,"是我太年轻了。"

她继续解释,后来斯特兰告诉了她关于我的真相,不过是在她"完全上钩"以后。他说我是他最深的秘密,说他爱过我,只是我长大了,不能像我在泰勒这个年纪时那样和他在一起了。

"他似乎真的心碎了,"她说,"这很不是滋味,可他一开始就让我看了《洛丽塔》。你也看过,对吧?他提起你的样子让我想起亨伯特·亨伯特第一个爱上的女孩，或许正是那个死去的少女让他变成了这样。当时，我觉得一个男人那样伤心是件很浪漫的事。可回头想想，我真是疯了。"

我原想端起咖啡，可手抖得厉害，杯子哐当一声掉了，咖啡洒得满手都是。泰勒赶紧站起来，抓了几张餐巾纸，一边擦桌子，一边接着解释。后来，她怀疑斯特兰还在和我见面——她偷看了他的手机，看到了所有的通话记录和短信，明白了真相。

"以前知道他要去见你时，我总是很嫉妒。"她看着我，用一张浸湿的餐巾纸擦拭桌子，辫子末梢扫过我的手臂。

"你和他亲热过吗？"我问。

她直直地瞪着我。

"我是说，他有强迫你吗？或者……"我摇摇头，"我不知道那该叫什么。"

她把餐巾纸扔进垃圾桶，又坐了下来。"没有，"她说，"他没有。"

"那么其他女孩呢？"

她摇摇头。

我大声喘了口气，如释重负："那他到底对你做了什么？"

"他侵犯了我。"

"可……"我环顾了一圈咖啡店，好像旁边桌子上的人帮得上忙似的，"这是什么意思？他亲你了吗，还是……"

"我不想关注细节，"泰勒说，"这没有帮助。"

"帮助？"

"对目标而言。"

"什么目标？"

她歪着头，眯起眼睛，以前我不知所措时，斯特兰也是这副表情。我一度觉得她又在模仿他。"让他为自己的行为负责的目标。"

"可人都死了，你还想拿他怎样，拖着他的尸体当街游行吗？"

她瞪大眼睛。

"对不起，"我说，"我不该这么说。"

她闭上眼睛，吸了口气，屏住呼吸，随后吐出那口气："没关系，这件事本来就很难开口，我们都已经尽力了。"

她接着说起那篇文章，希望它能将体制亏欠我们的全都公之于众。"他们都知道，"她说，"可他们并没有阻止他。"我猜她指的是布罗维克，校行政部门，但没有开口问。她说得太快，我跟不上。写文章的另一个目的，她说，是同其他受害者取得联系。

"这类事件的受害者吗？"

"不，"她说，"他的受害者。"

"还有其他人？"

"肯定还有，我是说，他教了三十年书。"她双手捧着空咖啡杯，嘬着嘴，"我知道你说过你不想出现在那篇文章里。"我张开嘴，可她接着说，"你可以匿名，没人会知道是你。我知道这很可怕，可想想它能带来的好处吧。凡妮莎，你所遭遇的……"她低下头，直视着我，"这是能够改变人们想法的故事啊。"

我摇摇头："我做不到。"

"我知道这很可怕，"她重复道，"起初，我也被这个想法吓到了。"

"不，"我说，"不是那样。"

她瞪着眼睛，等着我解释。

"我不认为自己被侵犯了，"我说，"我和你们肯定不一样。"

她惊讶地扬起浅色的眉毛:"你不认为你被侵犯了?"

咖啡店里的空气似乎一下子被抽走了,噪音被放大了,颜色变暗淡了。"我不认为自己是个受害者,"我说,"我知道自己在做什么,那是我想要的。"

"可是你才 15 岁。"

"尽管我才 15 岁。"

我继续为自己辩解,倒出那些说烂了的话。我和他同是黑暗的人,渴望同样的东西。我们的关系是很不堪,但绝不存在侵犯。泰勒的表情越惊恐,我便剖析得越透彻。当我说我和他之间的种种正是伟大的爱情故事的样子时,她伸手捂住嘴,仿佛快要吐出来了。

"真要我说实话,"我说,"我觉得你和这个记者的所作所为简直糟糕透顶。"

她的脸扭成一团,她简直不敢相信:"你是认真的吗?"

"你的话听起来不诚实,你口中有关他的一些事与我所知的事实不符。"

"你觉得我在撒谎?"

"我觉得你把他说得比真实的他不堪。"

"你明知道他对我做了什么,你怎么能这么说呢?"

"可我并不知道他对你做了什么,"我说,"你不肯告诉我。"

她颤抖着眼皮,把眼睛闭上。她把手掌按在桌子上,似乎想让自己平静下来。慢慢地,她说:"他有恋童症,你心知肚明。"

"不,"我说,"他不是。"

"你当时 15 岁,"她说,"而我才 14 岁。"

"那不是恋童症。"我说。她迫切地望着我。我清了清嗓子,小心翼翼地说:"更确切地说是恋青少年症。"

318

听到这话，连接她和我之间的那根线突然松了。她举起双手，仿佛在说，我受够了。她说她得回去工作了，收起空咖啡杯和手机的时候，她看也不看我。

我跟着她走出咖啡店，在门口绊了一下。突然，我有种冲动，想伸手抓住她的辫子，再也不松手。外面的人行道上空荡荡的，只有一个男人双手插在外套口袋里，盯着地面，吹着平稳的单音口哨，朝我们这边走来。泰勒瞪着那个男人，神色愤怒，我以为她会厉声呵斥他，让他闭嘴。可当他经过时，她转过身来，用手指指着我。

"以前，他侵犯我的时候，我总是想着你，"她说，"我以为你是唯一能理解我遭遇的人。我想……"她吸了口气，把手放下，"谁在乎我怎么想呢！我错了，大错特错。"她刚要往前走，又停下来，补充道，"我站出来后收到过死亡威胁，这你知道吗？有人把我的地址放到网上，说要强奸我，谋杀我。"

"嗯，"我说，"这我知道。"

"你就这样眼睁睁地看着别人质疑我们，一点忙都不帮，太自私了。如果你站出来，没有人能忽视你。他们必须相信你，到时，他们也必须相信我们。"

"可我不明白这对你有什么好处，他死了，没法道歉了，他永远都不会承认自己做错了什么。"

"这和他无关，"她说，"如果你站出来，布罗维克就不得不承认确有此事，他们就要为此负责。这或许能改变学校的管理方式。"

她满怀期待地看着我。我抬了下肩膀，她沮丧地叹了口气。

"我为你感到悲哀。"她说。

说完，她转身要走，我伸手拦她，手指滑过她的背。"告诉我他对你做了什么,"我说,"别说他侵犯你,告诉我到底发生了什么。"

她转过来,瞪大双眼。

"他亲你了吗?他把你带到他的办公室了吗?"

"办公室?"她重复道。我闭上眼睛,她的困惑令我感到宽慰。"为什么这对你那么重要?"她问。

我一张口,因为一词便要脱口而出——因为……因为不管你遭遇的是什么,它都坏不到哪儿去,因为我才是那个首当其冲的人,那个一生都被打上烙印的人,你凭什么嚷嚷着要那么多?

"他摸了我,可以了吧?"她说,"就在教室里,在他的桌子后面。"

我喘了口气,浑身乏力,站都站不稳了,就像万圣节舞会那天云杉树下的斯特兰。你知道我想对你做什么吗?那个时候,他还只是碰了下我——在他的桌子后面摸了我。

"但他在其他方面侵犯了我,"她说,"侵犯并不一定是身体上的。"

"那其他女孩呢?"我问。

"他也摸了她们。"

"只是这样吗?"

她嘲笑道:"是吧,我猜就是这样吧。"

所以他摸了她们。那晚在他家,他双手捧着我的脸,说,我摸了她两下,就是这样。那以后,他反复向我坦白的就是这些。那时我信了他,现在,我等着宽慰感再度袭来,可什么也没有,甚至没有愤怒,没有诧异。她的话并没有改变什么,这我早就知道了。

"我知道你的情况不同,"她说,"但一开始都是一样的,不是吗？把你叫到办公桌旁，你在博客上写了。我记得第一次读到的时候，我感觉就像在看自己的经历。"

"你那个时候就看过了？"

她点点头："我在他电脑的书签栏里找到的，以前还时不时匿名给你评论。我害怕极了，不敢用真名。"

我说我根本不知情——关于她看过我的博客，她的评论。

"好吧，那你知道什么？"她问，"你当真不知道我吗？"这个问题，她已经问过了，而我也回答了，只是现在它有了不同的意味。她在问我知不知道他对她做了什么。

我实话实说。"我知道，"我说，"我知道你。"他告诉过我，但他说她什么也不是，我也没再追问。我原谅了他，我甚至原谅了更恶劣的事情，他根本没做过的事情。和他对我做的事比起来，用手碰了一下腿又算得了什么呢？以前我觉得这无关紧要，哪怕现在她就站在我面前，我也很难理解这能造成多大伤害。他对你做的，真的有那么糟糕吗？值得你这么做吗？

"在你看来可能不值一提，"她说，"可这却足以让我崩溃。"

她留我一人站在人行道中央，大步离去，她的辫子在背上跳来跳去。我穿过广场走回家，广场上的巨型圣诞树张灯结彩。正值午休，高中学生在路上闲逛，男生戴着兜帽，成群的青春期女孩穿着牛仔衣和磨坏的运动鞋。听到她们的笑声，看到她们的马尾辫，还有斑驳的指甲油，我赶紧把眼睛闭得紧紧的，眼前都出现了火花和星星。他还活在我的身体里，试图让我透过他的眼睛看她们——一群坐在研讨桌前的无名女孩。他要让我记住她们什么也不是。他几乎分不清谁是谁。她们对他而言根本不重要。和我比起来，她们什么都不是。

我爱过你,他说,我暗淡的凡妮莎。

在鲁比的办公室里,我问她:"你觉得我自私吗?"

这不是我们惯常碰面的日子或时间,而且天色也不早了。我之前给她发了短信,我有急事。她总说有急事时可以找她,只是我从未想过自己哪天用得上。

"你不必掏空自己,我们有其他帮助你前进的方法,"鲁比说,"更好的办法。"

她坐在扶手椅上,看着我,极其耐心地等待着。窗外的天空是一片渐变的蓝色,从蔚蓝到钴蓝再到午夜蓝。我仰起头,头发从脸颊边滑落,我对着天花板说:"你没有回答我的问题。"

"不,我不觉得你自私。"

我把头摆正:"你应该这么觉得。一直以来,我都知道他对那个女孩做了什么。十一年前,他就告诉过我他摸了她。他没有撒谎,也没有向我隐瞒,只是我不在乎。"

她的表情没有改变,只是睫毛抖了一下,我知道我触动了她。

"其他女孩的事,我也知道,"我说,"我知道他也摸了她们。这些年他会在深夜给我打电话,我们会……会聊我年少时我们做的事。可他也会提起其他女孩,他会说起自己怎么把她们叫到办公桌旁,他会告诉我他做了什么,可我并不在乎。"

鲁比的脸色依旧没有变。

"我原本可以阻止他,"我说,"我知道他控制不住自己。如果我不再理睬他,他或许就收手了。其实他也不愿意,是我逼着他又经历了一遍。"

"他对你或是对其他人做的事并不是你的错。"

"可我知道他很软弱。你记得吗，你这么说过？而且你说得没错，我确实知道。他告诉过我他不能和我在一起，因为我激发了他内心的黑暗，可我不想抛下他。"

"凡妮莎，你知道自己在说什么吗？"

"我本可以阻止他的。"

"好吧，"她说，"就算你可以阻止他，这也不是你的责任，你也改变不了什么，因为阻止他改变不了你被侵犯的事实。"

"我没有被侵犯。"

"凡妮莎——"

"不，你听我说，别搞得好像我不知道自己在说什么一样。他从没有强迫过我，好吗？他确保事事都先征得我的同意，尤其在我还小的时候。他很谨慎，很善良。他爱我。"我把这话重复了一遍又一遍，可很快它就失去了意义。他爱我，他爱我。

我用手捂着头，鲁比让我深呼吸，可我听到的却是斯特兰的声音，他让我深呼吸，好让他继续。很好，他说，非常好。

"我他妈的受够了。"我嘀咕着。

鲁比蹲在我面前的地板上，她双手搭着我的肩膀，这是她第一次碰我。"你受够了什么？"她问。

"听到他的声音，看见他的样子，我所做的一切都无法摆脱他。"

我俩都没再讲话，渐渐地，我的呼吸平稳下来，她站起来，手从我身上移开。

她温柔地说："你能不能回想一下第一次接触——"

"不，我不能，"我把头靠在椅背上，身体紧紧地贴着靠垫，"我不能回去。"

"你不用回去,"她说,"你就待在房间里,只需回想一下你俩之间第一次算得上亲密的接触。在这段记忆里,是谁主动的,你还是他?"

她等待着,可我说不出口。是他。班上同学都在做作业,他把我叫到办公桌旁,摸了我。我坐在他边上,看着窗外,没有阻止他。我并不理解,也不曾主动要求。

我呼了口气,垂下头:"我办不到。"

"没关系,"她说,"慢慢来。"

"我只是觉得……"我用手掌压住大腿,"我不能失去坚守了那么久的东西,你明白吗?"硬生生挤出这话时,我的脸痛苦地扭曲了,"我只是真的需要把它想成一个爱情故事,你明白吗?我真的真的需要这样想。"

"我明白。"

"因为如果不是一个爱情故事,那它是什么呢?"

我望着她那双呆滞的眼睛,她脸上满是同情。

"它是我的生活啊,"我说,"这就是我全部的生活。"

她站在我身边,我说我很难过,非常难过,我像个孩子一样紧紧抓住胸口,指着哪里疼。此刻,唯一有意义的却是简单、平常的"难过"一词。

## 2007 年

春季学期，我又开始喝酒了，床头柜上立着一堆空酒瓶。不上课的时候，我就抱着电脑躺在床上，散热风扇嗡嗡直响，显示屏一直到深夜还亮着。我把小甜甜布兰妮抑郁期的照片翻了个遍，她剃了光头，用雨伞攻击狗仔队，瞪着困兽般的眼睛。八卦博客打着"前青少年流行音乐公主误入歧途"的标题，将这些照片发了一遍又一遍，惹出好几页幸灾乐祸的评论：什么乌七八糟的！……他们总是这个下场，真可悲……依我看她活不过这个月。

睡前，我把手机放在床边的窗台上，早上起床的第一件事就是看斯特兰打了多少次电话。和布里奇特在酒吧时，我感觉手机在震动，就把它从包里掏出来，举到半空，好让她看到屏幕上闪烁着他的名字。"我觉得很内疚，"我说，"可我就是不想和他说话。"我把调查的事告诉了她，像斯特兰一样称之为"猎巫行动"，明确表示他没有做错任何事，可我还是很生气。难道我没有生气的权利吗？"你当然有。"布里奇特说。

我开始每天查看泰勒·伯奇的脸书主页，点开她的公开照片，看着她的牙套和稀疏的浅金色头发。她平平无奇，让我感到既厌恶又欣慰。只有一张照片让我迟疑了：她穿着曲棍球服，咧着嘴，格子呢百褶裙垂到晒黑的大腿中间，扁平的胸口印着栗色的文字：布罗维克。可紧接着，我想起斯特兰对我15岁的身体的描述，他说我发育得很好，倒更像个女人。我想起汤普森小姐和她婀娜的身材。我不该那么着急地把他想成一个怪物。

虽然学分修满了，但我还是选了亨利的哥特文学研讨课。课上，当其他同学在讨论中磨磨蹭蹭时，他会转向我这边。教室里鸦雀无声，他的目光扫视一圈，总是落在我身上。"凡妮莎，"他鼓励道，"你怎么看？"但凡谈及执迷不悟的女性和厚颜无耻的男性时，他总是希望我能发表下看法。

下课后，他总有理由让我去他的办公室——他有本书想借给我看，他提名我为学院某奖项的候选人，他想和我谈谈明年的助理工作机会，希望我在申请研究生期间找点事做。可一旦只有我们两人时，谈话就变成了聊天、说笑，对，就是有说有笑的。在他边上，我变得爱笑多了，和斯特兰在一起时，我从未这样笑过。说起斯特兰，他还是每晚给我打电话，留语音消息，求我给他回电，可我还是忽视他，不想听他说自己如何岌岌可危。我想要亨利，想要坐在他的办公室里，指着墙上挂着的唯一一张明信片，问背后的故事，然后他会告诉我那是在德国买的，他去那儿开会，把行李搞丢了，只得穿着运动裤闲逛。我想听他夸我风趣、迷人、聪明，是他教过的最好的学生，想听他说我未来的际遇。"等你读了研究生，"他说，"你会是那种很时髦的助教，在咖啡厅里办公的那种。"这虽是件小事，却足以让我激动得喘不过气来。我想象着自己站在讲台上，告诉我的学生要读些什么，写些什么。或许这就是一切的意义所在——不是渴望得到这些男人，而是渴望成为他们。

我在博客里记录下他的每一句话、每一个眼神、每一次大笑。我痴迷于思考这些东西背后的意义，仿佛把它们全都加起来就可以找到答案。我们一起在学生活动中心吃午饭，他会在凌晨1点给我回邮件，回赠我一个新笑话，还签上他的名字——"亨利"，而他给班级群发的邮件落款都是"H.普劳"。在博客里，我一遍又一遍地写下"它或许并无意味，但它应该有所意味"，直到它填满整个页面。他告诉我10岁的时候他出于好玩把《爱丽丝镜中世界奇遇记》里的诗歌《胡言乱语》背了下来，我因此看到了他心中的那个男孩，这是我在斯特兰身上看不到的。他就是这个样子，虽然不完全是个男孩，但至少不乏少年气。我逗他时，他总是咧着嘴，笑得满脸通红。他会在邮件里提到《辛普森一家》，还有他研究生时流行的歌。"你竟然不知道贝尔和塞巴斯蒂安？"他惊讶地问。接着，他刻了一张他们的CD给我，我在歌词中翻找与我有关的蛛丝马迹，那藏在字里行间的他眼里的我。

可他没有碰过我，别说碰了，手都没握过。他只是无止境地看着我——在他的办公室里，在课堂上。我一开口说话，他的神色就变得温柔起来，我说的每一句话，他都赞不绝口，引得其他同学一脸不耐烦，像是在说，这不？她又开始了。这一切都让我觉得熟悉，这轨迹我记得那样清楚，每当和他单独相处时，我都得攥紧拳头，免得自己忍不住朝他扑去。我告诉自己这不过是我的臆想，老师更关注自己最优秀的学生，这再正常不过了，没必要为此神魂颠倒。堕落的是我，我的思想被斯特兰扭曲了，因而把单纯的偏爱都曲解了。可话说回来——为我刻CD？每天都把我叫到办公室？这感觉不正常，就算我的脑子糊涂了，我的身体也知道，这不正常。有时我感觉他在等我主动靠近他，可我没有15岁时的勇气，我害怕被拒绝。再说,他给的暗示不够,没有拍拍我的膝盖,也没有把树叶举到我的头发上。有一天,我厚颜无耻地直接穿了丝质背心去上课,没有穿内衣,可当他盯着我看时,我只觉得恶心——那么我到底想要什么?我不明白,我不知道。

夜里喝得酩酊大醉,无法自控时,我会打开笔记本电脑,在浏览器中输入布罗维克的网址,调出教职员资料。佩内洛普·马丁内斯是2004年在得克萨斯大学取得的学士学位,算起来她今年24岁。汤普森小姐和斯特兰搞暧昧的时候,也是这么大,可为什么那时没人觉得一个24岁的女孩和一个42岁的男人在一起是错的?之所以说她是女孩,是因为那时候的她戴着布发箍,穿着连帽运动衫,倒更像个女孩而不是女人。佩内洛普也像个女孩子——光滑的深色头发,塌鼻子,瘦削的肩膀。她长相清秀,富有朝气,是斯特兰喜欢的类型。我想象着他和她并肩走在校园里,他把双手背在身后,逗她笑。不知要是他企图碰她,她会怎么办。亨利第一次碰她的时候,她又是怎么做的呢?我不知道他们是什么时候在一起的,但无论如何,他都比她大10岁,他有一双笨拙的大手,胡须间呼出灼热的鼻息。

一天下午,亨利和我正在他的办公室里聊天,他的电话忽然响了。他一接起来,我就知道是她。他背过身去,短促地应了几句,声音尖刻,我不禁觉得是我打扰他们了。可当我起身打算离开时,他抬起手,做了个嘴型:稍等。

"我得挂了,"他恼怒地对着电话说,"我这儿还有个学生。"他没说再见就把电话挂了,我暗暗觉得自己赢了。

他从未坦白说她是他的妻子而非"朋友"。他也从不提起她——为什么要提呢?为什么不提呢?他的办公室里没有任何关于她的证据，没有结婚戒指，没有照片。也许她对他不好，也许她很无趣，也许他过得不幸福。也许自从遇到我，他就时不时会想，我本该再等等。我逼着自己去想她，好像唯有这样才合乎道德，可她仍只是模糊的边缘角色。佩内洛普，不知亨利是这样叫她还是喊昵称。我又看了一遍她在布罗维克网站上的教职工信息，幻想着我和亨利聊天的时候她或许正好在和斯特兰讲话。斯特兰不停地给我打电话，说他需要我，说我没必要一直不回复，说这太狠心了。也许我的忽视让他寂寞难耐，只好去勾搭这位年轻漂亮的辅导员。我猜她一定很好说话，不会像我一样胡搅蛮缠。我想象着她坐在那里，面带微笑，耐心而坚定地听他大发牢骚。完美的倾听者，他肯定喜欢。我一个劲地胡思乱想，差点忘了这一切都是我臆想出来的：我逗亨利笑的时候，斯特兰也在逗佩内洛普笑；夜深了，亨利还坐在家中的客厅里给我发邮件，而佩内洛普坐在卧室里给斯特兰写信。

可想到最后，总是绕不过这个残酷的现实：亨利一定知道我愿意让他碰我，可他从未尝试过。我知道，这才是最重要的细节，它否定了其他所有。

2007年2月13日

已经六个星期没和S讲话了。他之前说有人想搞他，他的一个死对头可能会试图联系我。我发誓忠诚于他，永远不变（不然呢？难道背叛他吗？难以想象）。可自从那晚去过他家后，我就受不了他了。语音信箱里全是他的留言，他想带我去吃饭，想知道我过得怎样，想见我，想要我。每条留言我都只听了几秒钟，便把手机扔到房间另一头。我第一次感觉是他在讨好我，不过这事发生在他向我坦白自己的不良行为后，倒也不是巧合。

　　我无法鼓起勇气写下他做了什么，虽然遮遮掩掩让他的行为显得很可怕。又不是杀人放火，他甚至没有真的伤害过谁，虽然"伤害"是一件很主观的事情。想想我们因欠考虑而造成的那些伤害吧，手臂上的蚊子，你毫不犹豫地就把它拍死了。

　　下课后，亨利说他有点事要问我。"原想给你打电话，"他说，"但想想还是当面说比较好。"
　　到了他的办公室，他关上门。只见他揉了揉脸，深吸一口气。
　　"我不知道该怎么开口。"他说。
　　"我该觉得紧张吗？"我问。
　　"不用，"他飞快地说，"或者说，我也不知道。只是，我听到一些风言风语，和你以前的高中有关，说是有个英语文学老师对某个学生有不当行为。我也是听别人说的，不了解真实情况，可我想……说实话，我也不知道该怎么想。"
　　我用力咽了一口唾沫："是你的朋友告诉你的吗？在那里工作的那个？"
　　他点点头："是她，是的。"
　　他沉默了好一会儿，我等着他，这段时间足够他说出真相了。
　　"我想我还是有些责任的，"他说，"毕竟我多少也算知情。"
　　"可这不关你的事。"我说，他惊讶地看了我一眼。我补充道："我没别的意思，只是你不用为此担心，这不是你该操心的事。"
　　我的喉咙像被掐住了，喘不过气来，可我还是硬挤出个笑脸。我想象泰勒·伯奇坐在沙发上，向富有同情心的辅导员佩内洛普哭诉——斯特兰先生摸了我,他为什么要那么做?他为什么又不那么做了?可我的思绪跑得太远,回到了斯特兰的办公室——咝咝作响的暖气片,海沫色的玻璃。

"嘿,"我说,"那是个寄宿学校,总是有这样的谣言。你的朋友才去没多久,可能不知道什么该在意,什么该忽略,往后她就知道了。"

"我听说的似乎还挺严重。"亨利说。

"可你说你也是听别人说的,"我说,"我知道到底发生了什么,好吗?他告诉我了,他说他摸了下她的腿,仅此而已。"

"哦,"亨利惊讶地说,"我不曾想过——我是说,我没想到——你和他还有联系?"

我口干舌燥,意识到自己说漏了嘴。一个正常的受害者不会还和强奸她的人讲话。我和斯特兰还在联系这件事,使他对之前我让他相信的每一件事都产生了怀疑。"这很复杂。"我说。

"好的,"他说,"当然。"

"因为他对我做的并不是严格意义上的强奸。"

"你没必要解释。"他说。

我们安静地坐着,我垂眼看着地板,他盯着我。

"你真的不用担心,"我说,"那个女孩的遭遇和我的不一样。"

他说好的,他相信我,我们就再没提这事。

3月的第一周,我收到一个马尼拉信封,上面是斯特兰的粗体字迹。信封里是一封长达三页的信,和一沓用订书机订好的影印版文件:2001年5月3日事发那天我和他签字的声明;他和贾尔斯女士约见我爸妈时的手写记录；一首关于美人鱼和被困在小岛上的水手的诗，我隐约记得是我写的；一份底部有我签名的退学申请表复印件；一封写给贾尔斯女士的信，是关于我、斯特兰以及我俩的绯闻的，笔迹我不认得，但我看到了底下的落款——帕特里克·墨菲，珍妮的爸爸，就是这封信引发了整件事。

我把所有文件一份挨着一份摊开摆在床上。在给我的信中，斯特兰写道：

凡妮莎：

  我这边不太好。我不知道该怎么解读你的沉默：你是不是想通过这种方式向我传达什么，你是不是生气了，你是不是想惩罚我。你要知道我对自己的惩罚已经够多了。

  有关骚扰的破事还没结束，希望很快就能解决，但也许情况非但不会好转，反而还会恶化。可能会有人联系你，想利用你来对付我。我希望我还能指望你。

  也许把这话写下来有点傻，可你对我生活的影响实在太大了。我真想知道你每天是什么感觉，你明知道适时打个电话就能毁掉一个男人，却假装自己不过是个普通的大学生。可我依然相信你，不然我也不会寄一封昭示我们罪行的信给你。

  看看我附上的文件吧，那是六年前的残骸。那时，你是那么勇敢，哪里像个女孩，分明是个战士。你是我的圣女贞德，即使火舌舔舐双脚，你也不肯屈服。这份勇气还在你心中吗？看看这些文件，这都是你爱我的证明啊。你还认得那个自己吗？

我把这封信打出来，发在我的博客上，没有来龙去脉，也不多加解释。帖子最后，我用粗体字写下：**你能想象邮箱里收到这样一封信时的感受吗？**一个不向任何人，却又向所有人抛出的问题。我的帖子基本没人回复，也没有固定的读者，可第二天早上，我醒来后看到了一条匿名评论，发送时间是凌晨 2 点 21 分：凡妮莎，把他从你的生活中剔除吧，你不该遭受这些。

我把帖子删了，可还是时不时收到评论，而且总是在半夜，我醒来就能看到。我发诗的草稿，有人给我逐句点评；我发自拍，有人夸我"美极了"。我追问"你是谁？"，却从来收不到回复。接着，评论也停了。

布里奇特站在我卧室门口，问道："你来吗？"

春季嘉年华刚开始，我们逃了一整周的课，每天喝得醉醺醺的。那天下午，码头上有个派对。

我从笔记本电脑上抬起头来。"嘿，快看这个。"我把屏幕转过来，把泰勒·伯奇最新的照片给她看：一张自拍大头照，照片里她嘴角下垂，画着黑色眼线。布里奇特没反应过来，我说："这就是指控他的那个女生。"

"怎么了？"

"你看她，什么表情！"我笑道，"太搞笑了，我都想留言让她开心点。"

布里奇特噘着嘴，盯着我看了好一会儿才说："凡妮莎，她还是个孩子。"

我把电脑转回来,退出页面时,感觉脸颊火辣辣的。

"你别老是翻人家的资料,真的,"她说,"这不是自找烦恼嘛。"

我啪地合上电脑。

"再说,嘲笑人家多少有点刻薄。"

"好啦,我知道了,"我说,"多谢提点。"

她看着我爬下床,跺着脚,把地板上那一堆堆衣服乱翻一气。"你还来不来?"她问。

外面只有18摄氏度,不过就4月的缅因来说,这个气温已堪比夏日。码头上堆放着一箱箱蓝带啤酒,炭炉上烘着热狗。女孩们穿着比基尼胸衣晒太阳,三个穿着冲浪短裤的男孩爬过粉色的花岗岩,下到及膝的冰冷海水里。布里奇特买了一盘吉露果子冻,我们连吸带咬,一人吞了三个。有人问起我的毕业计划,我喜欢这样回答:"我打算先给亨利·普劳做助教,同时准备申请研究生。"听到亨利的名字,一个女生转过来,拍了拍我的肩膀,那是高年级文学研讨课上的艾米·杜塞特。

"你说的是亨利·普劳吗?"她问,她醉了,目光四处游移,"天哪,他太帅了,当然,不是外表,而是头脑。我都想敲开他的头,尝一口他的脑子。你知道吗?"她大笑着,拍了一下我的胳膊,"凡妮莎怎么会不知道?"

"这话怎么说?"我问,可她已经转回去了。看见有人像她说的敲开亨利的头骨一样开了个巨大的西瓜,她的注意力一下被吸引走了。"这里头灌了两瓶伏特加呢。"有人说。没有刀也没有盘子,大家索性用手抓,掺了酒的西瓜汁滴了一码头。

我喝了一听常温啤酒，看着地板缝隙间的海浪。布里奇特过来找我，一手握着一个热狗，递给我一个。我摇摇头，说我要走了，她的肩膀猛地耷拉下来。

"你这辈子就不能开心一次吗？"她问，可见到我受伤的神情，她意识到自己话说重了。我走时，还听见她在喊："我开玩笑的！凡妮莎，别生气啊！"

我先是往家里走，可一想到又要度过一个醉醺醺地躺在床上的下午，就赶紧掉头去亨利的办公楼。我知道他周一下午在学校，他的整个课表我都背下来了：什么时候在校，什么时候上课，什么时候在办公室，而且大多时候他都是一个人待着。

门半开着，可办公室里没人。办公桌上放着一沓论文，电脑就那么开着。我想象自己扑通一声坐在他的椅子上，拉开抽屉，一样一样翻看里面的东西。

他发现我站在他的办公桌旁："凡妮莎。"

我转过身，看到他托着一摞线圈笔记本，那是学生的英语作文本，他最讨厌批阅的东西。我对他很了解，可了解这么多很反常。

他把作文本放在桌子上，我在旁边的椅子上坐下，双手托着头。

"出什么事了吗？"他问。

"没有，我只是喝醉了。"我仰起头，看见他笑了。

"你喝醉了，直觉告诉你来这里？我可真荣幸。"

我用手捂着眼睛，咕哝着："你不要对我这么好，我这么做不对。"

他脸上闪过受伤的神情。我不该这么说，我比谁都清楚过多地关注我们之间的关系只会适得其反。

我把手伸进口袋，掏出手机，把未接来电翻给他看："你看到了吗？他给我打了这么多电话。他不肯放过我，我快疯了。"

我没有解释"他"是谁，也用不着解释。也许亨利每次看到我，都会自然而然地想到斯特兰。不知他们是否见过面。我想象他们握手，我在斯特兰身上留下的痕迹传到了亨利身上——唯有这样，我才能勉强触碰他。

亨利盯着我的手机。"他在骚扰你，"他说，"你能屏蔽他的号码吗？"

我摇摇头，虽然我并不清楚。也许我可以这么做，但我又希望他继续打电话。这些电话就好像落在我脖子后的鼻息。我也知道只有做正确的事，渴望正确的东西，尽一切可能保护自己，亨利才会同情我。

"你看这骚扰如何？"我说，"几个星期前，他给我寄了一堆我被布罗维克开除时的文件——"

"什么？"亨利目瞪口呆地看着我，"我不知道你被开除了。"

这算是又一个谎言吗？严格来说，我是退学了——斯特兰寄来的信封里甚至有一份退学申请表复印件，可说我是被开除的感觉更真实，因为就算是我的错，那也不是我的选择。

我听着自己把故事说下去，说到我因为不想看着斯特兰进监狱而揽下所有责任，说到那些会议和我站在教室前面，说自己是个骗子，像召开新闻发布会一样回答大家的提问。他听着听着，张大了嘴巴，满脸同情，而他越受触动，我就越是想说。我体内积聚着一股势头，一种增强的正义感，一种我遭遇了可怕事情的感觉，好像有一场无比残酷的灾难，把我的生活劈成了两半。如今，劫后余生，惊魂未定的我渴望倾诉。难道这个故事我想说还不能说吗？就算我篡改了真相，模糊了细节，难道我不配在另一张同情的面孔上看到斯特兰对我的所作所为留下的证据吗？

"他为什么那么做？"亨利问，"最近有什么事促使他寄这些东西给你吗？"

"我一直不理他，"我说，"因为近来的事。"

"有人投诉他这事？"

我点点头："他担心我会告发他。"

"你有考虑这样做吗？"亨利问。

我没有回答，相当于否认了。我左右摆弄着手机，说："你一定觉得我很差劲。"

"没有。"

"这真的很复杂。"

"你不用解释。"

"我不想让你觉得我很自私。"

"我没这么想，在我眼里你很坚强，好吗？你非常、非常坚强。"

他说斯特兰自欺欺人，说他想要控制我，把我留在15岁那年，说他过去的所作所为和现在的行径都叫人忍无可忍。听亨利这么说，我仿佛看见一片白茫茫的天空和一望无际的焦土，滚滚浓烟之中隐约可见一个剪影，斯特兰摩挲着苍白的皮肤上蓝色的脉络，灰尘在冬日微弱的阳光下打转。

"我永远不会告发他，"我说，"无论他有多坏。"

亨利的面容变温柔了——温柔而又悲伤。那一刻，我甚至觉得，如果我靠过去，他会任由我做任何我想做的事。他不会拒绝我，他那么近，伸手就能碰到，他的膝盖伸向我，等待着我。我想象他张开双手，将我拥入怀中。我的嘴唇慢慢靠近他的脖子，贴上去的那一下，他会浑身颤抖。他会由着我，会让我做任何事。

可我没有动，他叹了口气。

"凡妮莎，我很担心你。"他说。

春假前的周五，布里奇特带回来一只用毛巾裹着的小猫，绿眼睛，斑点花纹，弯弯的尾巴，肚皮上长满跳蚤。"我在贝果店垃圾桶边上的巷子里发现的。"布里奇特说。

我用手指摸摸小猫的鼻子，让她咬我的拇指："她身上一股鱼腥味。"

"她刚把头埋进一盒熏鲑鱼里了。"

我们给她洗了个澡，决定叫她米诺。太阳下山后，我们开车去埃尔斯沃思的沃尔玛买猫砂盆和猫粮。我们不放心留小猫在家，便把她装在托特包里，布里奇特一路背着。回去的路上，米诺趴在我腿上喵喵叫，我的手机又开始响个不停——斯特兰。

见我一连四次按了"忽视"，布里奇特笑了。"你真刻薄，"她说，"我甚至有点同情他。"

手机嗡的一声，进来一条语音消息，她既惊讶又挖苦地倒吸一口气。小猫的到来让我俩兴奋不已，一切都显得轻松随意，仿佛我们可以彼此调侃，一直这么笑下去。

"你不打算听一下吗？"她说，"说不定有急事。"

"我保证，没有急事。"

"这可说不好！你还是听一下吧。"

为了证明我猜得没错，我把语音消息外放，料想肯定是他没有收到我的消息，心烦意乱，哑着嗓子求我给他回电，确认我有没有收到他寄的东西。没想到手机里一片嘈杂，风声和静电噪音夹杂着他愤怒的嗓音："凡妮莎，我在去你家的路上。你他妈的接电话！"接着，嘀的一声，语音消息播放完了。

布里奇特小心翼翼地说："这听起来像是有急事。"

我拨通他的号码，电话铃才响半声他就接了："你在家吗？我半小时后到。"

"在的，"我说，"哦，不在，我现在不在。我们发现了一只小猫，得去买猫砂盆。"

"你们什么？"

我摇了摇头："算了，没什么。你过来干什么？"

他大笑一声："你自己心里清楚。"

布里奇特不停转头，一会儿看路，一会儿看我。在仪表盘的灯光中，我看见她做了个口型：一切都还好吧？

"我清楚什么？"我说，"我压根不知道发生了什么。你不能说来就来——"

"他是不是已经告诉你发生什么了？"

我望向车子的挡风玻璃，车灯照在黑暗的高速公路上，仿佛一条光之隧道。听到斯特兰吐出"他"这个字，我感到脖子后面一阵刺痛："谁？"

斯特兰又笑了。我想像得到他的样子，瞪着双眼，咬紧牙关，那是一种我只见过他朝别人发作的愤怒。一想到他把这怒火对准我，我就觉得好像原本立足的松软土地快崩塌了。

"别装傻，"他说，"我10分钟后到。"

我想说他刚刚才说半小时后到，可他已经挂了，屏幕上跳动着通话结束。边上，布里奇特问："你还好吧？"

"他在来公寓的路上。"

"来干什么?"

"我不知道。"

"发生什么事了吗?"

"我不知道,布里奇特,"我不耐烦地说,"我相信整个对话你也听到了,他不肯多说细节。"

她开着车,我俩谁都没有说话,原先那随和的友爱气氛也从车里消失了。米诺在我的膝头喵喵叫着,怕是只有怪物才会被这可怜兮兮、细声细气的叫声激怒——那怪物一定是我,因为我只想捏住它的小脸,朝它,朝布里奇特,以及所有人大吼:都给我闭嘴,让我静一静。

布里奇特说她今晚要出门,这样一来,屋子就归我和斯特兰了。事实上,显然她只是想远离我和我那怪异的老男友,还有永远笼罩着我的愁云。就好比两周前,我听到她对她带回家的男人说:哦,凡妮莎总是神经兮兮的,就是那种大惊小怪的女孩。

她走后,我坐在沙发上,米诺趴在我膝头,一旁的茶几上是打开的笔记本电脑。每隔几分钟,我就过去刷新一次,妄想刷出一封邮件,将这一切解释清楚。突然,楼下的大门开了,楼梯里响起噔噔噔的脚步声。我推开米诺,抓起手机。他一个劲地捶着房门,小猫赶紧躲到沙发后头。我用拇指敲了敲手机键盘,而打911的念头就好像期望收件箱里出现亨利的邮件一样,全是幻想。报警解决不了问题,求助就意味着面对调度员那无法回答的问题,解释我无法解释的事情:这个砸你公寓门的人是谁?你是怎么认识他的?你和他到底是什么关系?女士,我需要了解事情经过。我面临的抉择是：要么，蹚过这七年时间的沼泽，把自己交给将信将疑的第三方；要么，打开门，希望场面不会太难看。

进门时，他上气不接下气，一到屋里就弓着腰，双手抵着大腿，大口喘气。我上前一步，担心他会倒下。他抬起一只手。

"别过来。"他说。

他直起身，把外套往帕帕森椅上一丢，扫了眼溢出浴室的脏毛巾和茶几上的碗，里头的奶酪和通心粉都结块了。他走进厨房，打开碗柜。

"没有干净的杯子？"他问，"一个都没有？"

我指了指灶台上的一摞塑料杯，他瞥了我一眼——浪费的懒女孩，然后拿起一个杯子，接了点自来水。我看着他喝水，一秒一秒默数着，看他何时会重燃怒火。可喝完水后，他只是靠在灶台上，垂头丧气的。

"你当真不知道我为什么来？"他质问道。

我摇头，他的目光仿佛要灼透我。自从圣诞节他跟我说了泰勒·伯奇的事以后，我就没有见过他。几个月来，他有些不一样了，模样似乎改变了。我找了找，知道是哪儿变了：他的眼镜，变成无框的了，几乎看不出来。一想到他换了这样重要的物件却没有告诉我，我的心就一阵剧痛。

"我是直接从布罗维克的教职工活动过来的，"他说，"要不就是个资金募集活动。见鬼，我也不知道具体是什么，本来都没打算去。你知道的，我一向不喜欢这类应酬。不过，我想，再在家里憋一晚上，我大概会崩溃。"他叹了口气，揉了揉眼睛，"我受够了被当成麻风病人的滋味。"

"发生什么事了？"

他垂下手:"我和一帮同事待在一块儿,佩内洛普也在。"他打量了下我的神情,看我是什么反应。我倒吸了口气。"看吧,你知道我要说什么,别和我装傻,别……"他啪地扇在灶台上,向我猛冲一步,伸出手,仿佛要抓住我的肩膀,却又突然停了下来,攥紧拳头。

窗帘敞开着,得保护我俩的念头直往我心里钻,我满脑子只想着,但凡有人经过,抬头一看,就能清楚地看到屋里。我过去拉窗帘,他抓住我的胳膊。

"你告诉她丈夫了,"他说,"也就是你的教授,你告诉他我强暴了你。"

他松开手,推了我一把,不算很用劲,但我还是一个趔趄,撞到垃圾桶上。它本该在水槽下面,却在厨房地板上躺了不知道多久。我倒在地上,炉子上方的排气罩嘎嘎作响,和大风天一个样。我挣扎着爬起来,斯特兰没有动,只是问他有没有弄疼我。

我摇了摇头。"没事。"我说,虽然感觉尾骨处会有瘀青。我再次望向窗外,想象着黑暗中屏气凝神的目击者:"她为什么和你说起我?我是说他妻子,佩内洛普。"

"她什么都没说,是她丈夫,他瞪了我一个半小时,又尾随我去了洗手间——"

我内心的那道防线突然崩溃:"亨利也在那儿?你见到他了?"

斯特兰顿住了,我念出另一个男人的名字,而那声音就好像亲热后的一声叹息,让他措手不及。他的神情一时间动摇了。

"他说了什么?"我追问道。

这一问,他的神色又凝重起来,他眉头紧锁,双目灼灼。"不对,"他直截了当地说,"是我在问问题。你先告诉我你为什么要那么做，你为什么非得告诉一个男人我强奸了你，这个男人的妻子还是我的同事。"说到"强奸"一词时，他哽住了，这个词令他恶心得想吐，"说啊，你为什么要这么做？"

"我只是想解释我离开布罗维克时发生了什么。我也不知道，就这么说出来了。"

"你为什么要跟他解释这个？"

"他说自己之前在一所预备学校教书，我说我以前念的也是预备学校，他说他有个朋友在布罗维克工作。我就说了，可以了吧？我也不是有意的。"

"哦，所以一有人说到布罗维克，你就开始大谈特谈强奸？拜托，凡妮莎，你有病吧？"

我缩成一团，他继续说着。我难道不明白这种指控会对他产生什么影响？这诽谤，这不折不扣的犯罪，足以击垮任何人，更何况是个摇摇欲坠的人。要是不该知道的人知道了，他就完了，怕是要把牢底坐穿。

"你明明知道，这就是我无法理解的地方，你明知道这指控对我的影响，可你……"他抬起手，"我想不明白，这里头的欺骗和残忍。"

我想要辩解，却不知道他哪里说得不对。就算一开始那个词是不小心脱口而出的，我也从未纠正过。我接着撒谎，将几十通未接来电给亨利看，任由他说斯特兰"自欺欺人""叫人忍无可忍"，只因为我想显得柔弱、易受伤，想成为一个值得被温柔对待的女孩，但我也记得斯特兰为了遮掩罪行而编造的那些备忘录。当时，我没太在意，一味听信他，他呢，明知道会伤害我，还是把我当成迷恋他的问题少女，丝毫没觉得不妥。要说我虚伪、残忍，他有什么两样?

我问:"你为什么过了几个月才告诉我你和那个女孩之间的事?"

"别,"斯特兰说,"别转移话题。"

"可问题就出在这儿,不是吗?你生气是因为你猥亵另一个女孩,惹上了麻烦——"

"猥亵?好啊,这词用的!"

"你对一个孩子动手动脚,不就是猥亵吗?"

他抓起塑料杯,打开水龙头:"你要是这样,铁了心说我是坏人,那就没什么好谈的。"

"对不起,"我说,"总归免不了。"

他喝了口水,用手背抹了把嘴:"是,没错,把我说成坏人很简单,简直是这世上最简单的事。我是不对,可你也好不到哪里去,除非,你真的相信是我强奸了你。"他把半满的杯子丢进水槽,双手撑在灶台上,"呵,扭动着身体被强奸?你可拉倒吧。"

我攥紧拳头,指甲钉进手掌中,使劲让理智留在我身体里,留在这个房间里:"你为什么不想要孩子?"

他转过身:"什么?"

"你做结扎手术时才30多岁,那么年轻。"

他眨了眨眼,努力回想有没有告诉过我他做手术时的年龄,不然,我怎么会知道。

"我偷看了你的病历,"我说,"高中在医院实习的时候,在档案里找到的。"

他朝我走来。

"医生的证明上写着你坚决不要孩子。"

他靠近我，逼得我退进卧室。"你问这个做什么？"他问，"你想说什么？"

到了房间里，我的小腿撞到了床沿。我不想回答，我不知道怎么开口。这不是一个简单的问题，而是一团让人难以启齿的迷雾：我不明白，要是他不像想要我一样想要那个女孩，为什么要用抚摸我的方式抚摸她；为什么当他递给我那件草莓图案的睡衣时，他的双手会颤抖；为什么在他给我睡衣时，我觉得他似乎在透露他想要隐瞒一辈子的东西。他在电话里让我那样叫他，感觉就像一个测试。我叫了，因为我不想不及格，不想显得小心眼或是大惊小怪，可我叫了以后，他立马挂了电话，好像透露了太多。那天晚上，我察觉到他汹涌而来的羞愧，它进出电话，直灌进我心里。

"别因为你想要解脱，就把我说成一个怪物，"他说，"你知道我不是那样的人。"

"我不知道我知道些什么。"我说。

他提起我做过的事。说我认为自己一点过错都没有是不公平的，分手两年后，是我先回来，出现在他家门口。我大可以忘了他，继续过我的生活。

"要是我伤害了你，你回来做什么？"他问。

"感觉还没有结束，"我说，"我仍旧觉得离不开你。"

"可我没有怂恿你，甚至你打电话来的时候也没有。你不记得了吗？你细细的声音从电话答录机里传出来。我站在那里，什么也没敢做。"

接着，他哭了起来，似乎泪水刚巧要从充血的眼睛里涌出来。

"我不够体贴吗？"他问，"总是先确保你没事。"

"不错，"我说，"你很体贴。"

"我挣扎过，你不知道我有多煎熬，而你那么自信，你知道自己想要什么。你记得吗？你让我吻你，我反复确认你是否真的想要，你都不耐烦了，我还是要先确认。"

泪水淌下他的脸颊，消失在他的胡须里。看见他哭，我心软了，但努力让自己冷静下来。

"你同意了。"他说。

我点点头："我知道。"

"那么，我什么时候强奸过你？告诉我，什么时候？因为我一直——"他抽泣着吸了口气，用手掌揉了揉眼睛，"我一直试图弄明白，可还是不能……"

他跟着我躺到床上，脸贴着我的身体，他疲惫地呼吸着，把温湿的气体喷在我胸口，直到这种感觉退去，另一种涌起。他的嘴移到我脖子上，双手向上探进我的裙底。我由着他为所欲为——脱掉所有，将我横放在床上，虽然他碰的地方都生疼。他分开我的双腿，把脸压在我身上。泪水溢满我的眼眶，淌下我的脸颊。过两天是我的生日，转眼我就22岁了。我生命中的整整七年都被这事支配着，回首往事，我什么也看不见。

中途，我听到楼下大门开了，有两个人噔噔地上了楼梯。布里奇特的笑声从楼梯间传来，有人绊了一跤。"没事吧？"屋门打开时，一个男孩问道，"要我背你吗？"

"我喝多了，"布里奇特说，她的笑声充满了客厅，"我醉了，我醉了，我醉了！"

哐啷一声，钥匙掉在地板上，男孩跟着她走进卧室，门砰地关上了。我竭力跟随她的笑声，可她把音乐开得那么响，就算我放声尖叫，他们也听不见。

斯特兰还在我身上，而我的意识离开了卧室，飘进了厨房，他喝过的杯子躺在水槽里。水龙头滴滴答答，冰箱嗡嗡作响。小猫轻手轻脚地从客厅走来，想要抱抱。我站在窗前，这残破的我把小猫搂在怀里，注视着楼下安静的街道。暴风雨来了，橘黄色的街灯照亮了雨帘，而这残破的我看着如注的雨水，轻轻地哼起小曲，想隔绝卧室里传来的声音。时不时地，她屏住呼吸，听听那一切是否还在继续。金属床架的摩擦声、皮肤与皮肤的撞击声接连传来，她抱紧小猫，回到大雨中。

第二天早上，斯特兰去楼下的贝果店买了咖啡。我从床上坐起来，捧着热腾腾的杯子，呆呆地看着前方，听他细数布罗维克教职工活动的盛况——家长、校友、教职工在大礼堂里喝酒，吃开胃小食。他发现亨利瞪着他，不过一开始没在意，后来他上完厕所出来，发现亨利等在走廊里，像一个存心想打架的醉汉。

"他告诉我，我们有一个共同的学生，"斯特兰说，"接着，他说了你的名字。他说他知道我在骚扰你，把我推到墙上，说他知道我对你做了什么，还骂我是强奸犯。"说完这个词，他抿紧嘴唇，深吸一口气。

我把咖啡捧到嘴边，想象亨利如此失控的样子。

"你真的应该把事情和他说清楚。"他说。

"我会的。"

"万一他告诉他老婆——"

"我知道，"我说，"我会告诉他真相的。"

他点点头，喝了一口咖啡："我也应该和你说一声，我知道你写的那个博客。"

我眨了眨眼,一开始不明白。他说他在我的电脑上看到了。我扫一眼卧室,没有看到电脑,它还在外面的茶几上。他夜里起来了吗?没有,他解释道,是几年前的事,他知道好几年了。

"我知道你一直很想坦白,"他说,"这不失为一种满足你需求的无害的方式。之前我时不时会查看一下,确保你没有用我的真名。不过说实话,要不是最近的事,我都忘了有这回事了。去年 12 月骚扰投诉的事一出,又有人旧事重提,早在那时,我就该让你把它删了。"

我摇摇头:"真不敢相信你早就知道了,却只字未提。"

他把我的怀疑当成了道歉。"没关系,"他说,"我没有生气。"可他希望我删掉它,"我想这个请求不过分吧。"

喝完咖啡,我跟着他走进客厅,感觉身体和头脑都不受控制。布里奇特的卧室门还关着,天还早,得过几个小时她才会起床。斯特兰指着蜷在沙发上的小猫:"这东西哪儿来的?"

"垃圾桶旁的巷子里。"

"哦。"他拉上外套,把手插进口袋,"你知道吗?说句公道话,你大概无意中戳中那位教授的痛处了。我猜,他的反应或多或少与他自己的婚姻有关,那里头还有些没解决的问题。"

"这话是什么意思?"

"佩内洛普是他的学生,是大学的时候,不是高中,但她总归还是学生。她比你大不了几岁,可他呢——快 40 了吧?我记得她说过他们在一起时她才 19 岁。我要是早有所警觉,就能戳穿他的虚伪,那他大概就会闭嘴了。"

如果不是他刚告诉我他已经知道我的博客很多年了,如果不是昨晚的事让我那么恶心和受伤,我或许还会为这个消息感到震惊。

可现在，我太累了，我靠在墙上，大笑起来，笑得喘不过气。她当然是他的学生，当然。

斯特兰皱着眉头看我："这很好笑吗？"

我摇摇头，笑着说："不，一点都不好笑。"

我跟着他下楼到公寓门口，他出门前，我问他是不是还在生我的气——因为我口无遮拦，骂他是个强奸犯。原以为他会轻轻咂一下舌头，亲吻我的额头，说：当然不生气了。可他先是思索片刻，接着说："说不上生气，更多的是伤心。"

"为什么伤心？"

"这么说吧，"他说，"因为你变了。"

我用手掌抵住门："我没有变。"

"你变了，变得不需要我了。"

"没这回事。"

"凡妮莎，"他捧着我的脸，"我们得结束这一切，至少先过了这一阵，好吗？这对你对我都不好。"

我愣住了，傻站在那儿，让他捧着我的脸。

"你得有自己的生活，"他说，"不能总是围着我转。"

"你还说自己没生气。"

"我真没生气，不信你看，我没生气。"是真的——他看起来一点也不生气，他戴着无框眼镜，目光平静。

一连两个星期，我都窝在公寓里，守在电视机前，米诺蜷在我身上。我把DVD版电视剧《双峰》从头到尾看了一遍，又回头反反复复看了其中几集。有时，布里奇特会和我一起看，可当我回放暴力和尖叫的场景，画面里原本善良的男人突然虐待狂上身，强奸甚至谋杀女孩时，她就躲回卧室里，关上房门。

几周来，新闻里说一个名叫卡特里娜的14岁女孩在俄勒冈州失踪了。她漂亮、白皙、上镜，到处都是她的照片，就连电视剧频道也滚动着诸如"谁抓走了卡特里娜？""谁杀死了劳拉·帕尔默？"之类的新闻标题。两人最后一次露面时都在逃命，后来躲进了一片道格拉斯冷杉林。卡特里娜失踪的罪魁祸首显然是与她疏远的父亲，他有精神病史，而且已经好几周没有他的消息了。新闻里出现过十多张卡特里娜的照片，可她父亲始终只有那张酒后驾车时拍下的、蓬头垢面的大头照。最终，这两人在北卡罗来纳州被发现，住在一间没有电也没有自来水的小木屋里。据说，她父亲被捕时说了一句："我只庆幸这一切总算结束了。"后来，更多细节浮出水面——卡特里娜在逃命期间日渐憔悴，住进小木屋后，她靠吃野花维生。我独自一人在被电视屏幕映成蓝色的客厅里喃喃自语，念叨着一些不敢叫人听见的可怕的话："说不定她还有点享受，根本不想让人找到呢。"

布里奇特冒险走出卧室，发现我喝得烂醉，倒在沙发上，咳得眼泪都出来了。她喂了猫，收拾掉空酒瓶，把电费账单、她那一半的钱，以及一个贴了邮票、填好地址的信封一并留在茶几上。她隐约察觉到斯特兰来的那晚发生了不好的事情，但还是给我空间，让我自己消化。她不问，也不想知道。

收件人：vanessa.wye@atlantica.edu
发件人：henry.plough@atlantica.edu

主题：研讨课缺席

凡妮莎，你没事吧？今天课上没看到你。亨利

收件人：vanessa.wye@atlantica.edu

发件人：henry.plough@atlantica.edu

主题：担心

我有点担心你。出什么事了？不想发邮件也可以打电话，或者我们可以在校外碰个面。我很担心你。亨利

收件人：vanessa.wye@atlantica.edu

发件人：henry.plough@atlantica.edu

主题：十分担心

凡妮莎，你要是再缺课，我就得给你打不及格或是未完成了。我个人倾向于给你一个未完成，这样我们可以讨论一下怎么把功课补上，不过你得过来一趟，填个表格。

你明天能来吗？我没有生气，只是很担心。请告诉我一声。亨利

当我出现在他门口时，亨利立马露出了笑脸："你来啦，我一直很担心。你怎么了？"

我靠在门框上，盯着他看。我以为他一看到我就会连忙道歉。可他居然没把这两件事联系起来，简直莫名其妙。布罗维克教职工活动不过是三周前的事，还不至于久远到就这么忘了。

我拿出一张退课申请表："你能签个字吗？"

他惊讶地把头往后一仰："我们最好先谈谈。"

"你说我会挂科。"

"你一直不来上课，"他说，"我总得想个法子引起你的注意。"

"这么说你算计我？真有你的，好极了。"

"凡妮莎，别这样。"他笑了起来，仿佛我在无理取闹，"出什么事了？"

"你为什么那么做？"

"我做什么了？"他坐在椅子上，来回摇晃身体，若无其事地看着我。他看起来就像个谎言被戳穿的孩子。

"你打了他。"

他停止摇晃。

"你等在卫生间外面，揪住了他——"

一听这话，他连忙站起来，砰的一声关上办公室门。他伸出双手，仿佛想让我冷静下来。"听着，"他说，"我很抱歉，显然，我不该那么做，这我没话说，可我没打他。"

"他说你把他推到墙上。"

"这怎么可能？那人块头那么大。"

"他说——"

"凡妮莎，我只不过轻轻碰了他一下。"

听了这话，我如鲠在喉。我只不过轻轻碰了他一下。我摸了她两下，就是这样。说到底都是我反应过度，故意把这些男人说成恶棍。

我问亨利："你为什么从不提起你的妻子？我迟早会知道在布罗维克工作的是她。"

他眨眨眼，有些猝不及防："我这人看重隐私，不想向学生透露私生活。"

强词夺理。他的许多私事我都知道,他主动说的——他在哪里长大,他的父母没有结婚,他的妹妹被一个比她年长的男人侵犯了。我知道他高中最喜欢的乐队,现在最喜欢的乐队;知道他大学时有一次疲劳过度,一个学期翘了 12 个学分的课;我还知道他从家里开车到学校要花多久,还有他每次改作业,都会把我的先放到一边,等到大脑疲劳了,需要休息的时候才看。只有他的妻子我一无所知。

"你知道吗?"我说,"和自己的学生结婚简直太荒唐了。"

他垂下头,吸了一口气。他知道我迟早会发现:"我们的情况完全不同。"

"你是她的老师。"

"我已经是教授了。"

"那可真是不同呢。"

"是不同,"他说,"你其实知道。"

我想把我对斯特兰说过的话甩给他:我不知道我知道些什么。几个月前,我在博客里写道,和亨利相处的感觉很不同,这一次我不会被人占便宜。可现在,这种不同微乎其微。我需要有人告诉我大 27 岁与大 13 岁,老师与教授,犯罪与社会认可之间的界限在哪儿。又或许,我理应明白其中的区别。我早就满 18 岁了,我现在是个过了性同意年龄的成年人,可以被正当剥削了。

"就冲你对他做的事,我都应该举报你,"我说,"学院应该知道他们都招了些什么人。"

这话触痛了他,他满脸通红,几乎喊了起来:"举报我?"那一刻,我看到了他朝斯特兰发火的样子。可紧接着,他注意到紧闭着的办公室门外传来的说话声,便压低嗓门说:"凡妮莎,我好意告诉你那个人对那女孩做了什么,可你明明已经知道了,搞得我像个傻子一样。你跑到我这儿来,告诉我他在骚扰你,伤害你。你到底想干什么?"

"他对那个女孩做什么了?"我说,"他不过是摸了摸她的膝盖,这他妈算得了什么。"

亨利的目光扫过我的脸,他的愤怒消失了。他像对小孩子说话一样,温柔地和我说他听到了别的什么,说斯特兰可不仅仅是摸了她的膝盖。他没有具体解释,我也没有问。问了又有什么用呢?这一切都谈论不得,就算说了,也只会让你听起来像个疯子,前一秒还说是强奸,后一秒又忙着辩解,这么说吧,它不是强奸意义上的强奸,可这只会越描越黑。

"我要走了。"我说,亨利伸手想拦我,却没有碰我。他突然焦虑起来——也许是担心我真的会去举报他。我真的想让他在退课申请表上签字吗?我最好乖乖回去上课,再过几个星期就结课了,缺席的事也就会不了了之。

"我只是想让你心里好受点。"他说。

可我并不好受。之后的几天里,我成天恍恍惚惚,无法摆脱被侵犯的感觉。我和导师见了个面,她问我最近怎么样,原以为我会像往常一样轻描淡写,没想到我把最近发生的事一股脑儿倒了出来。我尽量含糊其词,不想把斯特兰牵扯进来,于是故事就变得支离破碎、断断续续,仿佛我在说疯话。

"我们说的难道是亨利吗?"我的导师问,她的声音近乎耳语,办公室的墙很薄,"亨利·普劳?他来这儿还不到一年,可大家都知道他为人正直。"

导师合起双手，字字斟酌地说道："凡妮莎，这些年我从你的文字中读到你在高中时发生了一些事情。你觉得这有没有可能是你在这里不顺心的原因？"

她等着我回答，挑了下眉毛，仿佛在鼓励我赞同她。我想，这就是倾诉的代价，哪怕内容经过包装——一旦说出来，它就成了人们唯一关心的事情。它从此定义了你，不论你是否想要。

导师微笑着，伸手拍了拍我的膝盖："坚持住。"

离开她的办公室时，我问："你知道他和自己的学生结婚了吗？"

我原以为自己给她投了一枚炸弹，可她点了点头。是的，她知道。她抬起双手，一副无可奈何的样子。"这事时有发生。"她说。

我告诉亨利我原谅他了，虽然他没有正式道歉。他希望接下来一切照旧。课堂上他指望我能像以前一样帮他解围，可我不想发表任何看法；办公室里他想方设法让我放下芥蒂，可我坐立难安，闪烁其词。他说我是他教过的最好的学生（我心想，比你的老婆还好？），说他之所以那么对斯特兰，是因为他真的很关心我。他给我看他为我写好的研究生申请推荐信，两页半，单倍行距，里头不停地夸我如何特别。后来，这学期只剩最后一周了，他把我叫到办公室，我一进门，他就把门关了，说他需要坦白一件事：他之前看过我的博客，我关闭博客前的几个月里，他一直在看。

"它突然就没了，而你又不来上课，我就很担心。"他说，"我不知道发生了什么，我想现在我还是不知道。"

我问他是如何发现我的博客的，他说不记得了。也许他搜索了我的邮箱地址，或是一些关键词，他记不清了。我想象他深夜在家，等妻子在另一个房间睡下后，伏在笔记本电脑前，在搜索栏中输入我的名字，翻啊翻，终于找到了我。这不是我一年来时时幻想的东西吗，是我成功闯入他的生活的证据？可如今幻想成真，我却觉得胃里翻江倒海般恶心。

他说他想留意我的状况，这才看的，他很担心我。"而且你似乎产生了一种非常强烈的依恋，"他说，"我也想留意一下。"

"依恋什么？"

亨利扬起半边眉毛，仿佛在说，你知道我在说什么。见我只是盯着他看，他说："依恋我。"

我没说话，他自顾自地辩解起来。

"我猜错了吗？"他问道，"你那么卖力地示好，我都不知所措了。"

我目瞪口呆地望着他，先是不解——难道不是他挑中了我吗？就像我挑中了他那样？可渐渐地，不解转为尴尬，可能只是我一厢情愿吧，我以前也是这样。

"所以，你就是这么对付迷恋你的学生的？"我问，"在网上偷窥她们？"

"这算不上偷窥，那博客是公开的。"

"那你以为我要干吗，冲进你的办公室，硬要非礼你？"

"说实话，我不知道，"他说，"自打你告诉我你和那个老师的事情以来，我就不禁要揣测你的意图。"

"没必要一口一个'那个老师'，"我说，"你明明知道他的名字。"

亨利抿起嘴唇，转动椅子，面朝窗外，就这样盯着楼下的院子，看了很长时间。我以为他说完了，可等我朝门口走去时，他说："我说这个不是为了让你难堪。"

我停下来，握住门把手。

"我想着告诉你或许能给我们创造一个坦诚相对的机会，因为我觉得你或许有话想和我说。"他转过来面对我，"而且我想让你知道，不论你说什么，我都会听。"

我摇摇头："我不知道你是什么意思。"

"我读下来，"他说，"觉得你可能想告诉我什么。"

我想起博客里关于他的记录，我描述自己如何渴望他，渴望到全身疼痛。我想起有时半夜里收到的评论——是他发的？我艰难地吞咽着唾沫，双手、双脚，甚至我的脑子都在颤抖。

"既然你都看了，"我问，"为什么还要我说出来？"

他不作声，可我知道为什么。因为他需要知道我是心甘情愿的，就像斯特兰一样，非要让我说出我想要的，好转移自己的负罪感。只有说清楚，凡妮莎，我才能坦然接受自己。如果不是你那么乐意，我无论如何都不会那样做。

"你是一个谜，"亨利说，"叫人捉摸不透。"

我再一次感觉到，我可以触碰他，他也会由着我。如果我把手放在他身上，他就会像出了笼子的野兽一样扑过来。终于成真了，他会说，凡妮莎，我第一次见到你时就想这样了。我预见到明年，我会是他的助教，我们俩躲在这间办公室里，维持那不可避免的长期的婚外情。我还没有和斯特兰以外的男人亲热过，但我想象得到亨利在床上会是什么样的——沉重的身体、吃力的喘息和松弛的下巴。

突然，眼前的迷雾散去，我的视野一下子清晰了。他真讨厌，坐在那里，逼我坦白。我想说：你有老婆，你这人到底怎么回事？

我告诉他反正我明年也不会留在亚特兰提卡学院："你还是把助教的工作留给别人吧。"

他惊讶得直眨眼，问："那研究生呢？你还打算申请吗？"

往后的日子，我也预见到了——另一个教室，另一个男人站在研讨桌前，对着点名册念出我的名字，眼里充满渴望。这个念头让我筋疲力尽，满脑子只想着我宁愿死也不愿再经历一次。

毕业前一天，亨利带我出去吃午饭，作为告别。他送给我一本勃朗特的小说，以纪念我俩之间的一些小笑话，内有题词，落款写着H。离开亚特兰提卡以后，差不多每隔半年，他的名字就会出现在我的邮箱里，每每叫我的胃猛地一颤。后来，我们在脸书上加了好友，我终于看到我幻想已久的他的生活：各色照片，上面有佩内洛普，有他们的女儿，还有亨利花白的头发和日渐苍老的面庞。日子一年年过去，他也越来越像斯特兰了。与此同时，时光让我变得愤世嫉俗、疑神疑鬼。我抛开幻想，告诉自己，遇见他那年，亨利已不再年轻，过着无聊的日子，而我正值青春，又那么仰慕他。一个年长的男人利用小姑娘的爱慕来让自己感觉良好——如果没了浪漫的滤镜，这故事多么容易落入俗套。

有一年生日，他凌晨两点给我发了一封邮件。在我的记忆中，你是我最优秀的学生之一，他写道，永远都是。我想回复，亨利，你到底想说什么，又转念劝住自己，随后，我删除邮件，设置过滤器，这样一来，他的邮件便会自动进入垃圾箱。

我最优秀的学生之一。这夸奖来自一个娶自己的学生为妻的男人，多么奇怪啊。

毕业后，布里奇特搬回了罗得岛，把猫也带走了。我给波特兰市内所有的秘书、前台和助理工作都递了申请，缅因州政府是唯一一个给我回电的，让我在儿童保护机构干档案员工作，每小时10美元，扣除工会会费后差不多是9美元。面试时，一个女的问我，一天到晚阅读有关虐待儿童的描述，我能否应付。

"我可以的，"我说，"我没有这方面的阴影。"

我在半岛上租了一套小公寓，躺在床上就能看见海湾里来往的油轮和客船。这份工作令人麻木，为了付房租，我每天只能吃一顿。我安慰自己先将就一两年，等我状态好转。

上班时，我戴着耳机整理文件，感觉又回到了医院的档案馆，相同的金属盒和彩色便利贴，还有我被空调吹乱的头发。然而，这些文件里的故事比癌症，甚至比死亡还可怕：孩子睡在沾满粪便的床上，婴儿身上密布被漂白剂腐蚀的伤口。我尽量不去多想里头的内容，没有人明确告诉我不要看，那些细节看多了总叫我难受，之前阅读有关男人和他们糟糕的状况的资料时，我从不曾这样觉得。有些小孩的档案密密麻麻地塞满了好几个马尼拉文件袋——法庭听证记录，社工口述材料，有关虐待的书面证据。

我留意到，一个女孩的档案盒里有十个文件夹，满满的，用橡皮筋捆在一起。一个文件夹装着一些儿童用品，里头露出几张褪色的紫色画纸和涂色书内页。其中一幅画像是孩子手绘的家庭树，另一张画纸上似乎是孩子对自己理想的家庭的描述。想要：一个妈妈，一个爸爸，一只小狗和一个弟弟。画纸底下用大字写着：**拜托，不要虚伪的人。**

画纸后面塞着一张纸，是一封手写的信，字迹小巧，像是成年女性写的，我无法不去看。信是女孩的母亲写的，整整三页，正反两面的道歉信。上面列着不同男人的名字，附有说明——谁还和她生活在一起，谁没有。我站在档案柜旁，悄悄掀开一角，不想让人发现，可我只看得见半页。

如果我早知道你遭到了虐待，那位母亲写道，尤其是性虐待，我绝不会——后半段被挡住了。在信的末尾，落款写道，爱你深似海，妈妈。底下画了一个小女孩的哭脸，她的眼泪汇成一汪水，边上标了一个箭头，箭头旁写着，大海。

斯特兰只来波特兰看过我一次。他碰巧过来参加一个什么发展研讨会，我紧张得不敢问他要不要留下来过夜。他到了以后，我带他参观了我的小公寓，希望他能夸我保持得真整洁：干净、整齐的盘子，用吸尘器打扫过的地板。他说这很温馨，说他很喜欢那个贵妃浴缸。在客厅兼卧室里，我指着床说了些露骨的蠢话："看起来很诱人吧？"我快一年没有和人亲热了，需要关注和爱抚。裙子底下，我赤裸着，柔软光滑。他应该注意得到。几天来，我一直在想象他发现我这样时喉咙里发出的声音。

他说我们得赶紧走。他在老港的一家海鲜餐厅订了座，点了渔夫炖菜、龙虾尾意面，还有一瓶白葡萄酒。自从上次回家看过爸妈后，我就没吃过这么丰盛的大餐，于是我拼命往嘴里塞食物，斯特兰皱着眉头看我。

"工作怎么样？"他问。

"烂透了，"我说，"不过这是暂时的。"

"你有什么长远打算？"

一听这个问题，我咬紧了牙。"读研究生，"我不耐烦地说，"不是告诉过你吗？"

"你提交秋季入学申请了吗？"他问，"这都到了寄录取通知书的时候了。"

我摇摇头，一甩手："我明年再申请，还需要准备一些材料，还得攒钱交学费。"

他皱起眉头，喝了口葡萄酒。他知道我在胡编乱造，我根本就没有计划。"你不该这样埋没自己。"他说。我察觉到他的内疚。他担心是他害得我荒废才华，这或许没错，可他一感到愧疚，就不想和我亲热了。

"你知道我的，我有自己的节奏。"我努力朝他摆了个活力满满的孩子般的笑脸，想让他放心，这是我的问题，与他无关。

晚餐后，他开车送我回家，我邀请他进门，他却说不了。他的拒绝仿佛一把利刃，把我劈成两半，内脏撒满了副驾驶座。我只能想到再过一个月我就 23 岁了，然后突然某一天就 33 岁了，再然后是 43 岁，这个年纪在我看来和死亡一样深不可测。

"怎么？我现在对你来说太老了？"我问。

他先是瞪了我一眼，察觉到这是个陷阱，接着，他注意到我严肃的表情。

"我是认真的。"我说。这是他今晚第一次认真看我，或许也是自亚特兰提卡公寓那晚后的第一次。那时他质问我亨利质问他的事，那时他或许强奸了我，可我仍然无法确定。

"内莎，我只想规规矩矩的。"他说。

"可你和我在一起,不需要规矩。"

"我知道不需要,"他说,"问题就出在这儿。"

我意识到,我们终究还是走到了这一步。我给他许可,让他做他一直渴望却又难以启齿的事,我将身体献出,充当犯罪现场,他放肆了一阵,可他心里始终不认为自己是个坏人。他不过是个想要规规矩矩地生活的男人,众所周知,要守规矩,最简单的方法就是戒掉让你变坏的东西。

我一手握着门把手,问是否很快就能再见到他,他无比温柔地说会的,我知道他只是在安慰我。他的目光飞快地躲开了,就好像我勾起了他想忘记的事情。

没有他的日子一年年过去。爸爸第一次心脏病发作,妈妈终于拿到了学位。一个夏天的下午,我回家探望。宝贝得了动脉瘤,她跑出院子,像中枪一样突然倒地。我和爸爸极力抢救她,用力按压她的胸口,对着她的鼻子吹气,仿佛她是个人,可她已经走了,身体冰冷,爪子还沾着湖水,湿答答的。我离开了儿童保护机构,从一个行政助理岗位辗转到另一个,我讨厌这工作,讨厌枯燥的办公室,讨厌那些回形针、便利贴和柏柏尔地毯。一天,我发现自己在谷歌上搜索"如果工作让你想自杀该怎么办",猛然间清醒过来,意识到这种谋生方式也许会害死我,于是在一家高档酒店找了份前台的工作。收入不高,却能帮我从内心酝酿已久、难以忽视的崩溃中解脱出来。

我有过几个男人,但都没能发展成男朋友,他们躲在帘子后面,窥见了我里里外外的混乱:公寓里到处都是衣服和垃圾,只留出一条从床到浴室的狭窄小道;喝酒,无止境地喝酒;毫无知觉的亲热和噩梦。"你真是没救了。"他们说，一开始带着一丝玩笑，一种"这或许还有点意思"的漫不经心，可一旦我迷迷糊糊地说出那个故事——老师，15岁，可我很开心，我很怀念，他们就怂了。"你这病得不轻啊。"他们边说边往门口逃。

于是，我索性闭上嘴，做个任人摆弄的物件。我在约会软件上认识了一个快30岁的男人，他穿着开衫和灯芯绒裤子，发际线逐渐后移，茂密的胸毛从衬衫领口露出来，看上去酷似斯特兰。第一次约会时，我不是在抖脚，就是在撕纸巾。酒才喝到一半，我就问他："我们能不能不废话了，直接去床上？"他一听就被啤酒呛住了，看着我，跟看疯子一样，不过还是说：好啊，没问题，如果这是你想要的。

第二次约会时，我们看了一部关于不伦恋的电影。整整两个小时，他没有注意到我湿冷的双手和我喉咙里发出的呜咽。我一般会事先研究下电影，免得看到什么叫我心烦的东西，可这一次我没有防备。电影结束后，我们沿着国会街走回我家，那个男人说："这些男人最懂得挑选合适的猎物了，你知道吗？他们是真正的猎食者，他们知道如何在羊群中挑选弱小。"

他说这些的时候，我看到了自己，我15岁，瞪圆了双眼，和父母走散了，惊慌失措地在苔原上奔跑，斯特兰在我身后穷追不舍，一把将我抱起，继续狂奔。我的耳边响起了海浪声，阻挡了男人分享观后感的声音。我想，也许这才是根源。我是一个显眼的目标。他选择我不是因为我与众不同，而是因为他饥肠辘辘，我又容易得手。回到家，和这个男人亲热时，我仿佛再一次与自己剥离，我已经好几年不曾这样。他和我的身体在卧室里，而我的思绪在公寓里游荡，蜷缩在沙发上，盯着空白的电视。

我不再回他的短信，也没再见过他。我告诉自己他说得不对，15岁时，我并不弱小，我很聪明，我很强大。

再见到斯特兰是在我25岁那年。那天，我穿着黑色套装和黑色平底鞋步行去上班，穿过国会街时，我一眼就看到了他。他和十几个孩子一起站在艺术博物馆门口，都是10多岁的孩子，学生，大多是女生。我远远地看着，攥紧我的包。他领着学生走进博物馆——想必是课外活动，说不定是去看怀斯的画展。他扶着门，女孩们鱼贯而入。

进门前，他回过头，发现穿着旧工作服的我，暗淡又沧桑。多年来，我是多么渴望他的注视，可现在，我却对自己的容貌感到羞愧，脸上的细纹和岁月的痕迹，让我一步都不敢靠近。

他走进博物馆，关上门。我自顾自去上班，坐在礼宾台前，想象他漫步在展厅里，身后跟着一群秀发闪亮的女生。我在心里紧紧地跟着他，不让他离开我的视线。我想，这或许就是我余生要做的事：追逐他和他的馈赠。这是我自己的错，事到如今，我早该想明白了，他从未承诺要永远爱我。

第二天晚上，他打来电话。很晚了，我走在下班回家的路上，市中心只有酒吧和切片比萨店还亮着灯。看见他的名字出现在手机屏幕上，我膝盖一软，只好靠在墙上接电话。

他的声音扼住了我的喉咙。"我看到的是你？"他问，"或者是鬼？"

后来，他每周都给我打电话，总是在深夜。我们聊起我的现状：酒店的工作，没完没了的男人，妈妈噘着嘴，对我很失望，爸爸得了糖尿病，心脏也不好——但聊得最多的还是我的过去。我们一起回忆从前的场景——在他教室后面的小办公室，在他家，在他的厢式旅行车里。车子停在一条伐木用的土路上，边上是起伏的野生蓝莓地，我坐在他身上，敞开的车窗外是山雀的啁啾和从蜂窝群传来的嗡鸣。记忆中的细节汇聚在一起。他和我一起生动地再现了从前的画面，过分生动。

"我不允许自己记住这一切，这是有原因的，"他说，"我不能让自己再一次失控。"

我看见他在教室里，坐在办公桌后，目光掠过围坐在研讨桌旁的女孩子。一个女孩抬起头，发现他盯着她看，笑了一下。

"我们可以先停一停。"我说。

"不行，"他说，"问题就出在这儿，我想我停不下来了。"

等他不再回忆与我的往事，而是聊起他班上的女孩子时，我就听着他讲。他一一描述她们举手时露出的白皙的手臂内侧，她们的马尾辫上散出的碎发，还有他夸她们珍贵、稀罕时，她们脖子上泛起的红晕。他说她们那娇艳欲滴的美让他心痒难耐。他告诉我他把她们叫到办公桌前，把手搭在她们的膝盖上。"我假装她们是你。"他说。他的话仿佛一串钟声，敲响了我内心埋藏已久的渴望，我口中不觉湿润起来。我翻过身来，趴在床上。接着说，不要停。

## 2017 年

感恩节前一周，雅尼娜的报道发表了，但与斯特兰无关。开头一段文字提到了泰勒和她在网上遭受的骚扰，其余的内容说的是新罕布什尔州一所寄宿学校的老师从教四十年来一直在侵犯女学生。文章提到了八名受害者，用的都是真实姓名，还附上了她们的近照和学生时代的照片，她们十几岁时写的日记，以及那个老师的情书。多年来，他对所有女生都用了同样的台词、同样的昵称。小家伙，你是唯一懂我的人。文章的标题打上了该寄宿学校的校名——辨识度高，名声响亮，肯定能增加点击量，让人很难不愤世嫉俗地揣测到头来这一切都是为了博眼球。

布罗维克公布了针对控告斯特兰一事的内部调查结果，语言晦涩难懂，似乎是为了掩盖真相："我们的结论是，虽然可能存在不端性行为，但调查没有发现确凿的性侵犯证据。"校方还发表了一份官方声明，重申学校致力于打造一个既能鼓励学生奋发学习，又能保证学生健康安全的培养环境。学校会主动更新防范教职工性骚扰的培训，还为心存顾虑的家长们开通了热线电话，有问题可以随时去电咨询。

我边看边想象斯特兰被迫接受防范性骚扰培训时那恼火的样子——这一切都无法影响他。一同参加培训的还有其他看见过我的老师，那个说我是斯特兰养在办公室里的宠物的老师，汤普森小姐和安东诺娃女士，他们发现了这些线索，却眼睁睁地看着这些线索被误用来证明一个女孩患有情感障碍。我想象着他们坐下参加培训，点头赞同，口中附和说"是的，这非常重要"，"我们要做这些孩子的支持者"。可当他们面对原本能够阻止的事情时，譬如得知历史老师每年都带自己的学生去露营，辅导员把学生带到自己家里时，他们又做了什么呢？这一切都像逢场作戏，我亲眼见识过这些人是如何两手一挥，抛出一句，这是难免的，或是，即使他真的做了什么，也没那么不堪，又或是，我又如何阻止得了呢？我们替他们找的借口简直荒谬，可和我们为自己找的借口相比，它们根本算不上什么。

我和鲁比说我感觉已经从悼念斯特兰变成了悼念我自己，我自己的死亡。

"你的一部分和他一起死去了，"她说，"这也正常。"

"不，不是一部分，"我说，"是我的全部。我的一切都与他有关，如果我切掉这颗毒瘤，我将一无所有。"

她说她不允许我这么说自己，因为这显然不是事实。"我敢说，如果我遇见 5 岁那年的你，"她说，"那时候你就已经是个复杂的人了。你还记得 5 岁时的自己吗？"我摇摇头。"那 8 岁呢？"她问，"10 岁？"

"我想遇见他之前的事我都不记得了。"我笑了一声，用双手揉了揉脸，"这太令人沮丧了。"

"话虽没错，"鲁比赞同道，"可这些岁月并没有丢失，它们只是暂时被忽视了。你可以自己找回来。"

"好比寻找我心中的孩子？哦，天哪，杀了我吧。"

"你大可以翻白眼，但不可否认这值得一试，不然你想怎么办？"

我耸耸肩："继续跌跌撞撞地生活，感觉自己就剩一具空壳，喝酒喝到不省人事，自暴自弃。"

"当然，"她说，"你也可以这样，只不过我认为这不该是你的归宿。"

我回家过感恩节。妈妈把头发剪短了，只留到耳朵上方。"我知道很丑，"她说，"可我美给谁看呢？"她用手指摸了摸脖子后面用推子剃短的头发。

"哪里丑？"我说，"你看起来精神极了，真的。"

她嗤笑一声，朝我挥了挥手。她没有化妆，不加遮掩的皱纹在她的素颜上自然地展示着自己。她的嘴唇上方隐约有一抹胡子，不需刻意脱毛，也很适合她。她看上去有一种我不曾发现的放松感。她每说一句话都要停顿好久。唯一让我担心的是她太瘦了，抱她的时候，我感觉她非常虚弱。

"你有好好吃饭吗？"我问。

她似乎没有听见我说话，只盯着我身后，一只手还搭在自己的脖子后面。过了一会儿，她打开冰箱，拿出蓝色盒子装的炸鸡。

我们坐在电视机前，吃着炸鸡和从杂货店买的厚馅饼，拿咖啡、白兰地和牛奶兑着喝。没有假日影片，也没有温情节目。我们只看自然纪录片和她短信里提到的那个英国烹饪节目。我俩躺在沙发上，我让她把脚塞到我身下，她打起呼噜，我也不会把她踢醒。

房子里里外外都糟透了。妈妈也知道，不过不再为此道歉了。踢脚线上满是灰尘，脏衣服从浴室里溢出来，堵住了门。这季节草坪都枯了，可我知道夏天她就不再割草了。她索性称之为"牧场"，说给蜜蜂正合适。

我准备开车回波特兰的那个早晨，我们站在厨房里，喝着咖啡，直接从烤盘里取蓝莓派吃。她望向窗外，外头在下雪，车顶的积雪堆了一英寸厚。

"你可以再住一个晚上，"她说，"请个假，就说路况不好。"

"我装了防滑轮胎，没事的。"

"你上次去换机油是什么时候？"

"车子好着呢。"

"有备才能无患。"

"妈。"

她抬起双手，好吧，好吧。我掰下一块派皮，把它揉成碎屑。

"我打算养只狗。"

"你又没有院子。"

"我可以出门遛狗。"

"你的公寓太小了。"

"狗又不需要自己的卧室。"

她吃了一口派，用嘴唇抿了一下叉子。"你和你爸一个样，"她说，"非要惹得一身狗毛才开心。"

我们望着外头的雪。

"我最近想了很多。"她说。

我依旧盯着窗外："都有什么？"

"哦，你也知道，"她叹了口气，"一些后悔的事。"

我没接话，把叉子放进水槽，擦了擦嘴："我该收拾东西了。"

"我一直在关注那些故事，"她说，"那个男人。"

我的身体颤抖起来，可这一回脑子还算清楚。我听见鲁比叫我数数，让我深呼吸——慢慢吸气，慢慢呼气。

"我知道你不想提起这事。"她说。

"你不也不想提起吗？"我说。

她把叉子插进烤盘内剩下的那块碎派里。"我知道，"她轻轻地说，"我知道我原本可以做得更好，我本该让你觉得可以和我倾诉。"

"我们没必要说这个，"我说，"真的，没关系。"

"你让我说完。"她闭上眼睛，理了理思绪，接着吸了口气，"我希望他受尽折磨。"

"妈。"

"我希望他因为对你做的事而烂在地狱里。"

"他也伤害了其他女孩。"

她猛地睁开眼睛。"好吧，我不在乎其他女孩，"她说，"我只在乎你，以及他对你做的事。"

我垂下头，吮吸着脸颊内侧。他对我做的事，对她来说意味着什么呢？有太多事情是她不能知道的：关系持续了多久，我说了多少谎话，我如何纵容他。可仅仅是她知道的那部分——她坐在布罗维克的校长办公室里，听他口口声声说我有毛病，有障碍，接着却看到我和他的照片掉在地板上——就足以让她愧疚一辈子。我们的角色互换了，有生以来第一次，我想劝她看开点。

"以前，我和你爸有时会讨论那个学校对你做了什么，"她接着说，"我想，我俩最后悔的就是放纵他们那么对你。"

"你们没有放纵他们，"我说，"你们也没有办法。"

"我不想让你经历那些恐怖的事情。我把你接回家以后，我就想，好了，过去的事都过去了。我没想到——"

"妈，别说了。"

"我真该把那个男人送进监狱，他罪有应得。"

"可我当时不想要那样。"

"有些时候我觉得自己在保护你。警察、律师、审判，我不想让这些把你撕成碎片。另一些时候，我觉得我就是害怕。"她哽咽了，伸出一只手捂住嘴巴。

我看着她擦了擦脸颊，虽然脸上没有眼泪。她没有哭，她不肯让自己哭出来。我看见她真正哭过吗？

"我希望你能原谅我。"她说。

我有点想笑，把她拉过来抱住她。什么原谅不原谅的？没事的，妈妈。你看我——都结束了，没事的。听到妈妈把自己牵扯进来，我想起了鲁比，听着我坐在那里，一味地责备自己，她想必也很沮丧吧。过了一会儿，她不再重复同样的话，知道话说多了就没用了，我需要的不是赦免，而是在证人面前自己承担起责任。于是在她求我原谅她时，我说："当然，我原谅你了。"我不再说她也阻止不了，那不是她的错，她不该自责之类的话。我把这些话吞进肚子里。也许在肚子深处，它们会生根发芽。

雪还在下。我费了好大工夫才把车挖出来，开上了石子路，可当我加大油门，想上坡上高速时，轮胎却打滑了。我掉转车头，又住了一个晚上。电视里插播起冬奥会的广告：自由式滑雪运动员激起的雪花，结冰的滑道上飞速滑下、闪闪发光的雪橇，一个花样滑冰运动员将身体抛向空中，双臂交叉绷紧，双眼紧闭。

"还记得你以前滑冰的时候吗？"妈妈问。

我努力回想：模糊的记忆里有龟裂的白色皮革，还有穿着冰刀鞋保持平衡一小时后脚踝的酸痛。

"那一阵子，你一心只想着滑冰，"她说，"无论如何都不肯进屋，可我又不敢留你一个人在湖面上，我好怕你会掉下去。你爸就拿着水管到门外，把前院注满了水。你还记得吗？"

我还隐约记得——我在天黑后滑冰，娴熟地绕过从粗糙的冰面上戳出来的树根，鼓起勇气尝试跳跃。

"你那时什么都不怕，"妈妈说，"每个父母都会这么说自己的孩子，可你是真的天不怕地不怕。"

我们看着运动员滑过溜冰场。她踮起脚，冰刀前端着地，突然她一个后仰，张开双臂，马尾辫甩过她的脸。紧接着她又一次掉转方向，单腿支撑，飞快地旋转起来，手臂伸展到头上。她快速地旋转着，身体仿佛被拉长了。

第二天早上，天放晴了，雪明晃晃的，灼得人眼睛疼。我们在路上撒了猫砂和岩盐，轮胎就能抓地了。开到山顶，我停下来，看妈妈慢慢走回家，她拖着一架堆满一袋袋猫砂和盐的雪橇。

我走过成排的狗舍，空气里弥漫着氨味，水泥地面被刷成了灰色和医院里常见的绿色。一只狗吠了两声，引起一连串狗叫，高高低低的叫声在煤渣砖墙间回荡。小时候,爸爸和我经常开玩笑,说狗叫时,其实是在说:我是一条狗!我是一条狗!我是一条狗!但这里的叫声绝望且充满恐惧,更像是在说:求求你!求求你!求求你!

我在一处狗舍前停了下来,里面关着一只大脑袋、灰皮毛的杂种狗。狗舍外挂着的牌子上写着"比特犬,魏玛猎犬,???"。我把手按在笼子上,小狗向前竖起粉红色的耳朵。她闻了闻我的手掌,舔了两下,小心翼翼地摇摇尾巴。

我给她取名乔琳娜,因为带她回家的第一晚,她仰着头,跟着多莉·帕顿的歌吠叫。每天早上,我还没刷牙就带她去散步了,我们从半岛的一侧走到另一侧,从一片海边走到另一片海边。每当在人行横道旁停下时,她都会靠在我的腿上,单纯出于好玩地咬咬我的手,她喘出的热气在寒冷的空气中凝成一团白雾。

我们走在商业大街上,刚经过城市码头,我突然看见泰勒从一家面包店里出来,手里拿着咖啡和蜡纸袋。过了好一会儿,我才敢相信那真的是她,而不是我一厢情愿的错觉。

她先是看见了乔。看到乔的尾巴拍打着我的腿,她露出喜悦的神色,注意到是我,她又看了一眼,仿佛在确认自己的脑子没和她开玩笑。

"凡妮莎,"她说,"没想到你还养了只狗。"她蹲下来,把咖啡举过头顶,乔冲过去,舔了舔她的脸。

"我也是刚养的,"我说,"她有点太热情了。"

"哦,没关系,"泰勒笑道,"我也可以很热情。"她抑扬顿挫地重复道,"没关系,没关系。"乔弓起背,整个身体扭动起来。泰勒抬头冲我笑了笑,露出整齐秀气的牙齿。她的犬齿尖尖的,像动物的尖牙，和我的一样。

"我知道我让你失望了。"我说。

正因为是偶遇，我才能说出口，她就这样出现在我面前，我没有料到，毫无防备。泰勒皱起眉头，但没有抬头看我，只顾盯着乔，挠她的耳后根。有那么一会儿，我以为她会忽视我，假装我没有说过话。

"没有，"她说，"你没有让我失望。如果你让我失望了，那么我也让你失望了。我知道他也伤害了其他女孩，但我过了好多年才决定做点什么。"说完，她抬头望着我，一对眼睛好似两汪蓝色的池塘，"我们又能做什么呢？当时我们还只是小女孩。"

我明白她的意思——我们的无能为力并非出于选择，而是这个世界逼得我们如此。谁会相信我们呢？谁又会在乎我们呢？

"那篇文章我看了，"我说，"令人……"

"失望？"泰勒直起身，把包背好，"当然，你可能不这么觉得。"

"我知道你花了很多心血。"

"嗯，算是吧。我以为它能令我释怀，到头来我反而比以前更生气了。"她皱了下鼻子，摆弄着咖啡杯的盖子，"说实话，她这人不太正派。我早该想到的。"

"那个记者？"

泰勒点点头："我觉得她并不在乎，只是想顺势搞篇好文章。这我不是不知道，可我仍然觉得它能带给我力量或别的什么。谁知我反而感觉又被人利用了。"她苦笑着抓了抓乔的耳朵根，"我一直在想要不要接受心理治疗，之前试过一次，没多大用处，可我还是得做点什么。"

"治疗对我还是有帮助的，"我说，"不过不能解决所有问题——所以我才养了只狗。"

泰勒微笑地看着乔："或许我也该试试。"

她看起来很脆弱，我从未见过她这样脆弱，咖啡馆见面那次没有，她发在网上的东西里也没有。那么显而易见的东西，我这才看明白：她迷失了，正在寻找理解这一切的方法——他，她自己，他所做的，以及那看似渺小的事情，为什么她仍然放不下。我听见斯特兰急躁又粗暴地质问她：这件事什么时候才能翻篇？我不过是摸了一下你的腿。这个问题想必还萦绕在她的脑海里。

泰勒望向我："至少我们还在努力，对吧？"

我觉得这时我应该张开双臂拥抱她，试着把她当成好姐妹。如果我们的故事更相似一点，如果我更友好一点，或许这就能成为现实——虽说仅仅因为两个女人被同一个男人猥亵过就指望她们能相亲相爱，这听起来很荒谬。总有一天，你可以不被他的行径定义，你可以有别的可能。

走之前，她又挠了挠乔的耳朵根，难为情地冲我挥了挥手。

我看着她离开。她不是谣言，她是个真实的人，一个曾经是女孩的女人，我也同样真实。我可曾这样清楚地看待过自己？这给了我小小的启发。乔拽了拽牵引绳，我第一次能够想象没有他的感觉，我不是他的附属，也不是他的影子，或许我可以做个正常人。

阳光落在我脸上，我身旁还有一只小狗，我完全可以享受正常的生活。

不需要别的什么，就从这里开始，从我手中被轻轻拽动的牵引绳，从金属碰撞的叮当声和趾甲接触地砖的咔嗒声开始。鲁比说要真正感觉到改变需要些时日，让我多给自己机会，抛开挡在眼前的他去看看这个世界。我逐渐体会到不同，那是一种明朗、轻盈的感觉。

我和乔走到海边，淡季的海滩空荡荡的，她把鼻子埋进沙子里。

"你以前来过海边吗？"我问，她竖起耳朵，抬头望着我。

我松开绳子。一开始她没有意识到，也不明白，可当我拍拍她的背，说"去吧"时，她便奔过沙滩，跑到水里，冲着拍打她爪子的海浪吠叫。我喊她，她也不理睬，她还听不懂自己的名字。可一看见我坐到地上，她便连蹦带跳地跑过来，吐着舌头，瞪着眼睛，扑通一声躺到我脚边，欢快地呜咽着。

冬日苍白的天空下，我们往回走，回到公寓，她查看了所有房间，所有角落。她还在适应这样的自由和宽敞。我躺在沙发上，她看了看我脚边空出的位置。"上来吧。"我说。她跳上来，缩成一团，喘了口气。

"他永远不会遇见你。"我说。这是一个冷峻的事实，带着悲伤与喜悦。乔睁开眼睛，看着我，但没有抬头。她不停地留意我的表情，我的语调，关注我的一切。迷迷糊糊中，我听见她的尾巴拍打着沙发垫，那节奏分明的背景声，像鼓点，像心跳。你在这里，她说，此时此地，此时此地。

# 致谢

首先，我要感谢我的经纪人希拉里·雅各布森和我的编辑杰西卡·威廉姆斯，这两位才华横溢的女士对这部小说的支持和喜爱让我受宠若惊。

感谢那些致力于让这部小说早日面世的人，感谢威廉·莫罗出版社和哈珀·柯林斯出版集团的每一个人，感谢安娜·凯莉，以及第四等级出版社和哈珀·柯林斯出版集团英国分部的每一个人，感谢柯蒂斯·布朗公司英国分部的卡罗利娜·萨顿、索菲·贝克和乔迪·法布里。

谢谢斯蒂芬·金，谢谢你之前的支持，谢谢你在我爸爸问"嘿，斯蒂芬，你能读一下我女儿的小说吗？"时答应了他的不情之请。

感谢劳拉·莫里亚蒂，她一稿又一稿地帮我校阅。多亏了她的慷慨和鼓励，我才得以把这个杂乱无章、模糊不清的故事变成一部小说。

感谢缅因大学法明顿分校、印第安纳大学和堪萨斯大学的创意写作项目为我创造学习和写作的机会。我非常感谢我在这些项目中结识的朋友，感谢他们对《凡妮莎》早期版本的阅读和喜爱：查德·安德森、凯蒂（鲍姆）·奥唐纳、哈莫尼·汉森、克里斯·约翰逊和阿什莉·鲁特。特别感谢我的本科导师帕特里夏·奥唐奈。2003年，她在我写的一篇关于一个女孩和她的老师的短篇小说空白处评论道：凯特，我觉得自己在读真正的小说。这是我第一次被认真地当成一个作家，那条评论改变了我的一生。

感谢我的父母从未劝我放弃写作，找一份踏实的工作。我父亲在得知我新书出版时的第一反应是"我从未怀疑过你"。我母亲在我们家里摆满了书，我有幸在文字的怀抱中成长。

感谢塔卢拉，她罚我不许外出，阴差阳错救了我的命。

感谢奥斯汀。我该对全心全意支持我、爱护我的伴侣说什么呢？这可难倒我了。我只能说："感谢所有的一切。"

感谢我的网友们，他们一直是我的第一批读者，在我创作《我暗淡的凡妮莎》的十八年里，他们一直支持我、鼓励我。有些还在我的生命里，有些已经走远了，但我感谢所有人严厉的爱，还有我们共度的痴狂、脆弱的十多个年头。你们是我最好、最亲爱的朋友。

特别感谢才华横溢的诗人，我的好姐妹，我认识的最出色的作家，伊娃·德拉·拉娜。在这段友情里，她始终是不竭的灵感和慰藉之源。相识那年，我们才十几岁，在各自黑暗的世界里踽踽独行，却都带着不改的声音、天赋和真心走了出来——你能相信这有多么了不起，多么稀罕吗，伊娃？

最后，感谢那些以性感少女自居的女孩，那些我多年来遇见的洛。她们遭受过类似的打着爱情幌子的虐待经历，她们在多洛雷丝·黑兹身上看到了自己。这本书不为别人，只为你们而写。